猎爱时代

吴腾飞⊙作品
WU TENG FEI

驯汉记

三无囧女猎爱攻略

群众出版社

图书在版编目(CIP)数据

驯汉记：三无囧女猎爱攻略／吴腾飞著. —北京：群众出版社，2010.9
ISBN 978 - 7 - 5014 - 4752 - 7/I. 1938

Ⅰ.①驯… Ⅱ.①吴… Ⅲ.①长篇小说 - 中国 - 当代 Ⅳ.①I247.5

中国版本图书馆 CIP 数据核字（2010）第 171924 号

驯汉记

XUNHANJI

吴腾飞 著

出版发行： 群众出版社

地　　址： 北京市西城区木樨地南里

邮政编码： 100038

经　　销： 新华书店

版　　次： 2010 年 9 月第 1 版

印　　刷： 北京通天印刷有限责任公司

印　　次： 2010 年 9 月第 1 次

印　　张： 18.625

开　　本： 787 × 1092 毫米 1/16

字　　数： 347 千字

书　　号： 978 - 7 - 5014 - 4752 - 7/I. 1938

定　　价： 30.00 元

网　　址： www.qzcbs.com

电子邮箱： qzcbs.com

营销中心电话（批销）：（010）83903254

警官读者俱乐部电话（邮购）：（010）83903253

读者服务部电话（门市）：（010）83903257

公安文艺分社电话：（010）83901332

杂志分社电话：（010）83903239

电子音像分社电话：（010）83905727

本社图书出现印装质量问题，由本社负责退换

自 序

To be: 倘若身生双翼

【名字】

矢泽爱的名作《NANA》中的娜娜说:"我想要让这个世界都知道我的名字,即使会让那个人不再叫我的名字也无所谓。"

从事文艺工作,除非特别幸运,大多数的人走起这条路来都会很难。因为是从事自己想做的工作,纵然脚下的道路并不平坦,我仍然想要坚持走到风景优美的一天。

想要让这个世界都知道自己的名字,拼命努力、哪怕再向前多走一步也好;想要得到大家的认可;想要变得幸福,不论是娜娜还是平凡的我,心情都是一样的。

【梦想】

没出书前想着"如果能够有一本属于自己的书就好了",出书后想着"倘若能够打入排行榜就好了"。

人在各个阶段拥有不同的梦想,但在逐一实现以后,就想要得更多。人往往是无法满足于所拥有的小小世界的:我想让大家都知道我的名字,意识到我的存在。这个心愿在胸膛中跳动,鲜明得简直要蹦出来。

【寂寞】

成为专职作家的五年,我过着寂寞的日子,因为压力导致过失眠,也因为情绪不好导致皮肤恶劣。但是,我从中学到的最好的一点是:我变得更加乐观坚强了,学会了如何善待自己。

西方人总是喜欢说,一定要宽恕自己。我花了很长时间才学会接受自己。我已经站在华丽青春的尾端,除却梦想一无所有,但我仍然要坚强乐观地活下去。

不断与懦弱悲观的自我搏斗,促使我想要创作一位直面人生、不向命运低头甚至勇于和命运对决的女性。我很好奇那样的女性,她的人生到底是怎样的一个世界?

【缘起】

李玉洁正是在这样的创作心情下诞生的人物。作为一个无长相、无身材、无好工作的三无剩女，虽然她的个性非常二，但在迷糊和直率的外表下，内心却存在着闪闪发光之处。

只有发自内心地喜欢一个人，才会留意到她内心闪光的地方。所以我想让两名个性、外表完全不同的男主角，来一起陪伴女主角进行这趟与人生对决的旅程。

【友情】

从一开始我就确定要做双女主角制，因为我对以友情为主轴，再延伸出彼此的感情和生活的作品大爱得很。我看了《绝望主妇》、《绯闻女孩》、《欲望都市》和《明星伙伴》，这些作品涌动的友情，让世界动容。

受到《绝望主妇》影响的大石静和井上由美子，也分别交出了令人满意的亚洲版《四谎记》和《丑闻》。人与人之间的友情芬芳清香，令人迷醉，所以我希望自己也能这样做。

人是无法一个人活下去的。过去，大家关注的焦点往往放在单纯的爱情上，但我想融入事业与友情，那样会让作品更加丰富和完整。在作品连载过程中，不断有读者告诉我这部作品有多么真实。我很高兴，这部满载着读者祝福和自己心血的作品，能有机会和大家见面。

【未来】

写下这篇序时，我觉得自己是幸福的。虽然我仍然是一个人，有时候还是会觉得寂寞，有时候也还是会为个人的发展难过，但是……

至少人生没有白白度过；至少这些过去的时光化成文字，被挽留了下来，再呈现于纸上。这是我的生存方式，也是我所期望的未来。

我一直期待能够展开双翼。倘若人能拥有一双翅膀，我想以文字作为翅膀，在天空中飞翔起来。因此，你的力量是最重要的。假如你能喜欢我的故事，并且将这本书宝宝带回家去的话，那真的是太好了。

因为身为作者的我，与不曾谋面的你，以书为载体相逢了。我珍惜这种缘分，并且期盼能够继续下去，直到我们变得更加幸福为止。

目 录

第 *1* 话　败犬的远吠

　　"杯具"的是，我竭力装贤淑地坐在那里，忍受被猥琐男以选猪肉的眼神打量我，最后却仍旧惨被淘汰。

我曾经无数次被男人拒绝，尽管我是这样认真地想要展现自己的优点。

"你喜欢吃什么？""平时都喜欢做些什么？""你有些什么爱好？"

听到这些话时，我总是会先试探男人的口风，然后根据他们的喜好来决定自己的回答。

"我觉得广东菜还不错。""我偶尔会打一下羽毛球。""我喜欢学习把菜做得更好一点。"

我总是依着男人的喜好来回答，最后还是会被对方抛弃。

"笨蛋，这样绝对行不通的。"那时候，普通男对我说，"一旦让男人来决定你的回答，或者一旦从开始就迎合男人，这样你就输定了。虽然表面上男人喜欢听话顺从的女人，但这样的女人最后都得不到尊重和重视。你得学习怎样向男人展现你的个性，或者展示你个性中不同于别人的地方。"

我的情感经历，因遇见普通男而改变。

1

我被坐在对面的猥琐男问了一大堆"你从事什么工作"、"喜欢做家务吗"、"对老公有什么要求"、"月收入多少"等问题，还忍受了被他不断挑剔地往我的脸上、身上瞄来看去。我简直被他当成了超市里销售的猪肉来选购了。最后，当猥琐男以"对不起，不是我喜欢的类型"来拒绝我时，我的理智一下子崩溃了。

这已经是我第五次参加联谊。女人一旦过了二十五岁，人生就犹如一场计时赛了，每过一天，也就等于青春又倒回去了一下，可选择的类型也越来越狭窄，何况我还是个二十九岁、无长相、无身材、无好工作的三无产品，而且又叫李玉洁。

李玉洁，真够"冰清玉洁"的。我上学那阵儿男同学总爱这样和我开玩笑。有时候我觉得这都是宿命，老爸咋给我起了个"冰清玉洁"的名字，弄得我到这个时候也没有嫁出去。

所谓的联谊，其实说白了就是一个群体相亲活动，介绍一大批剩男剩女来认识，有顺眼的就搭讪，然后互留号码，可是没一个是可以后续有发展的。"杯具"的是，我竭力装贤淑地坐在那里，忍受被猥琐男以选猪肉的眼神打量我，最后却仍旧惨被淘汰。相反，陪同我一起来的童景唯却成为整场联谊中男人们的焦点。

童景唯是我的发小和闺蜜。北方女人的传统优势，包括长腿、黑直长发、白肤腻理、挺直鼻梁这些全都被她给继承了。我已经不想再参加这种联谊了，但架不住她的劝说，最后在她的陪同下一起来了。结果就是，我又一次成了她的陪衬。

这种感觉实在郁闷，我只好不动声色地一杯又一杯地灌着啤酒，渐渐地觉得思维模糊起来。我搓搓两边的太阳穴，运气真背，这实在是个叫人极其郁闷的鬼联谊！等走出这家乐美乐休闲会馆时，我路都走不稳了。我跟跟跄跄地走着，脚上的高跟鞋真是碍事。

"喂，玉洁……"童景唯忙着搀扶我。我醉得搞不清东南西北了，偶尔被她扶着，偶尔又一把推开她。她真是让我火大，虽然童景唯也混得不怎么好，今年也二十九岁了，可是她是有长相、有身材的二保产品。尽管她达不到有好工作的三好产品水平，不过要逮住条件好的男人还是不费吹灰之力的。

难道我注定要一辈子孤单一个人？我越想越觉得火大。我又不争那个贞节牌坊，又不是生来就打定单身主义。混到二十九岁我啥也没有，没男人、没稳定工作，今天卖家电、明天卖化妆品，都不晓得将来到底在哪里。

无数的郁闷和痛苦，在心中翻腾着，我蹒跚地走着，几度推开想要扶我的童景唯。满大街都是长得挺顺眼的男人，为什么我却是孤单一人？什么时候，我已经变成一个二十九岁的剩女了？

"玉洁，慢点儿，绊倒了我可不负责……"童景唯没好气地提醒我。被我折腾得够呛的她，拿我没辙又无法放下不管。

"绊倒了又怎么样？顶多我自己再爬起来。"我大声说，呵呵笑着拍了拍自己热热的脸颊，"你不会了解的，同样参加联谊，男人们都围着你转，而我呢？我压根就没指望绊倒时有人要扶起我！"

莫名的，一股气憋在心头委实难受，我觉得自己无法呼吸了。再继续忍下去的话，我铁定会被憋死的。

于是，我抬起头，抛下所有顾虑，趁着酒劲大声吼出了"我要男人！"

童景唯的表情就跟活见鬼了似的，瞪大眼睛盯着我看。她立刻疾走过来扯住我的手腕，边看路人边伸手要掩住我的嘴巴。

"少来！姐今天不装淑女！"我拼命地挣扎并推搡着她。在她又要拿手掩住我的嘴巴时，我又意犹未尽地连续大声吼了几声，明显要和她对着干似的："我要男人！我要男人！"

"喂，形象、注意形象！"童景唯手忙脚乱地要拉我。

我固执地继续与她对抗，渐渐地，感觉到路人的目光聚集了过来。没见识的人们，就会没事瞎掺和！我不屑地想着，继续跟跄地往前走去。

在驻足围观的人群中，我一下子重心不稳。我有种不妙的预感，觉得自己可能就要摔个正面着地。预感一上来，身体就失去重心地向前倒去，我只听见背后的景唯担心地喊了一声"玉洁！"

惨了！就在我暗叫不好地闭上眼睛时，突然觉得好像撞上了一个温热的东西。我还没察觉到是怎么回事，身体就径直倒在了地上。

"可是……怎么不痛？"我疑惑地嘀咕。明明应该是疼痛得很的，竟然只是微微震荡了一下。

"你压在我身上，当然不痛了！"一个男人的声音在耳畔响起，相当不耐烦地说。

这一下我酒顿时醒了一半，蓦地睁开眼睛。这次脸丢大了。我跌倒时驻足围观的人群中抓了个安全垫。那个男人似乎也不好意思推开我，原本可能想接住我，没想到被我给绊倒了。

"喂，我说没事你就起来吧，本来就很痛了，你压得我没法子起来了。"男人又说。

"啊……"我张了张嘴，最后还是语塞了。童景唯赶忙把我扶了起来。这下我也没精力和她较劲了。一旦有些清醒，我觉得脸颊烫烫的。真是！我到底都做了些什么啊！

我站起来后，才有机会看清楚那男人的样子。他整个就一普通男，看起来还算年轻，目测年龄二十六到二十八岁，应该不会超过三十，一米七六左右的身高。令人难忘的是他的皮肤，比做化妆品直销员的我还要好！

我感觉自己真没救了，这个节骨眼上了还要评判人家的外表……我一边责备自己，一边盘算着接下来到底该说些什么。

"我说这位大姐，喝不了酒以后别喝行？发啥酒疯啊？我这可是新买的T恤，没穿过几回呢。"男人埋怨着，从地上撑起身体。他捂着脑袋，一脸扫兴和不满地看过来。

啥？我怀疑自己是不是听错了。这个目测二十六至二十八岁的普通男，他叫我什么？大、大姐？如果是十多岁或二十岁的小男生装嫩，我也认了。这普通男都这个岁数了，难道还把自己当成"男孩"不成？

"说啥呢？谁是你家大姐？你家大姐可不在这里！"瞬间，原先的歉意，全部在那一刻烟消云散了。我本来就很懊恼了，被一个比自己年轻不了几岁的普通男叫大姐，实在叫人郁闷！

"喂，大妈，你这人咋回事？"普通男想要直起身子，可是那一刻还是痛得咧了咧嘴。他本能地伸手抚了抚后脑勺，貌似被撞到后脑勺了，"如果不是你满大街地穷嚷嚷，我能停在这看吗？"

这时围观的人越来越多。这个北方小城就是没个啥事都要围观一番。景唯不安地拉了拉我的手臂，她脸上显然已经挂不住了。

"我喊啥关你什么事？再说了，不乐意找城管去！城管规定我不准喊了？"借着残存的酒劲儿，我表现出了平时所不易流露的倔劲儿。

"你……"普通男十分恼火地说，似乎想要好好地骂我一番。他把眼睛瞪得很大，可是最后却什么也没有说，只是俯身拍打自己衣服上沾的尘埃。"真倒霉，碰到这么个主，不过算你好运，我没兴趣和女人瞎掺和。不会喝酒麻烦下次请自重，甭喝醉了在街上开演唱会，还是少儿不宜的演唱会。"

我被驳得语塞。真是见鬼了，我懊恼地想。这普通男嘴上说是不计较，其实嘴巴可利索着呢，敢情他常看单口相声的。然而我一旦词穷，挫败感顿时排山倒海而来。

"不服气？不服气，你就甭跟个娘们儿似的看热闹啊。我最烦没事瞎围观的人了。我干啥了，不就喊了几声吗？我高兴咋了？敢情你是城管啊，啥都要管？"

我声色俱厉地反驳。

"喂，玉洁，够了……"景唯从身后走到我身边，这一次，她非常用力地扯着我的手臂摇晃个不停。这一下，围观的人不乐意了。我隐约听见"难怪没人要"、"一个大姑娘，在街上喊着要男人，就算醉酒也不该这样闹啊"、"咋说话呢"。有些大婶还在叹气，"唉，如今这世道。"

普通男嘴唇微启，似乎还想再说些什么，但我转过身子故作潇洒地迈开步伐。童景唯立刻领略到我的用意，迅速跟了上来。我们就这样在这些围观的人的注目下离去了。

2

真窝火啊，我的人生咋就这样背呢！第五次联谊被猥琐男拒绝，还被一个普通男嘲笑跑街头开演唱会。一想起这来就让我火大。我短暂地回过头，狠狠地瞪了那普通男一眼，如果目光能够杀人的话，真想将他瞬间秒杀。

而普通男在瞥见我投过来的凶狠眼神时，顿时怔了一下，脸上随后流露出一副写满"德性"意思的表情。明白自己又被他鄙视了一下，我心里更窝火了。普通男，走路注意看车啊！

景唯和我走了一段，总算甩开了那些爱瞎凑热闹围观的人群。她拦了辆出租车，和司机讨价还价了半天，然后将我塞了进去，接着自己也坐了进去。

"你啊，就不争气，就这个样还想嫁出去？"在出租车的后座，她数落了我一番，"我投稿还被退了N次呢。你不过参加了五次联谊，这就没信心了？"

"那是联谊吗，是在选猪肉呢！"我不满地反驳，掩嘴打了个呵欠，醉酒后人就是容易困，"中国男人现在都变得这样金贵？连猥琐男都认为自己是了不起的王子。中国还几千万剩男呢，我咋没体验到当女人的优势呀，照理说那几千万剩男，咱这小城市怎么也得摊上个几万吧，真火大啊！"我宣泄着，又瞄了她一眼。"当然，饱汉不知饿汉饥，你有朝聪那样的男朋友，是不可能明白我的心情的。"

"各家都有难言的苦衷吧。"童景唯笑了笑，转过身揽住我的肩膀，将我的头按在她的肩膀上，"累了你就小睡会儿，到了你家会叫醒你的。"

"谢了。"对她我向来没多少客气，关键是我们之间用不着那样，于是我就倚在她的肩上小睡了起来。

"其实，我和朝聪也没你认为的那样幸福。你以为我们是因为什么迟迟不结婚的？"景唯轻声说，眼神带着点儿苦涩，但嘴角仍适度地保留了些笑意。她从小就是这样，不管遇到怎样的事，都倔强地不肯流露出丝毫的脆弱。

可惜，我并没有特别地留意她此刻的心情。对于一个醉眼惺忪的女人，要求她够义气显然不太现实。在出租车向前行驶的过程中，我打了个小盹，真想念卧室里的那张床啊！

童景唯回到家时，已经将近九点了。这是一个只有三十二平方米的租住了五年的老宿舍套间。换上拖鞋后，她将提包轻轻放在房东留下的旧沙发上。虽然只是一百二十块钱的提包，但也要小心地呵护，提包花了、磨损了，再重新买一个，又要多出一笔开支。

她抬头看了一眼灯管，皱了一下眉，将灯关了，打开五瓦的小灯泡。

卫生间兼浴室里面传来洗衣服的声音，她朝那里走了过去，看见了郭朝聪那宽阔厚实的背影。此刻，他正蹲在这小小的浴室里面，在地上用洗衣刷洗着衣服。

郭朝聪和她一样也是二十九岁，某啤酒品牌业务员。他们两人交往六年，同居四年。有人说美女的交往对象通常是普通男，他们更能迁就和顺从美女，可童景唯选择的却是具有典型北方风味的帅哥。

反正都是交往，也不图钱，找个看起来顺眼的，嘿咻时候也觉得舒服。当然，决定和郭朝聪交往的并不只是这种肤浅的理由。郭朝聪人很宽容、相处时性格好、吵架后也能主动寻求解决，又是一起玩到大的发小。人们常说发小和自己太亲通常也就没感觉了，然而童景唯却不是这样。

可是，童景唯现在从他身后看过去，却只觉得有些凄凉。从学生到社会人已经好几年了，他们不是买不起洗衣机，而实在是自己收入不稳定，有时只靠郭朝聪的工资。他的月收入基本在两千多到三千左右，最高拿过七千，最低一千多也拿过，关键是每月房租要交、生活费要用、水电费要自付，不省点儿不存点儿，日子就没法过了。

"我不是说过，房间没人时要记着关灯，大厅只要不看书和报纸，就要用灯泡吗？你知道那灯管一月开下来要付多少电费吗？"童景唯不太高兴地说。听到她的声音，郭朝聪回头向她看了一眼。

"今天很忙，回来后要做饭，还想将衣服洗洗，一时就没怎么注意，下次我注意啊。"他就是这样，每次都能让童景唯发不出火来。郭朝聪有时很贴心，对她脾气也好，但就是工作和收入……很多人说过，以童景唯的外形和气质，能找个给她更安稳宽裕生活的男人。可是，她还是决定在这小小的老旧套间里留了下来。

"洗衣服的水要存好，还可以冲厕所和拖地。"童景唯提醒着。不知从什么时候开始，自己变得和老妈子一样，以前这些都是姑姑阿姨操心的事。在同居的这几年里，自己在不知不觉中，也领略到勤俭持家的必要。

"对了，宽带费用要到期了，我明天中午去交好了。"郭朝聪回过头，仰头看着她说。

"以后可能也没啥资源下载了，不然改回一兆吧，两兆一年一千多块钱，怪浪费的。"童景唯说。电脑大多是她在用，有时候郭朝聪有想查询的东西，只要她需要，总会主动把电脑让出来。购买电脑时为了省钱，他们选了个飞利浦纯平的。虽然是童景唯的决定，但因此也要时刻受着比液晶大得多的辐射。

"说啥呢，你不也要多看些作品参考？咱不缺这几百块钱，少抽几包烟不就得了。"郭朝聪笑笑，又回过头去将衣服过水，"我能为你做的，也就只有小小的这些了。"

童景唯怔了一下，俯身轻轻拍了拍郭朝聪的后背，然后快步向大厅走去。郭朝聪的声音从身后传来："吃了饭没？还有，今天陪玉洁联谊，她那边有进展了吗？"

"嗯，我再吃些吧。"童景唯回应，"玉洁今天可窝火了，待会儿再告诉你。"

回到昏黄的大厅，她在地上坐了下来。大厅面积很小，她便和郭朝聪买了张小圆桌，平时自己或者朋友来了都坐在地上。她有些慵懒地倚着桌面。已经二十九岁了，这样的生活，她渐渐地有种看不到明天的感觉。

三天后，我又见到了那个普通男。真是冤家路窄，不是冤家不聚头。当我看到他和朋友走进店里来时，有种运气背到极点的念头。虽然我在屈臣氏卖知生堂"屋诺"化妆品，每天工作内容就是要接触形形色色的顾客，也就是说任何男人我都有机会碰上，可是，咋这样倒霉偏偏碰见这么个主呢？

再见到普通男，是在周六将近中午时分。那一天我连着销售了几个系列的男士保养品。作为直销员，收入与业绩息息相关，也就是我每天销售出多少化妆品，决定了我当月的收入。

我看了下手机，还有一个小时就是十二点了，决定再好好努力一番，等达到今天的预期目标，就去吃个六块钱套餐慰劳一下自己。为了吸引客人，我还特别罩上了鲜红的缎带，上面写着"屈臣氏知生堂欢迎你"九个大字。虽然很没品，不过不这样就没收入，再村儿的衣服我都愿意穿。

普通男和疑似他朋友的男人，就这样走了进来。两人在交谈些什么，不时会心地笑笑。我连忙移开视线，尽量不让他看到我。我的工作性质注定不可以在店里面发火，于是我将视线压得低低的，只希望这两个人尽快离开。

"霆勇，你说我买哪个牌子的洗面液好呢？"我听见普通男说。然后两个男人走向男士保养品专柜，状似认真地挑选着，同时比较着价钱与功效。

"喂，阿培，过来看看这边的'屋诺'专柜。"突然，普通男的朋友直起身体，像发现什么似的冲我的专柜瞄了过来。普通男随后也挺起了腰。我的心砰的一跳，不好了，我的脑海里面掠过这一句话。

不要过来。我心里祈祷着。同时我偏过头，将视线拼命移向店外，只希望他们不要留意我，尽早买到自己想要的产品、付款走人。可是那两个人走到专柜前，居然挺认真地看了几款洗面液。我听见普通男的声音传了过来："小姐，哪一款洗面液比较好？"

我该咋办？我真想就此抛下专柜走出店外，或者不要转过头来，回应说："啊，抱歉，我不是'屋诺'的直销员。"可是，我身上明明挂着"屈臣氏知生堂欢迎你"那样显眼的缎带。

"喂，小姐，我朋友问你话呢。"普通男身边的男人说，那普通话听起来有些像广东人。料定是躲不过了，我索性横下心来，慢慢地转过了头。

"啊，是你！"普通男吃惊地说。他的眼睛在一看到我的正面时，顿时瞪得圆圆的。我有些心虚地迎上他的视线，尴尬地站在专柜后，感觉没法活了这世界。

"要新款洗面液是吗？"我堆砌起笑容回应。我是专业的直销员，希望尽快忘掉不愉快的事，然后投入到工作中，也希望借此提醒普通男：这是工作场合，请不要为难我。

"真的是你。"普通男增强了语气，"喂，还记得我吗？"

我沉默，实在是找不到适合的回应话语。除了沉默我不晓得还有怎样的做法，对我才是最适合的。

"嗯？阿培，你认识她？"那个目测一米七二公分、广东普通话口音的男子说。普通男的朋友果然也很普通。听说广东、海南一带的人在称呼朋友时习惯以"阿某"作为称谓，通常是取名字的尾字，现在看起来果然是这样。

可是……阿pei？咋听起来好像是"啊呸"的发音，普通男的名字叫"啊呸"！脑海中掠过这个念头，让我不由得要笑起来。在这个难堪的时刻，这是我唯一的自我放松方法。

"嗯，算打过照面，很凶的女人。"普通男说。这一次他没有叫我"大姐"、"大妈"。我刚想说他厚道，可是一听见"很凶的女人"，就知道这小子今儿个可没准备就此放过我。

"喂，怎么回事啊？"疑似广东仔的男子提起兴趣追问，好奇地拿目光上下打量我。

"嗨，出去再告诉你。"普通男"啊呸"说，然后看着我。这瘟神似乎并没有要快速离去的意思。"你是卖'屋诺'的?"他用调侃的语气问道。听到这句话，我就知道这下没那么容易过关了。

3

"是的，我是'屋诺'的直销员，先生想买洗面液吗?"到这里，我就完全一副工作中的口吻了。现在可是工作时间，适时忍耐这个道理我还是懂的。

"嗯，顺便看一下其他的产品，对了，这个化妆水，不是可以试用的吗?帮我擦擦看。"普通男的眼睛好尖利，一下就瞄到专柜上的各种试用装。虽然明知他的用意，我却无法拒绝，毕竟我就是干服务别人的工作的。于是我只好拿起公司配置的化妆棉，拿出化妆水倒在上面，接着轻轻擦在他的脸颊上。近距离观看，普通男的皮肤真的好好。虽然我讨厌他，却不得不承认这一点。

"这款产品有清洁毛孔、深层保湿的作用。"我用职业性的口吻娓娓介绍，"一般人的皮肤有痘痘、黑头，是因为出油堵塞所致，所以做好保湿工作是必要的。你用起来感觉怎样?"

"嗯，还可以，可惜是小日本的产品。"普通男的话让我的心一凉。他可真能扯啊。然后，他边享受着我的擦拭，边亏着我："我就不明白了，那么多男士护肤品牌，干啥非卖小日本的产品呢?"

"那也要人家招人啊，其实我们产品不错的，你看像欧芬兰、妮科尔它们是西方品牌，西方人的皮肤和我们东方人还是不太一样的……"我尽量扯开话题，其实心里明白这下惨了。普通男这招可是杀人于无形，在整我的同时还不忘给我扣上大帽子。

"我就喜欢用国货，小日本的产品算啥。你说好好一姑娘咋不干别的，跑来卖日本产品呢?"普通男边说边提醒，"对了，那款乳液也要给我试试。"

试你个头!我心里愤怒地大骂着，偏偏表面上还不可以表现出来。我只能不动声色地反击："我这叫深入敌后呢，潜入小日本后方，摸清他们的运作规律，将来为我国化妆品牌作贡献，你懂个啥。"

"你还真能整啊，敢情每月赚的那些钱都为国作贡献了?"普通男不做单口相声演员着实可惜。我怀疑他是否有过童年阴影，不然咋那么擅长损人呢?

"那你又咋知道我没为国贡献呢?我每月可是按时从工资扣税的，又没白吃国家粮食。再说了，我从小日本后方学到的经验，将来服务国产品牌时用上了，不打得小日本丢盔弃甲?"

我心里恨得不行，可是还不得不再沾上乳液，往他脸上擦拭着。更可恨的是普通男那个广东朋友也发话了："喂，'屋诺'小姐，也给我试试，感觉好的话给你买一瓶。"

我心里窝火得实在不行，感觉被这两个男人合伙耍得团团转，实在不想应答了。广东仔看我半天没出声，居然又追加了一句："不过以你这种深入敌后的人才，不去日本赚赚外汇啥的太可惜了，说不定还能给咱银行添点儿外汇呢。"

广东仔固有的粤式发音，偏偏还想模仿北方字正腔圆的普通话，岂是"滑稽"一词可以形容。普通男和他的广东朋友对视了一眼，然后开心地笑了起来。

"得了，你以为我不知道那句话啥意思？"我也笑了起来，用更动听的声音说，然后悄悄一脚踩在普通男的鞋子上。普通男稍微吃了一惊。我笑着看向他，脚上的力道却逐渐加强。

"有本事家乐福楼上有家日本料理店，上那得瑟去！在这里拿一个女的穷开心算啥本事？愤青我见多了，我不偷不抢，靠工作养活自己。你们这样整我很开心吗？"

普通男好像有些怔住了。他想缩回脚，可是我拼命地踩在上面，同时也没忽略继续帮他试用乳液："像你这种人，顶多也就会发个'万人签名抵制叉叉叉'的帖子，还会个啥？我可告诉你，我最烦的就是你们这种人！"

"阿培？"广东仔留意到气氛和普通男脸上表情的变化，发觉我正踩在普通男的鞋子上，有些看不下去地想上来解围。然而普通男却打手势阻止了他。

"我都二十九岁了，又不是啥名牌大学的顶尖人才，这也不做那也不做，喝西北风啊？你这种愤青有啥了不起的？我每月辛苦领的薪水，都有交税的，你凭啥拿我消遣？我告诉你，我最瞧不起的就是你这种人！"

越说越气，我拼命地踩在那双休闲运动鞋上，就差没将化妆棉冲他脸上扔去，最后索性用力在他脸上乱搓一通。普通男躲闪着，口中不时地提示："好了，行了。"

要我说行才行！回想起那倒霉的一天，感觉只要遇见普通男，我就不会好过！不就想整我吗？成！看咱谁整谁？我继续狠踩他的脚，同时手追着他往后仰的头，朝他的脸继续追擦了过去。就在我还沉浸在逆袭中，听见一声严厉的语调："李玉洁！"

惨了！是店长！刹那间，我的动作僵硬了。我连忙缩回了脚，尽量调整着心理承受力，然后迎向了声音传来的方向。贺店长正威严地瞪着我："你是咋工作的？上周开的屈臣氏微笑服务店会，你听到哪里去了？"

真是屋漏偏逢连夜雨，我呆呆地站立着，想找些为自己辩解的话，可却一句也说不出来。平时我根本不是这样的。为何接连失意的时候，偏偏都和他有关呢？

就在我愣住时，却听见普通男开口说话："领导，误会。我们认识的。她是我一

朋友的朋友，今儿个碰见就想开开她玩笑，没想到耽搁了她工作。她正生气着呢。"

我实在是做梦也没想到会从普通男嘴里听到这话。他是在帮我开脱吗？那个围观我醉酒失态的事儿妈之一、再遇见后拿我穷开心的普通男，他有那样好心帮我说话？

贺店长沉默，一双眼睛不时地在普通男和广东仔身上来回打量。

"领导，都是我们不好，实在是和她好久没见面了，想着和她开个玩笑，你甭怪她。得，我们现在付款买单，准保不再出现这样的事儿了。"普通男撒谎的功夫可谓一流。他又转向我提醒着："玉洁，给我和霆勇各一瓶这种洗面液。我们买单回去了。"

玉洁？贺店长只叫了我一句"李玉洁"，他咋就记住我名字了？我还发怔着，普通男用脚轻轻踢了我鞋子一下。我才回过神来，连忙配合地写好票据，然后拿了两瓶洗面液。普通男接过来，和广东仔一齐向收银台走过去。广东仔也是刚从愕然回复常态的样子。毕竟，事态转变得太突然了。

两人买好单，回到专柜时，恢复职业状态的我，迅速拿出"屋诺"袋子，帮他们放进去。当着贺店长的面，我用惯有的亲切职业笑容说："两位慢走。"

普通男表情复杂地看着我，似乎还想要说些什么，但最后也只是点了点头，然后大步地走出了屈臣氏。那时候，除了知道他叫很像"啊呸"的"阿pei"，还有他那个广东朋友叫霆勇之外，我对于他一无所知。

普通男在我即将被为难的时刻，没有落井下石，反而替我解围，这个突如其来的变化令我印象深刻。我看着那两个人的背影逐渐远离，而严峻的事情还在后头。

"李玉洁，店面是企业的灵魂，这儿不比自家大厅，约来朋友咋玩闹都可以。如果每个员工都像你一样在店面打打闹闹，有啥形象和企业文化可言？要知道这儿不是路边摊！"贺店长把我批评了一通，最后严厉地说，"在工作时有嬉闹行为，罚款一百！不作记名处置。"

一百块！我今天销售的产品提成都不到一百块！这样就给我扣了一百块！我内心纵然不服气可也不敢表现出来，双手指尖蠢蠢欲动着，真恨不得找到普通男重拳出击一番。

从遇见普通男开始，我就没有好受过。顷刻，刚刚才泛起的、觉得那个人还不算太坏的想法，顿时烟消云散了。我不是《奋斗》中那些过着华丽青春的女孩子，对于我们这种小市民来说，一百块就是一百块，有着无法取代的意义。

沮丧、愤懑、不服气，诸种情绪在我内心折腾。如果有机会再见到普通男，我绝对要"啊呸"地叫住他，然后在他回过头来时，一拳砸在他的脸上。是的，我绝对要这样做。

第 2 话 我生命中的友人们

一定要去相亲，宁可错杀一百，也不放过一个。都二十九了，是猫是狗先出来遛遛再说。

　　"你喜欢小叶对不对？"普通男曾询问过我。

　　"当然，那还用得着说吗？"我瞪着普通男，"可是，喜欢小叶与我去见他时穿什么衣服有关系吗？"

　　"当然有，人一天的心情是由服装和发型来决定的，不要忽略衣服、发型和鞋子，这些都是你对付男人的武器。"普通男从他服装店的货架上拿出一条灰色百褶裙时说，"当不安或紧张时，发型和服装能够分散这些情绪，而男人在接触一个女人的起初，都是从表面印象开始的。"

　　"绝对不要忽略服装和发型在约会中发挥的作用，不然只会输得很惨。"那个时候，普通男把在"猎男"方面完全是一张白纸的我，用他自己的方式逐一修正和教导着。是的，如果没有普通男的话……

1

今天，在童景唯家有我和死党们的例行聚会。成年后大家都有着各自忙碌的人生，但每次聚会只要能抽出空，我们都会尽量赶过去。

众所周知我是个无长相、无身材、无好工作的三无产品，而且也没有男人。对我这种女人来说，人生中闪闪发光的三件事，就是自己的存款、亲人和朋友了。

由于舍不得坐出租车，我在公交车站等了很久。我到童景唯家时，已经快七点了。何纪书和孙纤纤都等在那里了。大家围着那张小圆桌在地上盘膝而坐。郭朝聪给我开的门，见面第一句就是预料之中的"玉洁每次都是最后一个啊"。

我嘿嘿笑着，换上拖鞋走了进去。"和大家见面当然要洗了澡才来，不擦化妆水和乳液，皮肤坏了怎么行？"

"得！你永远都这么有理由！"何纪书伸手做了个"打住"的手势，坏坏地歪着嘴角笑说，"你整天这样拼命保养，咋就没见成效，成功交个男朋友给我们看看？"

"老娘是看不上！"我笑骂着走近小圆桌，在童景唯的身边坐下。她身边的位置，永远总有一个为我而留。

与这群发小兼死党在一起，是我人生中最快乐的时候。我们小时候都住在一个地区，从小学开始就认识了。我第一次遇见童景唯，是在和一个试图欺负我的小霸王对打时。之前没怎么说过话的她，不声不响地抢着铅笔盒加入战场，然后是郭朝聪，最后是何纪书。此后，在我的人生里面，一直离不开这三个人。

小圆桌上电磁炉的火锅已经煮沸了。我掏出自己带来的保鲜袋："我去超市买了些鸡肉过来，在家都洗好了的，反正也不多，一并吃吧。"

"等会儿，先干完锅里这些牛肉再说。"何纪书从锅里夹了一块牛肉，率先夹给了他的铁哥们儿郭朝聪。何纪书这人就是这样，把哥们儿情谊看得比啥都重。

"好香啊！"我满足地说。童景唯给我面前的小盘子放进酱料。我挟着牛肉蘸了一下，放进嘴里吃了起来。郭朝聪又往锅里面加了些蟹肉。这时候，何纪书往桌上放了两瓶红酒。

"今儿咱们好好吃喝一顿。"他把红酒拧开，分别往每人的杯子倒了进去。

"纪书，买啤酒就可以了。啤酒便宜，买红酒多贵呀！"童景唯说，端起酒杯摇晃着，同时端详着那摇晃的酒液。

"说啥呢，你不是最爱红酒和咖啡吗？"何纪书凑前看着她笑着回应，"我说这几年你变化越来越大了，先是失眠戒了咖啡，现在口味又从红酒转成啤酒，赶明儿说不定连饮食口味也变了。"

"我倒是想天天喝红酒，可那能成吗？说不准哪天我就变成靠男朋友生活的女人了。"童景唯的笑是苦笑。她放下酒杯，双手支住下颌，"朝聪拼死拼活也就那点儿工资，又摊上我这么个收入不稳定的主，如果不省着点儿可能连房租生活费都付不起。"

"景唯，咋说话呢？"郭朝聪嗔怪，"有谁女朋友出了八本书吗？就我郭朝聪认识的人里面，还真没听说过有女的二十几岁就在台湾和大陆出书，也上过台湾报纸的。你只要把书写好就行，钱的事我来想办法。"

"想办法？你一月最多能挣多少钱？少说这种自以为了不起的话。"童景唯的话让大家伙一时之间都反应不过来，我真没想到她啥时候用这种语气和郭朝聪说话了。

何纪书也没见过她这样子，连忙替她手中的杯子倒满红酒，然后调节气氛："我说景唯，别为难我哥们儿行不？他业绩好时我一个月挣得还没他多呢。"

"景唯，够了，出了书，有个这么帅的男朋友，再怎样都比我强。"看着郭朝聪一脸尴尬的表情，我忍不住要调和气氛，"我不也啥都没有？住爸妈家里，估计邻居成天背后议论我嫁不出去呢。"

"帅能当卡刷吗？"童景唯又苦笑了一下，用手搓了搓额头，"抱歉，这阵子压力太大了，最近可是一个合约也没拿到手啊。没合约就没钱，弄不好我真得靠男人吃饭了。"

"别介……"郭朝聪犹豫了一下，又禁不住偷偷打量了一下景唯的神色，"我的收入是不多，但节俭点儿两个人还是能过的。"

我观察着这对恋人各自微妙的表情，不管放在哪里，童景唯和郭朝聪都是闪闪发亮的人。从小学开始，郭朝聪就格外受女生青睐。少女时我也 YY 过郭朝聪，YY 过他突然向我告白的情景。我不知道是什么让一向自信宽厚的童景唯变成这样。

就连我这种神经大条的女人，也略微地察觉到，这俩人之间的一股隐隐的、却似乎已然存在的墙。

那个夜晚，我们玩得不像以往那样尽兴。我和何纪书多少都有些记挂着这两位。在一顿酒足饭饱之后，大家又哈拉了一阵儿，九点整时差不多都意识到该散了。离开之后，郭朝聪将剩下的火锅汤倒进大盆，然后放进冰箱的情景，直到坐上公交车，仍旧在我心里回荡。

原本以为美女帅哥的组合过的可是神仙日子，但聚会时的景象完全出乎我的预料。郭朝聪是个靠得住、英俊但不花心的实在人，但这样下去，光是回家对着景唯，他也很难顶吧。

虽然担心着景唯，但我躺在床上没多久还是进入了梦乡。我绝对不是那种满腹心事放心头的女人，没别的本事，吃和睡还是咱的强项。第二天醒来以后，太阳照样运转，该干啥干啥。

所以该联谊或相亲，一个也甭落下。五天后，我接到小姨的电话，又给安排了个相亲，对方是医院的医生，三十五岁，未婚。小姨好不容易托人游说了半天，总算答应和我见个面。当妈妈将这个安排转告给我时，我马上决定：去！

2

一定要去相亲，宁可错杀一百，也不放过一个。都二十九了，是猫是狗先出来遛遛再说。当然，经历了五次失败的联谊，勇气和自信磨灭大半的我，首先想到的是再去选购些战衣，最起码出现时也要像个人样不是。

我和普通男的第三次相遇，就发生在我四处选购战衣的那一天。

周三我向店里提出休假，周四就外出进行相亲战衣大选购。我逛了很多商场，看了很多衣服，就是没法定下来，总觉得没准哪家店有更便宜或者更好的。于是我一路走下去，最后到了广宜街。那条街是我们这座北方小城服装店面集中的一条人行街。在这条街上，我再次见到了普通男。

我走走看看，看看停停。有一家服装店吸引了我的目光，那是家装修清新素雅，却很有范儿的服装店，店名叫"当下"。当下？真有趣的店名，光看着店门口外面的男女服装，就觉得很舒服，于是当即决定进去看看。

"欢迎。"我进去时，店里面的一个男人很友善地冲我打着招呼。当我迎向他的目光时，霎时，我和他都愣住了。

咋回事？我居然在这家服装店里面看见了普通男！真是冤家路窄！起初愣了一下的我，立刻在脑海里面调整过情绪来。他说"欢迎"，就表示他是这家店里面的人，不管是管理者还是经营者或者店员，总算给我逮到机会了！

我想我的嘴角一定浮起一丝坏笑，因为普通男怔住了。我在他的脸上看到明显的"不好了"的神色。普通男仁立着，笑容有些僵硬，进退不是地望着我。

虽然是可恨的男人，不过开服装店的，对于着装还是挺有谱的。他穿着一件紫色衬衫搭配黑色条纹西裤，将男子沉稳的一面呈现得蛮英挺的，不过再怎样的着装也无法掩饰他的那颗坏心（虽然好像也并不怎么坏的样子……）。

我四下巡视了一下店内，很快发现一张仲间由纪惠身着时尚服装的海报。在那张海报下，有着山寨仲间造型的服装，还挺像模像样，当然价钱也便宜不少。我嘀咕了一下，立刻借题发挥起来。

"这店感觉咋这么寒碜呢，素得让人进了就觉得穷酸。"我仰起脖子高傲地说，总算逮着个占据主动的机会，"看看！这爱国热血青年还在店里贴日本女明星照，敢情卖日本化妆品的是汉奸，卖日本山寨衣服的就爱国了？"

普通男的表情，好像被人同时往嘴里面塞了五个柿子一样，想说话又说不出来的感觉。店里面有几个年轻小女生在闲逛着，听了我的话同时看了过来。

"你好，请问想看哪方面的衣服？"普通男仿佛恢复过来了，也可能觉得这样下去也不是办法。他友善地向我走了过来，表现得好像根本就不认识我似的。

"随便看看，我说这店里面咋日韩风格的服装那么多？高丽棒子和小日本的山寨货也敢拿出来卖，赚老百姓的血汗钱。"我用一种厌恶的语气说道。那些小女生都看着我，普通男呈现出一副"真的不妙了"的懊丧表情。

"是吗？其实我们家自己也设计服装的，国内品牌我们也有进。喜欢的话我带你看看？"普通男缩小了与我的距离，站在我的旁边，压低了声音，"那天算我玩笑没分寸，今儿个你大人不计小人过，我给你打折。"

这是在示弱？要求我别在店里面闹？在屈臣氏时咋没这样好心放过我，那时候看我困窘的模样心里爽着吧？小样。我盯着他："玩笑？有这样开玩笑的吗？我和你很熟吗？敢情你随便逮着个女的都能玩笑？"

还不待普通男回应，我就直接向另一个货柜走去。他跟了过来。说实话，这家店的服装确实不错，尤其是标着"当下：本店自制品牌"的那些衣服，难以想象是这家店自己做的。我选了套自己看中的，没说二话直接进了更衣室。

试了，还不错。服装与人之间存在四种关系：人驾驭时装、时装驾驭人、时装抛弃人，最后一种是最理想的关系——服装与人互相适应匹配。这家店的自制品牌属于最后一种。当我试穿出来以后，普通男立刻迎了上来。

"很适合你，黑白色调也显得精练，穿上后整个人的味道都更有都市女性的风范了。"普通男显然在更衣室外等了一会儿，嘁，这小样搞接待销售还挺有一招的。

"土死了！这种衣服也敢拿出来卖！"我表示轻蔑，"又卖日韩山寨，又搞这种小工作坊，简直不知所谓。"

话虽如此说，我又拿了几套衣服进去试穿，整个人都霸占着更衣室。随着时间的流逝，普通男越来越沉不住气了。

当我又拿着衣服出来后，普通男伸手一把轻轻抓住我的手腕："姐，算我怕了你，行不？就算那天我不懂事得罪你了，可我也没这样咋呼你啊，最后我不也和朋友给你捧场了不是?"

"姐你个头!"一提那天的事我就来气,"你才比我小几岁啊,叫我姐,难道我很老吗?"

"咳,我不是这意思。"普通男着急了,不过气度还是控制得很好,始终自己做生意的人就是不一样,"我的意思是,你消消气,咱算是不打不相识了。"

"甭给自己脸上贴金!谁和你不打不相识?"我堵在更衣室门口说。我就想看他着急生气。

"我……"这话他没能说完,因为那几个在店里面闲逛的小女生聚在一起过来了。"干啥呢?大妈。"一个看上去挺清秀的小女生说,"敢情你不是来买东西是来捣乱的。我可告诉你,要撒野到别处撒去,甭坏了我们林哥的生意,知道你很碍眼不?"

"我干啥了?哪家店规定我不准试衣服来着?"我试图为自己辩解,但局势显然开始逆转,我一个人实在没信心去迎战这些个嫩得都能掐出水来的小女生。

"关键你真是要买衣服吗?我咋感觉你是来捣蛋的?"另一个小女生不屑地说,"自家生意不好要自己检讨,自己不长进还跑别人家撒野,这样的店不关门才怪。"

我无语了。这些小女生把我当成普通男的同行,忌妒他生意上门砸场子来了。

"等等。"就在我进退不是的时候,普通男居然出面替我解围,"其实和她打过照面的,发生了些误会,说起来也是我的不对。"

看着他那种假好人的样子,我真想将手里拿的衣服朝着他迎头盖脸地砸过去。在脑海中YY了那样的情景,现实中我却只敢瞪着他,看来这小样装好人功夫一流。

"咋了,林哥?"那些小女生兴奋地说,个个表现得想要一探究竟的样子。

"呃,那天她醉酒,摔倒时抓住迎面的我,把我给绊倒了。我气不过损了她一下,结果两人吵了起来。不久在她工作的店里面遇见她,我和霆勇把她小整了一下。"普通男利落地交代了一番,看起来他的交流能力还挺好。谢天谢地,他总算没把我最隐私的事情给曝光出来。

这样看起来,或许普通男还不算太坏。联想起那天他在贺店长面前为我说的好话,还有叫广东朋友一起买下洗面液的事情,我有些动摇了。无论如何我不想再反击下去了,谁知道接下来还会不会跳出个七大姑八大姨的来帮忙将我围攻一番。

"呵呵,真逗。"小女生们银铃般笑了一阵儿。我听见那个清秀的小女生说:

19

"人年纪大了就是爱记仇，和我妈差不了多少。"她说着，又转向我，语重心长地说："大姐，算了，林哥这人真挺好的，每次买衣服都给我们折扣。他不是坏人，你就甭弄他了。"

啥？我哭笑不得地瞪着眼前这堆活宝。我感觉每次见到普通男一准没有好事，这小女生居然拿我和她妈相提并论，而且……"弄他"！这词用得咋听起来这么不是味儿呢？就他那德性，还"弄他"？难道这是年轻族群最新的流行用语？

"得得得，你们甭在这添乱了。"普通男伸手按了按小女生的头，"云鹤，你们几个今儿看中啥衣服了？看中的话就拿进去试试，适合的话我给你们打个折扣，下次多带些朋友过来。"

他说完，又转身看着我："今儿个也试够了吧？要不要我给你参谋参谋？"不等我回应，他又继续说："来，我带你看些本店自制的衣服，都是我和霆勇，就是那天去你店里和我一起的朋友做的，绝不山寨，不嫌弃的话听听我的意见，觉得满意再试穿也不迟。"

他根本就不去计较我绷得紧紧的脸。普通男微笑着，在我硬生生的反应下，将我拉到陈列着"当下：本店自制品牌"的专柜前。他温和地看着那些衣服，那眼神就好像面对着自己的孩子或者恋人一样。

3

"你看起来也就一米六二吧？不过身材比例可以，穿裤装很适合你。女人穿裤装再搭上高跟鞋，挺有气场的。"普通男的手开始在专柜的自家服装上搜罗，那架势还蛮专业的。

看着他专注地挑选着衣服，我犹豫了一下，不晓得该不该开口。我为什么非得告诉这个可恨的家伙我的隐私不可？不过，反正报仇也取消了，如果我继续站在这儿，总得说明自己的情况和需求吧。就我这点儿薪水，白花了钱却不讨好，我冤大头啊！

"那个……如果是去相亲，裤装真的适合吗？"我心一横，索性直接说了出来，最烦婆婆妈妈了，"不是说男的都喜欢有女人味的？去相亲我要啥干练精明啊。"

"相亲？"普通男稍微吃了一惊，随后似乎觉得颇为有趣笑了起来。他直起身体，颇佩服地看着我："你还真是挺勇敢的，先是在大街上大喊，接着就身体力行去做了，挺能耐一女的。"

"你这人说话不能轻点儿？跟一大喇叭似的，我还没钱付你宣传费呢。不然能咋样呢？最烦那种只会穷喊着没这没那的主，如果我光坐着抱怨，男人也不会从天上掉下来不是?"我压低声音说。

普通男笑了笑:"得,你还有害羞的一面。"

"……"这话咋那么不中听呢!

"如果是相亲的话,还是呈现出女性柔美的一面比较好,裤装自然是不适合的。"普通男思索了一下,又转身投入货柜前搜索起来。不久之后,他拿出了一条连身裙装。"进去试试。"他朝试衣间的方向努努嘴,那语气简直一副认定这衣服适合我。

"不用犹豫,试试再说。"看我迟疑着,普通男居然一把抓住我的手臂,拿着衣服就将我往试衣间里拉。

"喂,我说你别拉我啊。"意识到那些小女生都在看着我们,我试图挣扎。有这样服务顾客的店员吗?但我还没挣扎出劲儿呢,就被普通男一把塞进了试衣间,然后他把衣服冲我抛了过来。那裙装落在我的头上,我的视线一片乌黑。

"¥#%#¥%"我真的很想骂人。虽说我缓和了立场,但也不用这样折腾人吧?敢情我要付钱还成了个被摆弄的,真是太狼狈了!凭啥乱往我身上扔衣服?我气恼地把衣服拿下来,抱着愤恨的心情换好了衣服,然后打开门走了出去。

"我说你这人咋回事?尊重点儿人行不?当我是白痴啊?随便把衣服扔过来,罩我头上了知道不?敢情我是模特假人呢。"一出来我就对着普通男一阵斥责,可是他却不愠不火地打量着我。

"很适合啊。"普通男脸上露出满意的表情,轻轻地点点头。敢情刚才我的斥责他全都没听进去,只管评判我穿这衣服的效果了。就在我新一轮斥责即将出炉时,那个叫云鹤的清秀小女生也过来了。

"唔,大妈还挺适合这衣服的。"她站在普通男身后若有所思。

"我才二十九岁!只有五岁的小女孩才有资格叫我大妈。"我愤愤地说。但他们俩人的目光全集中在我身上,难道,这衣服有这么适合我吗?我不禁朝身后转了过去。

的确……挺适合的。才一转身,我就看到了镜中的自己。浪漫的荷叶边、甜美的蝴蝶结、搭配黑色褶纹及膝的裙摆,我压根没想过自己穿衣服也能带出甜美的感觉。甜美,这词和我太不搭了。

"适合吧?我的眼光不会看错的。"普通男走上来,从我身后与我一起凝视着镜中的我,然后掏出手机按着键盘,"七百二十块,给你九折,六百四十八块。"

"六百四十八块?抢钱呢?自己店里面做的衣服还卖六百四十八块!"我嚷嚷起来。我真的没买过这么贵的衣服,现在为止我最贵的衣服都没有超过两百

的。我就一小市民，哪买得起这么贵的衣服。

"不贵了，虽然是我们自己做的，可是布料都很好的，而且剪裁得格外精细。你自己穿在身上，感觉如何心里最清楚吧？"虽然我是做销售的，可是普通男的靡靡之音还是渲染了我对这衣服穿在身上的良好感觉。

"给我八折。"一咬牙，我决定买下了，就当是持续对决的战衣。去相亲没个好形象，谁会搭理你啊。"你甭跟我贫，你这衣服能和大牌子比吗？你还害我丢脸了呢。你不想道歉吗？刚才你不是说让我别计较过去那些事吗？给个八折，我以后带朋友过来捧场。再说了，生意做的是口碑，衣服再好也得要人知道对不？"

我一连串直销员似的连环炮轰得他直苦笑。普通男瞪着我，摸着后脑勺，犹豫了很久，最后咬了咬嘴唇："成！但我可告诉你，下次来没这价钱了，我这店还要做生意呢。"

"八折，我进去换下来后给我打包。"付完五百七十六块钱后，我心里很疼啊。

普通男动作利索地打完包，将衣服放进自制的设计精美的"当下"服装店袋子，又双手伸直递来一张名片。我接过名片一看，林铭培，上面印着"当下服装店设计师兼店长"，难怪广东朋友叫他"阿 pei"呢。

"我只是设计师兼店长之一，另一个是我哥们儿赵霆勇，就是……"他见我看着名片，想补充说。

"就是那天在屈臣氏一起整我的那个。"我接过他的话，"话说这贴着日本女演员海报、销售高丽棒子和小日本山寨服装的店铁定没前途，你个不爱国的汉奸。"

"姐，你就饶了我吧，那天是和你开玩笑呢。"普通男一副招架不住的样子连连告饶，"店里还有国内品牌和本店自创服装呢，有空多来捧场，顺便爱爱本国的新晋设计师啊。"

"还新晋设计师呢，不就一服装店长嘛。"我将名片放进提包，白了他一眼，转身朝店外走去。

普通男在背后喊："你那发型……我有个朋友开发型店的，要不要去做一下头发？"

我没理会他，直接走了出去。得，在他这消费没完，还想继续拉着我到他朋友店里面挨宰呢，等我赚了大钱想咋花就咋花时再说吧。拎着装有"战服"的袋子，我暗自说道，一定会有个好的开始。

第 3 话 与普通男讲和

刚刚，她意识里面最在乎的，不是自己是否可能跌伤，而是"我的鸡蛋破了该怎么办"。

刚刚认识小叶的时候，我总是向普通男埋怨，我总是忍不住向普通男表达自己的担心。

"帅哥身边一定是美女或者优秀的女人吧？我就一个没长相、没身材、没好工作的三无剩女，是不是有些太痴心妄想了。"

"那可说不准，凡事总要努力尝试一下。"普通男说。

"可是……"我仍然没有底气地置疑。

"大姐，没看见有些美女身边陪着的是个小胖，而帅哥身边的女人却非常普通吗？"普通男说，"自己没有资源的话，就要想法子让男人认识到你不同于其他人的地方。"

"有哪些东西是你拥有而其他人并不具备的，或者你擅长而其他人没天分的，就要在与男人的相处中放大、传递并且强化，让他逐渐感觉到你的独特。要是先天条件不如别人的话，就得在其他方面下手才行。"那个时候，普通男耐心地指导着在对付男人方面近乎小白的我。

1

这次相亲的对象叫海德培，三十五岁，未婚，长得还可以。总之就是身材还没走形，脸还没长歪，而且又是医生，我挺满意的。女人一旦过了二十五岁，眼光就慢慢放低了，一旦即将三十岁，得，别人不挑咱就不错了。

这次我很用心，耐心地聆听着海德培讲述自己工作上的事，还不时地发出微笑，表现出很感兴趣的样子，偶尔也说一下自己的事。去之前我还用心地化了妆，穿上那件花了我五百七十六块买来的衣服，这真的已经是我目前最大的能耐了。

相处了约有三十分钟，就在我自认为气氛还算不错的时候，海德培居然委婉地拒绝了我！那家伙用歉疚的语气说："我还是想找个有稳定工作的，结婚后能够两个人一起好好努力。现在男人也很不容易。两个人一起奋斗，好过讨个媳妇回家养着。我不要求工资有多高，至少工作得稳定一点儿。"

这算啥？我脑海里面一片空白。敢情我是因为工作不稳定被当场刷下了。又是一个郁闷的经历！我穿着高跟鞋跌跌撞撞地在街上走着。不行了，我得喝啤酒才行。啤酒，我的啤酒在哪里？我拐进一家小超市，买了五罐啤酒，一走出去就喝起来。

到底哪里出了问题？他是知道我的工作后才答应见面的，咋我的工作就成了被拒绝的理由？这太欺负人了不是！我大口大口地灌着啤酒，渐渐地，觉得啤酒不够，就又再买了五罐。

啤酒一喝多，醉意就上来了。思绪飘荡的我，在大街上拼命寻找着原因。不可能啊，我自认为表现得还不错啊，还特意买了战衣。一提起战衣，我就想到了普通男。

是了，一定是因为那个扫把星，不会有错了！醉意醺醺的我恼火地想。自从遇见他后就没好事，一定是那个普通男要报仇给我灌了迷魂汤，一定是这衣服哪里出了问题！

越想越火、越想越不甘心，我决定立刻去找普通男讨回公道。到了广宜街，我立马杀了进去。我很有气势地走进当下服装店时，广东仔赵霆勇正对两个年轻帅哥推荐着衣服，我不管不顾地向他走了过去。

"啊呸在哪里？"我的酒气一定呛到这三个男人了，赵霆勇皱了皱眉头，两个帅哥更是避之唯恐不及地闪到一边去。

"你说阿培？他早回去了，现在是我看店。"赵霆勇上下打量我，"我说大姐你又在搞啥飞机啊？跟个醉鬼差不了多少，找张凳子坐着，我接待完客人再来伺候你啊。"

"大姐？你才大姐！你全家都大姐！"我失控地叫了起来。这是个什么世界啊？比我小几岁的人都争着装嫩赶着叫我大姐，那是不是改天比我年轻十岁以上的人都要叫我大妈啊！

"去叫啊呸来！告诉他我在这家店里面等着！不然我扒了你这个不爱国的汉奸的皮！"我指着那张仲间由纪惠的海报大喊，那三个男人看我的样子跟瞅见个疯子没啥两样。

"啥？汉奸。沾嗨谋半伐（真是没办法）。"广东仔赵霆勇看了一眼中间那张海报。对于广东人来说没什么比生意更重要的事情，他立即掏出手机，"喂，阿培，上次那个'屋诺'大姐杀到店里面闹来了！你得嗨边回事啊（你们是咋回事啊），她说你不来就扒我的皮，都把客人吓着了。嗯，你过来一趟吧。"

很快，普通男就赶了过来。看得出来他很生气，急切地迈进店里面，一眼瞅中我后赶了过来："咋了？我说你这人没问题吧？我正忙着设计图呢。你一两次任性也就算了，连续犯混可招人厌了，话说我没得罪你吧？"

"犯混？招人厌？"我霍地站起来，拿起旁边的衣服，劈头盖脸冲他砸了过去，"你是报复我吧？害我花了五百七十六块买的衣服，快六百了！结果呢，结果因你这衣服把我相亲搞砸了。"

"大姐，有病上医院去！"普通男身手还算敏捷，一把接过衣服，更迅速而有力地朝我抛过来。那衣服顿时从头盖住了我的脸，我啥也看不见了。我觉得自己那样子一定非常丢脸。

"你……"我一把扯过衣服，心里诸种情绪反复折腾，"自从遇见你就没有好事发生过！我当众出丑、工作场合被捉弄、被店长罚款、我的死党也越过越不顺利，买了你这店里的衣服，就连相亲也被当场刷下了，都是你这个死啊呸！"

"……我说别这样叫我。"普通男大概被我这一连串痛说家史的情况给蒙住了，原先挺生气的架势缓和了下来。他有些无可奈何地打量着我。我听见旁边的赵霆勇嘀咕了句，"这大姐真够悲惨的啊。"

"我说你说够了吗？"普通男问我，他的语调降了下来，"全部都是别人的责任吗？你自己喝醉了跑到别人店里面闹事，这种行为很光彩吗？我想你也不是一次两次喝醉酒出丑吧？与其怪我的衣服出了问题，怎么不去想想可能是你自己本身的缘故！"

"怎么不去想想可能是你自己本身的缘故！"我模仿着普通男说话的语气，措辞激烈地嚷了起来，"你倒挺会装十三的啊，这么义正词严的，咋还会当众数落一个刚在联谊中被刷下的伤心女人？咋还会和朋友在别人的工作场合联手整一个女人？敢情你一大老爷们儿的作风全浓缩到这方面了?"

"在大街上看见一女的瞎喊'我要男人、我要男人'的，是人能不停下来多看几眼？你还把我扒倒了呢。我新买的衣服，抱怨几句都不成？我在你店里整了你一下，我有明目张胆到阻碍你工作吗？我还跟你领导说你好话了。"

普通男也是很生气的样子，本来他似乎已经有些消气了，现在火一下又上来了："你到我店里面可没那么客气，怎样损怎样来，就这样我还给你打了八折赔罪，还能咋样？我说你够了你!"

"够？永远都不够！你个扫把星！肯定是用阴招损我!"我激动地挥舞着提包，"这都啥衣服？是人穿的吗？今天相亲失败肯定都在这衣服上！穿上去还像个人样吗？介绍我买这些衣服!"

当下服装店里面吵哄哄的，两个帅哥也无心挑选衣服，迅速离开了服装店，这让他非常恼火。他看着我，一下子不说话了。我被他看得心虚："咋了?"他也不应答，继续看着我，忽然问了一句："你确定是我这衣服不行吗?"

"而不是自己人不行?"还不待我回答，普通男再问了一句。他根本就没想要让我回答，又继续往下说："你根本就整个人都缺乏自信吧，虽然看起来好像很强的样子，但内心里还是个缺乏自信的大姐。"

"警告你甭乱认亲戚！谁是你大姐!"听了太多"大姐"，我都快被这两个浑小子整成"大姐恐惧症"了。

"如果有自信的人，就算被叫大姐又咋样？徐静蕾还自称老徐呢，有人觉得她真老了吗?"普通男声音不大，却字字都很有力地说，"我告诉你，我衣服没有任何问题，出问题的是你自己。"

"我自己?"这浑小子想推卸责任？我拎起提包向他打了过去。然而普通男一把扯住我的提包不放手，我又扯不回来，两人形成了对峙的场面。

"好的衣服也得适合的人穿，如果穿着它的人不注重仪态、没修养、只会大吼大叫、没事喝醉了到处乱惹事，再好的衣服这种人也穿不出个派儿来。"

"真正自信有内涵的人，不会因为被别人叫了几句大姐就恼羞成怒，也不会因为相亲失败就跑别人店里撒泼。"普通男看着我，不晓得为什么，相比起我的大嚷大叫，我反而觉得他这样更有气势。

"撒泼?"普通男居然这样形容我，我真想夺回提包，然后上前将他好打一顿。

"不叫你大姐叫小妹，这样你觉得自己就年轻起来了?"普通男说，忽然将提包往他的方向用力拉，我顿时被带到他面前，"你说过，自己工作很辛苦吧，

27

不管怎样，你每月不用出一分钱就能领工资，我这店每月的租金可五千五呢。"

"要付店租、电费、材料费、装修费，赚少点儿就没钱进好材料，我们可是自个儿砸钱进去的。你被扣一百块都觉得心疼不公平，那你没事在这瞎闹，我损失多少客人？"他边说边一把扯住我胳膊就往外拉。

"我说你干啥呢？"情急之下我朝着他又踢又打。他仍旧不管不顾地扯着我大步往外拉。男人劲儿咋这么大啊？我被他拉得快步直冲，醉意渐渐地开始消散了。

"这次，我啥都不欠你的了，下次再借酒醉闹事，我直接把你扔出去。"普通男扯着我，把我拖到店外，然后一下用力推了出去。我整个人都被推了个趔趄，步伐不稳地摔倒在地。

而这时候提包也丢出了老远，可是原本转身要返回店里的普通男，却没有走进去，而是捡回了提包，再轻轻扔到我的身上："回去吧，没准第二天就后悔丢人现眼了。"

"混蛋！"我冲那浑小子的背影大骂，歪歪扭扭地站起来。算了，好女不跟混账斗，咱一女的和两个混账男硬杠，可捡不到便宜。我慢慢地往前走着，北方的凉风吹拂而过，发丝也在风中飘舞起来。

被风这么一吹，我似乎得以逐渐清醒过来。当我走出广宜街时，我才意识到自己做了多么愚蠢的事。或许，普通男说得对，我只是一个缺乏自信、善于寻找借口掩饰自己失败行为的女人。当神智逐渐清醒过来，我面临着两个选择。我当然可以快步离开这儿，搭乘公交回家，好好睡上一觉，反正普通男他们应该也不敢再来寻仇整我了。可是，我的脚步却无论如何也迈不出去。

这件事从头到尾似乎的确是我自己做错了，普通男是没有责任的。我抓着提包，呆呆地站着想。或许，我不应该在情绪低落时喝那么多酒，相亲失败原本不是借口。我为什么这样忌讳别人叫我大姐，为什么这样在乎相亲结果？不管怎样，这次跑别人店里面闹事，是非常没品的行为。我不打算逃避，而要正视这一点。

所以我要回到那家叫当下的服装店里面去。我深深吸了口气，然后走了进去，普通男正和赵霆勇交谈着什么。

"大姐，不是这么勇猛吧？又杀回来拼命了？"一看到我，赵霆勇显然头都大了，普通男脸上也呈现出"不妙"的表情。两个男人对看了一眼，都露出棘手的模样，他们显然并不擅长应付我这样的女人。

"你拼命，你全家都拼命。"我反驳赵霆勇，"好端端的我干啥要拼命啊？拉倒吧你，我的命可值钱呢，为你们这俩男的搭上一条命可不值了。我回来，是有事要做的。"

"有事要做?"普通男提防地说。

"……对不起!"在没有任何铺垫的情况下,我忽然这样说。由于太过意外,普通男和赵霆勇都愣住了。

"啥?"普通男说,他和赵霆勇老半天没反应过来。

"我说对不起!"我大声重复了一遍。这两爷们儿难以置信地盯着我,我不得不解释,"我酒醒了,刚才这么一闹腾,又加上风吹,我酒醒了。所以……我决定回到这家店里面,证明我不是只会撒泼的女人。"

"你说得对,出了问题的是我,而不是衣服。"我看着普通男说,"可是,我却不想承认这一点,而想把责任推给衣服、推给你,喝醉酒跑这里来闹,现在我觉得很丢脸。"

普通男没说话,安静地聆听着,脸上表情逐步发生变化,变得耐人寻味和温和了些。

"可是就算怎样丢脸,明明是自己做错了,拍拍屁股走人,我就真的变成那种讨厌的女人了,所以,我想要回来道歉。也许我本身就是个没自信的女人,也是,已经二十九了,男人也没个影,这样我怎么自信得起来呢?"我紧紧抓着提包自嘲地说。

"……"普通男还是沉默。

"我说完了。"觉得把想表达的话都说够了,我向他们点了点头,然后转身准备离开。在我即将走出服装店时,"等一下",普通男的声音从背后传了过来。

"?"我转过身体。普通男定睛看着我,想了一下,然后说:"你并不是啥讨厌的女人。"

我不晓得要怎样回应。普通男犹豫了一会儿,补充说:"或许有些讨厌,但是,我收回先前的话,你,或许是个奇怪的女人。"

"奇怪的女人?"这算是称赞我还是贬我呢?可是,我却不由得笑了起来,然后,转身离开了这家服装店。离开的时候,我终于轻松了下来。不管怎样,我做了自己认为正确的事。

在风的吹拂下,我走出了广宜街。我明年也要三十了。那个医生之所以拒绝我,最根本的原因在于我没有魅力吧。我思忖着,不想再寻找借口麻痹自己。最起码从现在开始,改变还来得及。我想变成更好的女人,然后,哪天不定也能给我捡个顺眼的男人回家。我这样鼓励着自己,在暮色下,大步朝着前方走了过去。

2

早上八点三十分。童景唯站在一堆大妈大爷旁边，和他们一起焦急地等待着家乐福开门。肤色雪白、年轻美丽的她在一群大妈大爷中显得非常显眼。再过一会儿，这群人即将开始一场早晨抢购的恶战。

开门。大妈大爷们犹如杀敌的部队，全都争相朝电梯跑去，家乐福工作人员提醒着"不要急，一个一个慢慢来"。在以老年人为主的部队中，童景唯奋勇地杀出重围，被挤来挤去地排上了率先走上电梯的一批人中。

从电梯直接上了三楼，童景唯和大妈大爷们赛跑着杀入了家乐福。她的动作还是不及大妈，鸡蛋销售处已经排起长龙。童景唯抢了个位置，然后盘算着轮到自己的时间。

现在这个时间的鸡蛋销售是三块钱一斤，而外面的价钱是四块二到四块五。早上搭乘免费班车前来，多买些特价菜，逛到时间后再搭乘免费班车回去，可省下两块钱车费。

焦急地等到自己，童景唯拿了一袋鸡蛋，立刻又杀到大白菜处，然后又杀到所有特价处，排队、选择、封袋、称秤、标价。这时候超市的顾客中，她是为数不多的年轻人。

采购好货物，童景唯总算放心在超市里面溜达起来。有款眼霜很想要，一百二十块的价钱，要买她也买得起，可是……已经好几个月没拿到合约了，不能不节俭一点儿，童景唯拿着它看了半天，最后又放了下来。

买些牛肉……郭朝聪有每天运动的习惯。他工作辛苦，如果吃方面再省下来，可能体力上就撑不住了。童景唯下定决心，又买了些牛肉。

到了即将发车的时间，童景唯付完账，将东西全部放进购物袋，然后急急地乘电梯朝发车处走去。就在即将走出去时，她脚下一个趔趄。她的心一下提到嗓子眼，自己不要摔了才好！

"小妹，担心。"幸好，她被一个老大爷扶住了。童景唯一边不好意思地笑着道谢，一边小心翼翼地拎着购物袋。坐上班车后，她忽然感到自己很可怜、很可悲。

刚刚，她意识里面最在乎的，不是自己是否可能跌伤，而是"我的鸡蛋破了该怎么办"。指尖抚摸着购物袋，童景唯忽然有种想哭的感觉。自己怎么会变成这样？她看着窗外。可是，想哭、要哭但又不可以哭，这种感觉才是最难受的。这样循环反复的生活似乎没有尽头，她对于生活，已经渐渐失去了信心。

爱情，真的可以弥补填充一切吗？

舍不得叫出租车，我搭乘公交车赶到了福来小酒吧。说是小酒吧，其实是家经营烧烤、各类小夜宵和啤酒、茶、冷饮的小店。店里面设计了各种隔间，方便三五好友相聚。福来向来是我们的聚点之一。这儿收费不贵，顶适合我们这种小市民。

"老娘来了。"我兴致勃勃地来到三号隔间时，何纪书正和郭朝聪说着些什么。郭朝聪显得一副闷闷不乐的样子。我一进去就直接从架在火炉上的铁丝网中选了个快烤好的鸡翅膀。

我是接到何纪书电话才赶过来的。那小子在电话里说："朝聪心情不好，我拉他在福来这边喝酒呢，你要不要过来陪哥俩喝一杯？"一听到童景唯不在，我心里或多或少晓得咋回事了。

我悄悄瞄了郭朝聪一眼，他的眉头紧锁着，缓缓地喝着啤酒。记忆中的他，总是在朋友沮丧时鼓劲安慰，就连童景唯以前发脾气时，他都尽量安抚。实在没办法了他就躲开，等童景唯情绪过了，又重新回来逗她开心。

所以看到郭朝聪忧郁的样子，我的心里很不好受。我也是那种在死党前藏不住话的人："朝聪，干啥呢？你都快赶上梁朝伟了，我可告诉你，现在不兴忧郁路线了，别把自己整得死气沉沉的，行不？"

"没有忧郁啊，只是心情不咋好。"郭朝聪像被提醒了一样，淡淡地笑了笑，"景唯她……最近压力似乎越来越大的样子。虽然我也说过，合约现在拿不到，不代表以后拿不到，我们都还有存款，再不济我再发奋跑些业务，生活总能过的。"

郭朝聪边说边喝着啤酒。我发觉男人心情不好时，视线通常是往下看的。"可是，景唯的失眠情况似乎更严重了，有时候饭也吃不好。我知道她很害怕，害怕自己就这样没办法再往这条路上走了。"

"所以……"我拿着鸡翅膀却没有吃，而是看着郭朝聪，希望他说下去，把心里面所有的苦恼都倒出来。他能够稍微发一下牢骚的，也就只有我们这群死党了。

"她这样我也很急，可是我却啥也做不了，明明是这样努力想为她做些什么的。可是景唯她一说'不能全指望一个月收入有时只有两千多的我撑起一个家'时，我就实在没话说了。"

郭朝聪用手肘架在桌上，缓缓地捋着自己的发丝，把它们弄得凌乱不堪："是啊，有时候我会想：如果她跟的是别人，那么是否就能好好地、不受这些现实制约干扰地追逐理想、做她想做的事，可是她却选择了我，结果我什么也没能为她去做。"

"你是不是觉得她不该陪你一起过这种苦日子？"我反问，"她看中的是你这个人！你对景唯好，她能不知道？我是不太懂恋人间的相处之道，可是朝聪，我知道一个道理：一个心情不好的人，需要的不是同情或者有人陪她一起叹气痛苦，而是一个开朗坚强的人，带着她从低谷里面走出来。如果连你也这样，那景唯还能靠谁呢？两人一起坐着等忧郁症上门啊？"

郭朝聪看着我，半晌没有说话，然后，他忽然微笑起来。"知道了。"郭朝聪说，深深吸了口气，"也对，如果连我也摆出一副苦瓜脸，那么景唯在这种环境下应该只能窒息了。她把自己托付给我，我一大老爷们儿，咋能在这里瞎忧郁呢。"

"是吧？笑出来多好，你笑起来很帅呢。"我对郭朝聪说。

那晚，在回家的公交车上，我看着窗外的景色，猜测着童景唯的想法。同时也告诉自己一定得坚强，即使没有男人，也要好好地活下去。

3

接下来的几天里，我每天都跟销售额搏斗。然后，在周五的下午，我迎来了生命中久违的悸动。这个男人是在周五下午出现在屈臣氏里面的。当时我正在向其他顾客介绍着"屋诺"的产品，他从专柜前经过时，我只是无意间瞥了一眼，但随后心跳的频率令我大为吃惊！

只是短暂的一眼而已，可是，目光就不由自主地追随了上去。这个男人穿着一件白色法式衬衫，一条蓝色牛仔裤，外罩一件蓝色毛开衫，脚上是一双蓝色条纹布鞋。我接触过形形色色的顾客，男的女的都见了不少，可是，像这种无意间的一瞥就被牢牢锁住视线的，这可还是头一遭。

接待完顾客后，我的注意力全部集中在这个男人身上，注意他逛到哪里，留意了哪些商品。我看着他拿了剃须刀、剃须泡沫还有须后水，然后又一直用目光跟踪着他，心里盼望着他能多少留意我的"屋诺"专柜。

我想要和他说话，至少让我好好看看他的样子。在他走进店里的那一眼，我就被杀到了，而且是重伤。有时候，女人也会好色，也会起贼心。我一直在祈祷着，心不在焉地守着专柜，其实注意力全部被这个男人给吸引了过去。

终于，这个男人来到"屋诺"专柜前。老天见怜！顷刻我就变得紧张不安起来。这个男人，是我喜欢的类型。俊美挺拔的外形，令他穿起最简单的服饰，不需要过多装饰，也能流露出春天般的清新气息。他在外形上与郭朝聪有得一拼。帅哥我也见过不少，但让自己如此紧张的，也还是头一回。

"'屋诺'？我想看看乳液，有什么好推荐的吗？"这个男人问，目测一米七八的身高，鼻子很直，短发，显得倍儿精神。我觉得呼吸变得困难起来。啊，我不行了，瞬间好像被吴君如给上身了。

"有啊。这是我们最新款的乳液，集结了保湿化妆水、须后护理、控油滋润的精华，而且十秒的快速吸收，效果很不错的。"我条件反射般地射出一堆滚瓜烂熟的介绍词，"口说无凭，亲身体验一下效果是最好的，你可以试试，我们有试用品的。"

"试试啊?"这个男人犹豫着，一副举棋不定的样子。

"试试，不是说非得要买，好歹咱这儿也有试用品。"我先下手为强，在化妆棉上滴了五滴的乳液，"擦擦吧，反正我都滴了，不然浪费了。"我用直销员法则来鼓动他，外加亲切友好的眼神，毕竟我可是这个行业里面颇有名气的女人，要怎样从顾客兜里掏钱的功夫可不是白练的。

这个男人迟疑着，最后点了点头。他的话不多嘛。不过也罢，我立刻抓紧时机，拿着化妆棉沾了上去。……好光滑的皮肤！我盯着他的脸，怪阿姨的念头一个接一个涌现了上来，真想往上面捏捏看，不知道那手感是怎样的。

这个男人的皮肤虽然没有普通男那样细致，可是……真的好帅！乌黑的眼睛里有明亮的光，嘴唇薄厚适度，我觉得呼吸一阵紧促，感觉自己好像快要不行了。

"嗯……效果似乎挺不错的。"这个男人感悟。

"是吧？不要信直销员天花乱坠的吹捧，自己要用的产品，自己体验过才最有发言权。"我一派自信地说，"我们是专门针对亚洲人皮肤研发的国际品牌，和其他西方品牌不一样，毕竟亚洲人和西方人的皮肤存在很大差别……"

"嗯，九十八块?"还没等我具体鼓动推荐，这个男人倒挺痛快地下了决心，他瞄了一眼乳液的试用装，然后把它拿了起来看了看，"给我拿一瓶吧。"

好爽快！这种个性也是我喜欢的个性！我很庆幸现在暂时没有货了，因为这样我才可以冠冕堂皇地实行我的目标："抱歉，现在这款没货了，要下周才能从上海回货。不介意的话请你留下电话，一回货我立刻通知你。"

"啊?"这个男人讶然，为难地却步了，"可是，我的乳液用完了。如果要等待的话，这几天就没乳液用了。"

"甭担心，我可以给你一个大的试用装，用几天的量是没有问题的。"我浅笑低吟地从专柜后的货柜里面取出一个大瓶的试用装，然后温和地向他递了过去。他迟疑了一下，脾气很好地接了过来。

"稍等。"我乘胜追击地从货柜中再取出顾客联络簿，然后在他面前翻摊开来，"你看，有很多顾客都给我们留了电话。如果你注重个人隐私，只留下姓也

可以，像我姓李，可以在上面写小李，这样也成。"

这个男人拿着试用装看着我，我继续投以恳切温和的眼神攻势。终于，他败在我的专业推销手法之下。"不要打电话，发短信就行了。"他嘱咐着，终于在上面留下了自己的手机号码。

小叶？他姓叶？挺好听的姓。我在上面瞄了一眼，不知为什么，有种鼓励自己"你也可以办到"的欣慰。我不知道自己到底在欣慰啥。其实我心里面也清楚，留个手机号码他就能成我的人了？做白日梦呢。

可是，我还是觉得高兴。"谢谢，有货我会短信通知你的。"我温和地收起通讯录，看着这个男人走向收款台买单。真是很符合我审美的男人啊！如果能有这么个男朋友，要我少活三年都成！

蓦地，我在没有客人的时候，脑海里面禁不住 YY 了起来：在夏威夷的海滩上，他追逐着赤足在沙滩上奔跑的我。

"等等，玉洁！"他笑着朝我喊着。

"你快追上来啊，你快追上来啊（好廉价的公式化台词）。"我娇笑着继续跑。终于，他追了上来，一把抓住我的手臂，把我抱在怀里。

如果那样，一定很幸福吧。我沉浸在 YY 中，连眼前站了个人也不知道，直到对方咳了一声，我才清醒过来。我大吃一惊。是普通男！他正站在"屋诺"专柜前，一副不怀好意的样子看着我！

吓？他跑到屈臣氏干啥来了？不会又是复仇这种老把戏吧？我反击他、他再报复我，这种情节再继续下去，我非被整疯了不可。更关键的是，这个帅哥还在店里。如果普通男再给我来那么一段恶整的报复，我还真是找个地方钻进去的好。

"干啥？"我尽量以镇定的语气问。

"瞧你这话说的，我就不能进来逛逛？"普通男朝我眨了下眼。他为什么要朝我眨眼？这代表了什么？在我还没能整理出个头绪来时，他又说："你现在这样好像绷得挺紧的，是不是因为有帅哥在啊？"

"我不知道你在说什么。"我心虚地说，只巴望刚才的情景他没有看见，不然的话说不准怎么损我呢。

"得了，刚刚我都看见了。"普通男的回答让我在内心懊恼得"啊"的大吼一声。

"你心理阴暗啊？有偷窥癖啊？啥时进来的怎么我都没看见？"考虑到上次被贺店长罚款的事，我压低声音以微笑友善的表情，说出了这番很不友好的话。

"你眼睛都尽瞄帅哥了，咋能看得到我？"普通男笑着反问。他站在专柜前还是没有离开的意思。这混账到底想干什么？我想把他轰走，可是在工作场合又做不来。

这时候，偏偏这个男人买完单，将货品放进购物袋后朝着专柜的方向走了过来。如果普通男在这个男人面前整我，那我还不如死了的好。虽说一见到普通男我就做好了可能被报复的准备，毕竟我是接连两次去到人家店里面大吵大闹不成体统，可是至少不要在这个男人面前整我。拜托！我的心里不住地祈祷着。

这个男人离我的专柜越来越近，我简直面如死灰，呆呆地站着不发一言。来吧，让暴风雨来得更猛烈些吧！但，你以后也甭想好过！我会去你店里面天天闹！我还不信咱们谁怕了谁！

可是，出人意料地，普通男却什么也没有做。他看看这个男人，又津津有味地打量着我的表情，那样子简直把我当成了个免费唱戏的。就在我身陷这种怪异气氛浑身不自然时，这个男人在我专柜前停下了脚步。

"那么麻烦你了，乳液一回货就发短信给我。"真是顶好看的一双眼睛，习惯与各种顾客面对面的我，竟然有些却步于与他的对视。

"好，谢谢你。"我温和地说，不管内心如何紧张，但表面上还得经营好。这个男人微微点了点头，继而走出了屈臣氏。我呆呆地目送着他的背影。如果能够认识他就好了，我心有不甘地想。

"看得出你很迷这个人啊。"普通男一句话把我从玫瑰色的思绪拉回残酷的现实。

我只好瞪着他："喂，小子，你甭太过分了，那晚我不是也道歉了，哈姆雷特的王子复仇记再重复可就不是爷们儿了啊！"

"你以为我是来复仇的？敢情你都这么看人？"普通男愕然地看着我，继而笑了起来，"还哈姆雷特，那你是不是钟欣桐的公主复仇记啊？你就这心眼，以为别人都跟你一个样。"

他突然笑起来，弄得我丈二和尚摸不着头脑。"我说你该不会真以为我要整你吧？"普通男见我半天没反应，沉着脸，不由得正色说，"我才不是那么没品的人，就是今天出来逛逛，买些时尚杂志，顺便过来看看你。"

"看我？"我想说"我又不是啥珍稀动物，有啥好看的"，想想还是忍住了。

"嗯，因为我觉得你这人还挺有趣的。"普通男说，"虽然没头没脑跑店里面闹事让人很火大，可意识到自己错了，马上返回来道歉认错，这样的举动不是谁都可以做的。"

"该说你直率还是头脑少根筋呢？"普通男思忖着，继而又微笑起来，"但是，既然一个女的能主动朝我道歉，我再记恨也不算个爷们儿了不是？所以今个

儿出来就想过来看看你。"

这一下，倒真是让我不知如何应对了。难道我还真是以小人之心度君子之腹了？可是，说到底我和普通男啥也不是，记忆中两人的片段也不外乎全都是干架。

他一旦传递出善意，我还真不晓得要怎样反应才好。

"喂，我要上书店买时尚杂志，你应该是正常班吧？六点能下班不？"

"干啥？"

"也不干啥，就是等你下班，请你吃顿饭算和谈了。"普通男把一句邀约说得极自然无比。明明是请一大姑娘吃饭，他表现得跟说句"小姐，你掉了发夹"没啥区别，就算他没把我当姑娘看，可也用不着这样平淡不是？

"六点。"我只吐了两个字，可谓惜字如金。甭怪我，我对他实在没有多交谈的意愿。

"嗯，你手机号码？"普通男掏出手机。

"……"

"得了，连你在哪工作、叫李玉洁我都知道呢，还怕我知道你手机号码？"不晓得普通男有没有用激将法，反正这一招挺有效果。我把心一横，谁怕谁啊，不就一顿饭么。我还非去不可了！

"151……"我看着他，爽快地报出了自己的手机号码。

第 4 话　拜普通男为师

啊，小叶。有点儿不可思议的感觉，我好像……连一步也没有迈出，就已经坠入了爱河。

"喂，阿培，我不明白，为什么明明很喜欢一个男人，却不能对他坦率地表示出好感呢？"我曾经这样问过普通男。

"拜托！男人是自我感觉良好并且容易膨胀的动物，尤其是对于条件不错的男人来说。要接近他们最基本的一点，就是消除他们的戒心，以身为一个人而不仅是一个女人的优点，去引起他们的注意。"普通男用一副看着超龄低能洛丽的眼神来看我。

"一开始就让男人察觉到你的意图，除了自降身价，还可能被拒绝，所以要得到一个男人，首先是要考虑怎样去接近他。事前的情报准备工作要进行得充分。喜欢一个男人之后，搜集对方的情报是非常重要的。"

普通男认真地看着我："听着，恋爱的之初，是根植在情报搜集战的基础之上的。很多事情，得在了解对方的喜好和习惯之后才能进行下去。"

1

乐轩美食店。这是我下班后普通男领我去的一家小店。我们各自点了七块钱一份的牛肉番茄套餐，两个人吃也不过十四块。服务员先送上来两碗汤。彼此面对面坐着，刚开始实在无话可说，可老这么呆着也不是办法，尴尬得很，好歹是普通男先抛出和谈的橄榄枝，我总不能绷着个脸扮债主大妈吧。于是我放低身段，主动寻找话题："最近店里生意咋样？"

"还成。光卖国内品牌和山寨服装有赚一点点钱，可是我和霆勇的志向是把我们自个儿的品牌做起来。当下还赚不到太多钱，毕竟成本和人工费用在那摆着，打市场时我们也不好要价太高。"

奇怪，男人都这样？一谈到自己感兴趣的事物，普通男的话匣子就像被打开了似的。一直找寻不到话题的他，开始侃侃而谈起来。我发觉男人在谈论类似志向、理想之类的事物时，那神情实在和平常不一样。

"店租挺高的，电费这些也要算进去，还有杂七杂八的各项费用吧，你们真挺不容易的。"我没说客气话，在社会上混了这么久，自家生意的甘苦多少还是能领略到一些的。

"嗨，有时候扣掉其他开销，我和霆勇能花上手的只有一千块左右，有时还不到一千块。"普通男用很平和的语气说，似乎早就做好心理准备了，"经营自家品牌得做好前期投入的准备，不过我觉得很值。"

"这样挺好，像我给别人打工的，不定哪天业绩上不去就被刷下了，不晓得上哪去找工作呢。"我自嘲。

就在这时候，牛肉番茄套餐被分别端了上来。我们开始吃饭。我向普通男夸奖这套餐口味不错。他得意地说："得开源节流。不节省点儿日子就没法过了。可是，日子再苦不能苦自己，该和朋友出来的还是要出来，留意一下哪里有价廉物美的店，可是过日子的好办法。"

"对了，刚才那帅哥是你喜欢的类型？"普通男把话题又绕到我身上，"看准了可得抓紧啊，那帅哥一看就是很多女孩喜欢的类型，你可得仔细盘算着要怎样泡他呢。"

"我知道。"我不悦地说，感觉到了压力。是啊，这种男人肯定不会滞销。我还没来得及将这种玫瑰色的憧憬保留几天，普通男当天便将现实摊开呈现在我面前。

"上回，你说自己二十九了吧？你可得抓紧啊！"普通男建议着，"老实说，我在时尚杂志上看过文章，说不管男人女人，如果长时间没有嘿咻，身体会内分泌失调，而且整个人会出很多状态。"

看看这人，咋说话呢！虽然是很认真的建议，可我用得着第一次吃饭就听这些吗？难道因为我和他见面时基本上都是醉酒状态，他就擅自认为我是个开通得可以随便谈这些的姑娘？

"去你的！"我态度很不好地说，"说啥长时间，你把我当啥了？我可不是那种因为寂寞就乱来的女人。我可告诉你，我还是一处女呢！"

普通男原本正准备喝汤，听到这些话蓦地停下了动作，仿佛听到不可思议的话语般，他吃惊地看着我，"处女？二十九岁了还处女？"

普通男的表情，仿佛听到了本世纪最大的新闻，好比希拉里当上美国总统，萨科齐情迷默克尔一般。就因为他这种表情，让我原本不悦的情绪，一下跌到谷底。

"你不要这种表情好吗？"我恼火地说，"二十九岁还是处女很奇怪吗？国家还号召不要随便乱来呢，看你这样子别人还以为发生了啥事，我这可是楷模！"

"对不起，我没啥意思。"普通男连忙解释说，随后喝了口汤。"二十九岁的处女，确实是不随便乱来的好榜样啊！"普通男的语气咋听咋都蕴含着浓厚的同情，"可是二十九岁……处女……我真的希望你能尽早有好的感情，现在像你这样的好姑娘已经不多了。"

好姑娘？一听到我刚才的话，我的身份就由"有一点儿讨厌的奇怪的女人"变成"好姑娘"了？而且他还用那样可怜的眼神看着我，难道他把我当病人了？普通男的反应让我很不舒服，所以我不得不一吐为快。

"得了吧，甭再用这种怜悯的眼神看我！你真以为我和陈小春的歌里面唱的一样，我的世界是空白呢？"我尽量表现出女人的尊严，正色轻声说，"我可告诉你，我是个快乐、自尊、自重、努力又坚强的处女！和躲在角落暗自忧伤的可怜虫完全不沾边！所以省省吧你，收起你那善人的嘴脸！"

"扑哧！"迎接我这番自认为有效维护了女人尊严的自白的，居然是被喷得满脸都是的南瓜汤！在我说话前，普通男正要再喝下几口汤。当听到我最后的话时，他不知道哪根筋堵着了或者干脆被噎着了。

我看见普通男呈现出嗓子被堵住了的神情，然后这个小子忍俊不禁地笑了起来，并且是笑出声来。随着他的这一舒坦，含在嘴里面的汤顿时朝着前方喷射而出，我就这样被他喷了一脸的汤！

甚至来不及躲闪，我的头发、脸上，全部都是汤的味道，或许还有他的口水。天啊，这个词不断地在我脑海里回荡。普通男一反应过来，便也不知所措地呆住了。

"老天，我都做了些什么啊！"他怔怔地说，懊恼地用手大力连续捶打自己的大腿，接着立刻抓起桌上的卫生纸，离开座位朝我擦了过来。在他擦拭着我脸上的汤汁时，渐渐地，我回过神来。

这算咋回事？店里面的人全部都在看我！有些人想笑又拼命忍着，感觉我成了个要猴的。意识到自己成为剩女版芙蓉姐姐后，我的反应倒是出其地冷静。我一把甩开普通男的手。他内疚又自责地呆呆伫立着。我抬起头，平静地看着他。

"这才是你的真正用意吧？"我缓缓地撑起身体，"如果真是这样，恭喜你，我丢了大脸，你终于成功地复仇了。现在，我连死了的心都有了。"

话音刚落，我毅然推开他，一股脑儿朝店外跑了出去。"喂，李玉洁！"普通男焦急地大喊着，我知道他从身后拔腿直追了上来。

太欺负人了！与其说我恨普通男的羞辱，倒不如说我鄙视自己的无脑。我咋就这样信任了他？我咋会天真到以为他会愿意与我和好。得，这回丢大脸了。餐厅里面所有顾客将会记得我一刹那的光辉形象，并且将和亲友不吝分享！

我拔腿狂奔着，一心想将这份耻辱抛到九霄云外。我的第一本能就是尽快离开现场。普通男的声音不断从身后传来："等等，李玉洁！玉洁，等等！"男人就是男人，穿着高跟鞋的二十九岁剩女，在工作中精力就给消耗掉了一半，怎么可能跑得过一穿休闲运动鞋的爷们儿？他终于追上了我。普通男的手臂从后面伸了过来，一把抓住了我的胳膊。

"等等，李玉洁！"普通男焦急地说。他的指尖牢牢嵌入我的胳膊，抓着我始终不肯放手。我拼命地挣扎，但还是无法挣脱。

"我太蠢了！蠢到相信你真是有心要和谈的，但你要复仇也不能玩得这么过吧？在大庭广众下喷我一整口汤，你让我以后怎么从那家餐厅过啊？"我怒不可遏地转身，一脚重重踩在他的鞋子上。他痛得呲了一下嘴，但还是不肯让步地牢牢钳制住我的胳膊。

"误会！绝对是天大的误会！我林铭培向天发誓，我真的没那么下作！我真是觉得你这人挺逗、挺有意思的，想着和解才请你吃饭的。"普通男钳住我的胳膊，绕到我的面前。

那场面在路人眼里一定更有意思，一个一脸油腻、头发湿漉漉的姑娘和一大小伙子在街上拉扯不休。比起路人的看法，我更关注的是怎样甩开这个扫把星。但男人的力气始终比较大，于是我又腾起一脚，重重踹在他的右大腿上。

普通男的裤子霎时出现了一高跟鞋印。我的鞋跟戳得他痛得皱紧了眉头，但他仍然没有放手："出气了没有？我知道是我不好，你要打要骂随便你，可我真不是故意的！你实在太逗了，刚好那会儿在喝汤，憋不住笑我能咋办？话说处女就处女吧，可你还把这事说得那么逗乐。对不起，对不起，我要真是故意的，待会儿过马路就被车撞死！"

"得，连毒誓都发了。"我原本想不断试验一下连环踢，看这混账能撑多久，可是看普通男一脸焦急与愧疚的样子，脚抬了起来，却不自觉又放了下去。唉，我这人还是遗传了妈妈的个性：嘴坏心软。

"处女又咋了？二十九岁的处女就需要可怜了？谁叫你用那样怜悯的眼光来看我？"委屈，不经意在我的语调中蔓延开来，"我讨厌被别人同情！如果你不拿那种眼神看我，我还跟你解释个鬼啊！"

"好好好，都是我不对，今儿真的都是我不好。"他很认真地道歉，钳着我胳膊的手劲儿有些松动。他像是在犹豫着想试着松开（毕竟是在公众场合），但又怕一放开我就跑了，随后他又继续抓着我的胳膊。

"我也没别的解释，咱一爷们儿做出这种事，我自个也觉得不厚道。可李玉洁，只有一件事你一定要相信我，我真不是故意的，我真只是想和你和解，我真只是想好好和你吃顿饭。"

我慢慢平静了下来。眼前这张诚恳的脸实在不像是在说谎。普通男是普通了点儿，可看上去也不是那种小肚鸡肠的人才对。不知道为什么，我的心里就是有这种感觉。"我说你放开我成不？不然别人还以为你是我男朋友呢。"

"你保证不跑？"普通男疑虑地说，想松开，又担心指尖一张开我就跑了。看着他那种表情，我对他的怀疑渐渐地消散了。当然，我依旧生气懊恼得很。换作谁遇到这种事都不会一下子就原谅吧，我又不是圣母玛丽娅。

"放开！"我提高了声音。普通男迟疑着，最后还是松开了手。他松开手之后，我才发觉胳膊被他抓得好痛。"得，我甭跟你废话了，趁早回家洗洗去，一想到头发脸上都留着你的口水就恶心。"我瞪着他，"可以了吧？我要去坐车了，别跟我说你还有话没说完啊。"

话音未落我就准备转身离开，一心想离这瘟神越远越好。可是事与愿违，普通男却追了上来："不然，不然我帮你泡到那个帅哥好了。你不是想泡那个帅哥吗？我可以帮你。"

这人咋那么烦啊！我站定，不耐烦地转过身来："就你这样，还教我泡帅哥？先整容成黄晓明或郭晓冬再说吧，回家照照镜子看自己有没有信服力。"

"我承认我就一普通男人，不帅不酷，可你觉得我的店咋有那么多年轻人来捧场？你觉得那天那些女孩子为啥要护着我，叫我'林哥'？"普通男还真锲而不舍，"别的不敢说，人际交往方面我还算有点心儿得，给你当参谋总不会有坏处。"

"得，还挺自信。就你这德性还想当参谋，你就饶了我吧，现在我只想回家洗澡。"我加快脚步，天杀的普通男同样调整步伐跟了上来。

"今天你给了他试用装，并且留了他电话号码对不？"普通男说，"我是真觉得抱歉才给你建议。等货回来了，你给他发短信时，记着要强调你的名字，'我是'屋诺'直销员李玉洁'。如果你想泡男人，那么第一步就是要强化他对你的初步印象，而现在名字明显是这其中最容易实现的一步。"

我放慢了脚步。这浑小子说得好像也挺有道理。

"他来了以后，你需要做的，就是尽量为下一次联系他铺好路子：记住，不是推销产品，而是要推销你自己，必须得要巧妙地和他搭上线。"普通男继续解释，"你可以这样说'先生皮肤那么好，还注重保养，肯定也是很热爱生活的人，不知道从事怎样的工作'。"

我转过头，瞄了他一眼，普通男配合着我的脚步。他一句废话没有，继续传授下去："帅哥不外乎三个反应：爽快回答、不说话、反问你为什么要问这些。记着，不光女人有防备心，看起来抢手的男人也有，而且他们都自傲得很。"

"那时，你就要略显紧张羞涩地摆摆手，说'我只是觉得你皮肤很好，想着这样爱惜自己形象的人，一定也很喜欢并且投入在工作里面，只是好奇地问问，不回答也没关系'。"

"但你这样解释时，一定要表现出可爱的、小小慌乱的一面，男人对于这样的举动会觉得很可爱，而不会因为你主动搭话就让你自降身价。"普通男为在短时间内证明自己的能力，话语不假思索地就直接倾吐出来。这时候，他显然也需要喘口气了，语调渐渐慢了下来。"如果他回答了，你就可以假装对他工作有兴趣，然后发短信过去搭话。假如他拒绝回应，你同样有机会发短信过去道歉。不管他怎样反应，你都有了第二次给他短信的机会了。还有听着，你现在这个发型不行，顶着这个发型是没指望泡到那帅哥的，我朋友开了家发型店……"

"所以要去你朋友的发型店？"我抢白了一句。

普通男嘿嘿笑着："至少我知道他的手艺，如果不是我今天做了这样的事，我还没这个闲情追着你满街跑。不过，我确实有做得不对的地方。我别的忙可能帮不上，恋爱军师这个角色还是挺有自信当的。"

我不得不好心地点醒他："你还真把自己当恋爱达人了？回店里照照镜子吧，就你那长相，要当恋爱参谋也得有点儿说服力好不好？别烦我了，我真要回家了。"

"如果我就像你说的那样，那你为啥还要答应和我吃饭和解？"普通男一句话噎得我说不出来，他看着我微笑起来，"只要有心去做，和人相处就能够抓准对方的心理。你先照我教的去做，如果有不明白或不服气的地方，到我店里找我或者给打我电话。"

真是魔音缭乱。我感觉同时有天使和乌鸦在我头顶飞舞，却硬是无法拒绝。普通男形容我是个"有一点儿讨厌、很奇怪的女人"，我对他的感觉何尝不是如此。虽然是个混账，但好像心眼还不是太坏。不管怎样，一想起小叶的脸，我硬是无法逞强地拒绝。

啊，小叶。有点儿不可思议的感觉，我好像……连一步也没有迈出，就已经坠入了爱河。

2

童景唯从小圆桌旁站起来。刚吃完晚饭，她正准备收拾碗筷，郭朝聪忽然唤住了她。

她习惯性地朝他看去。郭朝聪笑着，从上衣的口袋里面掏出了一样东西。童景唯只看了一眼，就认出来那是她一直想要的欧维雅眼霜。她的动作顿时停顿了下来。

不管怎么，女人就是女人，天生比男人有着对于护理品更深刻的挚爱。这款售价一百二的眼霜童景唯想了很久，但为了节省开支她还是忍痛放弃了。

然而，现在郭朝聪手里却握着这只眼霜。见她半天反应不过来，他笑着站起来，对着她将眼霜递过来。童景唯欣喜之余，却又本能地抱怨："咋这样乱花钱呢，现在一瓶煤气都一百零二块了，这个钱可以加一瓶煤气了。"

"你的睡眠，还是不太好吧？让你换一台液晶显示屏你又不愿意，每天对着那台飞利浦纯平，眼睛吃不消的。"郭朝聪总是这样，可以从日常生活的小细节里看出她的心思来，"我知道你一直想要这款眼霜，咱去超市你都看了好几遍了，一百二，又不是六百八，咱还买得起。"

"如果都照这个说法，我们得喝西北风了。"童景唯本来准备收拾碗筷，但看着手中的眼霜，不留神又坐了下来。说归说，她到底还是喜欢的。

"景唯。"他看着她。童景唯仍旧沉浸在喜悦中，小小的一款眼霜，在她的表现下不啻于收到了一个一克拉的钻戒。郭朝聪有种自责的心酸，身为男人，他觉得自己真是亏待她了。

"嗯？"

"我前一阵子回了我家一趟，我爸妈说……"郭朝聪观察着她的神色，"我们都二十九了，年纪也不算小了，他们问我啥时候跟你把事情办了，甭说抱小孩，我们一起那么多年，也该有个正果了吧?"

　　童景唯眼中的欣喜瞬时黯淡下去，完全没有女人闻听男友结婚意愿后的兴奋与喜悦。相反，郭朝聪觉得她的身体好像一下僵硬下来。过了一会儿，她总算开了口。

　　"结啥婚，现在这样过着不也挺好?"童景唯将眼霜放在小圆桌上，她的表情和身体仍旧显得僵硬，"两个人能在一起就行，结婚领证那是办给别人看的，重要的是咱俩在一起过日子，这才是最实在的。"

　　"你说咱在一起这么多年了，没名没分的算个啥啊?"这是郭朝聪预料到的反应，却仍旧不愿轻易放弃，"景唯，我真的是想好好和你过日子的，也就是领个证，没啥大不了的，日子该咋过不还是咋过?"

　　"真没啥大不了吗?"童景唯忽然笑了笑。那是一种凄楚的笑容，而那种笑容一下就刺痛了郭朝聪的心。"结婚后，你爸妈和我爸肯定会催着咱们要小孩的。现在我连照顾自己都觉得吃力，更甭说养育小孩了。我真没有信心要孩子。"

　　"这些我都想过了。"郭朝聪站起来，走到她身边挨着坐下，亲昵地看向她，"结婚不是非得马上要孩子，万一真有了孩子，我妈可以帮忙带着，断奶后送我爸妈那里去，你还是可以写你的小说。"郭朝聪伸手轻抚她的脖颈，他可以感觉那种僵硬。可以的话，他希望至少自己指尖的温暖，可以多少让那脖颈变得灵活一些。

　　"……朝聪，真要我把话说明白了才行吗?"童景唯整个脸色变得很黯然，"我不可能爱孩子的，因为现在的我连自己都不爱，怎么可能会爱孩子? 这种情况下我不可能要孩子。我的孩子不要住在这种租来的老旧单位宿舍，不要和爷爷奶奶挤在那样的环境里面。我的孩子不可以在妈妈收入不确定，爸爸可能下岗的情况下出生。我的孩子不可以整天对着妈妈的一张臭脸。最重要的，我自己都不幸福的情况下，不可以让孩子陪我一起受罪!"

　　终于，她终于把这些话全都说了出来。童景唯并没有如释重负的感觉，相反，她知道听到这些话的他，心里一定非常难过。在转成专业作家的这些年里，是他一直在背后支撑着她。他拼命挣钱、维持着同居生活的开销，再苦再累也没埋怨过半句。童景唯对他并没有怨言，她恨的是自己。

　　然而在郭朝聪听来却是不一样的滋味，因为他真是打定主意要和这个女人一起好好过日子的。可以的话，他希望两人一起继续走下去，老了，干不动了，坐在大厅说说话也挺好。

　　可是，童景唯似乎并没有结婚的意愿。虽然人们常说"一份感情中最耗不起的是女人"，但在这份感情中却是郭朝聪不愿意再耗下去。从小学一年级开始，

他认识童景唯也有二十几年了。两人的个性和价值观，彼此都一清二楚。

关键是他二十九了，想要个孩子了，郭朝聪想要个和自己最心爱的女人的孩子。以前可以用再奋斗几年、等过上好日子再说这个借口拖下去，可他明年就三十了。虽然过得是再普通不过的日子，每一分钱都要精细安排着使用，但他们也不是穷得揭不开锅。再说了，更穷的人还争着生孩子呢。

他实在找不到继续同居、不结婚、不生育的理由。这次也不是正式的求婚，只是想在童景唯这里摸个底。她的态度却很明确：不结婚、不生育、只同居。

"那么，咱就一直这样同居下去，直到你变成畅销书作家为止？"郭朝聪抽回了自己的手，表情浮动地看着童景唯，"景唯，我就不明白了，两个彼此喜欢的人，为什么就不能在一起呢？"

"现在不是在一起了吗？你还想咋样呢？是你自己想得太多！"童景唯想要避开他的视线，她不忍心看这个男人失望的样子。

"我想要的不只是个生活伴侣！怎么你就不明白呢？"郭朝聪罕有地提高了声音，"嫁给我，结婚，这些有那么难吗？为什么你愿意和我同居，却不愿意和我结婚。我没说非得马上要孩子。再这样拖下去，到底有啥意思！"

"因为我没有钱！因为我不想结婚后还继续过这种生活！"童景唯倒是尽量克制自己的脾气，"我的人生过到这个地步，现在只有一个指望，而这个指望不是男人也不是孩子，而是我自己的人生得好起来。"

童景唯的目光闪烁起来，一把握住郭朝聪的手。"朝聪，你对我没话说，我……直接说吧，你是我这一生中最爱的男人。可是，如果我的人生只有男人，那就没意义了。所以，不要逼我。朝聪，如果连你也逼我，那我该咋办？"童景唯看着他，然后，她伸出手去，轻抚着郭朝聪的发丝，"我不想吵架。你一天辛苦回来也很累了。我们不要吵架，好吗？"

郭朝聪说不出话来。他没有办法对着软下来的童景唯发火，尤其是这阵子她难得地显露出温情的一面。浮在喉咙中的话，逐一被他咽了回去，是自己没用吧，他只能这样想。

如果自己从事的是稳定又收入丰厚的工作，像报纸上说的那些月收入上万的工作，那么年收入就是十二万。这种收入就报纸报道的模式来说也不算太高，但在这个北方小城养活一个家庭完全不成问题。哪怕月薪只要每月六千也成，但问题是……

问题是现实完全不是这个样子啊！郭朝聪懊恼地蜷起双腿。现实是无力的，有时候即使和最爱的人生活在一起，也有烦恼。现在他内心藏着的一个不愿意正视的问题是：即使这样，有一天，可能也会失去这个人。

这是郭朝聪的禁忌，他始终不愿意去过多思考这个可能性。

3

"屋诺"三合一乳液有货了。这也就意味着，我可以和那个叶帅哥见面了。见面要说啥呀？我心里完全没底。在开始写短信时，我心里忽然浮现出普通男的忠告："要强化他对你的初步印象，而现在名字明显是这其中最容易实现的一步"。

嗯，我承认到事关个人幸福大事时，即使是混账的普通男的话，我记得也是很清楚的，毕竟自己在"猎男"方面的成功经验值是百分之十五，就采用他的建议吧。小叶，你好，我是"屋诺"的直销员李玉洁，你要的乳液有货了，啥时方便过来拿呢？等你的回复。我飞快地写下这些字句。

一个小时后，短信提示声终于响了起来。我迫不及待地拿出手机，按下阅读键。小叶的短信显示了出来：这样，我明天中午过去可以吗？

中午？还真比我预想的快。成，反正我明天也不回家吃饭了，自动加班加点，等着小叶过来！快速回了短信后，我满意地看着手机。这种心态好像很花痴，问题是我也曾经淡定过，恐怕我再继续淡定下去，最后在一群饿狼扑食中，我所能捞着的只能是猥琐男、消极男、啃老男、大男子主义男等次品了。所以，我不积极备战可不行。

第二天的一上午，我都在等待着中午时分的到来。中午下班后，在附近的盒饭店匆忙吃完饭我就回了屈臣氏。店里面的同行开着我玩笑，"真够拼命的，还加班呀？"我微笑着，心里面却在想：小叶咋还不来啊？

小叶真正到来的时候是一点十六分。当我看着刚收到的短信"我现在就要进屈臣氏"时，他已经走了进来。我刚收起手机，小叶就站在"屋诺"专柜前了。这也太快了吧，我一点儿心理缓冲的机会也没有。

"你好，我来拿乳液。"小叶微笑。那笑容咋这么甜啊！我顿时觉得晕乎乎的，机械地拿出乳液，好不容易才缓过劲儿来。

"你的乳液。谢谢，你很守约。"真是个好青年，当然这句话我没说出米。可是，如果再不说话，估计他可就拿了货去买单了。到底该说啥？我不情愿却没办法地回忆着普通男教我的那些话。普通男那时说什么来着？

"对了，李小姐，能不能给我些赠品？"谢天谢地，小叶总算开了口，"你们品牌直销有时不是会送客人一些赠品吗？"

"呵呵，可以啊。"我友善地说。这句提问一下把低迷的气氛给活络了。穿着有品味的帅哥也是普通人，也要赠品。我微笑着转身去拿赠品。我选了两个大试用瓶的洗面液，然后转过身来，温和地说："送你两瓶洗面液试用装，通常只能送一瓶，今天我破例，因为你人挺好，也守信用。"

"谢谢。"小叶接了过来。我连忙拿出"屋诺"的专用袋子，体贴地替他打开了袋子。然后，小叶将乳液与两瓶赠品一并放了进去。当他抬起头时，我们的目光对视了。

在看着他眼睛的那一刻，我再次体会到，喜欢上一个人是啥种感觉。基本上，在自己喜欢上一个人的时候，是再咋样看都不觉得腻味，然后会既想看但对视时又稍微觉得有些不好意思。虽然不好意思，可是又不舍得移开目光。光是这样对视也就罢了，可在自己喜欢的人面前，还会下意识调整站姿，希望尽可能以好的形象在对方内心留下印象。老天，喜欢就是这样折腾人的事情。

我该说些啥才好？再不说都领到赠品了，他下一步就该去买单了。可是，我真的不知道要说些啥。我对男人的自信只限于说服他们购买我的产品，除此之外我完全不知道要怎样去应付他们。不行，不可以就这样让他走掉！

好像当年学生考试一般，我拼命地搜索着普通男那天教过我的话。在短暂的时间里面，实在像过了很久，终于，我开了口。

"小叶皮肤这么好，还很讲究护理，看得出是很注重经营生活的人。"我尽可能以自然的语调说，当然不能让他看出我心怀不轨，"像这样讲求情调的人，不晓得从事的是怎样的工作？"

我说得咋样？总算把普通男教我的说了出来，我紧张地在心中审视着自己的表现。说实话，我很紧张。这种话题一弄不好就变成自己很剑南春似的（但他应该不是第一次被搭讪吧），难就难在既要搭讪而且还不能让人觉得是在搭讪。

老天，我可没有这样的功底啊！

小叶原本都准备朝收银台走了，听到这句询问又停了下来。当他重新看向我的那一刻，我很清楚地感觉到自己心跳加快的频率。他接下来会怎样说？是啊，现代社会讲究个人隐私，咋可能随便回答你一个貌不惊人的直销员的提问。更惨的心理准备是，小叶会说"对不起，我不习惯在陌生人面前谈个人的事"。正当我紧张地满脑子充斥着一大堆想法时，小叶开口做出了回答。

"哪里，没有你想得那么好，我是做绿色蔬菜的。"小叶的回答很爽快，"是不施化肥、不打农药、无污染、无公害的蔬菜。我对种菜很有兴趣。我想如果我们的生活好起来，经济上去了，国民对于饮食的开销能够多留些预算，吃上健康的放心菜，该多好。"

敢情小叶也和我一样，一定到处推销自家的蔬菜吧。他咋一开口套词就来呢，同我介绍"屋诺"一样顺口。而且，我忽然自我感觉良好。瞧我喜欢的人，用词就是不一样。大多数人都用"老百姓"，他就已经用了"国民"。

嗯，我喜欢这个词。我拼命在脑海里面搜寻着绿色蔬菜的知识，以方便即时接上话，而不显得自己是个知识面狭窄的大姐。"我知道现在很多人都吃绿色蔬菜了，不过也挺贵的，像我们这种小市民都挑便宜的买，归根到底还是收入问题。"

"呵呵，现在是打拼阶段，一切都会好起来，目前已经有超市增加我们的进货量了，我觉得这个行业还是有前途的。"小叶的心态似乎也挺好，没被我的话影响到情绪。他平和地微笑着，然后对我说了句："那么，我去买单了，谢谢你多送我一瓶赠品。"

"慢走。"我脸上在微笑，心里却充满了惋惜。人生就是这样奇妙的组合，你不可能心里想留下他，然后就冲上去扯住他说"你甭走"，那样的事情只有周秀娜办得到吧。得，我不是周秀娜也不是志玲姐姐，所以我能做的就是尽量在他离开之前，在他心里留下好的印象。

小叶付完了账，在离开屈臣氏前，我又挤出笑容对他微微点了点头。为了要给他留下好感，那种淑女式的微笑好累啊！我觉得神经紧绷着，脸都快僵硬了。小叶离开以后，我的第一反应就是松了口气。

我刚才的表现咋样？我开始回忆两人相处的情景，倒带、打分，勉强算得上及格吧。虽然这样的心态很傻，可是我的确挺喜欢小叶的。尤其是我这个年纪，越来越清楚地认识到，如果我永远只能等着男人来泡我，那么还不如干脆躺床上YY黄晓明来得安全有效一些。

然而，到底要怎样才能延续这种缘分呢？没准人家下次就换其他品牌的护理品了呢。如果我仅仅因为有他的手机号码就贸然打扰，那样肯定会被 out。但是有一点我非常清楚，那就是我不能就这样放手。什么也没做就放手，那样的话我会一直郁闷下去，可是又有什么办法呢？像我这种少根筋的女人，在对付男人的经验值上只有可怜的百分之十五！

虽然很不情愿，但是这个时候我再次想到了普通男。那个混账，说过愿意充当我的恋爱军师的。尽管他是一个不讨人喜欢的家伙，可是今天也是依循他的建议，才会有目前这种最起码能保持希望的结果。

也就是说，普通男的建议是有效果的，至少目前是。要不，我去找他试试？既然我愿意冒险，那么不妨为自己的幸福再去努力争取一下！只是个普通男，又不是变态狂或黑社会，甭怕！我这样鼓励着自己，同时下定了决心。

这天下班的时候，我收到了一个电话，是郭朝聪打来的。他说自己要出差到青岛，托我在他出差时多关照一下景唯。郭朝聪的声音听起来有些疲倦又硬撑着

的样子。身为发小的我义不容辞地接下了这个委托。

我按下普通男的手机号码，那个混账很快接了电话。我直接表明了来电的用意，并告诉他在小叶来购买乳液时，我按照他的指导做了。

"嗯，然后……"电话那边沉吟了一下，似乎意识到了什么，那家伙有些不怀好意地笑起来。这笑声咋那样刺耳呢！小叶也是笑，他也是笑，男人的笑咋就差距那么大呢？

"你答应帮我的，是吧？你上次不是说过要当我的军师吗？"我恨得牙痒痒还不能表现出来，"你不会说话不算话吧？啥时有空，我去你店里面瞅瞅你小子变啥样了？"

"……麻烦别人还不能换一副好点儿的口气？"普通男用受不了的语气说。但是，他接下来的话像是为我打了一剂强心针。这家伙说："明天下午到晚上是我看店，你没事的话，就那个时间段到店里面来吧。"

第 5 话　契约与承诺

　　最重要的一点，我是男人，我清楚男人的弱点在哪里。有谁比我更适合教你如何对付男人呢？

　　和小叶相处之初，我曾经非常地烦恼。自己没长相、没身材也不年轻，和正值黄金期的小叶在一起，每一次互动我都深深地察觉到彼此的差异。

　　"阿培，我觉得我和小叶完全不一样。"我不只一次这样地埋怨和担心。

　　"哪里不一样？"他每次都以不经意的口吻说。

　　"平时喜欢的东西，从事的职业，还有生活背景，全都不一样，是不是相差太远了？"流露出这些顾虑的时候，我每一次都会觉得很悲观，却不甘心就此放弃。

　　"这可不行。"普通男敲敲我的头，"和一个人交往，不是去寻找和对方的差异在哪里，也不是去关注和对方存在哪些不同，这样是无法更好地相处下去的。"

　　"要得到一个人，就要努力去挖掘和对方存在的共同点，去发现和奠定与对方一致的地方。人与人之间的互动，往往是从共同的兴趣爱好开始的。"普通男狡黠地眨着眼睛，"就算没有，也要撒谎编一个出来。"

1

"我来了。"我很有气势地走进当下服装店。哼，先拿气势压倒普通男！可是一进店里，当我看见广东仔赵霆勇居然也在时，我就心知不妙了。赵霆勇还用非常滑稽的语气说："她看起来真的好凶。得，要调教这么个大姐，阿培你得操多少心啊！"

调教？咋听起来这样猥亵呢？我顿时火了："我是来这里商量事的，不是当免费电影被人消遣的。如果你们是把我叫来这里当猴耍的，可要小心我的高跟鞋啊！"

"如果你是有心来这学习和改变的，那么继续这种虎姑婆的架势可不行！但凡条件好一点儿的男人，没有 M 倾向的男人，都没可能要你！"普通男严肃地先发制人，完全打破我先下手为强的计划，让我很不适应。

"你……"我正准备反驳，可是普通男的气场却随着这开场训而提升起来。他很权威地压住了我的话："你也意识到自己不行，所以才来找我。你是意识到自己不行，又不甘心继续这样过下去，不然根本不会再到这家店里来的，对不对？"

我还真是一下就被硬生生地切断了话语。普通男抓人心理的手法很巧妙，我的弱点一下就被把握在他手里。随着他增强起来的气势，是我逐步减弱的气场，这下可不妙了。

"那么现在我就来告诉你，你得改！如果改不了，得装！至少在没把男人弄到手以前，得学会变成男人喜欢的类型才行。因为恋爱的开始，也就是伪装和欺骗对方的开始。"普通男接着说。

感觉自己好像误上了贼船，我试图发出虚弱的质疑与反抗："我不是不信任你，可就你那样……"

"不就是看我长得普通吗，大姐！受欢迎的男人靠的往往不只是一张脸！"我犹豫着，普通男仿佛看清了我的心思。他随后又补充了一句："最重要的一点，我是男人，我清楚男人的弱点在哪里。有谁比我更适合教你如何对付男人吗?"

甭说，我还真是被说动了。

随之，他的狼子野心终于暴露出来："很好，不过我帮了你，作为相应的回报，我也想请你在力所能及的范围内帮我做件事。"

普通男的话让我心里一惊，这家伙果然意图不轨。他想让我帮忙做啥事？"我就知道你没安好心！你想收钱？或者……"我警觉地往后退了几步，他该不

会想动我歪脑筋吧?

"得,就你每月那点儿收入,还想交费聘请军师,等你赚到钱再来胡乱猜疑这事好了。另外,你甭表现出一副提防的样子来,如果你是汤唯或者范冰冰,可能我还有点儿兴趣。"普通男这话咋说的?意思是我这样子的他不感兴趣?咋听起来这样伤人呢?我瞪着他,可是半晌却无法回击。

"有话快说。"我不耐烦地说,实在猜不到他打啥主意,我也没那个兴致去揣测。

"是这样的,我和霆勇商量过了,'当下'这个品牌想在淘宝上开家网店,我们的宗旨是'呈现出日常生活中被你忽略的美感'。所以,我们想找个模特拍些照片,作为着装效果给顾客看看。"普通男以志在必得的语气说。在说到这些话时,他的瞳孔间流露出憧憬的神色。

"那么?"我想我大概明白咋回事了。虽然我只有一六二公分,不过身材比例应该是不错的。我猜想他们一定是留意到了我楚楚动人的地方。

"'当下'的理想,不是设计给那些美丽英俊、身材修长的人穿的,而是不管什么人、只要是追求美的人,穿上以后都能好看。你对我们来说很重要,因为我和霆勇觉得,顾客们看到照片后肯定会觉得:哇,如果这个人穿起来都好看,我们肯定也没问题。"

刚刚浮现的幻想,全部被普通男接下来的话击得粉碎。他是在变相说我相貌无奇呢,像我这种大路货配他们的衣服,才能够显现衣服的重要。我已经充分地领略到他要传达的每一句话了。

我瞄了他一眼,不发一言地转身向店外走。我才不想再和他浪费时间呢。

"就想要这样逃避了吗?"普通男仿佛看穿了我的心思,对着我的背影质问。他的声音中气十足,又带着几分轻蔑,"你只懂得借酒浇愁和酒后发泄,其实什么也不敢做,是一个胆小鬼吗?"

这家伙在说啥?我猛地站定脚步,一下回过身来,狠狠地瞪着他。普通男毫不让步地与我对视,"你的志气只到这里为止?不是想要男人,想男人想得不行吗?啥也不做,男人能从天上掉下来?大姐,我可告诉你,就凭你想拿下那姓叶的,门儿都没有!"

普通男的话句句刺入我心,他不客气地瞪着我更是让我怒火中烧:"大姐,你平时干架不是特有气势吗?我又不是让你去日本拍成人照片,我这拍的是服装照,你这就没胆量了?"

不清楚他用的是不是激将法,但我的怒火确实被煽动了起来。他凭啥这样说我?用这种自以为是的语气评价我,让我特别受不了!

"告诉我，女人为什么喜欢长相帅气的男人？"我站定不动，普通男却向我走过来了。我没有回答他的话，只是狠狠地瞪着他，瞪得我眼睛都酸痛了。

"因为人都喜欢美好的事物，和帅哥在一起，就算吃碗拉面心情也是美妙的，不是吗？"普通男径直作出了回答，"同理，男人喜欢和美女在一起也是这个道理。"

"如果你不是美女却喜欢上了帅哥，有没有成功的可能性？"普通男看着我说，他的话每句都牵动着我的心，"有，因为帅哥并不一定要配美女，但能抓住帅哥心的女人，都是有技巧、有格调、有情怀、擅长气氛的女人。大姐，你自己说你符合这其中的哪一条？"

普通男，你去死吧！他的话真的伤到我了。我咬着嘴唇，开始准备踢人了。我再怎样普通、没格调、缺乏情怀，关他啥事？有没有必要说出来，要知道有些话说出来往往是非常伤人的！

"如果你又准备踹我，那么只能说，你已经没救了。你只懂得逞凶斗狠，却连半点儿脑子也没有。如果你真是这样的人，那么……"我还没来得及踹他呢，普通男却率先一把扯过我的胳膊，将我朝店外拖。

"我没兴趣教你，你现在就可以走人。"他很用力地拖着我。我回过神来之后，开始用力反抗，并大力挥拳砸他。

"放手！你以为自己是谁啊？"我手脚并用，"我有说过自己放弃了吗？我有说过自己不答应了吗？你凭啥擅自下决定？你个混蛋再敢动我一下，我就让你蹲着站不起来！"

然而，就在这个时候，普通男松开了我："就是这股气势，大姐。只要保持这股气势，有啥做不了的？你还怕拍几辑照片？不就是穿上衣服拍几张照发网店上吗？如果连被人看也怕，那么还能做啥？"

"你……"不知道为什么，明明猜想他是否在使用激将法，可是我内心那一股子不服输的韧劲儿，却明显地被点燃了。那家伙句句话都直刺我的软肋，其实他说得并没有错！

没错，我就是一普通北方大姐。既然我能够为了多卖"屋诺"，每天和那么多陌生人推销自己的产品，没事自来熟地和别人搭话，就不能穿上几件衣服摆摆姿势吗？我还有什么好怕的，就让那些砖头来得再无情些吧！

"你，真的能帮我泡到小叶？"我仰起头，露出明显不信任的样子，"咋看你都是那种躲在阴暗角落哭泣的滞销男，咋让我能放心托附给你？"

"如果没有效果，你为啥会来？"普通男用一句话就将我问得哑口无言，"你会来，就证明采用了我那天的建议，并且是有效果了。否则凭我们的'交情'，

相信你到广宜街都会绕道走吧。"

在我态度逐渐软化时，普通男仿佛有心要给我些甜头，忽然问我："你知道男人这种动物是咋回事吗？"

我当然不知道，要知道我还用得着站在这里吗？

"有很多女人不晓得到底该以怎样的心态去面对男人，确切地说，她们缺乏对男人的应战经验。男人是很复杂的动物，有时候像单细胞一样看着明白简单，有时候又像海洋似的，叫人摸不着底。"

普通男忽然一下给我来了一把对男人的剖析，还有对男女关系的看法，直听得我一愣愣的。"现在的女人，在对待男人的心态上很容易走向两个极端，不是仰望着男人、努力将自己塑造成男人想要的样子，要不就是蔑视男人、试图证明女人在各个领域的表现都绝对不逊色于男人。"

听起来普通男的话还真是那么回事儿。

"其实这两种做法都很狭隘，对于女人而言，最佳的心态就是将男人当成宠物看待。"普通男的这句话对我而言可谓石破天惊。啥？将男人当成宠物看待？这种理论我可是头一次听说！

"外表英俊的男人就像只迷人骄傲的猫，而务实努力的男人则像头强悍的狗。猫和狗对待陌生人都心怀戒备，甚至可能伤害尝试亲近它们的人。然而一旦成功驾驭，它们往往就是最忠实的宠物，会为主人做自己力所能及的一切事情。"

我继续说不出话来，实际上，我已经被这些天花乱坠的理论给迷住了。从来没有人告诉我这些关于男人的事情，也从来没有男人会教我用这种角度去看男人。不，我不行了，我觉得自己有必要答应普通男的条件了。

我想要听得更多，我想要学习如何对付男人的技巧和诀窍！

但是可恶的普通男，很轻易地从我的表情变化判断出了我的心迹转向。就在我入神地听着那些天花乱坠的话语时，这混账一下子转换了话题："咋样，觉得我可不可以胜任？如果作决定的话，你要不要当我们网店的模特？"

"不就找一普通姑娘衬托你们家衣服嘛。"我泄气地说，感觉完全被普通男套牢了，"随便你，爱咋样折腾就咋样折腾吧！"

这家伙反而更加得寸进尺了："今天到此为止，明天，这个时候过来，我带你去做一下头发。就你这个发型，无论当模特还是'猎男'，都不可能有任何效果。"

到底还是要去他朋友的那家店，还是得掏钱进贡他的朋友。我沮丧地感慨命运的捉弄，我还是被牵着鼻子走了。可恨啊，我被这么一个叫"啊呸"的家伙，一次又一次耍得团团转。

不过，我实在不想就此服输，实在不想变成他说的那种女人，也实在不想放弃接近小叶的任何机会。虽然到目前为止，我连小叶的全名也不知道，但我已经决定，要向小叶发动攻势了。

我，李玉洁，今年二十九岁，我要重新努力，直到把这个看中的男人泡上为止。这一刻，我首次没有顾虑存在失败的可能性。决定了，我要为此努力！

2

收到最新一封退稿通知，看着电脑屏幕，童景唯几乎被这封电子邮件彻底地击倒了。她呆呆地看着电脑屏幕。这说明了什么？说明自己不能在这条路上走下去了？说明接下来的时间，都没收入可指望了？说明自己最后要变成依靠男人过活的女人了？

童景唯看着电脑屏幕，忽然喘不过气来。她用手轻轻拍着胸口，不断调整着呼吸，然而还是不行。犹如最后一根稻草也被压下一般，童景唯的头脑一片眩晕，什么也不想做。她觉得自己就要撑不下去了，踉跄着走到卧室，重重地跌在那张充满和郭朝聪记忆的床上。

这一觉睡了很久。在童景唯醒过来的时候，她只意识到一点：那就是必须要从这个空间走出去，否则很可能她会拿起一把刀杀了自己。认识到这一点以后，童景唯又发现了更为关键的一点：那就是她还不想死，或者不要在这个时候死。

于是她爬了起来，好好地洗了个澡。她打开衣柜，开始寻找适合在夜店出现的衣服。必须出去透口气，这个时候，她有强烈的喝酒的欲望。她的钱包里还有两百块现金，那些钱多少还能派得上用场。在煮面条的时候，童景唯决定了方向。

这个晚上，她要去孙纤纤担任酒吧领班的、在这座城里人气最旺的一个夜店。KK 有酒吧、迪厅、KTV、表演秀，集多种夜生活于一身。不晓得为什么，她忽然很想去那里。

童景唯化妆时凝视着镜中的自己，除了眼睛下方一些不明显的细纹外，她仍然是个美丽的女人。也许身为作家的存在价值已受致命撼动，那么身为女人呢？身为女人的价值是否还有存在的必要？今晚，童景唯一定要向自己证明这一点，否则她没有信心再活下去。

KK 的酒吧里面，将近九成的男人都留意到了童景唯。实际上，这个女人在这家酒吧里面的确显得很耀眼。咋说呢，漂亮的女人有很多，然而美丽的女人却很罕见。对于男人来说，漂亮和美丽是两种完全不同的含义和概念。漂亮会让男人联想到占有，而美丽却更全面地激发了男人的怜惜与征服欲望。四年前买的连

身裙装，配起香槟色高跟鞋，穿在她的身上至今仍然显出独到的优雅。黑白灰的绘画图案让裙子有了丰富的明暗调子，然后这调子又随着身体变换出动感的线条。

于是，不断有男人尝试着走上去搭讪。第一个男人很帅、着装优雅，但童景唯的态度很冷淡。英俊的男人已经引不起她的任何兴趣。接下来的男人，不是浪荡子就是色狼，尤其是第五个过来搭讪的富二代，带着几个哥们儿围住了童景唯。富二代过来后第一句话就是："这么个大美女，咋能喝这样寒碜的酒啊？"

"给我来杯贵的给这位美女，听着，我要最贵的酒。"富二代直接向调酒师吩咐，甚至不等童景唯反应。他拉着高脚凳，擅自向童景唯靠了过来，"听着，你这种女人，只有这种酒才配得上你。"

"对不起，我没有接受陌生人礼物的习惯，哪怕只是一杯酒。"童景唯皱了皱眉头。富二代嘴里面呼出的气喷在她的脸上，促使她作出冷淡的拒绝："这位先生，我不认识你，请不要离我这样近好吗？"

"先生？瞧瞧这姑娘多有文化。"微醺的富二代笑了起来，一把扯住准备避开的童景唯的手腕，"来，陪我喝杯酒，想要多少衣服，我买给你。"

童景唯厌恶地想抽回手去，可是一个以写作为生的女人，力气怎及得过男人。富二代紧紧抓住她的手腕，而那些朋友们包围住她，封住了她所有的退路。

"来来，先喝了这杯酒再说，可是特别为你点的。"富二代见怪不怪地将调好的酒，朝童景唯推了过来。他的膝盖已经向她的腿擦了过来。童景唯皱紧了眉头。在这个节骨眼上她不可以慌乱，这样只会引起这些男人更大的挑逗欲望。就在富二代准备对她更进一步时，身后有人轻轻拍了拍他的后背。他才刚一回头，就被身后的人从衣领处给拎了起来。

"干啥呢？"富二代一脸凶相地嚷了起来，可是那张嚣张的脸很快就温驯了下来："啊，龙哥？"

形势的逆转只在一瞬之间。一个身材魁梧的男人，不知什么时候朝着这个位置走了过来。封死童景唯所有退路的富二代的朋友们，见了这个男人全都自动让出道来，就连自以为是的富二代，刹那也换了副讨好的表情。

这是一个什么样的男人？童景唯略微吃惊地看着那个仅抓着衣领就将富二代拎起来的男人。这是一个长相极其威严的男人，身材魁梧而强壮，穿着的衬衣和休闲西裤在那身体上显得紧绷绷的。不晓得为什么，这个男人的气场竟然让童景唯联想到黑帮老大。

"甭给咱男人丢脸，这 KK 里面的女人多得是，少骚扰人家正经姑娘。"威严男的话语不高，吐字却沉稳有力，然后他将富二代往前一抛。富二代着地时一个重心不稳，差点儿要摔倒在地。他的一个朋友上前扶住他。没有多说一句话，这群人立马离开了吧台。

现实的场所，危险的场所，童景唯内心思忖着。在夜店，人的势力与地位还有财富以及据此而划分的等级得到了最好的体现，那么自己呢？自己在这个场所，到底该算是猎人还是猎物呢？

"你这样的姑娘，一个人坐在吧台很招人觊觎的，没约朋友一块来吗？"威严男皱着眉头看着童景唯，"看你这气质，挺不适合这地方的，没个背景的人在这地方要受欺负的，惹着事儿了还保准没人保你。"

"得，甭把个酒吧说得跟黑帮大堂似的。"童景唯淡淡地说，继续喝着她那杯最便宜的酒，一小口一小口地抿着。这个威严男并没有立刻离去的意思，于是她开始揣测着他的用意，或许男人的本性都是一个样儿。

"你很有胆识啊。"威严男看着她感慨。很少有女人在他的注视下不流露怯意，这是一个很不一般的女人。继在外表气质之后，童景唯引发了他的进一步关注。威严男第一眼看到童景唯时，他正和朋友坐在一起喝酒。席间也有火辣的女人，但是，只是那么不经意的一瞥，他的视线却在这个女人的身上停了下来。

她很安静，基本上只是那样静静地坐着，而且动作幅度很小。不晓得为什么，当近距离看着她时，威严男仿佛在看一副奇妙的画，静止的同时却又矛盾地流动着。那个女人的外表就仿佛布满冰的世界，内里的一切全部被尘封起来一般。

这个女人却觉得讽刺似的笑了起来："胆识？什么是胆识？其实我很害怕啊。可是，如果我表现出害怕的话，只会让他们更加想要欣赏我恐惧的表情吧。如果你想教育人的话，麻烦到别的地方。我今晚已经够郁闷的了，实在没兴趣听别人说教。"

有趣的女人。威严男看着她想，又留意到她的那杯酒："你好像一直在喝着这一杯酒啊，是酒量差还是咋地？我说姑娘，你这杯酒太耐喝了吧，要这会儿我都喝了多少酒了。"

奇怪的交谈气氛，不过童景唯也不觉得讨厌。"我没有钱，如果喝完了这杯酒，我就要花钱去买第二杯，这么说你明白了吗？"她的语气仍然是淡漠的。

"没有钱？"威严男仿佛觉得好笑似的微笑起来。事实上，他连微笑的时候也显得颇为凶悍。这个看起来很不好惹的男人，给童景唯最大的印象是他那口整齐洁白的牙齿。除了威严与气势，这个男人与她欣赏的男性类型没有任何一处交会。

"如果不介意的话，我请你喝几杯酒如何？反正你也是一个人来的，假如不嫌弃我不帅又不会说啥好听的话。"威严男嘴里是在询问着，自己却往童景唯的身边坐了下来。他拉过富二代刚才坐过的高脚凳，但刻意与童景唯保持了距离。

"你真是在询问我的意见吗？"童景唯淡淡嘲讽地问。那威严男只是看着她，那霸气的眼神似乎完全包容了她小小的嘲弄。甚至不用吩咐，调酒师已经开始准备调酒了，似乎对这个威严男的习惯很是熟悉的样子。

这是童景唯与陈宇龙的第一次相遇。就在陈宇龙坐在她的身边，考虑着和这个女人该说些啥话题时，孙纤纤因为有事刚从 KTV 部赶到酒吧来。童景唯出现在这里，孙纤纤并不是太吃惊，但是看到她和陈宇龙似乎相处得还挺融洽的样子，孙纤纤却非常意外。

3

我恼火地看着镜中的自己，看着许仁杰摆弄着我的头发。而普通男站在旁边，仿佛监场似的关注着我的发型大改造过程。我真是上了贼船了。普通男把我带到这家名叫"一色"的造型店。就在我犹豫时，他一把拉开大门，然后将我推了进去。

"干啥呢？咋就这样粗鲁呢？"我不满地斥责着。然而这时候，一个型男却落落大方地走了过来。还没等我反应过来，型男就自来熟地握住我的手，并告诉我他是普通男的朋友许仁杰。"你叫我仁杰就可以了。阿培带过来的人，我会用心给你设计个好发型的。"

于是我就被带到现在这个位置坐下，将心一横，任凭许仁杰给我弄头发了。我从镜中观望着普通男，然后对他发出抗议："喂，啊呸！你说给我打折，居然还要收我一百二十块，这里是抢钱的啊！"

"呵呵，你是不是又在心疼你那几个小钱了？"普通男一句话就堵住了我想消遣他的决心，"听我说，舍不得钱猎不到大鱼，如果你不投资，就冲你现在这个样儿，甭说小叶，稍微次一点儿的男人你都甭指望能泡得上！"

这句话很有效，一下子就塞住了我许多还未吐露的埋怨之词。

"一百二真的不贵了，大姐。"许仁杰娴熟地拨弄着我的头发说，"我们要为你做一个能呈现你所有魅力的发型，修眉，接着还要护理头发。如果不是阿培带过来要求慎重对待的人，这个价钱我们是不可能做的。"

要求慎重对待？他这样吩咐自己的朋友？我有些出乎意料，然而站在我后面的普通男很快作出了解释："不要会错意了，毕竟要为我们拍照，最起码得站出来像个人样。"

这人说话真不讨喜！许仁杰动作飞快地进行着我的发型重整工作，无聊之际我不禁发问："啊呀，你打算怎么帮我？你好歹先说出来听听。我不光要帮你们拍照，连发型费也是我自个出的。"

"还真是心急，要知道心急吃不了热豆腐。"普通男亏我，大概预见到接下来我的反击，他很快又补充了一句，"那么，就先从怎样和他搭上话开始研究好了。"

"到目前为止，你还没有和他再联系吧？间隔的时间也够了。首先，我要你给小叶发条短信，可以体恤地提醒他，'屋诺'乳液虽说只需要五滴就可见效果，可是要达到功效，最好还是根据个人皮肤情况使用，毕竟它渗透得很快，照本宣科可能达不到效果。"

普通男大概不希望其他人聆听到这些谈话，从后面走了上来，站在我椅子旁边。我听到这些话不由震了一下："你认真研究过我们的产品？不然咋知道的？"

"因为后来我也去买来用了一下。答应要帮你的，所以凡事准备工作都要做足。"普通男接着说，"小叶在收到短信时，大概会觉得你是个坦率的人，毕竟能够从顾客立场上出发，说出自己销售产品的不足，这样的人是很少的。当然，以小叶那样的外形，也有可能察觉到，这个女人可能对自己存在好感。"

他顿了顿，从镜中看到了我认真聆听的样子。显然，他十分受用我在乎的神态："发出短信之后，不外乎两种结果，小叶回信息了，或者，小叶看过之后立马删掉。"

"如果他不回短信咋办？"我在乎的是第二个假设，毕竟我的长相自己清楚得很，凡事往最坏一步去想，到时候受到的伤害相应也会少一些。这是我从人生学到的一个自我保护的方法。

"真是笨。当然不可以这样就放弃掉。"普通男一副"早就知道你会问这种没有营养的问题"的表情，看了让人真是火大啊，"你不是问过他的职业吗？他是做绿色蔬菜的不是？那你就要表现出一副绿色蔬菜喜爱者的样子来。"

"绿色蔬菜……虽然我也喜欢，可也不是非吃不可。我们这种家庭，只要便宜就好了。为什么我非得说这个谎不可？"我的这些话让普通男呈现出一副"真是笨得没救了"的模样，他低垂眼睑扫了我一眼。我在镜子里面吐出舌头，迅速还击了他的蔑视。

"像你这样的人，要和小叶搭上话，只有装出一副志同道合的样子来。人在从事自己喜欢的工作时，最为重视的，莫过于能对自己理想有所共鸣的人。所谓拥有共同爱好的人格外亲近，这个道理你这脑袋可要记牢了。"

"所以你就要表现出很好奇的样子，向他探听一些关于绿色蔬菜的话题。只准发两条，接着是耐心等待，听着，一定要耐心。"普通男忽地转向了另一个话

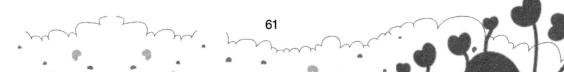

61

题，"仁杰，她不适合刘海，你说把头发往两边分开效果怎样？"

"嗯，这个点子不错。"看来普通男和这帮人相处得还挺不错，许仁杰马上接受了这个建议，没想到这个家伙还真是观察入微啊。

"男人不喜欢太过主动的女人，所以照着这些步骤做了之后，你也只能等待。如果因为心急发了一连串短信，只会加强男人你很在乎他的印象，追得太紧就会变得廉价且惹人厌，结果你只可能被列入黑名单，接下来就啥甭指望了。"

普通男的话让我的心一惊。那就是说我既要主动也要被动，这个度数的掌握还真是棘手。"猎男"这种事真是有大学问呀，我能应付得来吗？我看着镜中的自己怀疑着。

我在这家叫"一色"的造型店停留了将近四个小时的时间。在这段时间里面，普通男时刻观察着我的形象升级工程。当许仁杰完成最后一道工序时，我听见他笑着问了一句："怎样，现在觉得你的钱花得值不值？"

我凝视着镜中自己的新形象。实在不可思议，只是换了发型，由原先的遮住前额的刘海长直发，换成了蓬松的向左右两边分开的卷发却呈现出完全不一样的观感。

"我没有骗你吧？大姐。人一天的好心情是由发型和服装决定的，尤其是对于女人而言。你的品味实在是不咋样，今后我会好好地调教你。"普通男的话让我无法反驳，然后他拍了拍我的肩膀，"明天晚上到店里面来，然后我带你去我和霆勇那里，就是我们租的房子那里，记得要准时啊！"

第二天晚上，我如约去了当下服装店，跟着普通男去了他和赵霆勇居住的套间。那是一套两房一厅的房子，挺方便的。刚进去甚至连杯水也没给我倒，普通男就拿出了几套衣服，他从中选出一套对我说："现在你把衣服换上，我们试拍看看。"

"在哪里换？"我四下张望，眼睛里面流露出警惕。

"瞧你那样，该不会以为真有人要打你主意吧？你这糨糊脑袋到底都装着些啥呢？"普通男不耐烦地向我走过来，而我本能地后退着。当他的手扯过我手臂时，我差点儿就要大喊"救命"了。

"快点儿，进我房间换衣服。"普通男催促着。在我呼救之前，这句话及时中止了我的念头，然后他拽着我到了他的房间门口。这种粗鲁的动作让我很不爽。我换好衣服出来时，小小的大厅已经架好布景板。普通男也不晓得从哪里借来了小小的投影灯。他指示着我站在布景板前，我怯怯地问了句"不用化妆？"

"我就是想追求自然朴实的状态，如果想要美女就不找你了。"普通男不以为意地回答，"我们的服装，可不光只是做给身材好、长得好看的人穿的，而是只要努力，任何人穿了之后都会焕发出自己的光彩。"

普通男在大厅放了CD。在音乐声中，试拍工作正式开始。投影灯的灯光照在我身上，感觉有些暖意。普通男则提示我要放松，并要求我表现出适合自己的样子来。

"样子？你是说摆造型？"我有些紧张地问，身体觉得僵硬，表情也不自然。一想到这是传到网上给大家看的照片，一想到会有人评论或者可能转发，我就无法放松下来。

"喂，你这个样子没办法入镜啊，跟个机械木偶似的。"普通男提醒。

"那你告诉我要怎样做啊，你不说我咋知道？我又不是拍照赚钱的。"我反击，其实心里有些沮丧。真没用，连拍个照也瞎紧张个没完，我的自信都到哪去了。

"我找你就是想要最自然的效果，不然早找别人去了。"普通男笑了笑，"对了，我还真是有些好奇，话说你这个年纪还没能嫁出去，你爸妈怎么就没说你啥？"

"用不着你管！"我双手叉腰恶狠狠地说。可是，这个明显恐吓的瞬间，普通男已按下相机拍了下来。"我爸很担心啊，我妈成天念叨着呢，成天要我带男人回家看看。"

"也是，难怪你脾气这么不好，压力很大吧？"普通男接连按动快门。我完全不知道他要干什么，算了，由他去吧。

我随意地站着，对他这个问题嗤之以鼻："烦着呢！你可甭想多了，我这个性从小就这样，可不是因为这个年纪还没嫁人。"

"但说实话，心里苦恼着吧？"普通男用一种同情的语气说，不断地按动快门。他似乎进入了状态，我完全不知道自己该做什么。反正是免费的模特工作，我索性保持着闲谈的状态。

"是啊，可是能咋样呢？没有男人日子总还得过下去。"我伸出右手食指摇了摇，然后昂起头，"比起男人，每月的收入是保持常态还是上升或下降了，这些都更重要也更实际。"

"对你来说收入更重要？"普通男问。

"当然，没有收入我就没办法买护理品，也没办法请朋友吃饭或者聚会了。家里还有弟弟和弟媳，我又不是独生女，不可能当啃老族对不？"我笑了起来，觉得这个询问实在很蠢，"男人没有可以找，但没有钱，真的是啥都做不了。"

"所以，你觉得钱比男人重要？"普通男接着尝试从各种角度，来拍摄照片。

"不。"我沉吟了一下，随后又扫了他一眼，"对我来说钱和男人一样重要，

有了这两样东西，我的人生会过得比现在更好。如果我有了这两样东西，就犯不着这样傻傻站在这里，回答这些无聊的问题了。"

"无聊问题？大姐，你说的每句话都能将人的心挫得很痛啊，要和你相处没有过硬的心理素质可不成。"他模仿了一下我的吐舌头动作，然后宣布，"可以了，试拍工作完成。"

"啊？咋这样就完成了！"我目瞪口呆，感觉刚才只是在贫嘴。

"我说过吧，你只要放松下来做你自己就好，我要找的又不是美丽专业的模特。"普通男说，然后拿着相机向他房间走了过去，"如果想要看效果，那就跟上来。"

我当然要看！进了普通男的卧室，他打开电脑，用数码线连接相机与电脑，然后移动鼠标点击。然后先前他忙活了一阵儿的成果，逐渐地呈现在我的眼前。

我屏住了呼吸。这些照片，全部是以黑白基调拍摄的，而其中所呈现的这个女人，真的是我吗？那些画面中的女人很普通，却流露着一股平凡的可爱，实在不可思议。

"咋样？"普通男的声音在我耳畔响起。我猛然回过神来，才发觉他凑得很近。"我说过让你相信我的，对吧？我这人就是这样，如果是自己想做的事，没把握也要努力试试看。"

"可是别人的事就不一样了，毕竟得对别人负责，如果我没这个自信，也不会答应要帮你猎男了。"普通男的目光又转向电脑屏幕，我听见他说，"这次的试拍，及格。听好了，我会帮你把小叶弄到手的，只要你照我的话去做。"

这算是承诺吗，还是约定，或者彼此交换的契约？只要我充当模特，他就会努力帮我和小叶搭上桥？如果是先前的我，一定会嘲笑他的不自量力。可是此刻，他专注地盯着电脑屏幕的眼神，我居然觉得好像在闪闪发光。

第 6 话 逐步接近的过程

一个女人，这把年纪了，没钱、没房、没男人，如果再没有朋友，这日子真没法过了。

猎爱技巧

"扮演？有没有搞错？为什么我非要假装成另一个女人不可？为什么我非得对着自己喜欢的小叶撒谎不可？"那个时候，听着普通男教给我的恋爱攻略，我不但跳脚，并且立刻置疑。

"笨蛋，对付男人如果不靠演技和撒谎根本是行不通的，你是女人难道真的不明白吗？人在相处之初都会收敛自己的缺点，而拼命在对方面前表现好的一面，难道这样不算演技？"

被我拖子连环踢后，他白了我一眼。"好凶"，他一边苦笑一边说，"恋爱，其实就是一场谁夺取谁的心的战争。成功夺下对方的心，你在爱情中就是胜者，否则永远只能被对方牵着走。"

"想赢吗？"他问我，"想赢的话学着耍些小手腕，学习这些也不会太难吧？"

1

"玉洁你看报道了没有？好像市里面正在研讨公交车费上调，可要两块钱一个人。"童景唯坐在小圆桌边，手里面捧着热茶，不断地轻轻往里面呵着气散热。

"两块钱？那我一天原本只花四块钱，不就变成八块钱了？"我惊讶地说，"我每个月的收入都在那摆着呢，收入没涨，可是一切都涨了。如果连公交车费也上涨到两块钱一个人，我实在不知道要咋活了。"

"真正不知道咋活的是我。"童景唯笑了笑，整个人往小圆桌伏了下去，慵懒的模样让我联想到猫，"我准备取些存款出来，吃几个月老本，然后改变风格写些受欢迎的小说，在杂谈和猫眼那边努力，这样洽谈合约也有资本。"

"景唯。"我单手捧着杯子，腾出一只手轻抚着她的长发，"会好起来的，实在不行的话，咱也花不起这个钱，大不了就买电动车，充好电骑到哪里都可以，还省钱。"

"可是，没准哪天就禁电动车了呢。到时候一千多块钱的东西，只能搁在家里面了。"童景唯苦笑，"玉洁，现在我每月只给自己留五百块零花钱，如果公交车费真的上涨，那我连图书馆都去不了了。"

她低沉的情绪，还有失落的心情，在眉眼间蔓延开来。我的手停止了动作，看着她，想要说些鼓励的话，可是一时间又噎住了。

我们都很努力，为什么生活还是这样？是因为我们能力不行，还是真的运气不好？在那个微有寒气的傍晚，在大厅昏暗的灯泡光线下，我抱着曾经一度踌躇满志的闺蜜，感受着她不安无助的心。我们都站在人生的十字路口，对于继续行进的方向感到迷茫。

这段时间，我常在超市买好东西，然后带过去看景唯。不光是因为郭朝聪的委托，而是这些死党对我真的很重要。一个女人，这把年纪了，没钱、没房、没男人，如果再没有朋友，这日子真没法过了。

而小叶那边，我遵照普通男的教导，给他发去了短信，步骤和内容完全是遵循普通男的点子做的。第一条短信以后，其实我已经做好了失败的心理准备。小叶那样的帅哥，肯定主动靠近的女孩不少。我只是个相貌平平的直销员，他没准看完短信就直接删了。

那时候，我只有走第二步，谈论一下绿色蔬菜的话题了。我抱着期望，但也没敢奢望。可是，十分钟后，我居然收到了短信。

李小姐真是很独特啊。一般销售人员都会铆足劲儿说自己产品怎样好，你还能想到提醒我这一点，这种对待顾客的态度，真的挺好的。那已经算是不短的信息了。看着这条短信，坐在床头的我顿时心花怒放。

因为你很守信用，真的跟我买了产品，人也挺随和的。^0^我加了个表情符号，然后，记起普通男的战略，我即刻添加绿色蔬菜话题。对了，记得你说自己是做绿色蔬菜的吧？前阵子在时尚杂志上看到有机食品的专题，我挺感兴趣的，你说这到底咋回事呢？

就是不施农药、不施化肥、无污染、无公害，吃了健康而富营养的食品，简单来说就是这样。小叶的短信回复得简单明了，但又蕴含了整个提问所解答的核心。我们的短信沟通，就这样时断时续地开始了。

那种感觉真的非常奇妙！我是说，我和自己心仪的男人，只见过两次面，然后用文字相互闲聊的感受。小叶忙碌时不会回复短信，但晚上他有空时就会回复。我完全没想到他是这样平易近人的人，但或许……发挥作用的是，普通男的战略。

有时候躺在床上我会想，如果不是普通男教我，而我贸然发去短信，那么接下来的发展会怎样？帅哥通常是受女人青睐的，而起初的接触，只要一个把握不好就会径直出局。

普通男这个可恶的家伙。我渐渐地，体会到他战略的实用性。那家伙说的话总是直接明了，却非常有效果。

出众的男人，很容易察觉用心不良的女人，知道你是觊觎他的美色或者成功。要接近这些男人，就必须将想要征服他的欲望给隐藏起来，而率先寻找彼此连接的共同点，是赢得他第一好感的准则。

我忽悠小叶，装成绿色蔬菜的爱好者，实际上，我感兴趣的只是小叶本人。要是没有普通男的计策，我怎样都做不到这一点。仔细回想起来，普通男好像也不是那么坏，虽然欠扁了一点儿，可人似乎还挺好的。

时断时续的短信交流约有一周，出乎意料地，我在屈臣氏又遇见了小叶。不是遇见，确切来说应该是再次见到了小叶。

小叶就在我接待一个男顾客时走了进来，站在离我专柜很近的位置，津津有味地看着我的介绍。他似乎没有打扰我工作的意思，我却霎时乱了分寸。妈呀！他为啥杵在那里啊！这样真的让我很紧张啊！

我的表达一下子断断续续而且词不达意。天呀！他还在继续看我工作的样子！不行了，不可以再紧张下去，我是专业的直销员，现在说服顾客买我的产品才最重要。可是，被喜欢的人观看整个工作过程，我真的静不下心来当他根本就没站在那里！

好不容易拿下了这个顾客后，我立即将视线转向小叶。

糟了，我该怎样表现才好？现在是工作场合，可有贺店长坐镇盯着呢。虽说在这世上活到二十九岁了，但对付男人的方法和技巧我可半点儿没有，我只好继续展现我擅长的直销员笑容，温和地笑着朝他看了过去，然后轻轻点了点头。

小叶也笑了起来。那是很阳光、很俊美的笑容，我觉得呼吸一下子又不顺畅起来。不行了，总这样一见到他呼吸就不畅的话不行，啥大事都做不了。就在我缓和呼吸时，小叶朝专柜这边走了过来。

"最近好吗？"他站在专柜前，友善地问。

"还可以。"我真恨自己，咋就吐出这样乏味的三个字，面对顾客时的滔滔不绝、没事都可以扯个半天的本事哪儿去了？我和小叶之间出现了短暂的沉默。那个静寂的时间，真的挺尴尬的。

"我来家乐福找经理，想谈一下我们的蔬菜在家乐福上柜的事情。"最后还是小叶主动打破了沉默。我真恨自己，倍儿没用！有色心没贼胆！看着个男人瞎紧张，啥也做不了！活该剩女！

"是吗？怎样，顺利不？"我关心地问。毕竟聊了一星期的绿色蔬菜，我很自然地由对男人的觊觎，瞬间过渡到对男人理想的关切，话题顺利地接了过来。

"嗯，要考虑到成本问题，此外我们的供货价、超市的利润，还有专柜的位置，超市的推荐考量，有很多问题一时半会儿是理不顺的。"小叶微蹙了一下眉头，不过很快又一脸阳光地打起了精神，"但是，总算愿意坐下来谈是个好事，下次我要准备得更充分些，没准儿再两三次，这件事情就能成了。"

"你这人还挺向阳性的，都不用别人安慰，自己就能打气振作了。"我不禁笑了起来，这是第一次在小叶面前放松下来。不管咋说，我喜欢这种开朗乐观的个性。

"向阳性？"小叶重复了一遍，似乎是在向我询问着这个词语的意思。

"啊，向阳性。就是向着太阳、朝向阳光，凡事都往好的方面看、往好的地方想的意思。"我忙不迭地解释着。

"这样啊。"小叶随即也笑了起来。

我晕乎乎的，喜欢这种四目相对的感觉。我觉得喜欢一个人就是这样的，只要能和他在一起，哪怕逛一下超市、吃个六七块钱的套餐也觉得浪漫。浪漫的重点在于自己身边的人，而不是做了哪些事情。

"打扰到你工作了。"小叶说，"没事儿就是想过来看看你，难得认识一个对绿色有机食品这样感兴趣的。"

"健康是人生最大的财富不是吗？你想想，内在的调理很关键，只有吃得好气色和皮肤才会好。小叶，坦率地说我还真是想要多了解一点儿。"我信口胡诌着，一切按照普通男指教的行事。

没想到小叶完全信以为真："真的？今天我很忙，要不改天一起出来喝个茶？也当是你多送我一瓶赠品的谢礼？"

天啊！这男人到底在说啥啊！我控制不住地接连眨了几下眼睛，完全不敢相信自己的耳朵。然而眼前很淡然的小叶，他的神情让我觉得，他只是单纯地想要一起聊聊而已。即使如此，我也觉得开心，而且我知道自己必须及时回应。

再拖下去就不自然了，而且，没准儿他会改变心意。我的心激动地跳着，却拼命不动声色地微笑着答应下来："好啊。"

"那么，改天再约。"小叶说，忽然想到什么似的，从包里面取出名片来，双手合上递给我。他真的很有礼貌。"对了，这是我的名片，你还不知道我名字吧？"

"叶冬菁。"我念出了那名字，名字旁写着"家和蔬菜公司经理"的职位。看我凝视着名片，小叶不好意思地补充："说是经理，其实是个小公司，才刚起步，经理也要上阵跑业务的。"

"嗯，年轻人创业都这样。"我用肯定与鼓励的语气回应。然而，无论我还是小叶，都越来越强烈地感觉到了贺店长的压力。她离"屋诺"专柜的位置越来越近，通常上班期间是禁止与亲友长时间闲聊的。

"那我走了，有空联系。"小叶仿佛察觉到般体贴地说。

"啊……好的，慢走。"我不舍得又不情愿地回应。我是给"知生堂"打工的，如果得罪贺店长被清出场的话，那我就失业了。屈臣氏是个好卖场，我可不想被弄到半死不活的地方去。

小叶走了几步，然后站定脚步回过头来："对了，新发型很好看，不知道怎么说，觉得与前两次见面时，是完全不同的感觉。"

"你留意到了？"我怔怔地说。

小叶点点头。这一次，我看着他走出屈臣氏，仍旧怔怔地站立着，右手下意识地抚弄了一下自己的长卷发。

这也就是说，普通男教导我的或者强迫我去做的，全部都是对的！他教我怎样与小叶搭上线，甚至预先考虑到了我的形象。他说我的发型很糟糕，是真的很差劲儿，不是为了给许仁杰拉生意，也不是为了拿我来消遣！

如果小叶不说，我真的没发现他这样细心和全面，我不禁回想起普通男带我改发型时的强硬态度。

那家伙真的是决定要好好帮助我的。那个上午，我应付着工作，心却乱了。

好不容易挨到下班，我立刻拨了普通男的号码，告诉他我要和小叶约会了，也不知道算不算得上约会，可是我完全不知道要如何是好。

"好了，现在很忙，没工夫听你穷紧张。今天没空，明天晚上你到店里面来。就这样了，我可没空跟你闲扯。"手机的另一端，他貌似非常忙碌的样子。甚至不及我回应，普通男就先行切断了通话。

我无奈地笑了一下，然后迈开脚步，加入下班的人流中。不管咋样，我要开始不算传统意义上的约会了。在此之前，我还是先听一下那混账怎样说吧。我开始逐渐重视普通男的看法与意见了。

2

"啊呸！"我雄赳赳、气昂昂地走进当下服装店，原本一进来就想给普通男一个下马威，没想到店里面还挺热闹的。我很有气势地杀进来后，发觉所有客人都在看我。

"瞎喊啥呢？"普通男不禁皱了皱眉头。忽然有三个年轻小伙子喊了起来："老板，这边！"普通男边爽快地答应着边吩咐我："这里替我招待一下，今天人多，我忙不过来。"

"啊？可是我不会卖衣服啊。"我目瞪口呆地说。普通男仿佛认定我一定行似的，甚至没有用说服或者劝告来做铺垫，一下子就把任务塞了过来，扔下我朝着那三个小伙子走了过去。

我顿时火冒三丈，这也太能指使人了！可是，我还没来得及发火，那个女孩儿就犹豫了一句："紫色？这色调和我搭不搭啊？"

我本来是打算发火的，以我这个性至少要回应一句："啊呸，你把我当啥了？叫我接待就接待啊。"这句话正要脱口而出时，却看见普通男与那三个小伙子交谈时的表情。

那是很温和、亲切并且令人喜欢的表情，我从未在普通男脸上看到过这种表情。身为直销员的我，那一刻明白了一件事，这个男人此刻正在从事着他自己喜欢的工作。

看着他投入工作时认真的样子，我忽然咽下了喉咙里面的话，大脑迅速地运转起来。

"是老板向你推荐的吧？我觉得紫色不错，你身材挺好的，穿上它能着重强调你身为女孩儿的曼妙曲线，而且紫色是挺神秘的颜色，你不觉得很有格调吗？"不自觉间，我已经代为介绍起来。

"那，好吧，可不可以再减点儿？"女孩儿的心动激发了我的战斗力。我边

回应着"等等"，边小跑着向普通男的方向跑了过去。当着三个小伙子的面，我怎么好意思发火，于是粗声粗气地向他汇报了情况。

"大姐你还挺能干的嘛！"普通男笑着说，"跟她说最低九折，咱店里面的都是好衣服，款式是最新一季的，价格也实惠。记住，你得从态度上压倒她，让她认为不买是她的损失，而不是咱们的。"

我狠狠瞪了他一眼，又飞快地赶回去。耗了半天，当那女孩儿最后交钱付款时，我心里还真是充满成就感。搞销售的就是这样，你每搞定一个顾客，都是对自己语言表达能力与交际能力的认可。

在替女孩儿将衣服放进当下服装店的袋子时，我留意到普通男的表情，每一笔销售款，不管金额大小，他都很慎重地将钱放进腰间的挎包里面，在找钱时都是双手一并向顾客奉上。那种表情，我在童景唯身上也看到过。不知道为什么，我总是会被这种表情打动。

这一晚店里面的生意确实不错。起初，我非常生气地被动帮忙接待顾客，但渐渐地，我被他的专注与热情所感染了。

那家伙，真的是很卖力在维持这家店啊！我想起他提过的店租、电费还有其他杂费，原本怒意充盈的心，渐渐地平静下来。

我对服装没研究，全靠乱说。客人少下来时我就站在普通男身边，观察他与顾客交谈的表情，或者聆听他的说辞。当需要帮忙时，我就用他介绍的方法套用上去，居然也能蒙住不少客人。

在忙碌中我忽略了时间，店里面静下来时，普通男转向我，笑着一手搭在我的肩膀上："大姐，谢啦。幸好有你，不然的话真忙不过来。"

"大姐？你说你还真叫上瘾了。还有啊，把你爪子挪开，没事少勾肩搭背的，我可是一正经姑娘啊。"我对"大姐"这个称谓确实窝火，这家伙咋专捡刺激人的说呢？有哪个女人喜欢被叫"大姐"？也不看看他只比我小几岁，还装嫩。

总算有了静心交谈的机会，我尽可能详细地讲述了这阵子与小叶的互动，还有在屈臣氏的再遇，以及小叶约我喝茶的事情。普通男聆听着，并没有打岔。

在我讲完之后，他微笑着说："那不是很好吗？只要有心去做，还是做得到的。接下来重要的就是战略了，听着，感情这种事情，说到底就是一场战争。"

"战争？"我还真就不能认同了。感情就是感情，扯上战争这也太无聊了吧？虽说我是少根筋的大龄剩女，但总归是喜欢浪漫，一想到感情等于战争，觉得真是大煞风景。

"弄清楚这一点很重要，大姐。"普通男拿出杯子喝水，"所谓感情，其实就是一场谁夺取谁的心的战争，记住，夺取并占领对方的心很重要，这也是胜负的关键。"

"胜负的……关键?"我试图消化着这番话。

"占领对方的心,在感情中就代表了你是强势的一方,能操纵并控制着对方跟着你走,你的意愿在双方的关系中占据了主导的作用;而被对方占领了你的心,情况就完全倒过来了。"

普通男好像很渴,一下就喝完了杯里的水。"感情中的双方互动,其实就代表着谁夺取谁的心的战争。你虽然是要去猎男,可是得懂得,高明的猎男之道是,在占领对方的心的同时,还要牵引着对方朝你布下的局去走。"

"说得还挺像回事,可你说光凭我这性格,可能吗?"我很没自信地发出置疑,实在不是没志气,而是人得明白自个儿的斤两。如果我长成范冰冰那模样,甭说什么爱情战争,要搞定个男的还不容易,简直就和喝水那样简单。

"所以,这就是你为什么要来这里的原因。"普通男十分自信,不,确切地说是非常自负地说,"听好了,大姐,现在我来教你,在第一次约会时,对待男人应该做些什么。"

"你觉得男人喜欢什么样的女人?"他问我这样一个问题。

"不就是温柔、漂亮、听话的?我觉得男人都喜欢那种看起来傻傻的、没啥主见的姑娘。"我语气沉痛地控诉着。

"果然像你的看法,幼稚。"普通男一句话把正在喝绿茶的我噎住呛了一下,"这种形象通常只是男人猎艳的目标,如果是真心交往,男人才不会选择这种类型的,所以你要先学会,在小叶面前扮演一个怎样的女人。"

"扮演?"我头都大了。这是说叫我装成另一个女人?我可不是女演员,虽然说这道理懂得,可是演技是能说来就来的吗?我轻蔑地扫了普通男一眼,听起来像瞎掰。

"所以说你头脑简单。"普通男搁下杯子,"通常男人都是贱骨头,对于容易上手并控制的女人,往往都不懂得如何珍惜。但是对于一个坚强独立、能够掌握自己人生的女人,男人会觉得很了不起。"

我咀嚼着这句话。男人都是贱骨头?听起来还真像那么回事。这句话从一个爷们儿嘴里面说出来,让我的轻慢渐渐地融化了。

"你准备咋样和他约会?"他问了我下一个问题。

"我不知道。就是不知道才来的啊!"我嚷嚷起来,借此掩饰我的无能与笨拙。我真的不了解男人,除了我的弟弟和死党,我不晓得怎样和男人相处。

"我说过,要把男人看成宠物吧?"普通男笑着摸了摸鼻子,摆出一个可爱的表情,"女人在和男的交往时,其实和与宠物一起时很像。记住,没有宠物是

刚开始就会听话的，宠物都有一个被驯化的过程，因此在选择宠物之前，给宠物一个好的第一印象非常重要。"

"一个好的第一印象？"我学着从他的话里面抓重点。

"很多女人以为男人都喜欢那种看上去很听话甚至有点儿傻傻的女人，要是在约会时，在点菜方面首先表现出个人决断力，就会让男人产生排斥心理。"普通男这话像是专门针对我说的。

"是的，没错。"他顿了一下，"的确是有这样的男人存在，问题是你想当一个在男人心中占据怎样位置的女人？一个只会按照男人要求来塑造自己的玩偶，还是一个能够和他平等交流甚至分享心情的伙伴？"

普通男的话，搅动着我内心的波澜。渐渐地，我的注意力完全投入进去了，我只差没催促他"快说下去"。我实在很希望了解，我到底该怎样应付与小叶的第一次约会。

"大姐，笑一个我看看。"他提出这个要求时，我差点儿没回过神来。干啥？要我笑我就笑？真当我笨蛋还是这混账太自以为是了？

"快点儿，笑一个看看。"他不容置疑地催促着，认真得让我无法拒绝。我只得笑了一下，他立刻作出评判："差劲儿，零分。"

"￥%#·%#！"我的笑容一下子僵住了。"我有病啊？我又不是女演员，这里又没有摄影机，叫我笑就能笑出来啊？"

"不但笨，而且还很固执。"普通男仿佛很受不了似的继续评判。啊啊啊，我实在受不了他逐一地给我挑刺儿然后又擅自评论的做法了！

"我可告诉你，和男人第一次约会时，笑容这些细节非常关键。男人不喜欢说太过直白的话，也不怎么欣赏太直接的称赞，事实上，男人是比女人更需要肯定和认同的动物。有时候在细微的相处时刻，适当地说一两句温馨的话，或者做一些窝心的小事情，往往会带来意想不到的效果。"

我正想反击，普通男用一番男性心理学观点让我安静下来。今晚听到的都是我根本就没听说过的东西，今儿个真长见识了。我承认，我被这些关于男人的小理论给迷住了。

剩女的无奈与悲哀啊！

"我要你回去对着镜子学习微笑。"普通男吩咐，"所有的计划都要从这些小细节开始。一个温柔的微笑，轻轻的一句话，就是这样简单，但对男人来说却是很深刻的刹那。"

"……天啊！"我无力地呻吟了一声，"感觉咋像回到学校一样，还要做功课，我真是想死的心都有了。"

"还有呢，现在，把我当成小叶，试着用眼睛看我一下。"普通男给我出了又一个难题，"约会同样重要的一招，除了微笑就是视线攻略，学会怎样用眼神去凝视对方，哪怕只是一个小小的交集，那样也会有助于对方对你印象的加深。"

那一晚，我在普通男的摆布下又笑又凝视的，而且最可恶的就是还要听他不客气的无情呵斥。"笑得太假！笑得太夸张！笑得不够含蓄甜美！眼神，你那眼神跟死鱼眼白似的，你不想混了你！"

"你才不想混了！"我好几次忍不住跳起来大骂，骂过以后还是乖乖听着做了下去。我不愿意第一次约会就败北，我不想什么也不做就看着小叶走掉。我无论如何也不要迎来那样的下场。

3

"因为我想要见你。"当陈宇龙直接说出这句话时，童景唯虽然做好了心理准备，却也仍然不免有些意外。

在KK相识的那晚，童景唯给了陈宇龙自己的手机号码，很快他就给她打来了电话。这一次的见面地点仍旧是KK，但相处的空间却从酒吧外场转向了包厢。品着红酒，刚开始时出现了短暂的沉默，童景唯不说话，陈宇龙也不方便多说。他对她还不了解，还不清楚她是怎样的女人，在这之前，他不想给她过于聒噪的印象。

在有一问未必会有一答的气氛中，童景唯忽然发出询问，"为什么会想要见我？为什么想要约我到这里来？"陈宇龙实在颇为惊讶。尽管惊讶，但他的回答却是格外地坦率。

是的，想与她见面，换另一种方式来说，是他对她有兴趣。从见到她的第一眼开始，陈宇龙就知道自己想要这个女人。没有任何原委，他只是想要这个女人。

和女人不同，男人喜欢上一个人是没有理由的，可能是因为对方的外表，可能是因为对方的气质，也可能是因为对方和自己相处时给自己的感觉。男人是相当感性的动物，往往会由于某种念头或者心情，而喜欢上一个人。

第一次见面时，这个女人优雅地坐在吧台。她看起来似乎很从容地喝着酒，一点儿一点儿地浅浅地喝着。然而，陈宇龙从看见她的第一眼开始，就觉得她是寂寞的。这个女人仿佛是深海，无法轻易窥见其内心，反而更加吸引他想要深入探索。

"想要见我？为啥想要见我？"童景唯再次询问。她自己也觉得这些话题未免太过单调乏味。这个男人请自己出来见面，想必不是为了回答这些无聊的询问而来，她却忍不住就是要这样问。

"因为我对你有兴趣。"陈宇龙直视着她的眼睛说，然后又补充了一句，"对你我想要认识得更多一点儿。那么，你又为啥会来这里和我见面？"

"我为啥会来这里和你见面？"童景唯愣了一下，机械地重复着陈宇龙的话。忽然间，仿佛觉得这话非常有趣似的，她咔咔地笑了起来。陈宇龙困惑地看着她。实际上，他真不知道自己这句话的笑点在哪里。

童景唯笑了好一会儿，意识到自己的失态，用手心覆盖住前额，止住了笑意。"抱歉，这阵子我的压力太大了，难得遇见一个有趣的问题。"

她端起高脚酒杯，轻轻摇晃着，然后看向那荡漾着的鲜红液体。"或许是因为……我想要体验一下自己以前没能体验过的感受吧。我以前没和你这样的人打过交道，我想尝试一下与其他圈子里面的人相处起来是咋样的感觉。"

陈宇龙试图从这些话语中检视出她的心情。光从表面仍旧无法判断她内心的真实情绪，虽然彼此距离很近，某种程度上又觉得相距遥远。"那你生活在哪个圈子里？"

"你真的感兴趣吗？"童景唯俯身向前，端详着他脸上的神色，现在的她明显有些微醺了。"我们会为了省下一块钱公交车费，从昌平街走到海府路。我们会为了哪家店的套餐便宜又实惠，连续跑好几家店。我们会为了买到有型又实在的裤子，不停地逛服装店，直到下定决心为止。"

这个女人在叙说这些事情的时候，微红的脸颊上浮现出温暖的表情，那是一种由内心泛起的骄傲的神色。陈宇龙看着她。她好像在分享着自己最珍贵的东西一般。

"和你这种有钱人不一样，我们聚会通常会去便宜又实惠的地方。虽然我死党的女朋友在这里当领班，但这里的包厢我们却一次也没有来过。当然，就算想来也来不了吧，毕竟我们的收入还顶不上这种消费方式。"

童景唯说着又开始喝着红酒。醉意渐增的她离陈宇龙很近，他甚至可以从她的瞳孔中看见自己的身影。"我本身住在一个又小又旧的地方，守着小小的可怜的理想，每个月在五百块私人开销的平衡中苦苦地挣扎。"

"我的圈子就是这么回事，是和你的圈子完全不同的生活。"她放下酒杯，定睛看向陈宇龙，"所以你问我要不要见面，我想即使见了也没关系，我好想看看其他人是咋样生活的。"

陈宇龙思忖着她的话，这句话里面潜藏的信息，是不是有"想要看看其他的世界"的意思？"有一点我很有兴趣，你会仇视富人吗？确实如你所说，我在这里一个晚上的开销，就比你一个月的预算还要多得多，面对这样的人，你会觉得不公平吗？"

"没什么可忌妒的。人各有不同的命运，别人赚得多是别人的本事，别人住豪宅而自己只能住旧房，是自己技不如人。事实上，这个社会也是由不同的人所推动的，我并不会讨厌所谓的成功人士。"

童景唯摇了摇头，忽然浅浅地笑了："可是，不公平的事情真的有很多啊。假如同样受到伤害，那么成功人士的解决率，肯定比我这种小市民要高得多。"

"伤害？"陈宇龙怔了一下。

"当然像你这样的人是不会明白的，也许只有你去打别人或者去威胁别人。你在这方面的能力，我可是充分地领略过的。"陈宇龙几乎答不上什么话。现在童景唯的任何表情变化，都成为他揣摩的重点，不过她的话听起来又不像讽刺或者挖苦。

这个女人到底想要表达些什么？是自己深度不够还是她太复杂？陈宇龙咀嚼着她的话，一时之间居然解析不出那些话语里面蕴含着的信息。

"你好像很缺乏安全感啊。"陈宇龙笑笑，又喝了一杯红酒。不晓得为什么，面对这个女人他总是尽量将态度调整得温和一点儿、再温和一点儿。陈宇龙知道自己的眼神很凶或者看起来很有压迫感，而这些以往他自认为非常纯爷们儿的特质，在这个女人面前却不愿意过多地流露出来。

"安全感？如果你收入不固定，明明做着自己喜欢的工作，却随时都可能失业。你爱着一个人，却无法下决心要生下对方的孩子，因为你知道自己根本给不了这孩子任何应有的保障……如果你处于这样的立场，那才知道什么叫做安全感！"童景唯眼睛中泛起一丝嘲讽与凄楚，这个女人是真的醉了。陈宇龙看着她，反而觉得趣味盎然。这个女人真的很不一样，甚至在她醉酒而显得稍微任性的时候，气质和风度仍旧没有变化，倒真的是可爱得很。

"你不生气吗？"意识到自己失言的童景唯，也察觉到了酒精的威力。他们并无深交，再咋样说被别人请客还如此肆无忌惮，这也太过分了。

"你希望我生气吗？"陈宇龙反问，"说起来，你刚刚说过你从事的是自己很喜欢的工作吧？介意说来听听不？"

童景唯沉默，然后她犹豫着，作出了回应。

"我是……没名气的……专业作家。"对着陈宇龙，童景唯失落地却还要拼命表现得很淡定地，说出了这句话。她所有这些变化，同样没能躲过对面这个男人锐利的目光。

4

　　我一个人躺在床上无比烦心地想，小叶不是说过要约我喝茶吗？这都多少天了，咋还没半点儿消息呢？普通男偏偏特别嘱咐过，在这期间不可以主动联系小叶。

　　"在男女关系方面，有些时候女人要主动，有些时候则必须要克制自己的欲望。无论多想接触目标也不行，一旦你主动联系了对方，就会彻底暴露出你对对方的渴慕。那么从一开始，这关系的平衡就被打破了。"普通男是这么说的。

　　难道只要我不主动询问，小叶就不会联系我吗？那天晚上我怀着举棋不定又拼命忍耐的心情，阻止了自己想要发短信询问的念头。第二天上班期间，我仍旧不时地想到这些事。难道喜欢一个男人就活该是这种感觉，还是我太没志气？

　　我脑袋里面不停地想着小叶的事，想和他见面、想和他说话，这种渴望怎么也阻止不了。我真恨自己是这样的女人！就在我不断与自我对抗的过程中，短信响了起来。

　　是谁啊！我沮丧地拿起手机，然而屏幕上出现的文字，让我一时睁大了眼睛：你好，玉洁。我是小叶，抱歉，这阵子都在忙工作的事，说好请你喝茶，也一直没有兑现，方便的话，明天晚上有空吗？

　　是小叶！他发来邀请了！他真的发来邀请了！我内心一阵激动和欣喜。直到这个时候，我才意识到，我有多需要一份稳定的关系。我对于心仪男人的渴慕或许已经达到了堪与美洲狮相提并论的水平。然而这个世界上，又有谁愿意做永远的个体呢？

第 1 话　爱情全攻略

　　我最大的弱点之一，就是完全不知道要怎样应付男人，确切地说，是完全不知道要怎样应付自己喜欢的男人。

"每次和小叶见面都会紧张不安，我总是在顾虑自己是否表现得不好，会不会哪里出了纰漏。"最初和小叶约会时，我总是这样给普通男打电话。

"真没办法呀！"普通男也总是一边亏我，一边教我该怎样处理，"如果紧张不安不能清除，就借助些小细节来掩饰吧！"

"小细节？"我呆呆地问。

"也就是一些小技巧吧，比如戴上可爱的小耳环，紧张时轻轻地拨动它们。男人会觉得这种动作很可爱、有女人味，丝毫不会察觉你是在掩饰紧张。不敢直视男人眼睛时，可以看他的鼻梁上方，那样就和凝视着他是一样的。"

普通男在教给我这些时，总是不忘拿我打趣："大姐，你还真是什么也不懂啊！"

1

我最大的弱点之一，就是完全不知道要怎样应付男人，确切地说，是完全不知道要怎样应付自己喜欢的男人。在我心仪的男性面前，我没来由就会紧张，一紧张就会出错，一出错就会影响到我在对方心目中的形象。

怎么说呢？我以前在喜欢的类型面前，曾经出现的错误包括：（一）不敢直视对方眼睛；（二）行为扭捏或者暴走，例如大幅度运用手势说话，笑起来张开血盆大嘴，毫无文雅之美；（三）精神高度紧张和不自信，影响思绪的正常运转，典型表现在当时我根本不知道自己在做什么，甚至说了自己根本不该说的话。

"当时我应该这样说的"、"如果不做那么愚蠢的动作就好了"，过后所有的失误都很清晰地浮现出来，但当时确实无法停止。没错，我就是这样一个失败的女人。

当在一品居前等候时，虽然我不断地告诉自己不要紧张，可是咋可能不紧张？根本不可能的，对不对？而且看看手机，多等待了十五分钟，我不由地开始乱想。

小叶不会放我鸽子的，对不对？他会来的。如果不来他一定会通知我的，小叶不是那种会把姑娘丢下不管的人。我这样左右担忧着。当小叶出现时，高兴和安心一并涌来，还有，无法摆脱的紧张。

小叶穿了件黑色的针织衫，搭配暗红色条纹的纯棉长裤，颇有种漫不经心的慵懒，脚上一双灰色漆皮休闲鞋则增添了随性的气息，让人多了份亲切感。我直直地看着他，说不出是喜欢这身搭配，还是因为喜欢本人，也顺带爱上这身搭配。

"抱歉，因为处理工作上的事，赶过来时拖了点儿时间。"小叶刚来到我面前就忙不迭地表达歉意，"本来是我约你的，男人让女孩儿等很没风度，真的对不起。"

女孩儿？久违的名词。迟到了也没关系，谁叫人家会做人呢！而那时，普通男对我传授的话语，在脑海中浮现了出来："是人都会有犯错或者失误的时候，如果这时候你就在他身边，表现出淡定和包容的态度，对于那个时刻的男人来说，印象会特别深刻。而这一瞬间的体会，将伴随你们交往的进程而延续下去。"

虽然紧张，但是我牢牢地记住了这个嘱咐。于是，我尽可能轻柔地笑了起来："没有关系，别忘了我也是有工作的，知道工作有多么辛苦，根本用不着道歉，多见外。"

"见外啊？"小叶松了口气，随后又很感谢地说，"进去吧，想喝啥就点啥，甭客气。"

我没有点啥东西。当小叶询问我的意见时，我建议要一壶柚子洋柑橘茶，才二十五块，而且可以随时加水。不管怎样我可是快奔三的女人，这点儿人情世故还是懂的。甭将男人当冤大头来宰，那样只会让男人觉得你很势利和拜金，这是我学到的最基本的一点。

茶送上来以后，我们陷入了短暂的沉默。这是我们私下里第一次见面。如果是我不在乎的男人，我可以随便敷衍些什么。正因为我喜欢小叶，太想留给他一个良好的印象，慎重起来反而不晓得要咋样做。最糟糕的一点，就是我根本不敢看他的眼睛！

不晓得其他人是否也经历过类似的情景，就是面对一个你喜欢或者在乎的人时，你会发觉直视对方眼睛是件特别困难的事。被喜欢的人看着，那种感觉既兴奋又叫人瞎慌乱，于是禁不住就想要躲闪。

实际上，我就吃过无数次这样的亏。这种后果就是让男人反胃口，因为男人可能会想：她为啥不看我，我就让她这样不自在。有些时候即使你知道问题在哪里，也不是想改就能够立刻完善的。

我很讨厌这样的自己，想着无论如何一定要避免重蹈悲剧。于是我小心翼翼地迎向小叶的目光，然而一旦与他眼神相对，立刻心神不宁起来。一旦我勉强自己去与别人对视，眼神就会显得很凶，简直如同火眼金睛地盯着对方看似的。

慌乱中，我拼命调整呼吸，力图让自己放松下来。我拼命寻找普通男在询问我的弱点之后，教过我的话："听着，大姐，和男人在一起时，一定要看着对方的眼睛说话。如果你温和认真地看着对方，会让男人有种得到充分尊重和重视的感觉。这种不被忽略的感受，会让男人从一开始就对你有好感。"

"但是，如果你实在一时半会儿做不到，那么我教你一个办法，就是看男人的鼻梁或者鼻梁上方的位置。那样的眼神看起来也很像是在直视他的眼睛，而且能够巧妙达到同样的效果。"那家伙这样嘱咐过我。

鼻梁、鼻梁上方的位置……我悄悄地调整目光聚焦。唉，有啥办法呢！咱不敢看小叶的眼睛，要偷梁换柱地看着这些部位总还办得到的。心中的紧张逐渐地缓和了一部分。

接着就是话题了，我实在不知道该谈些什么。绿色蔬菜？连续谈了一个星期会不会显得无聊？可是连接我们之间的话题就是这个，还是谈吧。在我拿不定主意之时，我忽然意识到自己忽略了一个重要的细节。

对了，那晚，普通男曾让我坐在店里面的椅子上，对我的坐姿无情地加以嘲弄和批评："你看你坐成这个样子，还有点儿女人的味道吗？不成！那样又太轻浮了！你咋连个基本的坐相也没有呢？"

"不就是个坐相吗？我警告你甭瞎折腾！有那么重要吗？"连续换了几种坐法还是受到无情否定的我，相当不满地反击着。

"你懂个鬼！第一次约会的坐姿是相当关键的，因为男人就是从坐姿来判断一个女人的，懂不？"普通男以一副权威的语气压倒我的置疑，"记住，在男人面前大大咧咧张开腿坐，或者坐得太过随意都只会起反印象。"

"男人喜欢的女人坐姿只有两种：一种是正坐并且双腿并拢，男人认为这样的女人端庄而且稳重；另一种坐姿是呈 M 字形线条，双腿并拢倾斜，小腿划成一条漂亮的斜线。就冲你这个水准，照着第一种做法就准没错了。"当时那家伙这样说。

坐姿，坐姿。我连忙补救地调整了坐姿，双腿并拢挺直腰杆。啊，好累人的坐姿啊……话题，再没有话题的话，这个气氛就未免显得太怪异了。

"啊，那个……最近工作顺利吗？"眼看着气氛就要沉下去了，实在没办法我只好主动开口。选择绿色蔬菜话题是唯一明智之举，毕竟联系着我们的，目前也只不过是这个桥梁而已。

"嗯，还成，基本上确定要在家乐福上柜了，还有几个关键点谈不拢。"小叶回应，有些淡淡惆怅的眼神，"正在考虑，合作方式是家乐福进货，还是我们在那租个专柜，派上自己的销售员，卖出的利润是我们的，每月只需要给家乐福专柜租金和管理费就行。"

"如果家乐福进货，那么专柜费用就是他们的，也节省了人工费用吧？"我表现出一副关切的样子。如果这就是普通男提醒的演技，那么我得承认，要装出与真实心意截然不同的模样，是很困难的一件事，所以演员获得那些片酬是应该的。

"嗯，必须考虑对公司最有利的方法，然而家乐福方面的利润也要照顾到。说真的，我实在很想拿下家乐福这一块。"提到工作方面的事，小叶就像变了个人似的，话语也流畅起来。

"绿色有机蔬菜对身体当然很好，可是国民的消费观念也未必跟得上，何况比起同类产品价位可是高了不少。"我秀着自己谷歌来的知识。虽然觉得话题乏味，但我还得将它延续下去，并且还要装出津津有味的样子。

老天呀，天知道我多么不想谈论这个话题！

可是，小叶在这个话题上表现出的兴趣，却又打动了我。我似乎总是会被努力认真的男人所吸引，不管是普通男在当下服装店中的投入，还是小叶铆足了劲儿地向前走。看着那样的小叶，这个话题似乎又显得不那么乏味了。

化被动为主动，我胡诌了一顿枯燥无聊的绿色蔬菜话题。正当我佩服自己的耐心，并且准备奋战到约会结束（如果这也能算是约会的话）时，小叶忽然打破了我全部的预料。

"抱歉，光听我谈工作，很无聊吧？"小叶嘿嘿地笑起来，不好意思地眨了眨眼睛（好可爱啊！），"不管怎样都不应该在这个话题上扯太久的。"

"啊，没有。"我连忙微笑起来，违心地装出善解人意的样子，"我也是搞销售的，知道说服别人有多么不容易。我只是站在专柜那里，而你要考虑很多问题吧？运作成本、管理、市场趋向，一想起来我就头大。我觉得你挺了不起的。"

"呵呵，说起来，玉洁你平时都在做些什么？"小叶问，稍后又补充说，"抱歉，直接称呼你的名字，比起小李，是不是叫玉洁比较好一点儿？"

"当然没有关系。"我高兴得接连给他派定心丸，"我空闲时也没啥特别的爱好，运动和朋友聚会、看碟上网，也喜欢买衣服，可惜就是没钱。"

"也是，钱很重要，没钱真是啥也做不了呢。"小叶深有感触地说。这个话题似乎引起了双方的共鸣。我们在这天见面中第一次放松下来，并且都笑了起来。

然而这相视一笑，却在我的内心引起了相当糟糕的反弹。我顿时又紧张了起来。莫名的，我又开始担忧下一步该怎么走、我会不会表现不好等诸如此类的负面想法。

对了，我还有耳环！这副被普通男在店里以特价强迫我买下的耳环！在那晚，普通男最后解释了这个用意："甭摆着一副臭脸，我告诉你，这耳环效果可大着呢！"

"大个鬼啊，不就一耳环吗？甭说男人喜欢戴耳环的姑娘。"我嘲讽挖苦着，充满"你不就是想掏光我的口袋吗"的语气。

"笨蛋！你不是说自己容易紧张吗？你看看这耳环。"普通男拎起它，在我眼前定住方位，"不光设计精巧，重要的是耳坠下方的功效，你轻轻拨动它的时候，会发出轻盈而清脆的声音。"

"人紧张时，如果不想僵硬下来，就会做一些额外的动作来掩饰，但咋做都不够得体。大姐，你紧张的时候，教你一招，轻轻拨动这个耳环，它下面的小银铃的耳坠会发出小小的声响……"

"那又咋样？"我不客气地打断了他。

"这你就不懂了，拨弄发梢或者轻轻拨动耳环时发出的小声响，在男人眼里是很有女人味的，尤其是优雅间断地做这些动作。假如你紧张的话，与其做别的动作，不如这样去做。耳环荡漾时的声响，一定会吸引男人的注意力，让他注意到你女性化的可爱一面，从而掩盖你不尽如人意的一面。"

他肯定地说，然后轻轻摇晃了一下耳环。果然，那细微的声响，听来煞是悦耳。"我是男人，男人咋想的我还会不了解？告诉你，女人甭管多么厉害，还是不及男人了解男人，照我说的去做，不会有错。"

紧张，我受不了啦。我平缓着呼吸，轻轻地拨动着耳环。耳环发出的细微声音，似乎吸引了小叶的关注。在他的目光投向这个动作时，我下意识地笑了笑，然后低下头喝了口茶。抬起目光的时候，我调动全身解数，尽可能柔和地看向他鼻梁上方的位置。我相信这个做法看起来，就如同与他对视一个效果。

气氛，就这样逐渐放松并被调动得融洽起来。我在小叶面前施展出普通男教授的，还有我自己去努力实践的浑身解数。从被他定睛看着开始，我们再也没有去谈啥绿色蔬菜的事。小叶谈了一些他的生活，我也谈了一些自己私下常做的事，都是一些再平凡不过的事情。

那天离开一品居休闲店时，小叶说了这样一句话："今天和你谈得很高兴，下次如果有机会的话，可以再约你一起出来吗？"

那晚在回家的公交车上，我一如往常总结着自己在这次约会中的表现，寻找着缺陷和弱点，再褒奖着做得好的地方。我发觉自己基本上整个晚上的表现，都是按照普通男的指示和战略来做的。

我真是一个笨女人。不过这样的话，简直变得我好像同时在与小叶和普通男约会一样。我察觉到这无法否认的一点。是啊，在我与小叶的第一次不晓得算不算得上约会的约会中，普通男作为一个无法忽略的因素，由始至终都存在于我们相处的空气之中。

2

"想吃啥随便点，不用客气。"童景唯将菜单对着陈宇龙递了过去。这一次她的动作很温和，无论是因为哪种理由，上次都不应该以那种态度来对待一个有心邀请自己的人。

"收到你短信时，我挺意外，因为我还担心你可能对我印象不好。"接过菜单，陈宇龙并不急于点菜，而是看着童景唯说。不晓得为什么他就是喜欢看她，从在 KK 酒吧部看到她的第一眼开始，目光就无法从她身上移开。

"上次真是抱歉，我醉了，那样出言不逊，我自己都觉得很对不起。"童景唯自然明白他说的是上次的事，于是她苦笑起来，有些难为情地避开他的视线。但她想了想，最后还是又转过头，迎上了他的目光。

"嗯，要点些啥好呢？"陈宇龙看着菜单思量，"这样吧……"他点了十块钱的空心菜小炒、二十五块钱的猪脚煲、二十块的牛肉炒芹菜，心中盘算了一下，刚好五十五块钱，然后就此打住。

"这些够吃吗？你那么高大强壮，饭量应该不小，不用替我省钱。这家南方菜馆的价钱不贵，我请得起。"单看陈宇龙圈出的选择，童景唯立刻明白他的体贴用心。

的确，这家南方菜馆的环境用简陋一词来形容绝不为过，基本上就是没有任何装修的一家门面，就连两人坐的椅子和吃饭的桌子，都是一眼就能目睹并判断的廉价货。用餐的地方与厨房间没有阻隔，陈宇龙甚至能闻到厨房炒菜的香味，当然还有油烟。

"我的饭量其实没你想象的那么大，而且刚来前我和朋友喝过茶。"陈宇龙撒了善意的谎言。虽然知道这个女人一定会洞察，可是，她上次说的每个月五百块的上限的私人开销的事，仍然被他牢记在心里。

无论怎样，这样的女人都不应该在这种场所就餐，并每个月守着这可怜的五百块钱辛苦打拼的。陈宇龙心想，这样有志气、有抱负的女人，若非跟错了人，不至于会一个人跑到 KK 酒吧来坐在吧台喝闷酒。

小菜馆菜做得很快，所点的菜逐一送了上来。陈宇龙抬起茶壶，帮童景唯和自己倒了一杯茶。劣质茶叶那令人不快的口感，这个女人却悠然地品尝着。那种安详的表情，让陈宇龙感到怜惜。他同时也觉得好奇，到底是怎样的一个男人会让这样一个女人跟了这么久？生活又是怎样地打磨并渗透了这个女人？

不想让童景唯难堪，陈宇龙硬着头皮也喝了下去。他又给彼此添上新的茶水："对了，上次你说自己是作家，我觉得很好奇，作家到底是怎样的一种工作呢？"

"很悠闲，很耗脑力，很辛苦，同时也是付出比收获多的工作。"童景唯吩咐店员上饭。饭上来以后，她挟了一筷子空心菜，放到陈宇龙的碗里。很娴静的动作和表情，却让他觉得贴心。这个女人，一旦温柔细心起来，其实没有几个男人能够抵挡得住，他这样思忖着。

"每天就是固定坐在电脑前写，脖子因为不常转动，所以颈椎会出问题，有时会头晕想吐。因为压力大，也会相应导致失眠的情况发生。"童景唯直率地作出了回答，"因为拿不到合约就赚不到钱，没有钱就不会有一切。"

"这么辛苦？"陈宇龙惊讶地说，"想象中作家应该是悠然地写写东西，然后累了就休息一下，或者出去逛逛，不用朝九晚五地赶时间，每天睡到自然醒。"

"红了，赚到钱了，有名声地位了，或许可以那样。"童景唯扒了口饭，"但作家是不讨好的工作，在这个行业中真正能够赚取名利的也不多。"

"这么辛苦，为啥还要做下去？"陈宇龙实在好奇。

"因为是自己喜欢的工作，我从小学开始就想做作家了，因为没有演戏的天赋，也没有唱歌的兴趣，我的爱好就是写作。在书写的时候，我觉得任何郁闷、痛苦、不安和无助都得到了宣泄。因为这样，所以我想写下去。"

"咋听起来像心理治疗似的。"陈宇龙笑了起来。

"是有点儿像心理治疗。"童景唯也笑了起来，"你说得没错，写作就像心理治疗，与其花钱去向别人讲述我的心理问题，不如对着电脑讲，还能赚钱，做得好会出名。"

"心理治疗？说得好像你生活中存在很多问题似的。"不经意似的应答，实际上却是有技巧地套她的话，陈宇龙实在想多了解一下这个女人的生活。

"生活中是存在很多问题。"没想到她并没否认，不，是想也没想就承认下来，"你明白吗？例如男朋友如果送了束玫瑰给我，浪漫的情怀还没出来，我就会开始想买这束东西要多少钱，多浪费啊，没几天就谢掉了。"

"咋听起来这么不像女人说的话呢？今年贵庚？有没有四十五？"童景唯还没笑，陈宇龙首先就被自己的俏皮话给逗笑了。感觉实在不错，在这个女人面前，他又重新找回二十多岁时的状态和体会。换句话说，她让自己更加年轻起来。

"女人如果只会一味索取和幻想，就未免太可悲了。你不会了解的，生活有多么残酷。"这一桌的菜，童景唯吃得很香。虽然味道确实不错，可是从这些细节上，却能让陈宇龙联想到这个女人是怎样不断在现实面前妥协的。

"对了，你的男朋友……我真的很好奇，是怎样的男人让你愿意跟他过这种日子？"内心的感觉不吐不快，陈宇龙直接地表达了想法。而童景唯没有回避的意思，从挎包中掏出手机，然后直接伸到陈宇龙面前。

陈宇龙看着手机的屏幕，那上面有个男人搂着这个女人。那个男人看起来比自己年轻，不但年轻，而且非常英俊。陈宇龙笑了起来。童景唯的眼神似乎在询问"笑啥"，所以他自行开口作出了解释："很帅，我能明白你为啥会选择他。"

"如果你以为我是因为帅什么的就和他在一起，那就错了。从小时候起他就在我身边了，他比任何人都更懂得我，我也比任何人都更了解他。我爱他，不光外表，可是……"

"可是？"陈宇龙敏感地察觉到话的末尾所潜伏的迷思。他非但没有刹住，反而固定住这份迷思，然后将它推向了童景唯。

"可是最近我觉得自己不行了，已经快要撑不下去了。他一定也察觉到了这

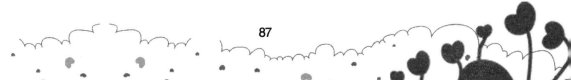

87

种心情，可是他不说，而是更体贴细心地来疼爱和呵护我。他越是这样，我就更加讨厌自己。他是很多女孩喜欢的类型。他的钱几乎全部用在我的身上，用在我们的同居生活上。他给我的钱，除却开支，剩余的我尽可能替他存下来，因为我觉得自己亏欠他的。如果没有遇见我，他可能早结了婚，有了孩子，会有比现在更好的生活。"

童景唯继续吃饭，但她的头却稍微低了下来。"我不觉得他有啥对不起我，他尽了他能力范围内的一切。可是，我却无法满足目前这样的生活。大家都在努力向前走，只有我一个人停滞不前。我很急，不晓得咋办。他对我越包容，我就越是烦躁。他想给我更好的生活，可是，给不了也并不是他的错。我真是让人讨厌的女人。"童景唯的头压得很低，用很低的语调说着。

完全不同于陈宇龙既定印象中固有的美丽、坚强、优雅、从容的形象，此时的她就是一个小女人。奇妙的是，这截然不同的一面，同样打动了陈宇龙。看着这个小女人，他忽然很想抱住她。

即使刚开始和她来往，这样的想法也无所谓。

这顿饭对陈宇龙来说是愉快的。童景唯付完账之后，两个人走了出去。陈宇龙的车停在不远处的停车场。他配合着她的脚步，想了一下还是问了一句："你有这么喜欢他吗？就算是过上这样的日子，也还是想跟着他？"

"因为和他在一起，确实有着很多琐碎的回忆。"童景唯浅浅笑着，信手整理被风吹乱的长发。她忽然停了下来，脸上浮现出怔怔的神情，"如果我不是这个样子就好了，不是只能麻烦他，那么我……"

她的话没能再继续下去，因为陈宇龙忽然一把扯过她的胳膊。在童景唯还没反应过来时，他忽而轻轻地吻了她的嘴唇。这个举动可能太快了，陈宇龙自己也意识到了这一点。然而，当听到她描述着和男朋友相处的片段，从话语中流露着矛盾与挣扎却还是拼命地感谢和维护男朋友时，陈宇龙听见了自己内心的声音。

比起感动，不如说是愿望，这个念头就是：他想要她。在这一刻，他强烈地感受到自己想得到她的愿望他突然就这样做了，做了之后连自己也吓了一跳。她无疑更加吃惊，那意外而惊诧的表情，说明了这一点。

当这个吻结束时，他看见童景唯扬起了手。他以为她一定会赏他耳光了，可是出乎他的意料，她并没有给他几个响亮的耳光，而是重重地敲了一下他的头。痛！她敲得很用力！这与想象之中的落差，又给了他对于这个女人的崭新认知，的确和别的女人不同。

"你果然是那样的人。"童景唯看着他说，"我就知道你们都是这样看待女人的。"然后，她转身往前走去。那天晚上，不管陈宇龙怎样道歉和解释，她都坚持要自己一个人回去。在陈宇龙怅然若失时，童景唯内心却明白，有些东西已经有些不同了。

她似乎遇见了能够打破目前固有生活的男人，而这个男人无疑是喜欢她的。到底有多喜欢，她还不清楚，心中也没个底。但是，那个突如其来的浅吻，却在她内心催生了另一念头。那个念头就是：我真的可以继续过这种生活吗？继续和郭朝聪在一起的话，我到底还能够撑多久？

一年，两年，或者……半年？她没有勇气再想下去。

3

走进当下服装店后，我悄悄地朝着普通男走过去，然后一下子跳到他的身后。"嗨！"我用手拍他的肩膀，期待看到他吓一跳，或者回过头来对我笑着说："你来了。"姑娘不都喜欢这样？

可是那家伙显然没有被意外吓一跳，他回过头来看了我一下："我说这动作也太青春了一点儿吧。大姐，返老还童呢，我还以为哪个十多岁的少女跑我店里面来了。"

这家伙说话咋就这样不中听呢？每句都能让人气死。我瞪了他一眼："大姐？我还阿姨呢！"普通男嘿嘿笑着。我也不看他，绕到他旁边，帮忙整理起那些衣服来。

"和小叶最近咋样了？顺利不？"普通男的询问，让我觉得挺温暖的。知道这家伙对我的事还挺上心，其他的我也就不想太过于计较了。大姐就大姐吧，谁叫咱年龄确实比那家伙大呢。

"还成。"于是，我把那天约会的事情原原本本地说了出来。他边整理货架边不时转头看我一眼，最后他笑了起来："看吧，只要想做不也是能做得到？"

"有些事看起来很难，只要敢想敢做，没多少迈不过去的坎。"普通男貌似漫不经心地说，可是在我听来却觉得温暖。正是这是个擅长与我斗气的家伙，从他嘴里听到肯定或者鼓励的话语，才会觉得踏实，也许是难能可贵的缘故。

"只是起了个头，老实说我还真挺在乎的。"我的动作慢了下来，"就是要伪装自己，去迎合男人的这个过程很吃力，不过如果不这样做，我从一开始就会出局的，对吧？"

"你倒是一点就通。放心吧，拿下男人的心之后，慢慢地就变得他要接纳你了。"普通男满意地说，伸手拍拍我的后背，"放心，我会帮你的，我的战略加

上你的冲劲，拿下小叶不在话下。"

然后他转身去整理货柜的衣服时，背对着我叫了一声："喂，大姐。"

"嗯？"

"这几天你抽一下时间到我家里来，我要正式拍照片了，可能还要化妆，你准备好啊。"甚至不等我反应过来，那家伙又提醒，"家里有卸妆油吧？没有的话我向仁杰那里借过来用。"

嗬，还挺细心的。有时候，我真搞不懂这个男人。他能把人气死，往往又让人觉得窝心。我觉得自己开始把他当成哥们儿看待。我捞不到男人，但跟男人做哥们儿这方面的运气还是不错的。这一点，究竟算是幸运抑或是不幸呢？

拍摄工作在三天后的晚上进行，这是我在试拍之后正式担任当下服装店的模特工作。虽然已经有过一次拍摄经验，但第二次还是有些紧张。在普通男的家里，许仁杰也赶了过来，说是要帮忙做我的造型工作。我发觉普通男的朋友对他还挺仗义的。

刚开始是素颜拍摄。普通男拿给我的连衣裙验证了他在设计上的上佳品味。我站在布景板前，投光灯落在我的身上。我听见普通男说："这一次，我要彻底激发出你内在的所有感情。"

在我揣测着这句话的含义时，其实隐约意识到这是一个困难的任务，因为普通男的表情非常严肃，没有丝毫插科打诨的意思。

"大姐，今儿个我可事先说明，我所做的一切，不对事也不对人，就为了能拍出好的效果，不管我做了什么，麻烦你忍耐下去，可以吗？"

"不要这个样子，害得我都紧张起来了。"我右手上下摆动着，表示嗔怪。原本想从普通男那里得到安抚，可是这家伙却用这样的口吻和表情。

"好。"我给出了答复，"你不是总叫我大姐吗？我好歹年纪也比你大上那么几岁，我是不至于中途甩手走人的。如果你没啥事的话，现在就开始吧。"

我这个人就是这样，关键时刻比起平时要镇定从容一点儿。普通男说首先要拍摄"洋溢着温暖和会心的照片"，于是要求我笑。

可是，在拍摄中笑容似乎分为很多种，我不断地听到普通男的各种否决："不行，笑得太僵硬！太虚假！""嘴张得太大！""我说大姐你到底会不会笑啊，你只要照平时那样笑就成。"

忍耐，我提醒自己甭生气，甭让人家误会咱就是那种没大脑只会耍泼闹腾的人。于是普通男一说不好，我就立刻调整，但折腾了老半天还是没有进度。他停了下来。喝了几口水后，普通男好像调整了方式。他又要和我闲聊了。

"上次，你说目前和小叶进展顺利对吧？"

"暂时是这样。"

"你喜欢他哪一点呢？"

"哪一点？"我思索着，"第一眼觉得顺眼。也不知道咋说，才刚见面，分手之后立刻期待着下一次的见面，总想待在他的身边，总想和他在一起。"

"他对你的印象似乎也挺好？"

"目前是这样的，以后也不知道。"

"下次他约你，如果气氛同样很好，是不是意味着又往前进一步了？"普通男询问之后，又补充了一句，"我觉得，现代的情感进度，如果好的感觉重复几次，往内深入的几率就大一点儿了。"

"希望如此吧。"我微笑着回答。那的确是美好的景象，谁不希望这样啊！

"很好。"普通男说，然后连续按动快门。接着，他和我聊了很多话题。慢慢地，听着音乐，在闲谈中我逐渐放松了下来，然后换衣服，再继续拍，直到听到他说："很好，这个部分的拍摄完成了，换接下来的部分。"

第二部分用普通男的话来说是"具有诱惑和迷离的瞬间"，似乎是要拍出模特性感的一面。说到性感，我还真没那个自信。

许仁杰却说让我放心，然后领我到普通男的房间，对着镜子就开始他所说的"让你脱胎换骨"的工作。当许仁杰提示我"好了"的时候，我对着镜子大吃一惊。

销售化妆品的直销员当然明白化妆对于女人的重要，但普通人的化妆和专业造型师的化妆是没有任何可比性的。许仁杰帮我化的妆容，使我再看着镜中的自己时，真的无法置信我李玉洁也能呈现出这种味道。

拍摄工作立马继续进行，我换上一身全绿装扮，绿色斜肩上衣、公爵缎花苞裙、缎面高跟鞋。我刚走出去，普通男就吩咐我："大姐，这次我们躺地上拍。"

"躺地上？"我看到原先的地面也铺上了布景板，不知道为啥一听"躺"这个字就容易联想到些比较成人的顾虑。好吧，我承认我思想不纯洁，可是也不能让躺就躺啊！

"没事，谁也不会把你咋样的。你大可放心，咱照片是放网店宣传用的，再说你安全得很。"这话把我气得火直冒。具体地分析，他是说我长得安全得很？

我气呼呼地走过去，深吸了口气，然后在布景板上躺了下来。普通男提示我应该呈现出怎样的身体线条，我终于禁不住说："让一个长得安全的女人拍这种照片，你这不自相矛盾吗？"

"不，我要让顾客认同，不管是怎样的女人，只要穿上我们的衣服，再化上妆，一样可以性感，即使是你这样的女人也一样。"

　　我提醒自己不要去计较。这时候普通男走上前来，突然一把迈进布景板，然后分开双腿。他的双脚在我身边的空位站下，看起来就好像是夹着我站立着。他拿着相机开始调整焦距，我意外地叫了起来："干啥呢?"

　　"工作。"普通男淡淡地回应。那混账的神情很专注。不晓得为什么，一旦涉及工作上的事，普通男就仿佛换了个人似的。被那样用心构思的目光凝视着，我忽然觉得这样也无所谓了。

　　那个时候，我真的以为这就算是最难的拍摄工作了，没想到真正困难的还在后面等着我。比起接下来的工作，原来这小小的难堪与尴尬，根本算不了啥。

第 **8** 话　往内深入的伏线

　　女人其实真就这么回事，喜欢听好话，喜欢被人追着哄着，即使我这样少根筋的女人也不例外。

我曾经有过在普通男面前逞强的时刻，有一次，我不想承认自己是没人要的女人："我只是没有合适的机会去认识那些男人而已，很多街上或商场里的男人都不错，但我总不能随便上去搭讪吧。"

"少来，中国是剩男多于剩女的国家。你会一个人只有一个原因，那就是你身上没有可以吸引男人靠过来的地方。"那时，我听到普通男的这些话，真的觉得是再残忍不过。

"外表或职业没有优势可言的女人，如果不从个性或者处世上找方法，滞销也不出奇了。"普通男的话，简直是一层一层地把我的自信锉掉，"因为才华这些都是虚的，男人是不可能在交往之初，刻意留意这些的，你也不可能在短时间内表露出来。"

"很多东西需要在交往后再慢慢体现，所以，在相处之初用个性或处世态度来灌输男人对你的印象，是你必须做好的事！"普通男对我总是这样地不客气。

现在回想起来，如果没有他那个时候的严厉，也就不会有今天的我吧。

1

"大姐，接下来是今天的重头戏，我想要拍一系列微笑着流泪的照片。"普通男在提出这个要求时，我刚换好衣服出来。他的语调变得温和而慎重。我一听到这些话，第一个反应就是"完了"。

"微笑着流泪？这太高难度了吧，光让我笑就快把我折腾死了，还微笑着流泪呢！"我那一瞬间的表情，真可用瞠目结舌来形容。

"只要有心做，没啥大不了的。"普通男确实很懂得如何针对人心，简短几句话就能让人的心踏实下来。

"可是我哭不出来啊！"重新走进布景板前的我，苦着脸事先声明。真的，我没那个表演天赋，而且一在镜头前就紧张。要我没来由地流眼泪，并且还要"微笑着流泪"，这比让我一走过去就迷倒一片帅哥同样具有难度。

"没人要你哭，吸引客人的照片要哭干吗？我是要流眼泪，听明白了吗？从眼睛中流出眼泪来，但表情不要变化得太厉害，我想要的就是这样的意境。"普通男解释。听听，连"意境"都出来了，看来他快要艺术家上身了。

"现在，想想你人生中最忧伤的事，越绝望越好。"普通男提示着，接着又对站在他身后的一副兴味盎然等着看好戏的许仁杰吩咐，"仁杰，帮我放那张我刻录好的CD。"

"好勒。"许仁杰随即换碟。那张碟里面全部是悲伤派英文歌曲，然后普通男对我循循善诱。我真的怎么也悲伤不起来，不得不承认我确实不是伤春悲秋的女人。你要一个少根筋的乐天派女人一下从容一下悲伤的，咋可能转换得出来。

"算了，真的甭指望我，我实在流不出啥眼泪。"我试图知难而退，"要不咱换另一种方式拍摄看看？干吗非得拍啥'流着眼泪的微笑'呢？换个我能做得来的。"

"不行，真流不出眼泪我来帮你。"普通男半点儿商量的余地也没有，"比如说，你就没觉得现在自己的处境很不妙？快三十了还没嫁出去？"

"不妙也没办法，也得有人愿意娶对不？再说我也不是那种为了结婚随便找个公的领完证就行的人。"这是我人生中的一大缺憾，但缺憾不代表绝望，我还没完全放弃呢。

"少来了，根本是在硬撑。走在大街上，到处都是顺眼的男人，你要求也不高，看起来顺眼、相处得来就可以。既然男人那么多，为啥没一个看得上你？"

哇噻！这也太猛了吧？普通男这些话语的尖刻程度，从一开始就让我颇有些招架不住。虽然我明白是为了拍摄效果，可是这些话语真实地反映了我的现况，

指出了我是如何地窘迫。

"没错，顺眼的男人是很多，我也确实看中过一些，可是也得有机会认识不是？总不可能上去就是'你好，介意认识一下，给我手机号码吗？'"

我尝试着为自己寻找理由，同时也是在找台阶下："你咋知道如果有机会，那些男人会不喜欢我？虽然街上顺眼的人很多，但顺眼不代表机会，机会的前提是得有认识人家的方法才行。"

"这可就不像你了，现在说的都是瞎话对不？"普通男手里拎着照相机，笔直地伫立着。他的眼睛一直在看着我。不晓得为什么，我觉得他的目光好像要看进我心里面去似的。

"或许外面顺眼的男人真的很多，但他们没看上你只有一个原因：那就是你吸引不了他们。男人喜欢女人的因素很多，外在的、内在的、综合的或者一时感觉的。但是你无法让男人靠过来只能证明一点，那就是你既没外在的魅力，也没内在的内涵，更缺乏综合的素养，于是外面符合你标准的男人很多，但就是没有一个会喜欢你。"

真残忍！我几乎想要移开视线了，嘴上却倔强地反驳着："不是，不是的！我从来就没觉得自己一点儿吸引力也没有，只是没有适合的人，如果我遇见那个人的话……"

"那样的事情只存在于好莱坞电影里！你还不明白吗？中国的剩男人数远多于剩女，你之所以现在还是一个人，是因为竞争不过别人。如果你有着以上三点中的任何一点，那么不用你主动去找，男人也会靠过来的。"

普通男的话仿佛一柄利刃，一下一下切割着我的心。我原本不在意的心扉，忽然开始疼痛起来。他继续说下去："恋情这东西和友情有些类似，只要你还有针对某类人群的吸引力，始终会有人愿意接近你。"

"和友情不一样的是，恋情是更私密。男人不喜欢你，问题出在你的无味和平淡上。如果你还在执意麻痹和安慰自己，那就准备好一个人过一辈子吧。"

我知道自己没有才华，没有好工作，没有理想，可是乐观是我唯一能够撑过来的力量。这个混账东西为什么非得揭开我血淋淋的伤口，只是为了拍摄他所追求的照片吗？

"咋不说话了？看来你也明白这是无可否认的事实吧？"普通男朝前迈进了一步。不知道为什么，完全是下意识地，我居然往后退了一步。普通男正逐渐揭开并刺入我内心脆弱的部分，我愕然发觉自己居然有些害怕。

"你说过，妈妈很烦人，整天向你念叨要带男人回家对吧？"普通男看着我，毫不留情地询问，"你一定在想，妈妈是为了你尽早有个好的归宿对不对？但你有没想过，妈妈有可能也很烦呢？"

"烦？咋可能？"我不禁反驳，语气听起来也不咋自信。我的思维渐渐被普通男牵着走了，而悲伤的英文歌曲无疑渲染并强化了我伤感的情绪。

"家里面已经有弟弟和弟媳了，妈妈今后的重点是抱孙子。她已经养了你二十九年，没有半点儿窝心的孝敬，反而是不断的吵架。妈妈一定觉得很烦，这时候也不能安心。"

"不是的，才不是这样！"明明知道这样很可笑，我却还是无法不去大声驳斥他的话，"妈妈和我虽然经常吵架，但我们是一家人。她有多在乎我，我自个儿明白，你根本啥都不懂，少在这儿胡说！"

"你觉得我胡扯？要我说你根本就是心虚。你也知道自己的情况，一化妆品直销员，明天会做啥工作根本心里就没个底。如果说没长相吧，身材好点儿还行，问题是你看看自己的身材，还有你那种个性，你自个儿说有哪个男人会要你？"

"不光让妈妈心烦，你还要更加麻烦弟弟和弟媳，还要让爸爸操心。以后有了侄子或侄女，你还要窝在家里面，看着小孩子，心里面想着'如果我也有那么可爱的小孩就好了'……"

普通男的那些话不断在我脑海中回荡。他的每一句话都刺入我的心扉，让伤口加倍深化。

他之所以能伤害我，是因为他说的是事实，至少是我所忧虑的部分。平时我禁止自己去想这些相关的可能性，但是，不思索不代表没有类似的担心。太狠了，这家伙……

"啊呸，你给我住口！"突然，我凌厉地喊了起来。我不想这样的，可是现实就是现实。我一辈子住在爸妈家也不是没有可能。话说我今年二十九岁了，没几年就成为传说中的高龄产妇，据说年龄大会影响孩子的质量。这些全部都在割着我的心啊！

眼泪不争气地流了出来，没有预期地，觉得眼睛疼得难受。于是我试图眨一下眼睛缓和症状，然后又试着揉揉眼睛，叫是它却更加疼痛起来。接着，眼泪涌了出来。

"就是这样！太棒了！"普通男兴奋地嚷了起来，犹如进入状态的艺术家。普通男接连按下快门，转换各种角度对我进行拍摄。

我并没有忘记自己今晚的目的，不管多么难过也不可以哭。我不是美女，一旦哭起来会很难看，而且一哭就流鼻涕，会影响整体拍摄效果。我拼命控制着，任由眼睛一滴滴滑落。

"大姐，看向这里，笑一个！给我看看最有你风格的微笑！"普通男提示着。

我看着他，并没有专门在意镜头，而只是看着他。在满腹不是滋味的悲伤与无奈以及强烈的不甘心下，我微笑了起来。对着镜头微笑的我，心里只有一个念头：那就是尽快完成这次拍摄。

普通男仿佛进入了拍摄的最佳状态。他不断地追随着我的每一个细节变化，接连按动快门，不断地尝试从各种角度与方位拍摄，去探索到底能呈现出怎样的效果。当最后听到他嘴里说出"好，完成了"时，我仿佛卸下了一副沉重的担子。

"做得好，大姐。"普通男笑着向我走了过来。那是男人在完成自己努力拼搏的事情时，安详而满足的笑容。看着他的笑容，我知道自己的表现并不差，却怎么也高兴不起来。

相反，我觉得悲伤、愤怒、失意、不满。等到拍摄完成后，我才大口大口地呼吸起来。普通男温和而赞赏地一步步向我接近，我抬起腿，冷不防一脚踢在他的小腹上。

那真的是相当用力的一脚。普通男"啊"地叫了出来，是意外之后强行忍痛的压抑的叫声，他立即捧着肚子蹲了下来。

"大姐你！"普通男紧紧咬住嘴唇，拧着眉毛瞪着我，一副讶然又恼怒的神情。

"太过分了，真的太过分了！所以不要怪我。我告诉你啊呸，我讨厌你，你是我最讨厌的混蛋！"我不想再多看他一眼。趁着许仁杰赶过来察看普通男，我大步向他的卧室跑去。

迅速换好衣服，换回我原先的鞋子，我甚至没有卸妆就抓起挎包往外跑。许仁杰的声音从后面传了出来："大姐你就这样跑了？生啥气啊，这不是工作嘛。"

"就算是工作也太伤人了。"我回过头瞪了他们一眼，"我已经够意思了，答应拍摄可不是为了让你们连我最后一点儿自尊也给剥掉的，我只踹他一脚已经够客气了。"

说完我重重地关上门，然后快速走下楼梯。那一晚，在回家的路上，我真的觉得生活没指望了。其实普通男说的大多都是事实，我无长相、无身材、无好工作、年纪上也快奔三了，也无好的家境，能让男人看上的条件我一个也没有。

我也不是太会做人。普通男的关于处世待人的技巧和战略，如果不是他亲自教导，我一个不懂。难道我这一辈子就这么过去了？一想到这里，我不由得紧紧抓住了挎包。

第二天，我基本上在疗伤中度过。我给自己找了很多正面的想法。然而，心中的阴影始终存在。不可否认的是，我或许正是普通男说的那种人。第三天，普通男来了，他到屈臣氏找我。一看见他，我心里那个火啊，真能把一半的店给烧了。可恨的是我还不能发火，于是我眼睁睁看着他走了过来。

"你知道前晚你那一脚踹得有多重不？"普通男与其说是责备，不如说带着明显讨好的语气，"要不要撩开衣服你看看？淤青和红印可都交织在这儿呢！"

"要脱衣服跑脱衣舞厅去，我这里不是表演脱衣舞的地方。"我冷冷地回应，把视线往旁边一转，不看他还省心一些。

"干啥？还生气呢？你这人真是……不是跟你说了是工作吗？工作就得有工作的样子对不？"普通男偏偏又绕到我转过视线的方向去，这一次我没再偏过头。以他的秉性，说不定我转向哪儿，他堵哪儿，一会儿贺店长又要有话说了。

"我说你甭给脸不要脸啊，只踹你一脚够给你面子了，看你把我损成啥样了？这几天我心情根本就没好过！"我压低声音骂，手中本能地拿了一瓶乳液试用装作掩护。

"我说你还当真了？那晚可是专为让你流泪说的瞎话呢。听着大姐，如果你站出来不像个人，我也不会找你当模特拍照片。如果你真的一无是处，我也不会答应帮你去泡小叶。要泡咱也得确定有这个机会不是？有的时候，是缘分没到。中国是有很多人，但不见得适合咱的，咱都有机会认识。你说的道理没错，其实像你这样的人容易相处，啥事直说直做，不存心眼害人。"

普通男的视线落在我手中的试用装上，明显明白我的用意，还表演得挺有模有样。这家伙简直能把死的说成活的，前晚用来打击我的那些话，一下子就全部颠倒过来，并且说得还挺有板有眼的。

我承认这混账如果真的用心，确实会哄姑娘。女人其实真就这么回事，喜欢听好话，喜欢被人追着哄着，即使我这样少根筋的女人也不例外。

"别生气了，大姐，前晚那一脚可够我受的了。你看我在不在乎你，休息了一天，在店里还觉得痛，今天好一点儿就赶来赔罪了。"普通男和声说。在工作场合我根本就无法发火，一旦调节起情绪来，他的温和攻势就相当有效果。

"家里洗发水也快用完了，你们有洗发水不？嗯？不算你业绩提成？那给我根润唇膏吧，不，三根好了，给霆勇和仁杰也送一根。"温和诚心谢罪，外加糖衣炮弹，最后是业绩帮忙提升，普通男一连串重拳打得我没办法再板着脸装受害者了。

"去，买完单再来找我。"我虎着脸吩咐，难得有这个机会可以欺负他一卜。其实我心里也明白，真的是工作需要。我一个快奔三的女人了，总不至于像二十出头的女孩那样走极端，别人话重了一点儿就断绝来往永不见面，那些在我这里过时了。

普通男付完账回来时，我将知生堂包装袋一把递了过去："瞧清楚了，这就是二十九岁姑娘的价值。如果我年轻个几岁，没准儿怎么恨你呢。人成熟了，看事物的眼光也开阔了……"

"我知道，我还不知道李玉洁是咋样的人？"他笑了起来。那张平凡的脸，甫说笑容还真有亲切感。"你心胸就是开阔，不记仇，毕竟咱俩也算不打不相识了。"

"改天我们要吃火锅，你来我们家里吃饭。"看我不吭声，普通男乘胜追击。我犹豫着，想要为难他一番，但我做不来那种容易受伤又高姿态的莺燕。我生来就不是那种个性。

"好了，来嘛，大姐。"男人向女人撒娇时，即使只是用语气和眼神，但那种效果真叫女人无法硬着心说不。在贺店长的目光扫过来时，或者是想尽快让他离开店里别影响工作，或许我真被这混账罕有的撒娇一面蒙到了，我居然出乎自己意料地点了点头。

2

陈宇龙从后视镜中观察着童景唯。她正在望向不断从窗边被抛下的景色。从后视镜中所呈现的角度看，她的侧脸所弥漫的迷思，吸引着陈宇龙不自觉地揣测，此刻的她正在想些什么。

"你在看啥？"童景唯忽然发问。原来她也有留意到自己目光的，陈宇龙嘴角泛过一丝笑意，既然如此他就索性不回避了。

"我在看你。"直接明了的回答，符合陈宇龙的一贯作风。

"看我？我有啥好看的？"是陈宇龙预料中的回应。童景唯的话语淡然，没有掺杂太多的情绪，有些倦意淡淡的感觉。

"对我来说是很好看的。"陈宇龙操控着方向盘，"你还愿意出来见我，真是太好了。今天，无论如何也想带你去个地方，这些天，我一直在想着这件事。"

"想带我去哪里？"童景唯问。他并没有立刻回答。不过在陈宇龙将车停在绚之乱服装店的停车场，并带着童景唯走进这家店时，童景唯心里已经大略明白他带她到这来的用意。

这是一家专营国际名牌的服装店。各种国际一线、二线品牌的服装，在这家店里面都可以找得到。店里面的装修以日式的清洁感为主，空间宽敞流畅，充分利用了光线和简约主义的格调来突显衣服的华贵。

陈宇龙带她进去时，几乎所有的服务员都同时走了过来，整齐地说："欢迎光临。"然后，服务员们往两边排开，一个非常具有风情、穿着简单优雅的女人款款走了过来。

"龙哥，我一直在等你。"这个诱人的女人说，随后她的眼睛转向童景唯，"你好，店里面新进了很多衣服。龙哥之前向我描述过你，我就擅自在脑海里面替你选了些衣服，不介意的话看看好吗？"

"这是老板钟丽桐。"陈宇龙向童景唯介绍。

童景唯看着店内陈列的服装，国际品牌的精美与匠心，仅从视觉上就得到充分的展现。她看着那些服装，然后将视线转向钟丽桐。这原本是家她从未奢望过的服装店，更遑论得到老板的贵宾式接待。

然而，陈宇龙却让这一切成为现实。童景唯思索着自己之前在那辆蓝色保时捷上说过的话，她说他不适合做故弄玄虚的事。的确，对于童景唯来说，过往的浪漫是，郭朝聪总是能够猜透她的心思，总是能从一个小小的眼神和动作，判断出她的想法和心情。

可是陈宇龙的安排却带来另一种意义上的浪漫，虽然与郭朝聪式的没有可比性。陈宇龙式的浪漫，在她沉闷刻板的生活里扩充了完全不一样的视野和感受。

女人和男人在对待着装和时尚方面的心情是完全不一样的。每个女人都爱逛街，都爱在各种店铺中搜寻宝物。如果有能力拥有一条国际一线品牌的裙子，却需要更纤细的身材才能穿得下它，没有一个女人不会为此跃跃欲试，而拼命与食欲或懒惰的天性对抗。

对于女人来说，服装、高跟鞋、首饰，生活中没有它们也能照样运行，但它们却能点亮生活中的光彩，让生活变得更有意义。店里面的衣服映亮了童景唯的眼睛，她听见它们在向她发出召唤。

童景唯听见自己内心涌现的强大欲望，同时，一股更加有力的理性又节制并压抑了这股欲望。她并没回应老板的邀请，只是淡淡地扫了陈宇龙一眼，忽然转身走出了"绚之乱"。

"景唯，咋了？"陈宇龙在后面摸不着头脑地说。他立刻追了上来，与她并肩而行，并观察着她的表情。陈宇龙实在不明白自己又哪里得罪她了。

"很讽刺。"童景唯淡淡地说。她加快脚步的同时，陈宇龙也调快了步伐。她放慢了脚步，陈宇龙硬生生地止住了步子，看来是无论怎样也甭想甩掉他了。

"你不觉得讽刺吗？"童景唯看着他，"被亲了一下得到名贵的礼物，然后接着会被再亲一下，于是又得到更好的礼物，慢慢地，就不只是接吻这样简单的事情了。"

"你把我当成什么，妓女吗？"陈宇龙想不到童景唯居然能直接吐出这个词，"我一个人坐在吧台，让你觉得我是一个不安分的女人。我没有拒绝你帮忙解围后留下来的闲聊，第一次就给了你号码，又让你觉得有机可乘吗？"

"你发来的短信，我有回复；你打来的电话，我也有接听，你觉得我一定很好上手吧？被偷袭了还敢出来见面，你认为只要用心一点儿就能搞定我对吧？"童景唯的一连串质问，反而让陈宇龙觉得她的发火别有一番情趣。"有一点你要记住，甭将所有女人都当成笨蛋。如果你以为光凭这些花招就能搞定我，那就趁早滚蛋！"

"呵呵。"出乎童景唯预料，陈宇龙居然笑了起来，那是非常温和会心的笑容，"如果是这个我就放心了，真的，我并没有那个意思。我只是觉得景唯更适合那些衣服，刚好我认识老板，她也愿意给我折扣，所以我就想看看，你穿上那些衣服的样子。"

"你不觉得讽刺吗？我为啥要穿给你看？我们才认识不久吧？而且，我根本买不起这些衣服上的一粒扣子，那么你是要买给我？你是我谁啊？我爸？我男朋友？"童景唯露出明显抗拒的神色，又加快脚步向前方走去。

"等一等！"陈宇龙索性将心一横，从后面迅疾地抓住了她的手，飞快地追了上来，"你是不是误会了？我对你的脑子、你这个人，远比你双腿之间更感兴趣！"

"?!"童景唯停下了脚步，那是她从未听过的、来自男子表达心意的告白。这算是告白吗？这种告白完全超乎了她所有的想象，而来自陈宇龙的力度，让她贴切感受到了他的焦急与专注。

"我可能不像你男朋友那样会说好听的话，讨人喜欢的话我得学，现在一时半会儿也说不出来。可是景唯，对我来说，我是真的对你这个人感兴趣，而不是对你大腿之间感兴趣！以前，我也觉得女人只要等着被抛上床就行，我想……你是作家，应该也看得出来，我对在女人方面用心并不是很擅长，我也不懂得说啥好听的话，或者做些啥浪漫的事来讨女人欢心。"

陈宇龙抓着她的手，似乎一股脑儿地，将心中的想法倒了出来。"我今年三十二岁了，要说符合作家的标准……或者你男朋友那个标准，我要重新学可能也来不及了。可是，有一件事至少你一定要了解，就是我绝对不是为了把你弄上床才接近你的！"

"你真的不是？"童景唯轻声说，她的心有些软了下来。这个男人急切地向她解释着，带着种少年式的、恨不得能将心扉摊开来给她看的神情。那种神情，又带着股不符合他外表、气质和年龄的可爱。

但就是这样才让人无法抗拒。他的话很直接，或许太过直接了，和她在郭朝聪那里感受到的完全不同。这种粗犷的温情，对她来说却又是一种新颖的体会。

"我……如果说不想和你那个，一定是骗人的。"陈宇龙有些不好意思地说，"但是，我接近你不光是为了那个。不管你相不相信，我对你真的很上心。有时候和你说话，我都怕态度或语调太横，你会不高兴。除了读书时，我还真没对一个女人这样子过。所以，回去，算我拜托你，换上那些衣服，好歹让我看看。"这个男人，相当懂得从眼神和细微的表情变化捕捉时机。当看到她被说动时，他不失时机地慎重请求着。

一个男人，要为她掏钱，而且还温驯地请求她接受。这个男人为了她做到这种地步，童景唯找不到理由拒绝，或者说，她犹豫着要不要拒绝。

"我想你不知道吧？"她将手轻轻放在陈宇龙抓住她手臂的手背上，感觉他的身体轻轻一震，"我并不是你想象中那么好的女人。我愿意和你见面，可能只是用心不良罢了。"

"用心不良？"陈宇龙怔了一下，似乎听到了什么好玩的事一样笑了起来。

"我遇见你的时候，是在我人生最困难的时期。我实在是撑不下去了，才去KK的。我想着或许在那里可以遇见改变我人生的人也不一定。我已经二十九岁了，明白光凭努力和理想，可能啥也办不了。"

"所以当我遇见你时，我想着这个男人有钱有势，而且重要的是，他对我很着迷，或许这个男人能够帮助我走出这种深渊也不一定。"渐渐地，童景唯示意他松开她。陈宇龙明白她没有再抛下他的打算，立刻松开了手。

"我是一个很可恶的女人。在这个时候，还不想要摔下去，我希望很多人能知道我的名字。我还没做出畅销书，还没红起来。我花了那么多时间和精力在这个理想上，现在就放手然后绝望，我无论如何也不要这样。"

"倘若为此就把自己送给男人，我讨厌这样的自己。我不想为了理想而成为后宫，所以你在亲吻我后就带我来这里，我真的非常生气。"

陈宇龙用心聆听着，忍不住插嘴解释："我并没有……"

"或许没有，我想我更多的是在生自己的气。我这样本质上和妓女有啥区别呢？"童景唯直视着他的瞳孔，"不如现在就告诉你，我和你来往就是这个心情。你的钱、礼物、用心，在我这里可能全部得不到回报，我甚至不可能让你碰我一下。即便这样，你也还要送我礼物吗？"

"既然如此，为啥不好好利用这个冤大头呢？"陈宇龙安静了好一会儿，深情地注视了她好一会儿，忽然说了句令童景唯非常吃惊的话。"有个冤大头等着你去宰，他的钱包就摆在那儿，像这种自以为了不起的人，不花他的钱，就是和自己过不去。"

"所以不要客气，尽管宰这个臭冤大头，尽管让他为你花钱，甭客气，这些都是他该受的。"陈宇龙的这番话，叫童景唯完全反应不过来。这是继郭朝聪之后，她所遇见的另一个特别的、让她完全无法招架的男人。

"现在，就去花这个冤大头的钱，我和你一起。"不自觉间，陈宇龙握住她的手，特别缓和声音说。这种声音算是温柔吗？陈宇龙也说不清楚。这是多年来他第一次为女人用这种语调说话，自己听起来觉得怪怪的，特别扭。

最后童景唯还是回到了"绚之乱"。不但试了钟丽桐准备的衣服，也依照自己的品味选了衣服。真是难以想象，那些衣服仿佛具有魔法，穿上去后，人也如

同得到了新生。

在那么多的衣服中徜徉，最后，她买了，陈宇龙刷的卡。当回到那辆蓝色保时捷时，童景唯问了陈宇龙这样的话："当冤大头，觉得很爽吗？为我花这样的钱，真觉得值得吗？"

"值得！"他笑了笑，然后转过身子凝视着她，"而且，刚开始是冤大头，可是我相信你一定会喜欢上我的。虽然我不是你男朋友那样的帅哥，可是男人光有美色是不行的，像你这样的女人，不觉得找个纯爷们儿也挺有趣的？"

"你是说我男朋友不爷们儿？得了吧你，未免太自我感觉良好了。"童景唯本能地为郭朝聪辩解，然而陈宇龙随后的话却令她一时语塞。"真爷们儿的话，就不会让心爱的女人觉得快撑不下去，连心爱的女人也照顾不好，算啥爷们儿？"

"你……"童景唯想要反驳。可是那个时候，她看向陈宇龙，却奇怪得连一句话也说不出来。

3

"欢迎！"我敲了门以后，普通男很快就给我开了门，满面笑容地和我打了招呼。经历了上次的拍摄工作之后，普通男也有些歉意，我可以从他的态度中察觉到讨好的痕迹。

"我带了乌鸡肉和蘑菇过来。"我向他展示了一下手中的袋子。普通男往里面喊了一声："你们说大姐多够意思，我们请她火锅她还自个儿带了东西过来。"

然后，他带着我走进大厅。一张半旧不新的橙色桌子旁边，围坐了四个人，除了赵霆勇和许仁杰这些普通男的哥们儿，还有两位年轻的女生。一个可爱的女生乖巧地坐在许仁杰身边；而另一个眼熟的女生，清秀而时尚，正朝我瞄过来。与她目光对视的那一刻，我想起来了。

她就是上次我跑到当下服装店闹场时，误会我是普通男的竞争对手来故意搅局的女生。普通男指着许仁杰身边可爱的女孩儿向我介绍，她是许仁杰的朋友符樱，我还知道了那个上次在当下服装店和我交锋的女孩儿名叫祝云鹤。

我想活跃气氛，拿祝云鹤来开普通男的玩笑。结果普通男将了我一军，说还是与我更有可能，弄得我大叫他不要乱说，免得别人听见还以为我跟他咋样了。

"林哥这样就不对了，人家年纪大了，当然不可能和我们这些年轻人一样，何况人家还没男朋友呢，要有个绯闻让人家嫁不出去咋办？"坐在普通男右侧的祝云鹤说。

我感受到了这个女孩儿暗藏的锋芒，听听，啥叫"人家年纪大了"？啥叫"我们这些年轻人"？她这不是明摆着说我老了，和他们不是一个时代的嘛！

"瞎说啥呢，云鹤。"就当我思索着要如何反驳时，普通男却率先开口帮我说话，"甭看我叫她'大姐'、'大姐'的，她实际上也就比我们大个三四岁，你甭把人形容得跟白垩纪恐龙似的。"

"是你先叫她'大姐'的，林哥的大姐对我来说不就是大妈了？我只有二十岁而已。"祝云鹤故意将"二十岁"这三个字念得又响又亮，我就算是少根筋的女人，也察觉到她是在针对我来找碴儿。

"看这小妹说的，都二十了还当自己是萝莉呢。"我悠然自得地往锅里搜寻着白胡萝卜，"可咋看起来也不像是十四五岁的少女呀，如果你真的十四五岁，不用说叫大妈，就是喊我妈也没问题。"

"那你挺能耐的，如果十四五岁生子的话。"祝云鹤咭咭地笑了起来，那笑声犹如银铃一样清脆，"可惜咋到了这个年纪还没嫁出去呢，没有恋爱的女人是不是真的老得特别快啊，'大妈'这个称呼我可真的是脱口而出的。"

这丫头！我表面上表现出不计较的样子，实际上心里火得很。她什么社会经验都没有，凭着年轻就自以为了不起。

"林哥，你是咋和这大妈，哦不，大姐熟络的？我记得那天她在店里面可凶得很，她是咋把你搞定的？"祝云鹤这丫头外表清秀可人，嘴巴和内里却是刁钻得很。

"云鹤，咋说话呢？"没想到我还没考虑好要怎样反驳，普通男却率先正色地提高了声音，"平时我说你是小孩子你还不服气，看看，啥叫女人，真正的女人就是要像大姐这样，有气度、压得住场，不随便发火。如果换作个大你两三岁的姑娘，没准儿和你急呢！"

"林哥？"也许没料到他会这样严肃地和她说话，祝云鹤一下子愣住了，然后她用更加充满敌意的目光盯着我。从这一连串的反应，我再迟钝也明白到一件事。那就是这小女孩儿是喜欢着这个被她叫做"林哥"的普通男的。这也是我第一次，亲自体验到赵霆勇说的"阿培很受女孩欢迎的，会做人嘛，有时不是只有帅哥才有人气"。

我看向普通男，这也是他第一次站出来为我说话，那种感受非常特别。

咋说呢？就好像你遇到事情了，一个人不晓得要咋样处理时，一个你根本就没指望过的人，忽然为你挺身而出。尽管意外，我却并不讨厌。

如果你是一个活到二十九岁的女人，换过好多次工作，也挨过待岗时一毛钱掰成两半来花，尝试过对着男人 YY 自我安慰的日子，那你就会明白，当遇到一个人有心祖护你时，你绝对不会把这当成理所当然的事。

因为你已经长大了，知道自己没啥了不起。那种"一定会有人懂得欣赏我宝贵地方"的自我安慰，也被自己看破，懂得那不过是一种麻醉剂、帮助自己逃避

现实罢了。

别人不是非得一定要对你好的。在这个社会上有人可能因为你混得不好而轻视你，因为你没啥朋友而冷落你，因为你年纪大了没恋爱而嘲笑你。人在社会上受到伤害的原因很多，但正因为长大了、开始成熟了，才明白别人的善意是多么珍贵的事情。

我看着普通男，然后又瞄了祝云鹤一眼。那小女孩儿的脸色因为委屈变得非常难看，不知为什么，我的气忽然消了。

"甭耷拉个脸，不然林哥会心疼的。"看着祝云鹤的样子，普通男笑了起来，然后挟起一块我买来的乌鸡，往她碗里放去，"咱云鹤漂亮，又受男生欢迎，林哥就知道偶尔也得磨炼一下云鹤的抗打击能力。如果这世道光向着漂亮女生，那还叫其他人活不？"

这家伙还真是一碗水端平，两边都不得罪啊。我看着普通男将祝云鹤逗得开心起来。这时候赵霆勇忽然打趣了一句："阿培，我发现一件事。"

"嗯？"普通男不以为意地回应。

"阿杰发现没有？"赵霆勇将目光转向许仁杰，"阿培对大姐的态度好像是'只有我才能说她，只有我才能开她玩笑，你们这样就不行'？我说这俩人好像有点儿微妙啊！"

"这么说起来，好像是有点儿那个味道。"许仁杰故意嗅着空气，一副探查味道的样子，而他身边的符樱被逗得笑了起来。这一下叫我和普通男两个人都不自在起来。

"说……"我刚吐出一个字，普通男的声音却盖过了我。他简直是避之唯恐不及地叫了起来："怎么这么雷啊？我和大姐，麻烦你们开玩笑也要靠一下谱行不？"

"何况大姐有意中人了，现在我正帮她做军师呢，快别瞎说了，看把我雷得里焦外嫩的。"普通男一副急于摆脱的模样，反倒让我有闲情去品尝起火锅来。

这一晚，我弄清楚了两件事：第一件事就是世界无奇不有，我眼中的大路货可能正是别人眼中闪闪发光的宝物；第二件事就是，我和普通男现在、以后、下辈子，都永远不要担心会因为距离过近而纠缠不清，就如同我与郭朝聪、何纪书一样，常混在一起、亲密得不得了，结果他们谁也没把我当女人看待。

可是，普通男存心袒护我、为我说话的样子，说实话却让我觉得高兴。随着彼此熟悉起来，冒犯对方与包容彼此的次数一样地多，这样的关系如果说是朋友也绝不为过。普通男这个家伙，在那个晚上，不知道为啥，我第一次觉得，他偶尔也挺可爱的。

第 9 话　争取爱的勇气

　　熟悉贱骨头心理，就能清楚地判别自己和别的女人有啥不同，男人是属于你越重视他，他就越以为自己了不起的动物。

因为我很喜欢小叶，见不到面时总是忍不住想给他打电话，总是想听见他的声音，总是想要知道他在做些什么。

"不可以！"普通男板着脸阻止我。

"为什么？"我也总是要置疑一番。

"夺命连环 call 是最蠢的做法，如果想得到一个男人，前提就是不能太黏。"普通男说，"因为男人都是贱骨头。"

"你越在乎、越主动、越关注，在男人的心目中就越不值钱。"普通男喝了一口可乐，"比起一味付出、嘘寒问暖的人，若即若离、无法掌控的女人才是男人最无法抵挡的。"

"听着，既要让他知道你的关心，让他明白你的好感，同时又要保有自己的空间。尤其要让男人认为你的空间是精彩的，即使不依附他也能过得很好，但就算这样，你还是关心和在乎他。"

"即使假装，也要给他这种印象，这一点非常关键。"普通男教给我的恋爱技巧中给我最大领悟的，就是追求真爱的过程中，光有勇气是远远不够的。

1

普通男曾向我说过这样的话："做任何事情都需要投资和付出，如果你想把男人弄到手，那么自己不作出更大的改变是行不通的。"

在对付男人的攻略上，我已经完全信任了普通男。如果这个年纪还傻傻地相信终有一天会遇见一个懂得欣赏我宝贵之处的人而不改变，那么就等着当一辈子的老处女吧。

我面临的一个非常重要的问题是：到底要怎样做，才能把男人弄到手？或者更具体地说，要怎样才能将小叶弄到手？我接触的男人很少，而且他们都不把我当女人看待。在这种异性关系下，我根本不可能学到什么。

这期间我无数次都想拨打小叶的号码，想听他的声音，想要和他好好说话，但是普通男的话却在这时候回荡在耳畔。"如果你想要得到一个男人，那么首要的就是不可以太黏。"

"可是为啥明明在乎他，却要装出一副淡然的样子来呢？"拼命忍耐着沟通愿望的我，当然要求得到一个能让自己信服的答案。

"你就这样忍不住？"他白了我一眼，"我之前说过吧，男人都是贱骨头，认识到这一点非常关键，因为只有掌握了男人的心理，在对付和控制我们的行为上，才会更有效果。"

"贱骨头。"我忍不住笑了起来，"那你也是男人，这么说你也是贱骨头？"

"……大姐你不要纠缠在这些没用的事情上好不？我可是好心要教你，甭让我后悔将自己给扯进去。"普通男的话避免了继续被我扯住这个笑点不放，然后他说了下去。"男人的心理是复杂而矛盾的，最能搅动我们心扉并令我们牵挂的，不是一味付出、嘘寒问暖的身边人，而是那些若即若离、令我们感到无法确切掌握的女人。"

"难以想象。"我喃喃地说。

"不然咋说男人都是贱骨头，笨女人。"普通男自嘲地吐了吐舌头，毕竟他也是男人，这样讲解就好像也在说他自己一样，"'为什么会这样？我为他付出了那么多，最后他居然爱上一个只会要求他做这做那的女人'，报刊上是不是总能见到类似的疑惑和抱怨？"

"男人的天性就是这样，对于越温存越贴心的关爱，就越是不懂得珍惜，反而会觉得乏味与无趣，女人为对方做得越多，结果反而成了对方心中的绊脚石。"

"所以我才要你克制，轻易得到的东西，再美好也不觉得宝贵。相反，若即若离才是对付男人的高招。"普通男语重心长地说出这句话，"现在的社会竞争

如此激烈，有哪个男人愿意在工作之外，还要花费心思去面对一个整天只会观察自己脸色、围着自己不停转的女人。"

"好像还挺有道理。"我被说服了，感觉男人是比我想象的要复杂得多的动物，虽然经常有人说女人的心思似海底针，但我认为男人也是难以应付的主。相反，我却是个一摸就能见底的女人。

"喜欢小叶，想得到他，就必须学会克制自己的欲望。"普通男正色说，"熟悉贱骨头心理，就能清楚地判别自己和别的女人有啥不同，男人是属于你越重视他，他就越以为自己了不起的动物。"

"如果你一旦想起小叶，就给他打电话，不停地发短信，我保证，两个星期他就会烦你。"普通男的话让我心头一惊，幸好他稍后又教给我要怎样去处理。

"而一旦他认识到你有自己的空间，身边还有很多志趣相投的朋友，你的生活丰富得不是只依靠男人，你完全可以自己找乐子时，情况一定有所不同。"

"好深奥啊！那我到底要咋样做吗？"我不耻下问。毕竟我又不是男人，咋可能了解男人的致命弱点。如果普通男能教我把男人弄到手的详细经过，这就好办多了。

"间隔一段时间再给他发短信，让他感觉到你把他当朋友般关心和看待。首先消除他的戒心，然后，谈些他感兴趣的或者你擅长的东西。男人对于女人的看重有两样：一个是外形，另一个是脑子。"

普通男用手机联上百度主页："百度干啥用的？有不懂的信息就查，发短信前要想好话题，而且不能一次聊太多，要吊起他的好奇心，让他主动想要来了解你。"

"因为你的外形没有优势，所以我们要想办法从其他方面来搞定小叶。"普通男叮嘱，"一个女人要想取得男人的心，最好的方法就是学会让他牵挂。"

"一旦男人开始牵挂另一个人，不管他对这个人的认知和固有感觉如何，他都会陷进去，并且是不知不觉、无法自拔地陷进去。"他看着我，"现在，你必须从短信和通话中搞定这一点。"

我决定按普通男教导的去做。首先关在卧室里面一个人模拟与小叶通话时的情景，培养语调平缓（我兴奋时语调很快），然后平时注意与人说话相处减少手势（我说话时习惯借助手势表达）。

在那些日子里，我有时会发短信给小叶，例如推荐电影《阿凡达》。当小叶询问电影好看与否时，我就说它让我联想到拆迁问题，画面的效果自然是好莱坞的水准之作，于是我们就着这部电影是否包含拆迁问题聊了好久。

我在时尚杂志上看到绿色蔬菜的报道，就用小本本抄下来，然后又给小叶发短信，发表自己的见解。小叶对这些当然很感兴趣（毕竟我们相处很大一部分是围绕这个话题），于是又闲聊了一阵儿。

我给小叶发短信有严格的时间限制。白天我是正常班，我也不会在小叶工作时给他发短信，除非我疯了，没有谁在工作时希望被打扰，这点我还是知道的。

给小叶打电话前，我会先发短信询问，"可以电话聊一下吗？"如果他忙碌或不方便时，我会体贴地回复"没事，加油"，但与自己的欲望对决真的很难。

恰如普通男所说，要想把男人弄到手，困难的不是与男人对决，而是与自己的对决。我必须克制和改变自己。如果通话，我会注意放缓语调，有哪些话题是最近全球热门的先聊一下，如果小叶不感兴趣再转换话题。不光顾自己说，小叶想回应时就要闭嘴。

普通男说："学会倾听很重要，事实上，懂得倾听，比和男人一起说个不停更有效果。甭看男人雄赳赳的，其实很脆弱，倾听男人的感受，会让他有种安心的感觉，安心的同时，他就会依恋你。"

一切都照着这个战略来做，终于有一天，我收到了小叶的邀请短信：你哪天休假，我们去游乐园玩一下好吗？游乐园！当时拿着手机的我，开心得要跳起来，但没跳起来的原因不是我成熟了，而是……

我有刺激游戏恐惧症。以前我坐过山车，车子在轨道上翻来覆去，整个人头完全朝下悬空，把我那个吓的。当时我和童景唯坐在一起，下来以后，景唯苦笑着说她的手都被我捏青了。

现在，小叶提出的约会地点在游乐园。天哪，也就是说我又要去玩恐怖设备了！看着手机，我的第一个念头就是考虑自己到底行不行、能不能撑过去。

我不想拒绝小叶。我花了这么多心思才等来小叶的主动邀请，我不想给他留下难搞的印象。何纪书曾经说过，他最烦那种受到邀请故意摆款的女人，下次绝对不会再有第二次机会。

我决定接受。我必须要改变，光是坐在这里，男人也不会从天上自己掉下来。我明白自己有多喜欢小叶，或者小叶对于现在的我来说到底意味着什么。

所以，去。我给小叶的回复这样写着：可以啊，我周四休息，你也方便的话，那天一起去吧。然后他也很快回复了短信："成。那就那天在凤冠游乐园见了。"

事情就这样定了下来。我在普通男当班时去了当下服装店，向他汇报了这个情况，询问战略对策，当然也没忘记顺便诉苦一下。

"你能撑得过来不？不要到时吓得脸发白，让小叶还要照顾你就不妙了。"普通男怀疑地看着我。

"我带'安定'去，玩之前定定神。"我回答，一副心意已决的模样，"错过这次，不知啥时他才能再邀请我。你说过的吧？接受他的邀请，要比我邀请他好得太多。"

"这样是没错，但你确定自己真的能挺过来？"普通男不放心地说，真罕见，这家伙也会担心我，"而且还带安定去，大姐你也太彪悍了吧？人是舍身成仁，你却是猎男成仁了。"

"姐吃的不是'安定'，是寂寞！"我加重了口气，"你不知道一个人有多寂寞，我可以不太黏男人，但至少也让我有个自己的男人，让我在这个世界上，有个能够互相拥抱取暖的伙伴。"

"啊呸，你不懂的。"我缓缓地说，"看来你真的有不少女孩喜欢，因而你不会懂得，努力却没有回报，眼睁睁地看着心仪对象从身边溜走的那种心情。所以……这次我绝对不能放小叶走。"

那天在凤冠游乐园前会面时，小叶从人群中走过来的那一刹那，我确信自己真的没有来错。

小叶穿着紧身T恤外套一件黑色羊绒开衫，若隐若现的肌肉，延伸着低调性感的味道，而一条绿色休闲裤和脚上一双白球鞋又掺杂了动感的气息。抓着挎包的我的手，不自觉就用力地扭住了拎带。

真是很帅气。其实不光男人喜欢漂亮的女人，女人也喜欢好看的男人的，人都有与生俱来的对于美好事物的向往与亲近的本能。在小叶向我小跑过来的时候，我露出了发自内心的愉悦的笑容。

"对不起，明明是我主动约你的，结果却迟到了。"小叶忙不迭地道歉，他摸着头不好意思的样子可爱。

"不，哪里，我说过吧，我理解工作有多重要。"我笑着摇了摇头，"我也是每天为了业绩拼命，一销售得好就觉得踏实，所以我明白的。"

"在刚开始交往时，一个关键点一定要掌握，那就是虽然做自己很重要，但千万不要给男人以难堪。男人坚强的外表下，内心其实很脆弱，懂得维护并鼓励男人的女人，能够很轻易进入他的内心。"普通男曾经这样说过。

"是人都会有犯错或者失误的时候，如果这时候你就在他身边，表现出淡定而包容的态度，对于那个时刻的男人来说，印象会特别深刻。这一瞬间的体会，将伴随你们交往的进程而延续下去。"

即使小叶迟到了，就算连续几次约会都让我等待，我依然保持着包容的态度。我知道小叶不是故意这样做的，比起娇嗔，我决定还是按普通男的办法来。

然后，我从挎包中掏出两张门票："我已经买好票了，现在一起进去吧。"

"那怎么好意思？"小叶这下是真的觉得过意不去，"明明是我约你的，却让你破费，不光迟到，而且还要你花钱，我都觉得自己实在是……不像样，真的对不起。"

"好啦，从刚见面开始你就一直在道歉。"嗔怪终于在这时候派上了用场，我伸手大方地拍拍小叶的手臂（他结实的手臂好有弹性），"如果你真的觉得抱歉，下次再补偿我好了。"

"下次？"小叶愣了一下，立即爽快点头，"下次一定要准时，给玉洁一个好印象。"

于是，我们两人就这样走了进去。

"在约会时，他可能不小心言行失误，例如将买来的冰淇淋不小心掉在地上，或者不慎滑了一跤，遇到类似的事情时，男人第一个反应就是强烈的自责，会埋怨自己仪态尽失，担心受到女人的轻视。"普通男曾这样教过我。

"而这时候理性的女人，除了要表示关切的询问以外，还要懂得将尴尬的气氛转化为对自己有利的局势。"普通男那时甚至模仿出要呈现出咋样的表情。

"这时候除了要让他了解到自己的关怀，还要适时展现包容，让他有能够敞开心扉的感受。一旦能令男人敞开心扉，那往往就是令他甘心付出的开始。哪怕只是友情，他也愿意为你做他力所能及的事。"

普通男的这些话，我一直都记在脑海里，时刻不敢忘却。我这样做了，结果是一开始的气氛就很不错。这次约会才刚开始，就已经为下次约会留下了伏笔，我真是好开心，但又要提醒自己不要表现得太明显。

一开始气氛进行得很不错，我们去坐摩天轮，小叶很开心地看向外面的景色，我却在看着他。时代已经不同，即使是这个年纪的我们，心态上也还依然年轻。

小叶脸上那开心的神色，还有那种雀跃的样子，像极了少年。喜欢上一个人，真的会是情人眼里出西施，咋看咋顺眼。

对我来说，小叶有种无法形容的吸引力。从摩天轮上往下看，因为有他在身边，我不觉得害怕。小叶的每一个动作，在我眼里都觉得新颖。

之后我们又一起玩了些游乐设备，有些是他建议的，有些是我想玩的温和性设备。有自己喜欢的人陪着，释放内心的童真与欢乐自己仿佛也变得年轻起来。

我想要与小叶在一起。但是，当小叶带着期待的表情询问我想不想玩过山车时，我真的犹豫了一下。我很害怕，不适合玩这种设备，我真的很想告诉他这一点。

"不过女孩通常都有些怵这些刺激性的玩意儿，不然算了，咱们去玩别的。"

就是小叶的这一句话让我改变了心意。如果他鼓励我去玩，可能我还会犹豫，然而对于吃软不吃硬的我来说，他的体贴却仿佛在我体内注入了一针勇气剂。

"试试看吧，我也想挑战一下。"我尽量平和地作出了答复。实际上，内心中真实的自己却焦虑不安地跳脚。"逞啥能啊？不看看自己啥德性，你受得了不？"

"对不起，我喝一下水。"我转过身子，从挎包里面取出小瓶装矿泉水，然后迅速打开装着"安定"的瓶子，拿出"安定"，关好瓶子，就着矿泉水喝了下去。

有"安定"在应该没事，我这样鼓励自己。和小叶一起坐上过山车时，我简直是一副要行将就义的心情。最困难的是害怕不行，却还要装作一副要挑战自己的样子，我充分感受到猎男之路的艰辛。

2

可是，不挑战一下自己不行，我不想坏了小叶的兴致。好不容易有了这样的机会，好不容易有了这样融洽的气氛，我不想在对方兴致勃勃的时候说："对不起，我很怕这种刺激性的游戏，不如你自己玩好了。"

坐进过山车后，我拉下防护工具。在过山车还未启动前，我听见自己强烈的心跳声，频率猛烈得惊人。老天，我在最喜欢的男人面前也没有这样猛烈地心跳过，我是真的很害怕啊！

但是，小叶在这个时候伸手盖住我的手背。原本以为我自己掩饰得很好，他一定察觉不到，可他却非常体贴地说："真的确定要坐？这可是挺刺激的游戏，如果不想坐的话，咱们坐别的，现在还来得及。"

"呵呵，没事儿，又不是没坐过。"

"是吗？太好了。有些人和朋友一起时不太好意思拒绝对方，但这种游戏玩不了可不是闹着玩的，会被吓出病来也不一定。"小叶再一次征询着我的意见。

"说了没事儿，以前我玩过。再说了，我对你又没那个意思，犯不着讨好你。"在普通男的调教下，我顺利地表达出与内心本意完全相反的话语。我没想到的是，这些话却让小叶开心地笑了起来。

"是吗？那就好。和喜欢的朋友一起坐过山车和跳楼机，那种感觉不但刺激，而且有被在那个时刻绑在一起的亲近感。"小叶的笑容，仿佛三月的阳光似的，温暖而平和，舒服却不刺眼。

我还没来得及回应，过山车就启动起来。那种感觉很难用语言尽述，只有坐过的人才最明白。整个列车一下子就调整运转了，在轨道迅猛向前，一下子从低往上，一下子又从高点径自冲了下去。

速度真的很快。我连最起码的心理缓冲也没有。在过山车从高向下俯冲时，我的感受犹如一下子栽了下去一般。这个时候小叶转头看了我一眼，他好像对我说了句什么。虽然听不清楚，不过小叶嘴边泛起的笑容，却在我充盈内心的恐惧中，投注了一道明媚的阳光。

过山车停下来时，不断有游客发出"如果时间长点儿就好啦"的意犹未尽的话语。我却呆呆地坐在位置上，一副如释重负的样子。

"你还好吧？"小叶替我解开防护工具，开玩笑似的伸手在我面前晃了晃，这个动作让我一下清醒过来。

"当然，我又不是林黛玉，咋可能吓得到我。"我逞强地笑着，实际上我的内心早已画满黑线，仿佛一群乌鸦列队从我头顶飞过一般。

过山车环节之后，我和小叶在游乐园里漫步。小叶在游乐园中展现出平时罕有的明朗的一面。他乐呵呵地去买冰淇淋，然后我们俩一人一个，边走边吃边聊。

"小叶好像很喜欢游乐园啊。"这是我的观察。

"嗯，现在生活和工作压力很大，来这里可以放松一下自己。"小叶舔着冰淇淋，朝我眨了眨眼睛。那个时候的他，有种慧黠的大孩子的味道。或许，每个男人内心都住着一个小男孩儿吧。

"告诉你不要笑话我。"小叶说，"直到现在，我也不肯向年纪认输，就算已经三十二岁了，还是觉得自己年轻得很，有时候想想，好像才二十多岁，咋一下子就变成三十多了呢？"

"是啊，不久之前还不到二十岁。二十到二十五岁时，我总爱穷嚷嚷'我老了'、'岁月不饶人啊'，可是二十五岁以后，却怎么也不愿意承认自己老了。如果有人说'你年纪大了啊'，自己就会反驳'大个鬼，这个年纪还很年轻好不好？'"我心有所感地回应。

那不是为迎合他才说的，而是我确实就是这样想的。"现在一听见二十五岁以下的人说啥'我老了'，就想拿胶布封住他们的嘴。老个啥呀？这个年纪都说老，快奔三的人还要不要活了？"

"我不止奔三，已经过三了。"小叶感慨了一句，"原来不只我一个人有这种想法，玉洁你也一样啊，呵呵。我最讨厌别人说我年纪大了，最反感别人乱叫大叔。"

"可是，终有一天我们也会被叫做大叔大妈吧，虽然不情愿，那也是没办法的事。"我轻轻叹了口气，"我觉得四十五岁以下都应该算作青年，现在人活着的时间长了，三十岁后就是中年的说法，应该揉碎扔进垃圾桶里去。"

我的这番话，让小叶一下子笑了出来。

"是的，最讨厌三十岁以后是中年这种说法了，我们明明还年轻得很。"小叶欣慰地看着我，"我现在的身体情况，比二十多时还要好，更结实、曲线也更流畅，做运动的顺畅度也提高了。"

"我们两个这样拼命证明自己年轻，可能就是不再年轻的表现了。"我自嘲地损了彼此一句。

"也是，呵呵。"小叶会心地笑起来。看着他开心的模样，我也觉得愉快。

就在我沉浸在这种融洽的气氛中时，小叶忽然提了一句："接下来，我们玩跳楼机好不？"

啥？虾米？what？小叶刚才到底说了些啥？温馨的时分还没有维持多久，一股黑色狂潮向我席卷而来，我觉得自己好像就要崩溃了。

跳楼机可是比过山车还要可怕上百倍的玩意儿啊，老兄！我已经舍命陪君子了，你咋就这样坚强、心理素质这么好呢？居然连那种玩意儿也敢碰？这些话在心底一下全冒出来，当然，我连一个字也不敢透露出来。

小叶并不是过分的人，相反，他长得帅却没架子，不会看不起人，体贴又有亲和力，会在乎别人的感受。正因为如此，我才难以拒绝，不管是他的邀请还是他本人。

"嗯，不过想想，其实也没啥好玩的，而且那玩意儿太刺激了。我们选个温和的一起玩吧。"见我半晌没动静，小叶很贴心地转了个话题。这个转换自然而温情。

然而就是这个转换，却激发了我内心"为男人不顾一切"的勇气。所以我索性横下心：玩就玩吧！没啥大不了！

"不，可以玩。"我忽然一下提高声音坚决地说。

"玉洁？不要勉强，我只是随便说说。"小叶观察着我的表情。我想他大概判断不出我的心意是否真实。

"没事儿，来了就要好好玩一趟。"我豪爽无比地一口定下来。

"好！我们现在就往跳楼机那儿杀过去。"小叶兴奋起来。看着他开心的样子，原本我也应该高兴的，可是，却怎样也高兴不起来。

嘿嘿，我听见自己在心里面凄怨地笑着，我终于把自己拖进了深渊。跳楼机啊，那可是超恐怖的玩意儿啊！在再次服用"安定"之前，我决定做一件事，那就是给普通男打个电话。

我必须这样做，不然我没勇气玩这个已经超过我极限的游戏。不晓得为什么，在自己举棋不定时，脑海里面最先浮出的是"普通男"这三个字。我找了个理由和小叶说我要打个电话，走到一边调出普通男的号码，按了下去。

"干啥？现在正和小叶在游乐园吧？玩得开心不？"普通男的声音从手机的另一端传了过来。那声音让我觉得安心，好像身边有个可靠的人陪着，有事一起扛着一样。

"还可以，刚吃了两片'安定'玩了过山车，可是小叶说他还想要一起玩跳楼机。啊呸，我想我可能要吃六片'安定'，压压神去玩。"我的声音听起来简直好像快哭出来一样。

"神经病！'安定'一下子能吃那么多片？你没忧郁症瞎吃啥啊你？吃饱了撑着的不是？"普通男的声音一下子急了起来，"甭去，玩不了就别勉强自己，猎男的方法多得是，没必要条条都要硬过。"

"可是今天的气氛实在很好，和小叶玩得很开心，真的，我不想扫他的兴，如果可以给今天的约会划下一个完满的句号就好了。"我抓着手机说，一下子放松了心情，普通男的声音让我渐渐清醒下来。

清醒下来以后，我听见自己在说："我要去玩这个跳楼机，不是为了别的，光冲着这个挨了多久才遇见的男人，光冲着这个对我好的男人，这样做是值得的。"

"笨蛋啊你，为一个男人吃那么多'安定'。我说大姐你的气势和冲劲都哪去了，不准做这样的事！"普通男在那边提高声音叫了起来。这一次被他教训，我没有生气。

"不准做这种事，听着，马上拒绝他，不准拿自己来冒险，不准再吃那么多'安定'。"普通男的着急，反而让我的心意坚定起来。他犹如我的一面镜子，透过他我看到了自己真正想要的是什么。

"啊呸，谢谢你，我没事了，谢谢你，我们现在要去玩跳楼机了，再见。"我对着手机说。

"笨蛋！既然这样为啥要告诉我？大姐你……"普通男生气地叫着，然而我果断地结束了通话。趁着这个机会，我掏出矿泉水和"安定"，再次吃了六片。这是我人生中第一次为了男人做到这个程度。

回到小叶身边的我，一脸微笑地对他说："去吧，反正来都来了，不一次玩够本就太可惜了，我也想要看看自己到底可以达到什么程度。"

最后一句，我说的是真话。以前我不懂得把握时机，不懂得争取时机，不懂得创造时机，于是包括男人在内的很多美好事物都白白流走了，然而这一次，我很清楚地知道，自己绝对不要这样。

跳楼机。这种游乐器材的座坐可将乘客载至高空中，然后以几乎重力加速度垂直掉落，最后以机械将坐椅在落地前停住。这种利用物理学中的自由落体现象设计的游乐器材，也以相同的名称命名。

这是我和小叶在登上这种游乐项目之前，所看到的介绍。在即将走进去时，小叶有些担心地说："算了，玉洁，这种玩意儿太恐怖了，我们还是玩别的吧。"

"没关系，我们挑战一下这个游戏，接着咱今天就算完满结束行程，呵呵。"虽然还想和小叶再多待一会儿，可我同时也很清楚地了解到，结束跳楼机的项目后，我想必是没有闲情再多待在凤冠游乐园里面了。

接着我们乘坐了上去。之后，我几乎什么也感受不到了。紧张，有的只是紧张，哪怕身边有我最喜欢的男人。我几乎没有闲暇去顾及他，我只是在想，落下来的那一刻会是啥感觉。

跳楼机忽地一下升高，然后，在它往下掉的时候……我只觉得汗毛、心跳、呼吸、情绪，所有这些都一下子连带地起了相关反应。它往下掉的时候，我有一种感觉异常清晰：那就是以后哪怕是死，我也不要选择跳楼。

无数种感受与想法，最后汇聚在一起时的只有这一种。当我和小叶从里面走出来时，我觉得自己脚底发软。我想自己脸色一定很白，因为小叶在看着我时很自责地说："我不该提这个建议的。"

"你太勉强自己了。"小叶担心地看着我，伸过手来想要扶我。我却逞强地推开了他。

"没事儿，我好得很，不过现在咱们回去吧。这是我第一次挑战自己的极限，还真有些犯晕，现在可想好好躺床上了。"

"成。"小叶接连点头。在我们往凤冠游乐园出口走时，我的手机忽地响了起来，是普通男的号码。我按下接听键，那家伙的声音顿时把我耳膜震荡了一下："我说大姐，你现在给我出来！"

"……在发啥神经啊，现在我没心思和你开玩笑。"小叶在身边，我咋能说得出自己头晕目眩的，只想好好休息一下，何况我还想吐，为这次约会我可牺牲大了。

"你才发神经！居然挂我电话！我一急都来不及等霆勇来就把店关了赶过来，我正站在游乐园门口呢，你快给我滚出来。"这小子说话咋这样冲呢！不过，他现在就在凤冠游乐园门口！

也就是说，我和小叶都要跟普通男照面了？天啊，这家伙到底在想些啥啊！我付出了这么大的牺牲，他该不会不识大体坏我的好事吧？

我差点儿就不想往外走了，可是体力上实在撑不住了，索性将心一横：得！走就走吧，怕啥？啥丢脸的事我没经历过。和小叶一并走出凤冠游乐园时，我赫然看见普通男就站在不远处。那家伙立马朝我们走了过来。

3

小叶原本并不在意，然而当他看见这个家伙越走越近，最后横在我们面前时，他也一下子愣住了。不晓得普通男是啥来头，小叶有些警惕地瞪着他。

这时候普通男却爽朗地笑了起来："你就是小叶吧？我是玉洁的朋友阿培，实在不好意思，有些事情要找玉洁商量。她告诉我你们正在这里玩，我就赶过来了。"

"玉洁的朋友？啊，你好，我是小叶。"小叶的防备神色，转瞬为平缓温和所取代。他虽然在微笑着，可是那抽动的嘴角，让我觉得就像在说：不是吧，有啥重要的事需要赶到这儿来？

我杵在那里，紧张地盯着普通男，但愿他不会乱说出些啥来。其实小叶的心情我很理解，除非是出了特别要紧的事，否则哪个人会随便跑到朋友约会的地方来，而且还特别等在游乐园门口。

"我知道，玉洁时常向我们提起你，说你是一个很好的朋友。"普通男应对得体，完全没有在手机里面呵斥我"你给我滚出来"的焦急与强势，"真不好意思，小叶，我们一个好久不见的特别要好的朋友回来了，今晚大家等着玉洁过去一并聚会呢。"

普通男含蓄地表达了"对不起，打扰你们约会了"的意思。我发觉这人说谎实在可以不打草稿。小叶明白来意之后，表示理解："没关系，其实我们也刚玩好，只是玉洁现在似乎需要休息。"

"没事儿，那里都是老朋友了，如果她不舒服我们会送她回去的。"普通男巧妙地为这段应酬式对话埋下了句点，"小叶，很想再多和你谈谈，但现在真的是赶时间，大家都在等着呢，有机会下次我们一起出来喝茶。"

"啊……好。"

普通男的巧妙周旋，让小叶似乎完全被他牵着走。普通男对着小叶点了点头以作示意，然后就径直走到我的身边，拉着我就向前走。他的速度很快，我匆匆和小叶打了招呼，接着他打开出租车后座车门，将我塞了进去。

出租车行驶时，我忍不住回头看向小叶，他还站在原地目送着出租车。当看到我回头时，小叶笑着伸手晃了晃。我知道那是"再见"的意思。再见，期待下次相见。

他笑起来真是迷人。我喜欢看小叶的笑容，喜欢被那阳光般的笑容笼罩着。沐浴在他的笑容下，怎样我也觉得不够。直到小叶从我视野里面消失，我才回过头来。

这一回头，我一直竭力扼制的压力，终于爆发出来。神经一旦松懈下来，我

顿时觉得一阵眩晕和恶心，我的脸色发白。普通男在这时适时地递过来一个黑色塑料袋。

我抓住塑料袋，如获至宝地打开它，才刚张开嘴巴，立刻吐了出来。幸好有吐出来，每吐出来一些东西，我就感觉舒服一些。

人通常很避讳在别人面前呈现出软弱或者失态的一面，然而我在普通男的面前却无所顾忌地呕吐着。这家伙，只是静静地看着我，并没有流露出我以为的那种嫌弃或说教的神色。

他居然伸出手，轻轻地拍打着我的后背。我听见这家伙说："吐吧，尽量吐，吐出来以后就舒服了。"

普通男的声音，在那个时刻显得格外温和，真是让人安心啊！他似乎把一切都准备妥当，拿出了祛风油，滴在手指上，然后将我转了过来，指尖按住我的太阳穴，力度适中地按摩着。

祛风油的味道在不舒服的时候让人舒坦，虽然比较刺眼。我系好黑色塑料袋，不自觉地闭上双眼。普通男用指尖一下一下地蠕动与按摩。那个时候，我真的觉得他是个值得信赖的人。

普通男在我的鼻子周围又擦了些祛风油，然后又掏出纸巾擦干净我嘴巴附近的呕吐物残渣。处理完这一切以后，那温和体贴的老虎发威了："看看，看看！你咋这么不听话呢？"

"我说啊呸你甭烦我了，我难受着呢！"我不耐烦地说，确实很不舒服，"听话？你当自己是我爸呢，还听话嘞，我又不是二十出头的女孩儿，我知道自己在做什么。"

"这就是后果！如果我不赶过去，没准儿你还会硬撑着多陪他一会儿，如果撑不住吐出来的话，小叶会咋看你知道不？"普通男瞪着我，眼睛睁得很大，好像真的非常生气。

"有必要为男人做到这种程度吗？勉强自己去玩那些害怕到不行的玩意儿不说，居然还猛吃'安定'，'安定'这种东西是随便吃的吗？"他似乎不解气，想伸手敲我的头，手都快敲过来了，最后又因为我的虚弱而取消了这一念头。

"注意影响。"我留意到司机正从后视镜饶有兴趣地观察着我们。

可是普通男却没打算就此罢休："你也知道影响？如果在玩过山车或者跳楼机时撑不住，出现了个闪失，那就糟大了。如果吐出来还晕倒，估计你要上第二天报纸新闻了。"

"我是真的很担心啊，大姐你就是这么倔，咋说都不听……"普通男的话在我耳边狂轰滥炸着。

我一下子火起来："谁叫你非得担心来着？我能不倔吗？快奔三了，我连个男人的影子都没碰着。我又不是单身主义，是没办法被单身。如果我这也不做那也不行，估计要下辈子投胎才能泡到个好男人了。"

　　"真符合你作风啊！"普通男被激怒了，终于伸手重重敲了一下我的头，"我能不担心吗？一想到你可能出啥事，我这连生意都没心思做了，你以为我想当吕洞宾啊，一片好心还被狗咬。"

　　"我也不想去，也想多卖几件衣服，可是待在店里面心焦得不行，就怕你出事。"普通男很凶地说，"人都是有感情的，我现在把你当朋友了，朋友的事能不着急吗？"

　　"混……"我本来准备骂混账，可是，刚说出一个字，语气就渐渐软了下来。向来吃软不吃硬的我，这次虽然被斥责，可是那些斥责我的话语，却让我的心软了下来。最后，我只好悻悻地说："我难受着呢，居然还好意思向我下那么重的手。"

　　"我就是要敲醒你。"普通男不客气地批评我，"有些事情是没法控制的，不然咋叫朋友？是我怂恿你去泡小叶，我得对你负责。我可不想看你勉强自己出了事，要真那样我会责备自己的。"

　　我看着普通男。这是我第一次感受到他的关心，这种关心直接在行动上表现了出来，我真的觉得感动。普通男在这一刻，让我觉得温暖。这种温暖与小叶的不同。如果说小叶的温暖让我觉得充满希望，那么普通男的温暖就是平和踏实的。在普通男面前，不需要伪装什么，没必要非得表现出很完美的样子。

　　于是我第一次闭上嘴，好好地聆听来自普通男的那些数落。

　　普通男说着说着，却慢慢地音调低了下来，最后不说话了。

　　"为啥不说了？"

　　"你都不反驳了，我一个人在这里念有啥意思？"

　　我盯着普通男，想表现出强悍的样子来，却怎么也板不起脸来。这是我第一次，想要好好地感谢这个家伙。他为了我特地跑到游乐园来，这种事只有爸爸、弟弟、郭朝聪和何纪书这四个男人才有可能为我做。

　　这一刻，我意识到原来普通男对我来说很重要，是已经在自己生活中占据了一席之地的朋友。出租车载着我去了普通男的家，他让我先躺在沙发上休息一下，然后说要为我冲杯蜂蜜水。

　　那小小的二手沙发，躺在上面不晓得为啥却觉得踏实。普通男给我拿了他的枕头和被子盖在上面。被子上有这个家伙的气息和味道吗？我被被子温暖的同时，仿佛也被这家伙温暖着。虚弱的我，平时的锐气和洒脱一下子消退下去。当普通男递给我蜂蜜水时，我马上接过来喝了下去。

"你在车上问过我，为啥会为男人做到这种程度是吧？"我想要坐起来，普通男连忙扶起我，然后点了点头。

"因为我想要努力，不是为了男人而努力，而是为了自己。"我看着随后坐在自己身边的普通男说，"我不是漂亮的姑娘，也没有啥才华，就只是一个普通得随时会被淹没在人群中的女人而已。"

"我年轻时根本不明白这一点，总是对自己说'有一天一定会遇见一个懂得欣赏自己发光一面的男人'，可是，那些事情只存在于影视作品里。年纪越大，我越明白那些根本就不可能发生。"

"但我不想放弃，因为一旦放弃就啥也没有了。我想多卖些护理品，多存些钱，即使没有男人，以后买套房子，这样总不至于一直赖在爸妈和弟弟身边。"

"虽然这样想，可是，我还是对自己说，有一天我一定会遇见一个适合自己的男人的。"

平时爽朗活泼的普通男，居然能够用心地聆听我的话。正是这种态度，让我能够放心地对他敞开心扉。

"有时候天气变冷了，我会想只有一个人实在很冷啊。但如果有个男人，我可以抱着他，两个人的体温互相温暖，就不会那么冷。总是一个人入睡，不知道两个人一起睡着是啥滋味。"

我笑了笑，然后将腿放在沙发上，用膝盖将下颌支在上面："所以遇见小叶时，我就想无论如何都要试试看，如果我不努力战胜过去的自己，光会YY，男人是不会从天上掉下来的。"

"啊呸。"我转过头看向他，"如果我长得像林志玲，我当然可以不做这些事，因为就算不那样做，男人也会主动靠过来，比小叶更好的男人，也会主动靠过来的。"

"然而你并不是她，所以如果不这样做的话，你担心会对不起自己，对不对？"普通男接过了我的话。这家伙深邃地看着我。半晌，他伸手捋了捋我的头发。

"换句话说，你并不是为了小叶，而是为了自己去做这些事情的，对不？"他苦笑着摇了摇头，"大姐，你可实在是倔得很啊，这股子倔劲儿，让不少爷们儿都自愧不如呢！"

这一晚，在普通男家里面休息了很久，最后他又打出租车送我回家。生活有时真的很奇妙，我和普通男彼此确认友情，并且我真正感受到这个家伙是我不可或缺的朋友，都来自这一次的游乐园事件。

第 **10** 话　无法控制去向的情感

　　想哭就哭出来，不要担心，因为有我在这里陪着你。也许我真正能做的事情很少，但是我愿意为你做力所能及的一切事。

　　我曾经向小叶谈起，关于男人悲伤痛苦时的表现。

　　"男人果然是不同于女人的动物。"我说，"他们不会表现得那样明显，不会哭哭啼啼，情绪上也不会一下倾泻得太彻底。男人即使悲伤难过，体内似乎也还安着一根弦，提醒着他们要记得绷紧自己。"

　　"因为男人从出生就一直被教导为不可以随便哭泣。"小叶感慨，"当然还受成长过程中的社会价值观的影响。男人会觉得随便流泪，或者露出脆弱表情是很羞耻的事。"

　　"为什么非得这样故作坚强呢？为什么明明很伤心却不能够表现出来呢？看着这样的男人，女人到底该怎么办呢？"那个时候，我真的问了小叶好多的事。

　　"聪明的女人并不会陪着男人一起哭，而是在他身边，让他感觉到即使经历这样的事，也并不是一个人。"小叶想了一下，"如果是我的话，有个女人紧紧握着我的手，或者拥抱着我，轻轻拍着我的后背，我觉得我此生大概都很难忘记这个女人了。"

1

好漂亮的房子。不只是漂亮，不只是宽敞，即使用美丽来形容也不为过。童景唯自从踏入这套宅邸开始，就已经对它一见倾心。这是一套复式公寓，每一层据陈宇龙的介绍，有一百三十二平方米，上下两层加起来就是二百六十四平方米，并且不包括楼梯走廊的分摊。

也就是说，二百六十四平米是名副其实的、没有缩水的二百六十四平米。不像童景唯父母家那样，原先五十二平方米的宿舍套间拆迁，拿到的补偿名义上是六十平方米，扣除楼梯走廊等分摊面积，实际居住面积只有四十五平方米。

童景唯从小到现在，从未住过一百平方米左右的房子。陈宇龙的这套复式公寓，让她感到很是震撼。整个大厅的设计采用欧式格调，屋顶悬挂着华丽的吊灯，整个大厅铺设着地毯。即使冬天坐在地上，相信也很暖和吧，童景唯心想。

大厅有落地窗。陈宇龙的公寓在楼层上涵盖了十八至十九层，从落地窗可以看见远处公园的绿意葱郁，也可以欣赏这高档住宅区的优美景色。倘若心情不好拉上窗帘，就会沉浸在个人世界里面。

"来，茶泡好了，喝吧。"陈宇龙的话将她浮荡的思绪拉回到现实中，钢化玻璃台几上放着一壶上等的普洱。

"好棒的房子。"童景唯由衷地说着，脚下却没停仍在到处瞧着，"住在这么棒的房子里面，命都会长好几年吧。"

"呵呵，也许是住惯了，还没觉得多好。"陈宇龙的话不像是谦虚或者得意，而是长期置身在富裕环境下的淡然。童景唯的心情忽然复杂了起来：明明都是人，明明一样都非常努力，人和人之间差别咋就这样大呢？

"还敢说没有多好？"童景唯仿佛在数落他的不惜福，"我现在租住的房子，搁一张床就没有其他空间了，更可怕的是邻居说话都听得到。套间和套间之间、房子和房子之间间隔太小，即使对邻居的隐私没兴趣，他们说话的声音也会全部传过来。"

"我的睡眠一直不是很好，最近开始稳定了些。在我租住的那套三十多平方米的单位宿舍里，不光隔壁，楼上楼下有什么动静都听得到，也就是说，真正有种一整幢楼的人都住在一起的感觉。"

"三十多平方米的单位套间？那要咋住啊？一想起来我都……"陈宇龙感慨，"这样说起来，我这里还是挺不错的，公寓套间之间间隔距离挺长的，想要听见邻居说话……"他笑了一下："也是挺难得的情景。"

"你是在炫耀吗？"童景唯亏了他一句。

这时候她忽然冒出个念头：如果住在这种地方，或许就不会失眠了吧。隔音效果不错，复式建筑的话，如果住在第一层，上方可能产生的嘈杂喧闹也就不存在了，因为上下两层都是自个儿的。地方很宽敞，即使是宅女也可以过上悠然自得的生活，在大厅走走，穿梭在各种房间里面，喝着茶看向窗外，从高处看出去，视野是完全不一样的。真的是所谓"站得更高、看得更远"的体会，从上往下俯视的心情也很不一样。在这样的房子里面生活，创作会更顺利，心情会更舒畅，生存也不仅仅只是生存，而是真真正正在生活了。生存和生活是不一样的。最重要的是心情，心情一旦舒畅，失眠问题也就解决了。

童景唯意识到自己想得过于缥缈了，于是自嘲地笑了起来。

陈宇龙却注意到她的笑容了，问道："你在笑啥？"

"没啥。"她一如既往地否认。

"我说你这人咋就这样没意思呢？简直好像存心要把自己给藏起来不让我看见似的，而我对你都掏了底了，还把你带回自己的房子来，这也太没劲了吧？"陈宇龙埋怨。

"我没必要把一切都告诉你的。"童景唯和气地说。语气虽委婉诚挚，但话很伤人，"说到底，我们不过是朋友而已。我在男朋友面前都还没完全把心打开，何况只是朋友。"

"我却不只是想当你的朋友。"陈宇龙直接地说。为啥她就是不理解或者说是刻意回避呢？"我想让你更多地了解我，因为这样一来，你就知道我不只是要玩玩，我是认真地想和你相处的。"

"请你回来作客时，我还挺担心的，你会不会喜欢这里？不喜欢的话，我要咋办？另买一套你喜欢的，还是？"陈宇龙说着。渐渐地，童景唯脸上的悠闲与掩饰褪去，犹如看到了对方的诚意，她换上了一副庄重的表情。

"然而听到你喜欢这里，我觉得太好了。你知道吗？一个人住这里，未免大了一点儿。我一直在等待，等着有一天能够领回到这里的人。这里，如果多个人，就会变得热闹起来。"

说到这里，犹如意识到啥似的，陈宇龙连忙摆了摆手："不，你喜欢安静也成，也不一定非得要热闹啥的，我的意思是……嗨，你说我这人，也不是不会说话，为啥一碰到你的事情就……"

陈宇龙顿了顿，双手摩擦着裤子，过了好一会儿才说："喜欢这幢房子吗？喜欢的话，它就是你的。喜欢的话，一起住进来好吗？当然，甬说啥情妇那样碜人的话，作为……作为我老婆住进来，你觉得咋样？"

他这算是在表白吗？童景唯怔住了，陈宇龙的特别表白，确实让她震撼。

震撼的原因不是因为她喜欢的男人终于向她表白了，两人有机会修成正果，而是，她一直越陷越深的生活，不，更直接来说是她的生存状况终于有机会来个彻底的大翻身了。

陈宇龙紧张地看着她，她也看着这个威严孔武的大男人。看着他这副在乎的模样，她忽然笑了起来，整个身体都嵌进柔软的沙发中去，幽幽地说："以前，我一直在想，这样的生活到底我还能撑多久？"

"我在工作上再努力也没有进展，生活中完全一团糟。"她舒展着四肢，也没去看陈宇龙，而是直接说下去，"这是我唯一翻身的机会了。如果答应了，我就可以过上和以往不同的生活。可是宇龙，这样真的好吗？"

陈宇龙转过身子的时候，恰好她也转了过来。两人的目光彼此对视着，陈宇龙近距离地看着她脸上不断变幻的神色。

"这样真的好吗？如果娶的是抱着这种目的嫁给你的女人，这样真的好吗？我最爱的是那个人，如果为了拥有这一切才选择了你，你觉得这样真的好吗？"

童景唯注视着他，她的瞳孔在不断闪烁着。陈宇龙看着她眼睛里面的自己，蓦地，他忽然笑了起来："为什么要故意将自己说得很可恶、很势利，然后让人听起来就觉得讨厌呢？你没必要这样作践自己的啊！"

"我本来就是……"

"你是不是想说'我本来就是这样的'？"陈宇龙打断了她，"如果你真是那样的女人，就不会从一开始就在强调这些，就不会从一开始就提醒着我这些，你之所以这样，恰恰是因为你很害怕吧？"

"害怕？"

"没错，离开最爱的人，选择一个中途遇见的人，这个人究竟爱你到啥程度你也不知道，嫁给这个人到底有多少是因为他的财富和家境，你完全不清楚到底怎样的生活才是幸福的，你觉得困惑和不安。"

陈宇龙长长地吸了口气："景唯，我刚开始接手家族生意时，也很害怕自己会做得不好。我担忧自己这种个性是否能处理好，因为做生意绝对不仅仅是只要将生意经营好就行的事。"

"然而，倘若我一动摇就逃避，那么现在即使遇见你，我也没有追求的勇气。"陈宇龙把手伸了过来，包住她的掌心，"我想说的是，你的骨子里，绝不是你自己形容的那样，我看人多了，这点儿眼力还是有的。"

"人想要过得幸福、想要生活得更好一点儿，这种心情是没有错的。我不介意你因为这个原因选择我，因为我知道，如果你对我没有一丝的喜欢，也不会这样做。景唯，我有这个自信，你以后一定会更加喜欢我的，所以……"

"和我一起吧，住在这幢房子里，好好做你想做的事，把你之后的人生交给我吧。"陈宇龙握着她的手，童景唯的心一下子急速地跳动起来。是的，这可能是她最后一次机会了。

不是在开玩笑，这样的机会真的可能不多了。童景唯那一刻，想法不断随着心情剧烈地晃荡着。奔三以后，可选择的余地就会越来越小，而现在眼前的这个男人……

他确实是爱着自己的。如果是以结婚为前提进行的交往，那么，一旦结婚以后，她就可以过上完全不同的人生。住在这样的房子里面，不，不要说太深太远的事，光是住在这样的房子里面……就是一种奢侈的幸福。所以……到底该咋办？

童景唯觉得喘不过气来。艰难，真的是压抑而艰难的选择。一边是安稳富裕的生活，一边是自己最深爱的男朋友。对于那个人，她是喜欢得不得了。可是生活中似乎光有喜欢是不够的，反而越来越窒息了，有种随时就要垮掉的感觉。

而眼前的陈宇龙，则代表了另一种截然不同于过去的价值观，富裕、安稳、舒适、惬意、安心，还有良好的睡眠。童景唯内心强烈地挣扎着，就在这时手机短信提示音响了起来。

这让她终于将手抽了出来，拿出手机按下阅读键，郭朝聪的短信即刻显示了出来：景唯，我后天就回来了，这次出差挺辛苦的，幸好马上就要见到你了，我很想你。

童景唯怔怔地看着那条短信，长时间内不发一言，只是盯着手机屏幕，让陈宇龙禁不住关切地询问："景唯，咋了？"

"那个人……我男朋友后天就要回来了。"童景唯的表情复杂而急速变化着，最后她五味杂陈地笑了起来。而一旁的陈宇龙，却无论如何也无法像她那样地笑。

做不到，即使是复杂深沉的笑容。陈宇龙看着童景唯，这个为了男朋友的短信，而将手抽出他掌心的女人，也不知她的心到底要去向哪里？只要一想到这点，陈宇龙怎样都笑不出来。

2

我兴冲冲地走进当下服装店，正好没啥客人。我将买来的几瓶饮料放在收银台的桌面上，普通男随即走过来。他瞅了一眼饮料："今天心情很不错嘛，吹啥风了？中奖了？还是和小叶有啥新进展了？"

"切。"我乐滋滋地告诉他我刚领了两千五的工资，没想到普通男居然亏我，说我靠这张嘴蒙了不少客人，实际上却是母大虫。看着我脸色转阴，他又转口说是母大虫也没啥不好，省得被客人调戏。

128

"不过大姐运气真好，估计你这个性，永远不会碰到那样的事。"他由衷地替我高兴，"你长相和身材都很安全，不用受那些事情的困扰真的挺好的，不然多怄气啊。"

"是啊，我真挺安全的，你说有男人敢调戏我就死定了，我让他当场下不了台！"我乐呵呵地说。然而愉快的心情没能维持多久，我越想越觉得不对劲，这家伙是在损我呢。

"好你个啊呸，居然说我长得安全？你这不是变相说我没人要，甚至连被骚扰的资格也没有吗？"我一脚向他踹了过去，普通男仿佛早就习惯并预料到我的做法，身手敏捷地避了开去。我不甘心地紧追不舍。"这话我可没说，是你自个儿说的。"普通男躲闪着我的追击，我不罢休地追着他。两个半大不小的人，居然在服装店里面上演一场山寨版的好莱坞追击游戏。

"你是没实说，但明里就是这个意思！"我从身后一把揪住他的衣服，把他往后用力扯了回来，然后飞身扑上去，一把用手腕扼住他的脖子，使出勒脖子的必杀技。

"痛痛痛，大姐！"普通男挣扎着。但我整个身子全部趴在他的背后，完全压了上去，同时使出全力对付。普通男眼看着挣脱不了了，只好连连告饶。然后他好不容易才挣脱了我，我却又不罢休地追了上去。普通男招架不住地又跑起来，我跟在后面追，听见他不断地叫着。

"我说你可以回家了，玩够就可以回去了，甭碍着我做生意啊，都啥年纪了还玩这种小孩子把戏。"普通男一副没空理我的样子抗议着，可是他的表情却不像是话语中所表达的意思。

被我追击的普通男，开心地笑着，那笑容让我联想起少年。是的，我确信和我一起待在这间服装店里的这个家伙，此刻真的是愉快着的，即使他在埋怨或者让我尽快离开。但是，我知道那不是他内心真正的想法。说来也真好笑，看到他那样爽朗的笑容，那一刻我心里真的在想，到底啥是幸福呢？幸福有宏远的定义，也有微小的部分。我这个年纪，难得再遇见一个谈得来的朋友。在他的面前无需掩饰，也不用担心，因为这家伙愿意也能够包容真实的我。

追上普通男，在我再度扯住他衣服时，他笑着转过身子，一把架住了我的双手，并把我双手往上举起："不会再给你机会这样做了，听着，你不是说要买衣服吗？现在我帮你参考参考。"

"甭指望转移焦点啊。"我凶悍地说，可是咋样都挣脱不出他的掌控。你甭说男女之间还真是这样，女人再强势有力，也比不过男人。我挣扎了很久，最后都决定要放弃了。

　　在我们互相较劲时，普通男的手机响了起来，他拿出手机瞄了一眼。"是我家里的电话，"他对我说，然后接了电话："喂，是妈妈吗？嗯，在店里面，啥事？"

　　在普通男接电话时，我就站在他的身边。对我来说，那就是一次极其平常的亲子联系。妈妈挂念儿子了，关心地打来电话询问近况，儿子汇报一下近况，然后让妈妈安心。

　　我看着普通男，心想这家伙会和妈妈说些什么，然而，却没有出现我以为的那种温馨的景象。

　　"啥？妈妈你说啥？奶奶……"普通男的声音一下子提高了起来，这家伙脸上出现难以置信的、仿佛整个人被掏空了的表情，"咋会？咋会这样？奶奶春节时不还好好的？"

　　"啊……阿培？"本来"啊呸"这个我的专有名词都要脱口而出了，但我本能地改了口。

　　普通男的脸上泛起一股无法形容的悲伤和失落。我听见他在喃喃地说："不可能，咋会走得这样突然？妈妈，为啥直到现在才告诉我。那是奶奶，有啥事会比奶奶更加重要？"

　　我想我大概知道发生些啥事了。从这些零散的通话片段中，我想我大致了解了这个来电的原因了。气氛一下子急转直下，我是第一次在朋友身边经历这样的事，不晓得到底该咋样做比较好。

　　我看着普通男，小心翼翼地看着他，想说些啥，却又不敢轻易开口。他还和妈妈在通话，这个时候我最好保持沉默。普通男的音调起伏很大，一下子很激动，一下子又压得很轻。

　　他妈妈好像在对他解释或者安慰着些什么。我听见普通男不停地说"嗯、嗯"，最后他说："我去买回家的票。我一定要回去见奶奶最后一面。妈，我会好好的，嗯，甭担心，没事儿。"

　　这是我第一次看见普通男悲伤的表情。男人难过时所表现的神情，和女人是不一样的。他们不会表现得那样明显，不会哭哭啼啼，情绪上也不会一下倾泻得太彻底。男人即使悲伤难过，体内似乎也存在一根弦，提醒着他们要记得绷紧自己。

　　我看着他结束通话，把手机重新放回口袋。我思忖着，把声音压得很低、相当轻柔地说："家里面发生了啥事，对吧？"

　　"奶奶，奶奶走了。"这个向来爽朗豁达的男人，回应的声音居然是微微颤抖的。他咬了咬嘴唇，然后朝着衣柜靠了过去，似乎不这样做，他就可能会随时摔倒似的。

　　那是我第一次贴切地感受到，并经历了这家伙内心脆弱不安的时刻。我过去所接触的普通男，是可靠的。虽然他有时让人生气得不得了，却又能让人感到安心，好像只要他在，啥事都没问题。这家伙就是有鼓舞人心的力量。

可是现在的普通男，看着他低垂着头、靠在衣柜上目光闪烁可是却拼命控制的样子，我知道，男人也会有脆弱不安甚至需要呵护的时候。虽然情况转变得实在太过突然，刚刚还是一片阳光明媚，此刻却下起了冷彻人心的雪。即便如此，我告诉自己，我还是能应对过来的。我必须得为这家伙做些什么才行。

3

"阿培，关店吧，不然让赵霆勇来这里，你这个状态不适宜再继续撑下去了。"我当机立断地建议。我手机里面有赵霆勇的号码，我立刻调了出来，然后拨了过去。

"还开啥店？你快送阿培回来，咱今儿个不开店了。"赵霆勇一听急了，在手机那端嚷嚷着。我简短地回了句"明白"，然后就结束通话，朝他走了过去。

"阿培，没事吧？"这是一句表示关切的话语，然而在说出来之后，我立即意识到自己错了。这是一般人等的客套用语，实在不适合在这种情况下对普通男说。

"怎么可能没事？"普通男果然激动得嚷嚷起来，"那是从小把我带大的奶奶。那是一直以来好好疼爱我的奶奶，如果是你遇到这种事，你可能会没事吗？"

"阿培。"我没有生气。真的，这种事和一般的相处不一样。在这时候我特能理解他，我不会说好听的话，也装不出温柔善解人意的样子，我所能做的，就是好好地看着他。

"阿培一定是非常疼爱奶奶的，奶奶对于阿培来说一定是非常重要的人，但是阿培，刚刚我也听到了，你妈妈……阿姨她也叫你不要急吧，虽然这么说可能会显得有些不负责任……"

"你可能觉得'不是你的事当然说得轻松'，是啊，很多事情如果不是当事人，是很难于体会的，但是阿培，我想奶奶一定也不希望你太焦心。"我说的全部是自己的想法。

"这些事情当然是清楚的，就算不说我也懂得这些大道理，但是这并不代表你自己就做得到！"他按了按额头，忽然很虚弱地蹲了下来。

"我是她一手带大的，你不会了解奶奶为爸爸和我做了多少事……为什么她这么快就走了。"普通男恨恨地说。他的表情又后悔又自责。我低头看着这家伙，不知为什么，身体不自觉地也蹲了下来，然后不假思索地伸手扳过他的脸。但普通男拂开我的手，不愿意与我对视。

"看这里，求你了。"我并没有放弃地和声和气地说。我在最丢脸的时候遇见普通男，和他的交往，几乎全部是在彼此斗气的情况下度过的。我记忆中的他，虽然惹人生气，可是却很可靠。这家伙看过我无数丢脸不如意的表现，但他从来没有真的嫌弃或者说轻视我。在与小叶的交往过程中，我也是因为有这家伙在背后鼓励，才坚强地走下去。

我想我必须为普通男做些什么："阿培，我理解，因为我也有父母。我今年已经二十九岁了，除了父母和弟弟，我在这个世界上啥也没有。我的工作到底能干多久，我不知道；我会不会有孩子、以后会不会结婚，我不知道。我也没有自己的房子。对我来说最珍贵的就是父母和弟弟了，所以我明白那种感受。"

"我们先把店先关了，然后回家，该买飞机票还是火车票，咱回家再说。该办的事我和霆勇会努力去帮你办好，所以甭担心，现在我们先回家再说，好吗？"

连我自己也觉得不可思议，我的声音居然温柔起来，不用刻意努力就变得柔和了。我不气馁，再次伸手轻轻扳过他的头："我是你的朋友，虽然是个不怎么可靠的女人，但是在这时候，你可以依靠我。"

"所以不要避开我的视线，求你了，现在我们站起来，关门，然后回家。"我温和地说，然后扶着他试图站起来。这一次，普通男并没有拒绝我。他本身就很坚强，一旦思绪理清以后，他不再犹豫，于是关店门，然后我和他一起走出广宜街，拦了辆出租车就回了他的出租房。

"阿培！"一回家赵霆勇立刻迎上来，非常关切地拍了拍他的肩膀，"大姐都跟我说了，我现在去买到济南的机票，你先在家好好休息，店里交给我了。"

"我下班后也会过去帮忙的。"我补充。赵霆勇感激地看了我一眼，对我做了一个"够意思"的手势，抓起背包匆匆向外面走去。于是，家里只剩下我和普通男两个人了。

普通男坐在沙发上半天没有说话，我拿杯子倒了杯开水，然后递给他："先喝杯水吧。"普通男接过来后，我在他的身边坐下。我正想着到底该说些什么好，这时候，普通男缓缓地开了口。

"奶奶是个了不起的女人，因为爷爷生性软弱，所以家里面有些事情都是奶奶去跑去办的。爸爸曾说，对他最重要的人就是奶奶，虽然有时候和奶奶吵架很烦，但心底里面却很依恋她。"

他倚着沙发，眼睛里流露出眷恋的神色："小时候我觉得奶奶很严格，可是长大以后，我才认识到如果没有奶奶的教导，那么就没有今天的我。"

"奶奶是个了不起的女人，可是为什么……为什么我却什么也来不及为她做，为什么她走得这样快？"普通男放下杯子喃喃地说道。他将双腿收回沙发上，抱住膝盖，将脸埋进手臂中。

"阿培。"普通男的悲伤，撩拨了我内心最柔软的部分。男人伤痛的时候，其实另有一番魅力，因为他们平时是如此强大或者倔强地要摆出一副强大的样子来。

"这是在家里，现在只有我们两个人，所以，我不会再要求你控制自己。"我轻抚着他的头发说，"你不用勉强自己，如果难过的话，哭出来也没有关系。"

"哭？开玩笑！我是爷们儿！纯爷们儿，才不会动不动就哭鼻子。"普通男抬起头说。他只回应了这些话，然后就紧紧抿住嘴唇，好像再也不愿意过多交谈些什么似的。

"男人就不可以哭吗？女人伤心时还可以落泪，为啥男人明明很难过，却还要摆出一副'我很坚强'、'无所谓'的样子呢？"我轻声表达自己的看法，"为什么非得要这样勉强自己呢？"

"刚刚在店里面，随时可能有客人进来，为了生意、为了老板的形象，你不努力克制不行，然而现在是在家里面，如果你还紧绷着，光是不要哭不要哭的，这样就叫男人了吗？"

"少说废话了，别装出一副好像自己啥都懂的样子来。"他很不耐烦地叫着，"想说教就去当老师啊，我可不是小孩子了。"

"我知道阿培你不是小孩子。"我的双手没有片刻犹豫就伸过去捧住他的脸，"我也是这种性格，就算出丑丢脸了也不会轻易哭泣，就算觉得害怕也不可以哭泣。"

"因为我没有安全感，觉得一旦哭了就代表没指望了，就代表自己可能真的输掉一切。我一般不会哭，而是发挥坚强。因为我觉得如果别人看见我哭泣的样子，不但不会安慰，而且还可能会再踩一脚。"

"可是阿培，坚强也要分事情和原因。奶奶是这样重要的人，虽然她一定不希望你哭，可是你自己呢？"我直视着普通男的眼睛，"可是你自己最真实的感受呢？"

"这里只有我们两个人，虽然我李玉洁是个缺点一大堆的三无女人，可是，我真把你当朋友了。在我的面前，你可以哭出来。真的阿培，不要勉强自己，想哭的话哭出来也没关系。"

"你这个笨女人！"普通男怔怔地看着我，嘲弄地笑了笑。我一点儿也不在乎他现在的态度，他现在就算叫我猪女我也不计较，这家伙为我做的已经够多的了。现在，我觉得只要能照顾好他，他要怎样对我都没关系。

"笨女人！"普通男又嘲笑着重复了一遍。忽然，这家伙的笑容还未褪去，便一下子哭了起来，带着笑容流着眼泪。这种矛盾中交织的悲伤，一下子刺痛了我的心。

"是啊，我是个笨女人，啥体贴的话也不会说，真正能为你做的事恐怕也不多。"我承认道。然后，我张开双臂俯身抱住了他。很自然地，我一下子就抱住了他。

在我心里面他现在是和郭朝聪、何纪书同等重要的朋友。不要说是普通男，就是郭朝聪与何纪书遇到这样的事，我也会这么做。朋友之间这样的事情不是很寻常吗？

不要说没有多想，我简直是想也不想地就俯身抱住了他。当我抱住普通男时，他的身体明显地一震。我轻抚着他的后背："没关系的，阿培，你已经很坚强、很努力了，奶奶一定也觉得很欣慰。"

"你也说过奶奶希望你成为一个坚强自立的人，那么现在的你，有没有达到她的期望，你自己最清楚。"我抱着普通男，感受着他温暖的同时，希望也能将自己的温暖传递过去。

"阿培是个好人，阿培非常努力，也很乐观、坚强。你在遇到工作的时候非常较真儿，简直像变了个人似的，让人觉得很有魅力。"

我完全是想啥就直接说了出来："我所认识的阿培就是这样的，所以奶奶一定会欣慰的。"

"你帮奶奶实现了她的期待，不是吗？"在我说出这句话后，普通男全身都抖动起来。这家伙紧紧地搂住我，开始完全放松地哭了起来。

这是我第一次近距离地接触男人哭泣的样子。男人哭泣时很隐忍，不像女人那样哇哇大哭，只是抽搐着，哭的声音很小，表情或动作幅度也不大，但是男人的泪水之所以珍贵，在于它的罕有与稀少。我抱着普通男，闭上嘴，安静地聆听着他的哭泣。

想哭就哭出来，不要担心，因为有我在这里陪着你。也许我真正能做的事情很少，但是我愿意为你做力所能及的所有事。我是抱着这样的心情守在普通男身边的。

这天，我在普通男家里面逗留了很久，最后许仁杰也赶来了，赵霆勇买好了第二天飞济南的机票。普通男的人缘很好，他的朋友们这天一直陪在他的身边。

普通男是个好人。在这一天里，我比以往更真切地意识到了这一点。他的情绪一直很低落，不过后来，他反而微笑着告诉我们他没事。他叫我们甭担心，让我们该干啥干啥，并说自己不是小孩子了。但是这一天，我、赵霆勇与许仁杰三个人，没有一个人离开，我们一直陪伴着他。

所谓的朋友，不是光一起吃喝玩乐的，朋友不就是要在这种时候派上用场的吗？只能一起玩、一有事就躲开或者觉得你处境不好就远离你的，这种根本就不能算是朋友。

第二天，普通男回济南了。我要上班没能送他。他走后赵霆勇给我打了电话，告诉我普通男回家了。不知为什么，得知普通男已经离开了这个城市，我心里面顿时有种空荡荡的感觉。

第 *11* 话　以不同形态存在的爱

　　表面从容的我，实际内心已经乱成一团。看着旁边的小叶，我更加舍不得就这样离开，不行，我必须要告白！

有时候回首从前，我总是会觉得不可思议，像我这样一个女人，是怎样同时和普通男与小叶两个男人成为大亲友的？

"你脸皮够厚啊！"普通男这样回应着我。

"喂……"我不由得发出警告。

"事实如此，拥有锲而不舍的毅力和不怕受伤的人格特质的人，会强化在爱情中的胜算。"普通男说。

"你是说我不要脸？"

"恋爱不就这回事儿吗？只有两个结果：非赢即输，恋爱的两个人之间，也只存在两种区别，追求与被追求。"

"我可不是在嘲讽你。在恋爱中如果没有蟑螂精神，无论被拒绝得多狠、多不堪，都要勇往直前地往前冲，除非是美女或者富二代，否则怎么可能得到喜欢的人，不是吗？"普通男这句话问得我哑口无言。

1

他就要回来了。

童景唯穿着拖鞋弓着身体在地上拼命来回移动拖把，务必要把地面擦得干干净净，还有，这些旧家具也得好好擦拭一番。拖把脏了，带着手套，可以直接过水后用手拧干。

花了一整天时间在家务上，虽然累，景唯却不觉得辛苦，因为他今天就要回来了。

对于这次郭朝聪的出差归来，她有着复杂的心情和感受。他不在这座城市的日子里，陈宇龙出现她的身边。两个男人形成鲜明迥异的对比，如果说陈宇龙和郭朝聪有相似之处的话，那就是对她的爱。

郭朝聪包容、温暖、大方、忍让，不管开心的时候或者痛苦的时候，只要他在身边，就会觉得自己不至于一个人承担。

比起郭朝聪来说，陈宇龙拥有的更多。也可能是由于成长环境的不一样，陈宇龙与她的相处方式无疑更加直接。

现在，她能为郭朝聪做的，也只有做好这些最基础的家务事了。

一切都准备好了，就这样等他回来吧。童景唯嗅着菜的香味等了很久，直到菜都凉了。终于，大门传来钥匙转动的声音，然后门被打开了。在门打开的那一刹那，童景唯本能地直起身体，然后朝门口看了过去。

郭朝聪一脸倦容地站在门口，脸上虽然充满倦意，却很开心地微笑着。他微笑的样子。好像一个回到家的孩子，童景唯呆呆地站着，然后郭朝聪朝她扬了扬右手，于是，她也微微笑了起来。

"我回来了。"他的腔调仿佛老夫老妻似的。

"你回来了。"童景唯很自然地接着回应，然后愣了一下，又补充了一句，"啊，欢迎回来。"

"我回来了。"同样的话郭朝聪又重复了一遍，然后他关上门，换上拖鞋拎着旅行包走了进来。一走进来他的眼睛便落在小圆桌上，"好香"，他很期待又很开心地说。

"菜凉了，热热会更好吃。"童景唯拎起罩子，正要拿回厨房去，郭朝聪却接了过来："我拿吧，反正也要把旅行包放回房间里的，你在这里坐着就成。"

童景唯当然没有光坐着。她盛好饭，倒好啤酒，好等郭朝聪回到小圆桌旁时，就有饭菜可以入口。他在她的身边坐下，一时间两个人竟然谁也没有说话，虽然都渴望着想要见到彼此，不过一旦真正相见，或许也就踏实和安心了。这短

暂的沉默，言语反倒显得不是那样重要。

"啊，回家的感觉真好。"郭朝聪惬意地伸展着肢体，"好累，出差真的有些累人。"奔三的男人，用略带孩子气的语气埋怨着："每天的时间都排得满满的，面对任何人都要堆起笑意，真是累人。"

"真是辛苦。"童景唯点点头，然后用手摸了摸他的脑袋，接着又拎拎他的耳朵，"不过没办法啊，据说笑得多看起来也显年轻，你现在看起来依然很帅，多笑些也不会吃亏。"

"是啊，好累！"郭朝聪舒服地闭上眼睛，索性伏下身体一把揽住童景唯的腰，将脸埋在她的腿上，"景唯，我一直在想，累一点儿或者苦一点儿都没啥，关键是钱赚多一点儿，这样咱过得好一点儿，想想觉得挺值的。我还能挣钱，努力一点儿收入会再上来，何况回家还有人在等我，呵呵，还能听我埋怨那么几句。"

"还能听我埋怨那么几句……"他这句话让童景唯不禁愕然。郭朝聪并不是个喜欢埋怨的人，相反，他是个乐观向上的人，凡事都尽量往阳光和好处去想，再大的坎儿也会从容地思索应对的方法。

郭朝聪属于那种很少将工作的负面情绪和生活的压力带回家的人，相反，他是那种再累再不如意，在童景唯面前也会保持笑容，以两人放松为前提，决定相处模式的人。

但是这样的一个人，现在说自己想要埋怨几句……"那么就再多埋怨几句吧，多把这些日子忍耐的、积聚的情绪都表达出来，我在这里听着。"童景唯抚弄着他的头发、耳朵和脸颊说。

好喜欢他伏在自己腿上，把脸埋进去的这种感觉；好喜欢这种自己能够安慰他的感觉，虽然自己大部分的时间，都是被他照顾着。即使只有这么短暂的时刻，如果它能够延长就太好了。

"唔，其实是有很多想埋怨的地方，不过现在回想起来，那也不算啥，权当免费旅游了一次呗，而且能够接触不同的人，仔细想想也挺好的，磨炼处世待人的能力嘛。"郭朝聪说。

"你真的似乎一直没怎么变过。"童景唯不禁感慨。说出这句话以后，她自己也稍微吃了一惊。为啥会说出这句话？在说他没有变的同时，她的心情忽然难受起来。

他对她的态度和心意一直没有改变，改变的是她。

"人都会改变的。"郭朝聪转过脸来，伸手抱住她的腰，"你不觉得我变得圆滑多了？说谎也脸不红心不慌了，像我们跑业务的，一味坦诚待人是注定要下岗的，不蒙人就没法混了。"

"我说的不是这个。"童景唯摇头。

"不过我对你的心倒是没有变，对咱这伙人的心也一直没有变过。"郭朝聪笑了起来，"交了很多朋友，但真正信得过、觉得踏实、能够掏心掏肺的，却还是纪书和玉洁。"

"你是在暗示自己是个怀旧的人吗？"童景唯也笑了。不晓得为什么，自从遇见陈宇龙后，她整个人也变得开朗了。人就是这样，当只有一种选择的时候难免会彷徨和局促不安。

陈宇龙的出现从某种意义上说给了她希望，也正是因为如此，她总算能够恢复最初的自己，重拾当初和郭朝聪的相处感觉。

"我是很怀旧。"郭朝聪迎向她的目光，"出差这阵子我想了很多，我还是想要和你结婚，虽然你可能又会生气，说些养不了孩子、没法给孩子好的生活就不结婚的话……"

"可是咱们一起这么久了，这么着也不是个办法，领了证，咱堂堂正正地当回夫妻。房子首付我会想办法，每月还贷，我再拼命点儿应该也不会是啥问题。"

童景唯的笑容突然凝结。过去以为催婚是女人做的事，啥时候爷们儿也会催婚了，现在好像男人都挺着急着要结婚似的。

"我很介意总在重复这些话！"童景唯猛然放下筷子，"因为那样只会让我觉得自己是多么残忍，因为如果我永远地绑牢你，只会让你一辈子背上一个沉重的包袱！"

"你很好看，也很温和，也很会做人，像你这样的人，现在才是你人生开始的时候，会有好多女孩子喜欢你。你知道吗？要让我看着你在生活的重压下变老是多么残忍的事！"

"景唯……"郭朝聪喃喃地说。

童景唯此刻简直是叫了起来，实在与平时她的惯有作风大相径庭，而她的每句话，更是让他的心随着这吐露而晃动震荡。

"不要逼我更讨厌自己，不要逼我更觉得自己无能。"童景唯说，"我有时觉得，自己好像一个负担那样压在你身上，如果没有我，你应该能够活得更轻松一点儿。"

"所以如果你再继续说'不要紧'、'无所谓'这样的话，那么我到底算啥呢？你一味地表现温柔体贴，那么我呢？只是一个固执、灰暗到极点的女人？"童景唯每说出一句话，她的心就随之刺痛一次。

"我没有那个意思。"郭朝聪急急地想要解释，可是童景唯却一下伸手掩住了他的嘴。

"我已经不行了，朝聪，对于未来或者家庭啥的，我已经没有多大的奢望了；

所以不要逼我。"她看着他的眼睛说，"我可能继续写下去，不过也没啥前途，也可能有一天，我会被这社会淹没也不一定。"

"但是，如果要被淹没，只淹没我一个人就好。孩子是无辜的。还有，朝聪在我眼里一直都是这么好看，只要努力和用心，这种状态就会一直保存下来。"

"我希望你一直是这个样子。我希望你一直是这样好看，而不是整天要为一个阴暗的老婆操劳，为孩子的将来忧心，成天算计着要怎样能多赚钱，觉得自己亏待了老婆孩子。"

"我……"郭朝聪想要解释，童景唯的目光闪烁个不停。他知道这次她是极其认真地阻止并且提醒着他再也不要随便提结婚的事，可他不甘心，无论如何也不甘心。

男大当婚女大当嫁，为啥两个相爱的人却偏偏不能在一起呢？郭朝聪怎样也不甘心，但是童景唯的目光明明在告诉他不要再说下去。她近乎恳求的视线，阻止了他的愿望。

正因为她是在为他着想，他才更加为她的这份心意而痛苦。再没有什么，比这种拒绝结婚的理由更让人痛苦与无奈了。

在两人各怀心事中，童景唯的手机发出短信提示音。她拿出手机按下阅读键，陈宇龙的短信赫然呈现眼前：那个人回来了吧？一想到他现在就待在你身边，我就烦闷得不行。

果然很像陈宇龙会说的话。她迅速地删除这条短信纪录，将手机重新放好，然后若无其事地继续吃着饭。但是，这条短信却在沉重的气氛下救助了她，与短信一同而来的，还有另一种生活的可能性。

2

最近我时常会突发感慨，不晓得普通男咋样了。有时在房间里面总是会很担心他，翻来覆去好几回。我拿出手机调出普通男的号码，然后按了下去。上次我给他打电话时，他正在守灵，只简单说了几句。手机中传来的声音很忧伤，叫我非常担心。

我没有说"不要伤心"，而是说"伤心的话就好好伤心个够吧"，因为我理解那样的心情，失去了从小把自己带大的奶奶，他心里面一定也非常难过。

之后又给他打了电话，谈了些他奶奶安葬的墓地，还有一些他家里面的事情。我们聊了好一会儿，才挂了电话。普通男不在的日子里，生活变得有些冷清，而觉得冷清的时候，我知道自己一定是寂寞了。

人难免都会寂寞。我不是从来没有寂寞过，而是经历了好长时间的寂寞。这时候，我总是特别想要见到小叶。普通男学对我来说是意义重要的朋友，而小叶就好像能够安抚我情感的源泉。

我喜欢小叶看我的表情，喜欢他说话的声音。我知道小叶一定是有缺点的，但是那样也无所谓，我已经准备好接受并包容他的缺点。我已经这么大了，多少还是懂得理想的男人只存在于文学作品中，真正完美的男人，在这个地球上是不存在的。

在普通男心情好一些的时候，他曾在电话里问过我到底喜欢小叶哪里。我回答："他个性很阳光，又温和，不会说过分的话。咋说呢，我觉得和这样的人在一起，也会变得开心起来。"

"当然，男人女人都是好色的。我看见小叶时，只是觉得如果能接近这个男人就好了，就是这样的感觉，想要和他说话，想要听听他的声音，我想要认识他，在第一次见面时就已经是这样。"

"就是说刚开始喜欢的只是他的外表吗？"可以听见手机旁的普通男隐隐的微笑，"不过如果要和他表白的话，倒是可以把这种心情传递给他，就像你和我通话时一样，自然地把这种喜欢的心情传递出去。"

"人在刚开始注重的当然都只是第一印象，可是，你不觉得小叶人很好吗？"普通男的语调明朗起来，我也随之觉得开心，"他在乎我的感受，相处时不会只顾着自己的事，谈话时只要发觉话题偏向自己感兴趣的方向，就会马上纠正过来。"

"在这个世界上，帅哥如果和不起眼的女人在一起，大多是受够了美女的脾气和优越感，但话又说回来，帅哥也一样有优越感不是吗？"我也笑出声来，"我这种不起眼的女人，倘若真的和帅哥交往，是不是只能从此过上看帅哥脸色的日子了？"

"唯唯诺诺、拼命讨好，啥事都推给我去做，假如这样的话再帅我也不要。我对于当女佣真是一点儿兴趣也没有。我在工作中已经拼命赔笑脸了，如果私底下还要这样，那是绝对不行的。"

我躺在床上，手里拿着手机，眼睛直瞪瞪地盯着天花板："可是，小叶他并不是那样的人，他不会因为外表好一点儿就自以为了不起，比起女人，他好像对工作和朋友更感兴趣。"

"所以阿培，我喜欢这样的他，和他的外表没有关系。"我坦率地告诉了普通男自己的想法，毫无保留地表达了出来。

对于普通男不需要有隐瞒，这是我和他之间友情的一个特点。普通男沉默了一会儿，然后我听见他说："这样啊，那就好，如果他真的是这样的一个人，那

么你以后也用不着再勉强自己了。"

"阿培。"我知道普通男仍旧介意我勉强自己在游乐场去陪小叶玩刺激类游戏的事。过山车或者跳楼机都超出了我的底线，可是我为了珍惜和把握这难得的机会，还是硬逼着自己这样做了，没想到普通男对这件事还是这样在意。

于是我连忙澄清，同时也替小叶开脱："你不也说过，在为了完成一项目标时，就应该努力和辛苦一些。现在我和小叶慢慢好起来了，以后应该不会有这样的事情了。"

"应该？"普通男仿佛很在意这个用词，"努力是很好，但如果和一个人在一起必须不断勉强自己，总表现出最好的状态来迎合对方，那样的感情是相当累人的。"

"嗨，你想太多了，人在恋爱时不都这样？拼命掩盖自己的缺点，而只在对方面前表现出最好的一面。"我毫不在意地解释，"这不是你教给我的吗？"

"和小叶交往的过程中我不断完善自己，时间长了慢慢地自己也会变得更好，所以我不是在迎合小叶，而是把自己改变得更好，不然的话谁会要我呢？"

手机另一端的普通男沉默了好久，然后他才重新接过话，说了些鼓励我的话语。不晓得为什么，自从普通男去济南后，对于我和小叶的话题，我总觉得他的态度似乎有些微妙的变化。

在这段时间里，我下班了也会去当下服装店帮忙。和赵霆勇一起干久了，对于怎样介绍服装这些流程也熟悉了起来。销售这些东西都是大同小异。

许仁杰空闲时也会过来，我们三个人一起在店里面接待客人，并说说笑笑。我和普通男的这两个朋友混得相当熟了，甚至还一起吃过饭。

那些日子里，我和小叶以手机通话、短信外加约会见面三种形式交往着。每次我们见面都很高兴，会谈一些关于运动健身、电影、小说甚至社会新闻这类话题。在刻意不向普通男谈及与小叶感情进展的这些时日里，有一种心情变得越来越迫切。

我在想，我到底要不要更勇敢一点儿，将这份介于友情与微妙情愫之间的感情来个定位呢？没办法征询普通男的意见，我也不好意思询问，只能自己动脑筋了。

我不想原地踏步了。如果遇见喜欢的人，有了一定感情基础之后就要追了，倘若被别人抢走一定会遗憾不已。何况小叶是这样不错的人，要是真被别的女人捷足先登，我已经可以想见自己那时的痛悔不堪的表情了。

那么，我不妨再主动一点儿。我决定邀请小叶出来，表面上和其他任何一次两人的约会一样，但实际上是我准备要告白，等到气氛好的时候，一定要将自己的心意好好地表达出来。

我决定了。我一定要这样做。幸福是靠自己把握的，不是从天上掉下来的。如果我只懂得静静等待，那么幸福永远也不会来到我身边。我这样的人，幸福必须得靠自己去争取，哪怕是竞争，也要把幸福给抢过来，不管在哪方面都是。

　　这个世界上，有人啥也不需要做，幸福就会自动来到他们身边，但我不是这样的人。我所得到的一切、所迈进的每一步，都必须付出比别人更大的努力与心血，就连爱情也不例外。

3

　　"喂，小叶，是我。嗯，吃过饭了吗？我正在房间里面看杂志，明天晚上有空吗？不，没啥事儿，我知道有家不错的海南风味小店，觉得挺新奇的，就想约你过去看看，嗯，就是一起尝尝。"

　　说这些话之前，我在心里面打了好多次腹稿，想着到底要怎样向小叶发出这个邀请。普通男的指导使我明白，对付男人的要诀之一，就是不可以让他明白并察觉你太在乎他。

　　也就是说，不管这个男人对你来说多么重要，你都绝不可以将这种思绪全面地表露出来，因为男人是很容易骄傲的动物，对于在乎或者迷恋自己的人，往往并不怎样在乎。所以在通话时，即使我紧张得不行，也想方设法保持了平常的说话口气。

　　在等候小叶答复时，虽然是坐在床上，手指却紧张得直揪床罩，直到他回答说"好啊，明晚几点"时，整个心情才一下子明朗起来，我听见自己以愉快的声音说："七点，七点整在昌盛路见面好吗？"

　　第二天下了班，我急匆匆地赶回家。第一件事就是洗澡，我很用心地认真擦拭身体。女人就是这样，当与自己重视的人见面时，会将形象工程看得比啥都重要。擦了身体乳液，头发湿漉漉的，回房间又用吹风机吹头发。

　　然后是化妆水和脸部乳液，我对着镜子细心地轻轻拍打脸部外加按摩。我本来还考虑要不要化妆，犹豫了片刻还是决定以素颜的状态去赴约，但刚站起来又觉得这样未免太乏味了，于是坐下来涂上口红。涂上口红之后，我觉得多少自信了一些。

　　接着是衣服，啊啊啊，女人在约会前决定穿着是相当让人困扰的事情。我在衣柜里面翻了好久，拿着衣服反复在衣柜镜前比划，穿了又脱、脱了又穿，最后决定以一身全绿的装扮赴约，因为绿色是我今年的幸运色。

　　决战还没开始，我对着镜子扬起握紧的拳头："李玉洁，没事儿，你一定能行，你也可以做得到的。"反复鼓励了自己之后，我出发了。坐在公交车上，每

朝前行驶一点儿，就意味着我与小叶的距离缩短一点儿，很快，我就要见到小叶了。

在昌盛路约定的地点见到小叶时，我心里面真是掩不住开心。我手里拎着提包，很想就这样朝着他跑过去，这样才是真正的我，可是理智告诉我不能这样做，于是我约束着自己，朝着他款款地走了过去。

"玉洁。"我喜欢听小叶叫我的名字，喜欢他叫我名字时流露的微笑，喜欢他和我说话时直视我的眼睛（虽然那样让我很不好意思），而且，我也喜欢这样回应着他眼神的我。

刚开始与小叶交往时，完全不敢看他的眼睛，一旦他看过来，稍微一对视身体就会一震，然后不能自已，觉得不自然，担心自己出错，越不自然眼神就会变得越凶。

但是现在我变得敢于直视他的眼睛了。他的眼神真的好和善，而且他和我说话的时候，他嘴角的笑意表明他是很认真地对待眼前这个人的，那样的感觉让我觉得安心。

我看着小叶，一步步地向他走了过去，这种走路的步伐与风度实在累人，简直是装出来的，可是不这样做又不行。我在他面前站定，然后说道："前些天发现了这家海南风味小店，真的很想和你一起分享，今天总算实现了这个心愿。"

"和我分享啊？带路吧。"小叶话音落过之后，我转过身，等他迈出了步伐，再配合着跟上去。这些全部都是在和普通男的讨论中学过的，虽然和小叶一起时的我并不是真正的自己，不过，觉得这样假惺惺却非常努力的自己倒也不赖。

"玉洁怎么会喜欢上海南风味小吃的?"我带着小叶到那家小店时，他这样问我。

"我和朋友都很喜欢两个论坛，天涯和凯迪，恰好都是海南那边的，因此不禁对海南有了兴趣。当我发现这家小店时，本来只是想试吃一下的，结果发现价钱不贵，味道也不错，所以就决定邀请你一起来。"

"天涯和凯迪啊。"小叶眯起了眼睛，"我喜欢天涯杂谈和猫眼看人，里面的很多帖子很深刻，不过我向来都是看帖不回帖。最近的很多畅销小说，像孔二狗的《东北黑道风云二十年》也是原载自天涯的对吧?"

"嗯，在杂谈专栏，我刚看了第一集。"这个话题让我想起童景唯，稍微顿了顿，"有时候，也想去看看海南的海，但是现在的收入有限，还要考虑必须存些钱作为保障，最后也就什么也没有做。"

"会好起来的，一切都会好起来的，要这样对自己说。话虽然这样说，不过当收入达不到期望值的时候，心里还是会郁闷，我理解那种心情。"小叶转过头看了我一眼，"每当这时候我就会对自己说，生活的大门每天都是敞开的，关键是看你自己咋样去想。那么多的门，只要进入一扇没有进过的，也是一个全新的体验和机会。"

好喜欢这种相处的气氛和感觉。我一直想要这样，和自己喜欢并且也喜欢自己的人，一起散步逛街，聊些彼此关注的话题，只要这样就觉得很开心了。所谓生活，不就是这样吗？我觉得所谓的喜欢，就是将彼此的这种心情融入日常生活的每一个细节里面去。我和小叶是有很多地方不同，但在很多方面我们也很一致。我喜欢和男人谈论这些话题，轻松、随意，却很温暖。

来到海南风味小吃店后，我们选了较安静的位置坐下。小叶听取了我的建议，我们点了腌菜三碗、猪血四碗、海南粉两碗、猪杂两碗，点的分量挺多，但实际消费却不贵，总共还不到四十五块钱。

小叶尝了一口猪血，流露出意外而吃惊的表情，"真的好嫩滑，咋就这样鲜嫩啊！"我看着他的这种表情，不知为什么就是觉得开心。只要他喜欢吃，那么今天选择的约会地点就是没有错的。

我们谈了很多事，边吃海南风味小吃边喝啤酒，气氛逐渐融洽起来。我也有机会问了小叶一些自己想谈论的话题。

"小叶，自己一个人在这里寂寞吗？"

"寂寞？是有一点儿。毕竟家人都不在身边，不过幸好还有朋友，空闲时和朋友见见面，就觉得不那么孤单了。"小叶回答，"我觉得一个人是很难生存下去的，靠自己一个人的力量有时啥也做不了，所以朋友对我来说很重要。"

"对吧？"我找到知音般地兴奋了起来，"甭看我有时下班后只待在家里，好像一个人也无所谓，但我是个害怕寂寞的人。我的感情可能表面上看不出来，其实挺丰富的。"

"总想和朋友在一起，这些在家里面是没有的。"说到这里我微微叹了口气，"可是现在大家都长大了，彼此也有各自的生活，发小们也都有了恋人，有时很想见面也不可能再像以前那样成天腻在一起了。"

喝着啤酒，我和小叶没有边际地乱侃起来，说着说着话题终于绕到了彼此的感情生活上。

"小叶以前交过女朋友吧？来到这里就没想到要再交一个吗？"说这句话的时候，我格外注意自己的语调和神情，心里却想知道他是怎样想的。

"当然有过，你说一个男人到了我这年纪，如果都没交过女朋友，那不是太可怜了吗？"小叶不禁笑起来。他和普通男都很喜欢笑。看着他的笑容，我忽然没来由地想到普通男。

"不过，以前总觉得定下来还太早，或者由于一些别的原因，女孩子总是希望承诺、渴望安定，但年轻时你知道……大家都没现在这样懂事，以前真的错过了不少好机会。"

"好酸，不过，吃起来挺脆口的，和四川泡菜又不一样。"小叶尝了口腌菜，暂时中止话题发了句感慨，然后又继续了下去，"不过恋爱不就好像这海南腌菜吗？酸酸的，又带着点儿甜，吃起来很脆口，虽然感觉很好，但是……但是恋爱毕竟不同于小吃，而且现在也过了青春荷尔蒙分泌旺盛的年纪了，不想再单纯为了恋爱而恋爱了，而是想要好好地找个自己喜欢的女人，认真地交往。"

他抬起酒杯，放在嘴前却并不急于品尝，缓缓地说了下去："以前年轻的时候，觉得保有自我最重要，觉得能做自己的事情最重要，可是现在长大了，明白有时候为了对方改变自己也非常关键，因为你在为对方改变的同时，对方也在为了你而改变。"

改变吗？小叶所有的话语中，最能引发我共鸣的就是"为了喜欢的人而改变"这句话了，因为我现在就是这样的，

什么做自己最重要，这些话全都是骗人的。明明知道自己那样不讨好，为啥还要坚持下去？改变自己虽然吃力，但是在改变自己的过程中，觉得有些事情真的变得不同了起来。

我看着这样认真地和我分享心情和看法的他觉得再也没有比这种情景更加温馨了。

我们喝了好多啤酒，最后我们离开店里时，彼此都觉得畅快，是小叶买的单，我没有抢着付账。女人有时候需要给予男人担当责任的机会，这是普通男教我的，我记得很清楚。

离开小店以后，意味着我们就要分开了，可是我还没有向小叶表露我的心迹啊。我这个笨女人，刚刚那么好的气氛到底都用来干了啥啊！

我不住地埋怨自己，咋样也不肯就这样和小叶分开。小叶要拦辆出租车送我回去，我找了个"咱们再随便逛逛吧"的借口来拖延时间。今儿个我啥也没办成，无论如何，我都绝对不要就这样回去。

在逛街的时候我不时偷偷看向小叶，从侧面看他的鼻梁真的很挺很直。我特喜欢鼻梁挺直的男人，觉得特好看，看着看着又觉得这样下去实在不行。

逛街的时间也是有限的，而我实在难以判断啥时才是告白的最好时机。我在恋爱方面的经验值很低，成功率是零，错过了刚才的融洽气氛，现在的我，到底该咋样做啊？

啊，上帝，赐我一个男人吧！表面从容的我，实际内心已经乱成一团。看着旁边的小叶，我更加舍不得就这样离开，不行，我必须要告白！

第 *12* 话 连接命运的红线

不行了，男人这种动物，他们光用笑容就干扰了我力图镇定的心。

　　我曾经和普通男探讨过关于男人的奇怪心理。

　　"男人这种动物确实是非常奇怪的。"普通男说，"就算他喜欢你，可是由他向你表白，和你向他表白，在之后的关系是绝对不同的。"

　　"为什么？都什么时代了，女人表白很奇怪吗？"我傻傻地问。

　　"所以我才说我们男人是奇怪的动物呀！"他笑了一下，"就男人的心理而言，由自己主动争取得来的东西，因为是努力传递过心意的，会显得格外珍惜。倘若是对方主动的，男人就很容易膨胀。说到底，关键在于自制力吧。感情这种东西，谁先抛出绣球……"

　　"谁的地位就会弱下来。"我接过普通男的话。

　　所以我才会这样喜欢小叶，因为，即使是我主动进行了表白，小叶对我的态度仍旧未有丝毫的改变。

1

我觉得要向男人说出"我喜欢你"是一件很困难的事。倘若只是单纯地说句"我喜欢你",那么我当然说得出来,不就是一句话嘛!可是在这个世界上,有些话是不能随便乱说的,说出来之后,就要承担后果。

对于男人而言,收到女孩儿的告白是一件开心的事情,不管告白的女孩儿是美女或者丑女,男人都会觉得自己的魅力被验证了,但之后会如何对待,那当然是另外一回事了。

"虽然说女追男隔层纱,不过男人的心理非常奇怪,有时候会埋怨女人约不出来太难搞,可是如果女人太主动,男人又会觉得她不值钱。"普通男对我这样说过。

"麻烦你讲得更深入一点儿。"当时的我铆足劲儿地催促着他讲得更多一些。对于我这样一个对男人的了解完全是小白的女人来说,这是再珍贵不过的战略理论了。

"比如说,如果两个人交往,男人会向女人提出嘿咻的要求。如果女人拒绝,男人会觉得她很不懂事、太顽固、保守落后,不体贴男朋友,一直让男朋友憋着是件非常自我的事情,这种女孩儿现在相当地不受欢迎。"

我的脸上出现复杂的表情。

"然而,如果女人真的答应了,嘿咻之后男人又会想'她咋这么容易上手'、'能够和我嘿咻,会不会和其他男人也那么容易'、'太容易得到了,这个女的会不会很随便啊'。"普通男的话锋一转,说出了让我瞠目结舌的事情来。

"神经病啊!这是啥逻辑?嘿咻也不是、不嘿咻也不是,女人咋做都是不对的,简直是强盗逻辑!"我嚷嚷了起来。男人这东西的心理简直不可理喻,完全无法理解。

"男人就是这么奇怪而复杂的动物。"普通男嘻嘻笑着说,"有人说女人心海底针,但年轻一辈的男人的心理也相当复杂,现在的男人是很难一眼看透的。大姐,在和小叶相处时,你可得注意这一点啊!"

因为有普通男的这席话,我才会觉得要告白是一件困难的事情。单纯说句"我喜欢你"当然简单,这谁不会啊?可是说出来之后呢?小叶会如何看我?我们的关系会变得怎样?这些都是必须要考虑的事情。

更重要的是,我害怕被拒绝,我害怕失败。虽然我自认为是一个厚脸皮的女人,但是被拒绝的话一定会严重打击到我的自信心和自尊心。

所以和小叶一起在街上漫步时,光是考虑到这些就让我的脑袋都快爆炸了。

啊，怎么一个不起眼的二十九岁女人就得要为了男人这样操碎心思啊！我偷偷地瞄了小叶一眼。

"我喜欢你。"明明只是这么简单的一句话，可是在小叶的身边我却怎样也说不出来。好几次我明明都快要张嘴了，觉得都快发出声音了，最后还是咽了下去。这条街的长度是有尽头的，如果直到最后我还没有说出来，那该咋办？

"小叶。"好不容易总算叫出了他的名字。

"嗯？"拜托！可不可以甭用那么可爱的表情看着我。我晕，本来就喝了不少啤酒，再用这种表情看着我，我都摸不着东南西北了。在小叶的目光下，我想移开视线，又舍不得就此错过。在他的目光注视下，我真的乱了方寸。

"我……"差点儿，我真的差点儿就快说出"我喜欢你"了，可是最后却变成"小叶你到底是个咋样的人呢"？唉，真僵硬的话题转换。我恨我自己，李玉洁我恨你！

"我啊？咋突然问这个话题。"他笑了起来，并不急于回答，而是反问了我一句，"你觉得我是咋样的一个人？"

"我觉得小叶是个亲切的人。"我不假思索地回答，"很亲切，待人的态度很好，说话时总是直视别人的眼睛，可是目光却很温和。在你的注视下，让人觉得没有压力。"

"通常帅哥都很骄傲，可是你给我的印象是一点儿也没有这样的意识，所以和你在一起时我感觉很温暖，你是一个很好的朋友。"这些话应该很得体吧？可是，我却觉得这样的自己假到不行。

"我一点儿也不想只当你的朋友。"就是这一句话，我怎样也说不出来。我拼命装出童景唯的样子，模仿童景唯的语气说话。在文雅的笑容下，真实的我正躲在内心里划圈圈（我好恨啊，呜呜呜）。

"其实我没有你说的这么好，真的。"小叶有些惊讶地看着我，然后摸了摸后脑勺，"公司员工做得不好时，有时我也会忍不住发火；跑业务不顺时，回到家里我也会很生气；节日里如果只是一个人时，也会觉得沮丧失落。"

他说这句话时，又笑了起来。那明亮的笑容闪得我晕头转向。不行了，男人这种动物，他们光用笑容就干扰了我力图镇定的心。这时我想起古代那位仅是被男人拉一下手就毅然断腕的小姐，唉，如果我有她那种视男人如洪水猛兽般的心理就好了。

"那么玉洁你呢？"小叶还没等我清醒过来，又问了一个明显抄袭我提问的问题，"你是一个咋样的人？"

"那你觉得我是咋样的人？"我将小叶先前的反问重新抛了回去。

"我们好像都喜欢借用对方的话。"小叶说，然后想了想，"我觉得你是一个很努力的人。我觉得你在工作中的笑容有种无法形容的亲切，因为我自身也是将工作看得很重的人，所以觉得这样好好对待工作的人相当地了不起。"

"了不起？"我认为这个词安在我身上怎样都不适宜，"说好听点儿我是护肤品直销员，难听点儿干脆是个卖护肤品的。我在工作中不卖力不行呀，没有业绩就没有钱，而且还要下岗。"

"工作是不分贵贱的，公务员或者环卫工人都是一样的，我是这样认为的。"小叶说，"说起来，我也只是个卖菜的，不过我喜欢自己的这份工作。"

我认真地聆听着小叶的话语。普通男和我说过，衡量与男人关系的深浅程度，其中一个因素在于男人是否愿意和你分享梦想，男人只在自己喜欢的朋友面前敞开心扉。能够听到这种认真的话语，我对应的态度也非常慎重。

我笑嘻嘻地用手往小叶的背后拍了一下："我啊，啥都比不上别人，可是，我有一些韧劲儿。你知道像我这种女孩儿，男孩子通常都不会留意到我。父母的同辈儿女都有好工作，而我却只是一个直销员，有时候很容易被别人看扁。"

"可是呢，我觉得只会哭是没用的。如果只会愁眉苦脸，那么不会有人同情你，而且别人还会多踩你几脚，我觉得是这样的。"我说着心里话，然后放慢了行走的脚步。

"你说我很努力，其实我是不努力不行，不变强不行，因为我不想永远被人欺负和嘲笑，不想永远当不起眼的人。"我笑着稍微低下了头，"小叶长得很帅，脾气又好，你不晓得被人忽略的感受。"

"和发小出去，小伙子留意的永远不会是你，你永远只能扮演充当信使传话的角色。有时候我会想，有一天我老了，回想年轻时候做过的事，我真的是一点儿印记也没有为自己留下啊！"

"除了朋友以外，我就没有啥值得骄傲的事情了。"我重新抬起头来的时候，发觉小叶正转过头定睛凝视着我。他看得我的心直跳。

"我变强起来，就不会受嘲笑和轻视；我变强起来，就会有自己的魅力。当然我不漂亮，可是谁说漂亮的女人才有魅力？我并不是生来就坚强的，而是被现实逼的。"我说出这句话以后，小叶忽然做出了和我刚才一样的动作，伸手轻轻拍了我的后背一下。

砰！随着这个动作，我听见自己的心里面响了巨大的一声，我想我的脸一定红了起来。我听见小叶说："那样的话不是更加了不起吗？通过自己的努力去争取幸福，我认为这样的人更加地了不起！"

"是吗？"我呈现出一个童景唯式的微笑。普通男的指导，外加对童景唯的模仿，这是我所能在小叶面前表现出来的最好状态了。这个时候，我觉得要是发小们瞧见现在的我会吓一跳的。

然而说出这句话以后，我的内心更加惶惑起来：不是的！我想谈的不止是这些事情，虽然能够分享彼此的感受是一件非常棒的事，可是我想说的完全不是这些！

惨了，如果今天就这样回去，我一定会悔到肠子都青了。不行，我绝对不能再这样下去了！这条街很快走到了尽头，当站在十字路口时，小叶询问了一句："还想去哪里？"

"嗯……往右边再逛逛吧？"我相当底气不足地说。

"好啊。"小叶一口应允下来，然后我们站在原位等绿灯。在等待绿灯的时候，我的心情焦躁不安到了极点。

李玉洁，你真是个没用的女人！我在内心凶狠地责备自己。逛吧逛吧，再这样逛下去，直到回家了还是说不出来！不行的，光是不安是行不通的。

当绿灯亮起，行人纷纷向街道走去时，小叶也准备迈开脚步。那一刻，我意识到如果我不打破现状，那么一切也不会改变。好男人会有许多人抢的，如果我再不下手的话，那么我也只能看别的女人得意洋洋的笑脸了。

我绝对不要这样！

麻烦了普通男那么久，至少这次我想靠自己的力量，好好地对自己这份心意作个传达。所以说出来，李玉洁。我这样对自己说。把你的心意，在这个时候，好好地说出来！

说吧！

我要说了！

普通男，我要说了喔！

就在小叶迈出一步时，我一把抓住他的衣服，从后面扯住了他。小叶惊讶地定住脚步，然后回过头来："玉洁！"

"我喜欢你。"在过往的路人中，在十字路口，我就这样向小叶表白了自己的心意，"之前我很不安，觉得很不好意思，害怕自尊和自信都受到伤害，怎样也说不出口。"

"可是我喜欢你，从见到你的第一眼开始。"我紧紧抓着他的衣服，"所以小叶和我做朋友太好了，做朋友很开心，所以我就在想……可不可以更贪心一点儿呢？如果能当恋人的话，那么应该会更好吧？"

"啊，我到底在说些啥呢？乱七八糟的，我都不晓得自己要说啥了。"我害羞地笑起来，"你可能会觉得我很不自量力，就这水平也想和你在一起，可是对我来说……"

小叶在这时候忽然轻轻拿开了我的手，然后他转过了身体，正面对着我看过来。我本来是想要再说"可是对我来说，如果不好好地告诉你这些事，咋样都不会安心的，所以……"，然而他就这样掩住了我的嘴巴，让我的话一下子打住了。

啊？他想要做什么？为为为、为啥掩住我的嘴？我不知所措地瞪大眼睛看着他，心跳得好快。掩吧掩吧，你想掩多久都成……我的呼吸困难，觉得自己快要到极限了。

"我一点儿也不觉得你不自量力。"小叶笑吟吟地说。

啊，不行了，终于到极限了。我听见自己维系理智的弦断裂的声音，脑袋瓜子一片混乱，接下来自己该做些什么，我完全都不知道了。我就是这样不争气的一个人。

然而，对于这样不争气的我来说，小叶却是在这样的一个晚上，正式地成为我的男朋友。

叶冬菁，在这一晚正式地成为我李玉洁的男朋友。

2

"最近工作上很努力，在谈一部合约。"童景唯坐在陈宇龙公寓的大厅，尝了一口高脚杯中的梅酒，然后举起杯子轻轻摇晃，再注视着那荡漾的酒液，"按编辑的建议来修改，想着这次绝对要把它给做好。虽然很有自信，可我还是觉得不安。"

她的这句话吸引了陈宇龙的注意，他向她看了过来："不安？"

"嗯，是我能力范围内最大的修改了，可是还是会想到可能仍然通不过这种事情。我很奇怪吧？"她低头笑起来，"就算很明亮晴朗的天气，只要有朵乌云掠过，我马上就会想到不好的事情。我看待事物，似乎永远只会看到不好的事情，这和我一个最好的朋友的个性恰好相反。"

陈宇龙聆听着，眼前这个女人一副从容的样子，实际上她却非常疲倦吧。现在的女人真是奇怪，都不愿意在男人面前表现脆弱，不愿意啥事都依靠男人，女人只要摆出女人本来的样子来不就好了吗？

女人就是女人，就是应该被守护和疼爱的，倘若是美丽出众的女人，享受这种权利就更加理所当然了。眼前这个女人却仿佛一根紧绷着的弦，越想自立就越不堪重负。可是，恰恰是她这种个性吸引了他。陈宇龙知道，她和他身边有过的那些女人不同。

"果然很奇怪吧？"看陈宇龙半天也没回应，童景唯苦笑着摇了摇头，仍旧

没有把头抬起来的意思，"抱歉，在家里总是要表现出充满希望的样子，如果不这样的话，就会想到很多不好的事。"

"因为如果我表现得不开心，那个人一定会担心的，所以我……"

她的话没能再继续下去，因为陈宇龙已经打断了她："所以你在他面前就必须要表现出自己很好的样子？这样他才会放心。为了让他放心，即使自己很失落也不能表现出来？为啥非得这样不可呢？"

"你不明白。他为我做了他所能做的一切事情，相反是我一直理所当然地接受着他的疼爱和呵护。因为有他一直陪伴在身边，我才能努力坚持到现在。他工作已经很累了，如果下班回家还要再担心我，那样的话我就太任性了。如果再任性，就连我都会讨厌自己的。"童景唯索性低着头，一直将视线锁定在手中的高脚杯上，而这种神态则让陈宇龙的内心复杂翻涌。男人也是会忌妒的。在一个喜欢自己的男人面前，她绝对不能流露出对另一个男人的情意与深情。男人一旦忌妒起来虽然比女人更能隐忍，可是内心的翻涌却比女人更甚。

"我觉得女人的恋情真是不可理解的事物。"陈宇龙放下酒杯，径直看着这个将自己的视线收藏起来的她，"撒娇是女人的天性吧？虽然没有节制的撒娇的确让人很烦，有时候真想将这种女人打包塞进垃圾桶扔掉算了，不过……"

"如果一直勉强自己，害怕成为对方的负担，害怕自己影响到对方的情绪，这样的女人和男人有啥区别呢？"因为她在自己面前呈现出了诚实的想法，所以陈宇龙也决定坦率地告诉她自己未经掩饰的感受。

"可能你会觉得我有些大男人，不过对于女人来说，我觉得偶尔适度地撒撒娇是没有关系的。"陈宇龙说，"像你，表面看起来很坚强，的确是非常坚强的样子，但实际上你却很脆弱吧？"

童景唯霍然抬头，带着一种被人洞悉内心的诧异，直直地盯着陈宇龙。

"我刚开始接触你时，觉得你实在是一个坚强的女人，但慢慢地交往下去，发觉你并不是天生就坚强，而是不坚强不行。其实你很脆弱，看事情容易走死胡同，而且你很害怕让人看到你脆弱的样子，应该连你自己也无法接纳弱小的自己吧？"

为啥这个男人能够清楚地看到这一切？童景唯盯着陈宇龙，仍旧未能反应过来。他的目光透彻到能够穿透她的表象，而看到拼命隐藏在最内里的她。这让她有些愕然，可是，那并不是让人反感或者讨厌的感觉。

"你一直不断地提到那个人，和我在一起总是说那个人咋样、那个人多好、那个人和你曾经一起做了些啥事。这些话我都听腻了，你却每次见面都还在不断地提起，你到底在害怕些啥呢？"陈宇龙目光炯炯地注视着她。

"害怕?"童景唯思索着这个词。她搞不清楚为何他会使用这个词。这个词和她与他相处时的表现有关系吗?

"我觉得你是在害怕,你害怕自己会倒到我这边来,因此不断地提起那个人,以强调和显示你们是多么幸福。你是要提醒我同时也警告你自己:你和那个人才是正确的,而和我一起的这些念头全部是错误的。"

"我并没有这样觉得,也没有这样做。"童景唯反驳。

"你是没有刻意这样做,可是你潜意识中应该有驱动你自己,不然的话为啥要不停地提到那个人?因为你害怕自己的心会背离你的控制。景唯,你是个聪明人,只要好好想一想,你就会知道我说的对不对。"

陈宇龙的话,一句句震荡着童景唯的心扉。她咬住嘴唇。可恶,她无法否定他的话。她本来想要大声反驳"你懂个啥",然而她只是相当无奈且凄凉地笑了起来。

"这样的话有啥不好呢?即使自己是个脆弱的人,努力变坚强又有啥不好呢?不想给男朋友添更多的麻烦有啥不好呢?"她提出一连串的反问,好像要压倒陈宇龙穿透并震荡她内心的话语似的。

他无法反驳她的话。在陈宇龙懊恼着自己的反应时,在陈宇龙苦于找不到适当劝说她的话语时,眼前的这个女人却似乎在瞬间卸下了心防。不晓得为啥,她建筑在心扉周围的高墙,似乎因为在瞬间的承受力到了极限,一下子倒塌了。

"啊,虽然想说漂亮话的,虽然想表现出一个作家应有的样子来,可是……"童景唯换了另一个轻松的坐姿,将酒杯放在台几上,然后双手按在沙发上,微昂起头,想要可爱地笑出来。

然而那笑容看起来非但不可爱,简直变得好像在哭一样:"好不甘心,真是不甘心,可是你说的却是对的。"

她悲伤地笑着:"我一直拼命约束着自己,其实我很害怕啊!明年我就要三十岁了,再不结婚真的好吗?可是和他结婚只会更加辛苦和绝望,我已经清楚地看到那样的未来了,但是一直拖下去,对那个人来说是不公平的。这种生活并不是他的错,真的,并不是他的错。"

陈宇龙觉得倾诉这些话的她,只是一个纯粹的女人,有着所有女人的烦恼与不安。看着这样的她,陈宇龙忽然有种想要好好保护她的欲望。

"我也想好好地撒一下娇,我想说'这个不好吃,这些菜我不想吃',我想说'换个电脑液晶屏吧,纯平太伤眼了',我想说'我要买那件衣服,送给我好不好',我想说……"

她的话突然中断了,因为陈宇龙就在这个时候一把将她拉了过来。在童景唯

还不清楚要发生啥事时，他的嘴唇就已经印了上来。童景唯愕然睁大了眼睛，在没有任何心理准备的情况下就开始了这个吻。

他舌头的味道与郭朝聪不同，嘴唇比较厚，是典型北方大汉式的触感。他的吻很直接，很尽情，很热烈。郭朝聪的嘴唇很柔软，而他的……该咋样形容？粗犷？用粗犷这个词来形容应该没错吧。

她没有推开他。本来想要推开他的，可是，她又阻止了自己这样做。已经快要被淹没了，如果这时候不抓住一根浮木，上不了岸的话一定会被淹死的。

童景唯开始回应这个热烈的吻。她必须要抓住一根强而有力的浮木，以便努力游到对岸。不知过了多久，在这个吻结束时，陈宇龙还在近距离地看着她。

他的鼻子快要碰到她的鼻子了，她甚至能感觉到他呼出来的气体，然后他抓住了她的手："如果是我的话就没关系了，因为我很强的，虽然经常撒娇会让人很受不了，但你不会那样。"

"你可以向我撒娇，可以向我提要求，也可以向我发脾气。这些都没问题，因为我很强的。我可以让你过上更好的生活。"

"以前说过的话，现在我想要再说一遍：想要过上好的生活，想要和更适合自己的人生活在一起，我觉得这样的想法是没有错的。我不介意你因为这些原因而选择我，因为我相信只要努力，你以后一定会喜欢上我的。"

"所以离开那个人，和我在一起吧。"陈宇龙相当诚恳地说。他宽大的掌心牢牢盖住童景唯的手。她定定地看着他，一直这样看着。

这样算是表白吗？算是承诺吗？童景唯无法给予自己明确的解释和定义，但是眼前这个近在咫尺的男人，让她看到的却不只是一个爱着自己的男人，而是一条全新的人生之路。

童景唯在寻找着自己内心的答案时变得困惑和迟疑了。她的心很乱。她知道自己动摇了。作家也是人，也想要幸福，所以……

她阻止自己再想下去。

3

我对于爱情的了解和认知，几乎全部是从影视剧以及小说、漫画里面学到的。我的恋爱经验并不丰富，虽然之前也谈过两个男朋友，但那时心智还不成熟。现在回想起来，那时的我几乎可以说是因为"别人都恋爱了，我也要恋爱才行"而恋爱的。

这样的爱当然不可能长久。

朋友们长大了，各有各的恋人。节假日他们当然是以恋人为主，我也不好意思由于寂寞就去当人家的电灯泡。慢慢地，你会觉得这种单身的自由在某种程度上，等同于单调与乏味的代名词。

倘若恋爱了，那么可以思念一个人，同时也被这个人思念；可以打电话给一个人，同时期待这个人的电话。为了能够拥有这种相互羁绊着的感觉，我认为牺牲单身的自由是非常值得的。

比如说，天气变冷的日子里，一个人会觉得寒冷。如果身边有恋人，两个人可以抱在一起取暖。当然这是比较文艺的比喻，但是那种感受绝对是踏实而安心的。

所以……

能够和小叶交往真是太好了！啊哈。有了男朋友之后的生活还真的是不一样！恋爱到底啥滋味，这种事情必须要亲身经历才体验得到！

和小叶以恋人身份交往之后，脑子里面想的全部是他的事情。在屈臣氏时，只要稍微有空当，我就不由得去想"小叶现在在干啥呢？工作还顺利吧"？洗澡时我也会想"小叶现在在干啥呢？今天有好好吃饭吗"？

你真的会不由自主地去关心他，总想给他打电话，想听他的声音，哪怕聊的都是一些无聊的话题：

"吃了吗？"

"嗯，刚吃过，你呢？"

"今晚妈妈做的炒猪肝好好吃，还有我弟今晚说了一个特逗的笑话，我告诉你啊……"

或者："现在干啥呢？"

"在公司里面看一些资料，你知道，总是想把我们产品的销量再提升一个台阶，那么好的蔬菜，不推销出去就太可惜了。"

"这样啊，那努力吧。"

"你呢？现在干啥呢？"

"刚洗完澡，躺在床上，只是想听听你的声音。"

"玉洁……"手机那边的小叶仿佛面对一个纯真直率的小女孩儿般，有些噴意又有些疼爱又有些小宠溺地叫了一下我的名字，然后嘿嘿地笑起来。听着手机里面传出的笑声，我也不由得笑出声来。

两个人就这样傻笑着。总之就是做些无聊的事情、谈些无聊的日常话题，但这种表面看起来完全没意义的笨蛋事情，做起来就是开心，而不这样做，总觉得这一天就不圆满。

我总是想着小叶。他工作很忙，而我在屈臣氏是正常班的排班。无法见面的

日子里，我总喜欢在心里叫着他的名字，偷偷和他说话。我觉得自己简直变得像个花痴一般。

恋爱所带来的不光是思念与喜欢，两个人所存在的羁绊一旦确定，由此带来的还有约束。以前只是朋友的时候，我总是尽可能地在小叶面前表现出包容开朗的样子，然而一旦他成为男朋友之后……

我就开始试着管教他了。说是管教，其实这个词并不恰当，其实那些约束全部都是关心。我有时会打电话给他：

"快十一点了，忙完没有？"

"正在外面喝酒呢，工作上的应酬，不主动点儿不行，我们的机会是靠自己争取的，你呢？"

"刚看了今天要看的小说章节，也刚护理完皮肤，准备睡了。小叶，不要应酬得太晚啊。睡眠是人的根本，没有好睡眠人啥也做不了，尽可能早些睡。"

小叶开玩笑说我好像妈妈一样，喜欢提醒这提醒那。可是没办法啊，我就是会惦记他午饭吃了没有、有没有按时吃饭、一天睡几个小时，如果连续晚睡那样可不行。

没有一个女人想当男朋友的老妈子。可问题是你真喜欢上一个人了，你当然希望他过得好。工作上的事我帮不上忙，可是饮食起居这些事情还是派得上用场的。

有男朋友的另一个明显变化，就是以前和妈妈一起逛超市时，只要自己需要啥东西，和妈妈一起正好可以算在她账上，这样自己又可以省下一笔钱了（嘻嘻，我是个不孝女）。

可是现在逛超市，还会考虑到有啥东西是小叶需要的。我现在喜欢去男士护理专柜，想着"这个牌子的剃须刀好不好用呢"，或者"这个护肤霜好不好呢"？

看到好吃的东西，特价时总是会给自己买一份，也帮小叶买上一份。拿给他时，只要他笑着说一句"谢谢"，我就会特别高兴。

不过恋爱之后，我觉得自己变年轻了，不管是外表还是心态上都是。有时下班给小叶打电话，知道他还没吃饭时，待会儿又发短信询问他吃饭了没有。小叶有时会打电话过来。

"没办法，工作上这边拖了些时间，可能得待会儿才能吃了。"

"……工作是最重要的，可是身体也不能不顾啊！"

"我知道，哈哈，等工作一完我马上去吃饭。"

"……"

"玉洁，你生气了？"

"才没有！我才不会为这种小事生气。只是不按时吃饭肠胃会不好的，你睡不准时、吃饭也不准时，这咋行？小叶，不是我啰唆，但是自己的身体必须得自己珍惜才行。"

这些琐碎的事情不断重复。我也不晓得自己为啥会变成这样。我对小叶做的，全部是妈妈对我做过的事。那时我觉得妈妈特别烦，该吃时我自然会吃，我又不是小孩子了！

结果恋爱之后，得，我自己先变成老妈子了。真的，当你真正爱上一个人时，很多事情都是没有办法控制的。能够控制的就不叫爱了，可以理性对待的，一定不是真感情。我以前的那两次恋爱就没这样投入过，从某种意义上说，小叶是我二十九年来第一次真正用心去爱的男人。不是"别人都在恋爱所以我也要恋爱"，而是"我想好好地和眼前的这个男人恋爱"。

普通男不在的日子里，小叶就这样填补着我生活的空白。普通男在济南停留了好久，据他说是还有些事要处理，此外也想和爸妈、妹妹多相处一会儿。

我依旧会去店里面帮忙，只是有了男朋友后，就想着让小叶也来当下服装店一趟。普通男对我而言是非常重要的朋友，我想着一定要让小叶也认识他。还有，我一定要安排小叶和我那些死党见一次面。

我休假的那天下午，刚好小叶也有空。我对他说要带他去一个朋友的服装店帮忙，就是上次在游乐园见过的那个朋友，小叶爽快地答应了。

和赵霆勇打了招呼之后，他看着小叶意味深长地笑了。这家伙笑嘻嘻地离开了，于是服装店里面就剩下我和小叶。小叶好奇地四下打量着，然后在当下服装店的自创品牌专柜前停下脚步。

"很有型吧？就是那天游乐场门口你见到的那个男人做的，他叫阿培。"我观察着他的表情，小叶是欣赏这些衣服的。不知道为啥，小叶喜欢普通男的衣服让我很高兴。

"很有型的衣服，我第一次看见这些衣服的时候就这样想。"我沿着小叶的视线看去，"虽然只是个普通的家伙，工作起来却很拼命。"

"他个性直率，又爱乱开别人玩笑，有时让人气得不行，觉得这家伙真能做好衣服吗？"我走上前去，单手轻轻抚摸着那些衣服，"可是，一旦看了这些衣服，就觉得这家伙实在厉害。"

"看着这些衣服，就好像看着这个家伙的梦想，所以我来帮忙时，店里面只要卖出衣服我就开心得不得了。"

小叶也向前迈了几步，我们并肩站在衣服陈列柜前。他看着衣服，不时转过头来看我："你很重视朋友啊，朋友也很信任你，并不是谁都放心将自己的店交给别人看管的，哪怕是朋友。"

"所以每一个朋友都是缘分的安排，好朋友和酒肉朋友是不一样的。"我看向小叶。

"你对朋友很讲义气，刚才你看着他设计的衣服时的表情，很温柔啊！"小叶笑了起来。

"有吗？"我有些难为情，不过也承认，"朋友对我的确很重要。"

这是我和小叶认识以来的第一次，想要和他谈这些在我生命中占据重要位置的朋友们。

第 *13* 话　纠结的心绪

　　在充满寒意的夜晚，在这条走过无数遍的道路上，在我的身边有一个男人，让我觉得安心了许多。

　　有时候去景唯家，我们俩回首起从前的事，她一想到刚见小叶时的样子就会笑。

　　"他很紧张啊，但又很努力地想要融入进来，我觉得他真的很在乎你。"景唯说。

　　"其实恋爱最大的难关之一，莫过于去见对方的父母和朋友了。"我叹了口气。

　　"是啊，男人对我们的印象，难免会受亲友的影响。"景唯喝着咖啡，微微仰起头，"就算在这个男人心中你的形象再好，可又能挡得住多少父母和朋友在他耳边的负面评价？ 听着听着，多少也会产生动摇。"

　　"是会受影响的。"我点头，"恋爱真不简单，要套牢男人，首先就要打通父母和朋友这些关卡吧？"

　　"所以小叶对你是真心的。"她笑眯眯地看着我，"阿培也是……我一想起见到那两个人时的情景，就觉得开心。"

1

"啊，这么快？我还没啥心理准备。"小叶轻声嚷了起来，一副束手无策的表现，"不知道你的死党会不会喜欢我？"

"担心啥？都是很和善的人，统统没啥架子，别担心，他们人很好的。"我安慰着他，"不就是一起吃个火锅吗？你谈业务时啥人没接触过，就这四个人有啥好紧张的？"

"不是紧张……不，确实是挺紧张的，因为他们是你非常重要的朋友吧？咋说呢？有些类似见家长的感觉，虽然没有那样正式和严肃，不过觉得还是有要过关的感觉。"

"笨蛋，穷紧张。"

看着小叶有些紧张的模样，我笑了起来。男人紧张时的表情很有趣。他们会视线由下而上地看着你，流露出一副想说啥却又没办法完全说出来的样子。看着这样的小叶，我觉得这样的男人很可爱，有种想把他打包带回卧室收藏的愿望。

有了恋人，自然而然就想得到要好的朋友们的祝福。如果恋人被朋友们肯定的话，那么自己也会觉得轻松和高兴，这种事情不管男女都是一样的，并不存在分别。

所以想带着小叶过去参加这次大家约好的火锅聚会，将他正式地介绍给朋友们认识。小叶紧张地答应了。他也挺想见见这群我曾向他好好描述过的朋友。于是那天，我带着小叶去了童景唯那里。

来到景唯家门前，我敲了几下门。当她打开门时，小叶不好意思地对她笑笑。仿佛意识到什么，童景唯迅速回过神来。

"你就是那个'非常重要的人'吧？欢迎！"她惊喜地笑了起来，然后完全打开了大门，接着回头轻声喊了起来，"喂，大家，非常重要的来宾到了。"

"呵呵……"小叶窘得不知道该说些啥，只是嘿嘿笑着，而我索性拉着他的手走了进去。因为这是我朋友的地方，里面全部是一些小叶不认识的人，所以我觉得我有责任照顾好他。

我牵着他的手走进去，已经坐在小圆桌前的另外三个人都显出不尽相同的表情。何纪书是不怀好意地挤眉弄眼，孙纤纤是心领神会地窃笑，郭朝聪则是欣慰地朝着我们招了招手。小叶很主动地对着这些人点了点头。唉，我这群狐朋狗友。

"大家好，我是小叶。"小叶紧张起来。咋说话好像小学生似的一板一眼呢？"今天我带了些我们公司的蔬菜过来，是不施化肥的绿色有机蔬菜，当作给大家

的见面礼。"

我和童景唯交换了个眼神。这个时候的小叶实在可爱，就差点儿没说"希望大家喜欢"了。以前，读书时不是经常经历这种场面吗？和某某同学说的话好像。这群家伙们仿佛也觉得十分有趣，纷纷笑了起来，这一下让小叶更窘了（我汗）。

"谢谢，难怪玉洁特别嘱咐不要买菜。"郭朝聪接过小叶的袋子，然后把菜放在一个盆子里，拿起来朝厨房走去。小叶明白他的打算，连忙解释："不用洗了，这些在公司都是洗好再拿过来的。"

"这样，看来这个'非常重要的人'挺细心的。"何纪书开玩笑说。这些家伙的笑点非常低，随便一句好笑的话就能引起他们集体笑场。小叶看起来逐渐放松了下来。我松了口气，拉着他在空余的位置上坐下来。

"玉洁，光说是'非常重要的人'，到底重要到啥程度，你可还没和大家好好交代呢。"何纪书率先发难，而其他人明显一副吊足胃口的神色。我知道他问的是大家都想了解的话。

"嗨，不就是我男朋友呗。"我尽量云淡风轻地说了出来，然后将视线转向小叶，"这是我男朋友小叶。叶冬菁。"

"啊！"孙纤纤惊叫。随着她的叫声响起，大家全都一脸愕然。郭朝聪又惊又喜地嗔怪："你这保密功夫做得也未免太到家了吧，啥时交了男朋友，我们居然一点儿也不知道。"

"因为我想等关系稳定下来再说嘛。"我扮了个鬼脸。

感觉真是奇妙。孙纤纤逗小叶，要他以后提供绿色蔬菜的购买折扣。小叶不假思索地承诺下来。

"很大方嘛！"何纪书随口说。

"因为是玉洁的好朋友啊。"小叶的这句话让我心里一暖。随后，气氛逐渐融洽起来。郭朝聪接连开了啤酒。大家你一言我一语地询问着小叶他们想要了解的事。

从学历、籍贯、兴趣爱好、工作细节到我们相识的时间和过程，这些问题横贯了谈话的整个过程。我看着小叶努力地招架并好好地回答着。在渐渐熟络以后，他偶尔也会反亏大家一句，不过仍旧是有些腼腆的样子。就是这份腼腆，让我明白他为了我是怎样努力地融入这个群体。

够了，小叶，只要有这份心就够了，不急。我在心里面默默地说。

当小叶逐渐融入氛围里面，不光是回答别人的提问，甚至开始自己向别人提问时，我慢慢地放下心来。这时忽然发生了一件让我意想不到的事，小叶看着童景唯若有所思。在童景唯发现到他的目光后，温和地笑着询问："怎么了？"

"啊，不，只是觉得你有点儿像玉洁，不是有点儿，是和玉洁挺像的。"小叶的这句话，让整个活跃的气氛一下子安静下来。除了他以外，每个人似乎都不说话了，大家都是一副"他到底在说啥啊"的愕然表情。

何纪书脸上的讶然则更加明显，简直写满了"有没搞错？玉洁能和景唯一样"的匪夷所思，只有我自己明白这到底是咋回事。我的心不安又羞愧地跳个不停，有种拙劣谎言被拆穿了的羞愧和无力感。

大家当然不知道小叶为啥会这样说，只有我才最清楚。从遇见小叶开始，我之所以能有今天，能成为他的女朋友，靠的就是普通男的战略，还有对童景唯的模仿。

因为我们关系实在太铁了，童景唯平时说话的语气、表情和动作，这些对我来说是再熟悉不过的。我就是凭借这个不同于往常的我，才得以赢得了小叶的心。

但是放松之下难免大意，小叶在大家面前的这一句话，看似平常却命中我的死穴。在大家集体性失语的情况下，小叶也渐渐察觉似乎有些不对劲儿了，最先反应过来的是童景唯。

"当然了，我们是发小，是最好的朋友，互相影响很正常的。"她的这一句话让大家顿时清醒过来，于是其他人纷纷作出响应，附和着她的话。

尴尬的局面只维持了短短的两三分钟，在小叶笑着发表了"这样啊"的感悟之后，气氛又开始融洽起来。但是内心受到冲击的我却杵在原地，始终无法恢复过来。

是的。我想起来了。因为最近很顺利，我差点儿都快遗忘了，在小叶面前的、打动了小叶心扉的，并不是真正的我，而是经过掩饰、努力控制与精心修饰的另一个我。

小叶看见的，只是一个对童景唯拙劣模仿、依靠普通男智慧而得以不断向前的我。那并不是真实的我，真实的我只是一个直率的、少根筋的、说话做事不经大脑、言行举止毫无成熟稳重或可爱而言的一个女人。

我努力表现出符合这融洽气氛的样子，可是渐渐地，我觉得自己的笑容僵硬了。我快要笑不出来了，觉得自己真是可笑，童景唯敏感地察觉到了这一点。

于是，她站起来。"啊，玉洁，你上次托我帮你留意的东西，放在房间里面，现在才想起来，和我去看看吧。"她来到我身边，俯下身体扯扯我的手臂，"玉洁，先一起去看看再回来吧。"

"喂，现在是吃火锅的好时间，看啥……"何纪书的话还没说完，童景唯扫了他一眼。他立刻意识到什么，当即转换了话题。"走吧，玉洁。"童景唯手上使了劲儿，我顿时意会地直起身体："嗯，真期待你拿到的是啥东西呢。"

童景唯拉着我的手，我们有说有笑地进入了她和郭朝聪的房间。在她关上门以后，我的笑容一下冷却下来，无力地走到那张床边坐了下来。童景唯在我旁边坐下，她始终握着我的手。

"很可笑吧？景唯。"我低着头说，"和小叶的交往过程中，我一直在模仿你，因为我知道如果是真正的我，一定无法打动他的，所以……我想要改变，但短期内最有效的方法，只能是找个最熟悉的范本，所以我……"

"嗯，所以你就这样做了，是吗？"童景唯和声说。我们都将声音压得很低。"那样也没啥的，真正的玉洁很开朗、乐观、不记仇，和你在一起，消沉的心也会变得精神起来。"

"你是不是想说'因此不用介意'？"我苦笑起来，"可是，我弄不清楚小叶是喜欢这个伪装的我，还是真正的我？和小叶交往以来，我一直在约束自己，一直小心翼翼的，生怕露出马脚。"

"还记得上次我们碰见的那个男的吗？就是联谊喝醉以后，和我吵架的那个，后来我们成为好朋友……"我简略地告诉了她这些日子以来发生的事。童景唯认真地听着，表情不断地随着我的讲述而变化。

"没想到发生了这么多的事啊！"听完，童景唯感慨地说，然后她松开了自己的手，转而抱住了我，"可是呢，玉洁，我认为在追求幸福的过程中，稍微要些小心机或者手腕，是没有错的。"

"要吸引男人，如果不首先表现出男人所惯有欣赏的风范来，那么可能在第一步就被淘汰出局了。这个社会总在埋怨女人现实，男人其实一样现实。男人在选择交往对象时，不也是现实到不行吗？"

"小叶一定发现了……"只要一想到这个可能性，我就恨不得抱头蹲在床角，真的不想再回到那个飘溢着火锅香气的狭窄大厅中去，索性就这样一直关在这里好了。

"咋可能？是你自己心中有鬼，玉洁，听我说，真的没事儿。"童景唯从身后温柔地抱住我，不住地安抚鼓励说，"女人要想变得幸福的话，光靠诚实努力是行不通的，但是……"

"但是真正的玉洁很迷人，我是这样认为的。"她微笑着停了一下，"我啊，你也知道吧？我就是那种什么都往坏处想，一遇到不顺心的事就会无限扩大，只会往死胡同里钻的人。"

"所以我一直很羡慕。玉洁总是，不管发生啥事也能向前走，不管多难过也能迅速恢复精神，不管多狼狈也会调整到乐观的状态。你好像是阳光照射的一面，对于我这种本性阴暗的人来说，玉洁你拥有着我想要却无法得到的最珍贵的东西。"

"和小叶接下来的相处中，不妨一点儿一点儿地表现出真正的自己吧。不好的我们改正，但是那些原先就有的优点和风格，实在没必要隐藏。相信我，玉洁，我不会骗你，小叶一定会慢慢地接纳并且喜欢上真正的你的。"

景唯的话一点点地渗进我那忐忑不安的心里，阳光和希望又重新射了进来，于是我告诉自己不要气馁。是啊，如果为这种小事就愁眉不展的话，我就不是李玉洁了。

李玉洁，没事的。李玉洁，小叶不会发现的。李玉洁，如果在房间里面待了太久，小叶会觉得奇怪的。毕竟是第一次和大家见面，就这样抛下他一个人面对大家，真的太自私和无情了。

因此，我要回去。我要重新回到气氛融洽的大厅里去。

2

"准备好了吗？"在拉开房间的门时，童景唯细心地向我确认。

"嗯。"我吸了口气，然后点了点头。

于是当房间的门打开以后，我们调整出了最佳状态，说说笑笑地出现在大家面前。有时候女人的演技，确实是可怕的东西，这时候我亲身经历并且领悟到了这一点。我们回到各自的位置坐下，小叶轻声向我埋怨了句："好久。"

"好久。"晕。他埋怨的表情和语气好可爱。看着他有些小委屈的样子，我觉得自己之前的一切努力都是值得的。完全不由自主地，我居然用温柔的语气撒娇地说了句"没办法，因为景唯给我看的她新买的衣服真的很可爱"的谎话。

"是吗？"小叶表现出一副"这样就没办法了，原谅你把我一个人丢在这里"的模样和表情来，我顺势抓着他的手腕，然后靠了上去。

很久了。到底有多久，已经不记得具体的时间。我一直想要这样，想好好地和自己喜欢并且也喜欢自己的人交往，想要偶尔这样亲密地赖在对方身边。男人的温暖，男人的肩膀，男人的味道，所有的这些是那样地叫人迷恋。

我真的好开心。在经历了心情的大起大落之后，能够这样待在小叶的身边，我就觉得那一切都是值得的。小叶看着我，一副拿我没辙的表情，然后又帮我挟了一块牛肉。

接着，孙纤纤向我们痛诉了一些何纪书在同居中的劣行。因为我和童景唯都在偏袒孙纤纤，因此何纪书挟起一块牛肉，作势要扔我。小叶忙笑着护在我面前。我坏笑着躲在小叶身后，犹如恶作剧被追究而找到庇护的孩子。

这是长久以来，我第一次光明正大且理直气壮地躲在一个男人的背后。不管是多么坚强乐观的人，内心都一定存在依赖和脆弱的部分。这样理所当然地被小叶维护着，真的觉得非常安心。

这一次的聚会以圆满的散场划下让我舒心的句点。我在觉得自己做得尚好的同时，又觉得离自我越来越远了。如果这样下去，我会失掉自我吧？这样的事算是好，还是不好呢？

聚会结束时，由于小叶在，童景唯罕有地坚持不要我帮忙洗刷碗盘。因为她的态度非常坚决，所以我也不好再拗下去。在离开时她看着我，好像有话要说，最后却啥也没说，只是笑着说"再见，路上小心"。

而和我们不同路的孙纤纤，却也同样罕见地非要和我独自走一段路，因此何纪书和小叶只好走在我们的前面。我放慢脚步，孙纤纤紧挨着我，向我细声诉说了她想告诉我的事情。是关于童景唯的事情。

"玉洁，有些事情我不知道该不该说，也拿不定主意要不要告诉纪书，可是如果不说又觉得没尽到朋友的责任。"孙纤纤的表情和口气都有些犹豫。

"啥事啊？你这种表情快吓到我了。"我催她有话快说，甭弄得我也跟着紧张起来。

然后她告诉了我，最近KK酒吧都在疯传童景唯和陈宇龙绯闻的事情，并且告诉我那个叫陈宇龙的男人是如何地具有权势与富有。这个突如其来的消息令我非常吃惊，吃惊的同时，我本能地替童景唯进行反驳。

"景唯现在的处境，你也很清楚吧？她接连几部小说都没拿到合约，现在一心扑在新连载上，就指望这个出头了。我们当朋友啥也不能帮她做，至少不要在这个时候给她添乱！"

看着我很不高兴的样子，孙纤纤连忙解释："不，我当然相信景唯，可是也有些放心不下朝聪……"

我们两人又聊了一会儿，然后孙纤纤与何纪书搭了出租车回去，剩下我和小叶两人独行。小叶想拦出租车送我回去，然而我摇了摇头："不用了，真的，你陪我一起走去车站吧。我坐公交车回家，不该浪费的钱就不要浪费。"

在带着寒意的夜晚，我和小叶并肩朝着车站方向走去。以前，从童景唯家回去时，都是自己一个人走在这条路上，很多时候都是一个人，可是现在不同了，我有男朋友了。

两个人一起走的感受和心情绝对是与一个人时不同。有小叶在身边，我自在多了。在充满寒意的夜晚，在这条走过无数遍的道路上，在我的身边有一个男人，让我觉得安心了许多。

他听着我说的话，他的话语在我的耳边回响，我们相互配合着彼此的步伐，这就是恋爱了，不是吗？我觉得真正的恋爱就是这样，不是说非得要做什么特别浪漫的事，而是在相处中有生活的感觉。

有一个人陪着你去做同样的事，那种感觉实在是不一样的。我……想要伸手去牵小叶的手，但一个姑娘家这样做就太主动了，最后我还是无法坦然地伸出手去。

小叶送我到车站，不肯一个人坐车先走。他陪着我聊天，直到我等的公交车来了，将我送上车。在车门关闭的那一刻，看着他站在外面挥手，我笑了起来。

好幸福啊！这就是幸福了不是吗？有朋友，有恋人，虽然很多中国人有的事物我都没有，可这又有啥关系呢？我还有这群死党，我一直想要好好地谈一场恋爱，现在我命好找到了一个这么帅的男朋友。如果我还不知足的话，那么到底要咋样才算是幸福呢？

可是，坐在公交车上，我却察觉到自己的不安。老实说，我从小的人生就不太顺遂，比起别人，我算是吃过不少苦头的。之前我说过吧，别人生下就有的事物，我非得要很拼命才能争取到手。我现在所拥有的一切，全部是比普通人付出多几十倍的心血和努力才争取得来的。

现在因为很幸福，所以才觉得不安。我害怕这种幸福会流逝。我知道自己是一个怎样的人，我一直扮演着另一个不同面貌的自己。

真正的我，男人一定不会喜欢和接纳的。可是，一直压抑和勉强着自己，这样的幸福是真实的吗？我觉得害怕和不安，这个时候，我特别想念普通男。如果他在的话，应该能够理解这种心情吧？

我想和他好好说话，我想和他一起喝茶，我想和他一起站在服装店里面接待客人。我需要他替我加油打气，才有信心和勇气继续面对小叶。

普通男，我……

当晚的公交车上，我在内心不断地对着普通男倾诉着我的不安，比以往任何时候都更加想念他。那天晚上，躺在床上，我想要好好守护这份幸福的坚决与不安同时达到了极点。

然后，普通男回来了。

3

在普通男要回来的前两天晚上，他打电话告诉了我。当时我正在大厅看电视，一听到这个消息，不晓得为什么就笑出声来。手机另一端的他似乎吃了一惊。我就这样坐在沙发上傻笑着。

我一个劲儿地笑，弄得他都费解地问："大姐你太夸张了吧？我可不记得我们的感情有好到这个程度，我要回来你就真的这么高兴？"

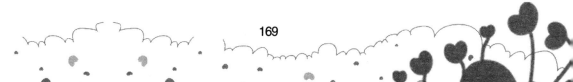

"高兴啊，笨蛋！"我笑着嗔怪，可笑容还是止不住地流泻出来，"真的就是这么高兴啊，笨蛋！"

接下来的通话中，我一直都在笑。不管普通男咋样嘲笑我，我都在笑。这么好的脾气在我们的相处中是前所未有，弄得他也不好意思起来："喂，我说你好歹也反击一下啊，就我一个人唱独角戏多无聊。"

普通男回来那天，我要上班。在整个工作的过程中，我心里面都在不断地念叨着普通男的情况。

他这个时间段在路上了吧？他应该快到了吧？脑子里面不停想着这些事情，心情急切，可是又觉得舒畅，面对着客人我不自觉地就甜甜地微笑起来。好不容易挨到下午，我收到普通男的一条短信：我回来了。有阵子没去店里面了，所以下午到晚上这个时间，我会在店里。

符合他的作风。是的，我知道的，这么一段时间没到店里面去，他一定是想念那些服装了。普通男是将工作看得比啥都重要的人，这些事情我再清楚不过了。下班后我直接过去找你。我简短地回了短信。

下班后搭上前往广宜街的公交车，可是太慢了，速度太慢了。当公交车在站点停下时，我匆匆走了下去。步行太慢了。于是我小跑着进了广宜街，抓着提包，穿着高跟鞋可还是跑得很快。当我跑进当下服装店时，正在里面的普通男吓了一跳。看着跑进来、站在他面前猛地收定脚步，然后开始喘气的我，普通男困惑地说："大姐，干啥呢？后面有人非礼你？看你跑的……"

"啊呸！"我兴奋地叫了起来，此刻心里真的有种说不出来的高兴。能够再见到普通男真是太好了，开心之下我非常自然地顺着本能对普通男做了一个非常亲密的动作：抬起腿一脚踢在他的小腿上。

"痛！"他叫了起来，下意识地伏身去用手轻揉自己的小腿，"我说你要踢人也得看情况吧？你现在穿的可是高跟鞋，我靠！有没有搞错，才一见面就这么热情？"

"啊，对不起，实在太高兴了……"连我自己也觉得这个解释有些彪悍。他直起身子时，用右手的手指重重地扣了我的前额一下："还有，我说过多少次了，'啊呸'？不要那样叫我！"

"好好好，阿培是不是？我知道。我就是太高兴了。"我笑着自然地抓住普通男的胳膊轻轻摇晃。见鬼，这个动作自然而然就表现了出来，就连普通男也张大了嘴巴，半晌说不出话来。

"大姐，我说你……"他盯着我，在脑海里面搜寻着适当的形容词。

"变得温柔了，开始有些女人味儿了吧？"我替他说了出来。

"嗯，这样说还挺像那么一回事的。"他没有否认。普通男端详着我，看了我好半天，然后问："发生啥事了吗？"

不愧是普通男，我的恋爱战略军师。他从这些细微的表现中能够迅速地作出判断，我也没打算隐瞒地回答："嗯，是发生了一些事。我和小叶交往了，呃，那种男女朋友的交往。"

普通男仿佛整个人一下子怔住了，表情上好像没多大变化，可是整个人在那一刻仿佛无法反应过来，就那样直挺挺地盯着我看。好半天，他的眼睛眨了一下，然后笑了出来。

"是啊，交往了啊！我没看错人。我就说过，只要努力、只要想做，会成功的。"他喃喃地说。我莫名其妙地看着他，这家伙是咋了？他的笑容并不像是开心地传递，相反，看着他的笑容，我总觉得他像是为了掩饰什么才勉强自己笑出来的。

"阿培……"我观察着他的反应，"你咋不像是为我高兴的样子？我和小叶交往了，最应该感到高兴的不正是你吗？你一直在背后支持着我。你回济南时我把他搞定了，证明你这个师傅教得好不是吗？"

"高兴，我可高兴呢！难不成要我蹦起来叫个不停才算是真高兴？"普通男一句话就把我呛住了（这家伙就这德性！），接着他看了我一眼，眼神复杂而凌乱。

"不错嘛，大姐。"他伸手捋了捋我的头发，"有本事啊。不过这么大的事，直到现在才告诉我，这也未免太不够意思了吧？怎么说也应该让我这个幕后功臣第一个知道才是。"

普通男转过身体，朝着另一个货架走去。我跟上他解释："阿培，奶奶的事，在那种情况下我咋说得出口？自己朋友遇到了那样的事情，我还要不知好歹地倾诉自己的恋爱甘苦谭，那样我到底算啥呢？"

"我今年是二十九岁，不是十九岁，啥该说啥不该说，这些我还是知道的。"我绕到他身边，讨好地扯了扯他的衣袖，"可是我一直想要告诉你的，今天上班时不断与时间搏斗，就想着快点儿下班赶到这来见你，我一整天可是不断地想要和你见面啊！"

"喂，大姐！"普通男猛地嚷了起来，转头迎向我的视线，又伸手轻轻扣了一下我的前额，"就你会说！别人听见还以为我和你有啥暧昧似的，你现在有男朋友了，少说这些会让人误会的话啊！"

"有男朋友就不能和朋友像以前一样相处了？"我笑嘻嘻地用手指戳他的手臂，"对我来说，阿培永远都是阿培，我还真就赖定你这个朋友了，我会像口香糖一样，粘上就很难拿掉的。"

"真是个恐怖的大姐。"普通男这句话不晓得是埋怨还是妥协，但他接下来说了一句话，"有了男朋友的女人，和男性朋友之间就不比以前了，太过亲密的

话，男朋友会吃醋的。"

"太过亲密的话，男朋友会吃醋的。"这句话让我也愣了一下，虽然不以为然，但我知道普通男说的还是挺有道理的。将心比心，如果小叶和其他女孩儿打打闹闹，也许我心里面也不会是滋味。

可是，就算这样也还是想要在普通男身边，也还是想要像这样两个人无拘无束地相处。就算有了男朋友我也不要放弃朋友。看着普通男的眼睛，我这样对自己说。

普通男的这句话，整整一个晚上都在我的心里回荡。回家后我洗了澡，擦完橄榄油护肤乳液，做完皮肤护理后，懒散地躺在床上，不自觉地又想到了他的这句话。

恋爱，对一个人来说到到底意味着什么呢？我一直以来都期待着自己也能好好地谈一场恋爱。恋爱在生活中不是非它不可的必需品，不恋爱也能生存下去。不妨碍赚钱，不妨碍工作，不妨碍其他许多事物。

可是如果没有恋爱过，心里就是觉得不圆满。

在床上我想了好多事情，临睡前我认识到了一点：那就是普通男所说的话，并不在我的人生规则之列。我并不会因为自己有了男朋友，就去疏远普通男，就算他要这样，我也不会答应！

第二天上班时我向贺店长提请了休假，晚上自己到家乐福采购了食物。第二天早上起床吃完早餐之后，我就一个人霸占了厨房，开始了自己的友情便当大计划。我知道普通男为我做了许多事情。我只懂得口头说声"谢谢"，觉得这样的自己太自私了。作为姑娘家来说，要表示友情和感谢，有许多种方式，做便当当然是其中一个最好的方式。可是，问题是我并不懂得做菜。

我花了好多时间和精力，然后挑出认为最好的部分放进饭盒中，把饭盒包扎好，然后立刻给普通男发了短信：今天是上午到下午三点吧？中午呆在店里甭出去，我带便当过来给你。

发了短信我着急地扒了几口饭，然后坐公交车去了广宜街。当我走进当下服装店时，差五分钟就将近中午十二点，普通男一副无可奈何的表情看着理所当然地走进来的我。

"都有男朋友了，可得避嫌着点儿，甭成天有事没事往这边跑。"这家伙很不讨人喜欢地提醒，"知道多少猜忌绯闻都是从这里面出来的，甭说我没提醒你啊！"

"有男朋友就不可以有朋友了？只不过刚好这个朋友也是男的，如果是个女的，我不被传成拉拉了？"我不以为然地说，然后笑着向他晃了晃手中的便当，"当当当当，我亲手制作的便当来了！"

"便当，不就一盒饭吗？我说你还真文雅上身了。"普通男煞风景地说，然后接过便当盒，"这种事情该对小叶做的，这次回来你变化很大啊，我都快被弄糊涂了。"

"甭想着就这样甩掉我。我啊，就这样粘上你了，男朋友的事不用操心，反正我们又没做啥，是清白的。"我格外强调了"清白"这个词语，他听得差点儿也笑出来。

"清白？整得跟古装片似的。"普通男哭笑不得地扫了我一眼，然后打开便当盒，"哟，还附了一次性筷子和调羹，我说大姐你实在挺卖力的，我受宠若惊。"

"不那么好吃的。"我老实地交代。普通男在收款台的后面坐下来，我站在他旁边，又担心又紧张地端详着他，等待着他的反应。结果被普通男埋怨："你这样看着我吃不下啊！"

"抱歉！"我连忙调整表情和视线。

"抱歉？"普通男品味着这句话，忽而转头看向我，"大姐你可真是变了不少，以前的你哪里会随便向我道歉？看来小叶真是了不起啊，把大姐你感化成现在这个样子。"

"……"这下我也不知道要咋回应才好。其实普通男说我变了不少，我也觉得他这次回来也同样变了。自从知道我和小叶交往以后，该咋说呢？我发现普通男对待我的态度变了。

总是说有男朋友要避嫌、甭老往服装店这边跑之类的话，见到我时的表情也好像有点儿怪怪的。到底咋样个怪法，我又具体说不上来，只是觉得他和以前有些不太一样了。

难道男女之间的友情，在其中一方有了爱情之后就会改变吗？可是我跟郭朝聪、何纪书他们并没有改变啊，还是和以前一样铁啊，咋到他这里就变成这样了呢？

我不明白。我看着普通男，心里头的这些疑惑，想问却又没办法问出来。如果真询问出来，大概他就会觉得我是个麻烦的恋爱中的女人吧，于是只好看着他。只要这样看着他，看着他吃我做的饭菜，就挺开心的了。

"我吃了。"普通男慎重声明，然后挟起排骨往嘴里送。我紧张地看着他闭上嘴咀嚼，普通男的脸忽然一下子苦了起来，我的心随之往下一沉。

果然，普通男立刻抱怨了起来："好难吃！这是啥米东东啊？难吃！"他说着又去夹菜："啊，味道很怪，我说大姐你是不是故意要捉弄我才弄这些菜来害我的？"

"果然很难吃吧？"我难为情地看着他，因为我已经先吃过了，所以知道自己的手艺到底有多烂，"抱歉，因为平时根本不做菜的，只是想着至少要做个便

驯汉记

当来感谢你，真的很……"

"抱歉？"普通男打断了我的话，看着惭愧的我，他忽而笑了起来，"话说回来，我回来后你好像相当热衷于对我说'抱歉'，成天抱歉抱歉的，都变得不像是我所熟悉的大姐了。"

"你不也一样？如果是以前的阿培，才不会对我说啥有男朋友了就要避嫌少来往这种话的。"我咬了一下嘴唇，"说真的，阿培，我讨厌听你说这种话。"

"啥有了男朋友就少见面，这种话我不爱听，因为我真把你当成非常重要的朋友了，所以真的甭在我面前提这种话。"不假思索地，我把心里话全部说了出来。

"虽然小叶非常重要，可是那不代表阿培你就不重要。"我看着他，"你是我非常喜欢的朋友，真的非常喜欢的朋友，都啥时代了，难道非得逼我变成裹小脚的女人不可吗？"

"大姐……"普通男仿佛被我的直率给吓到了，怔怔地看着我。好半天，他一句话也没说，只是看着我，然后他忽然笑了起来："这样，我明白了，还真像是大姐你的作风。"

"大姐为我担了不少心吧，难得地还整了个便当出来，明白了，以后该咋样还是咋样吧。"普通男说，然后低下头，一边发出"啊，难吃、太难吃了"的埋怨，一边行为上却完全相反地猛扒着我那难吃的饭菜。

"啊，难吃，真是太他妈的难吃。"普通男苛刻地埋怨着，可是却不停地大口大口品尝着那些饭菜，这种矛盾的举动看在我的眼里，让我完全不晓得该做些啥回应才算恰当。

我只是看着他，好几次想要开口，可是却又缩了回去，最后只是缓缓说了一句："慢慢吃，别噎着。"

我只能说这句话了，看着这样的普通男，我的心情也复杂得很。可是，只要能继续这样待在他的身边，我就觉得很开心了。

"喂，大姐。"普通男忽然抬起头看着我，"啥时候找小叶一起出来，咱三人见个面？你的男朋友，我总得处好关系吧？"

"……见面啊？好啊，我问问。"我看着普通男，他的嘴角有一粒饭粒。我想也没想就伸手去拿开了那个饭粒，回答就在那个时候脱口而出。在我的指尖碰到普通男脸颊时，他的身体很明显地震动了一下。

那个，是我多心了吗？是呢，一定是我多心了，不愧是少根筋的迷糊女人，我在内心嘲笑着自己。普通男直直地看着我，他的那种目光对我来说是陌生的。我，好像变得不正常了，多心了。

李玉洁，不要自我感觉太好了。我这样告诫自己说。

第14话 微妙的人生瞬间

要掌控男人，就要从抓住他的心下手。把他的心都握在手心里面了，他的意识和思想也会顺着你的思路走。

猎爱技巧

带着恋人去见朋友，如果没有事先的安排和预设，会发生很微妙的糗事，而那些糗事是我们事先无法预见的。

"你真迟钝，在朋友面前和恋人亲昵是很不好的做法。"普通男亏我，"而在恋人面前，对朋友太过体贴，则是更加不智的做法。"

"当时不知道啊！"我吐着舌头承认。

"带恋人和朋友见面时，最好是要避免过于亲近这种事，尤其是对异性朋友而言。"普通男用这种教导的口吻，即使是现在也没有变，"因为最主要的目的是，你希望这些对自己都非常重要的人，相互认同对方的存在……"

"所以那个时候我做得不够好，对不对？"我说出了他想说的话。一想起以前的事，我就会为那样笨拙却坚持向前走的自己，觉得既心疼又心喜。

1

好多人。人真的好多，比预料中的实在多太多了。在家乐福全面促销期间，郭朝聪和童景唯早早来到这里，今天童景唯想要抢购特价商品。

站在等候入场的人群中，郭朝聪已然感觉到了那种紧张的气氛，感觉像快打仗似的。大家都想在开门时一个劲儿往里面挤，都想抢到便宜的东西，而身边的童景唯紧紧抓着他的胳膊，她的斗志似乎都被调动起来了。

终于开门了，人群争先恐后地涌入超市。童景唯和郭朝聪夹在不断向里面涌进的人群里，被挤得喘不过气来，郭朝聪紧紧地抓住童景唯的手，一只手拼命分开人群。

郭朝聪将童景唯紧紧护在身前，然后不断地分开人群向前挤去，终于带着她挤上电梯。然而这还没完，一踏上地板，大家顿时竞相跑着向店内奔去。郭朝聪拉着童景唯的手带着她跑，场面和剧集中的上阵杀敌差不了多少。

进了卖场，拉上一辆推车，童景唯的第一个目标就是去抢那特价一块二毛一斤的大米。家乐福派出维持现场的工作人员全部失去作用，汹涌的人潮根本就无视规则。童景唯和郭朝聪原本也是排了队的，可是更多的人根本就不排队直接往上挤去抢着拿袋装大米。

"咋能这样？"童景唯急了。她也跟着脱离了队伍。原先循规蹈矩排队的人，担心买不到米，也纷纷加入了抢拿大米的人潮中。郭朝聪担心地护在童景唯身后。

实在太无序了，这个场面。不管老的少的，大家都去抢拿那些大米。就在郭朝聪带着童景唯拼命往前挤的时候，发生了一件影响他和童景唯相恋的事情。一个老爷爷被不断向前涌的人群推倒在地，后面的人来不及收住步伐，竞相踩在他的身上。

那一刻，郭朝聪只觉得血都从脑上涌了过来，大叫了起来："喂，踩到人了，喂！"

他叫得非常大声，愤怒而且凌厉。蓦地，拥挤喧哗的人群一下子安静下来，大家全部停止了动作。自觉分散的人群中，老爷爷倒在了地上，一脸痛苦的样子。家乐福工作人员最先作出反应，冲过来扶住了他。一个男工作人员冲同事喊："打急救电话！"

人群中出现议论的声音。这种静止情况没能出现多久，有人伸手拿了一袋米。接着很多人就都心安理得地去拿自己采购目的之一的大米了。

童景唯没有动。她呆呆地站在郭朝聪面前，看着那些还在拿大米的人。然后，她的目光又转向被工作人员精心照顾着的老爷爷。她的目光就好像被定住了一样无法移开。

这样的生活会一直继续下去吗？到老为止？她从未如此地绝望与惶恐。拼命地节省，拼命地控制和压抑，即使如此也还是存不了几个钱，关键还不在于节省，对她来说最致命的在于有出无进。两个人只靠郭朝聪的收入生活，如果再坚持理想的话，那么……

那么……老爷爷的今天，就是她未来的样子……

童景唯忽然哭了起来，一开始只是啜泣，慢慢地声音越来越大。她也觉得震惊，自己完全不受控地哭了起来。她这一哭完全吓坏了身后的郭朝聪，他手足无措地将她转了过来。

"景唯，咋了？别吓我，景唯，到底咋了？"郭朝聪担心又束手无策地看着她，伸手去擦她脸上的泪痕，却被她愤然一手打开。童景唯只是哭泣，面对郭朝聪担心的不断追问，她一句话也说不出来。

即使把所有用过的水都集中起来，用来冲厕所拖地；即使拼命地控制开销。即使剩菜放到冰箱，第二天继续吃；即使……那样的话就能过上好日子吗？童景唯从没有比这个时刻更能真切地感受到作家社会地位的卑微。

泪水不断涌现，她紧握着拳头，拼命告诫自己不要哭，可是长久以来的隐忍与压抑，随着这个事件一并迸发了出来，泪水与哭声就是无法遏制。大家都看了过来。童景唯的自尊心，她一直努力拼命维护的那小小的、可怜的自尊心，在这一刻受到了毁灭性的打击。

太丢脸了。这种丢脸的事，绝对不要再经历第二次！童景唯蓦地推开郭朝聪，拔腿向出口处跑了过去。她什么也不想买了，再继续待在这里，自己都快要窒息了。

只是想要出去呼吸一下新鲜的空气，这时候泪水也无法抑制，童景唯不断地哭泣着，而身后的郭朝聪不断揪心地喊着她的名字。知道他正追上来，童景唯此时忽然有种"如果他能消失就好了"的想法。

这种想法一旦涌现，就连她自己也吃了一惊。多么丑陋不堪的想法！这个男人不但是她的恋人，更是她的发小和死党，是陪伴她从青葱岁月成长到现在的伙伴，而此刻她居然想让他就此凭空消失掉！

"景唯，甭吓我！景唯……"郭朝聪焦急地喊着她的名字，整颗心都提了起来。现在他只能推断她受了刺激，到底具体咋了，他也无法整理并归纳出来。但是看到她痛哭失态的样子，他的心也碎了。

看见她痛苦的样子，他的心一阵绞痛。痛，真的很痛，那颗心痛得像要撕裂开来似的。他甚至来不及去揉揉那颗剧痛难忍的心，就一把抓住童景唯，将她拉了回来。

"景唯，有我在，还有我在呢！"他试着安慰她，然而童景唯却抓着手里面的挎包，劈头盖脸就朝他砸了下来。这是她所从未表现过的悍劲儿。

"不要再这样温柔地对我了！不要追上来！不要再这样不管啥事都会站在我的身边！求求你，我讨厌这样！"她砸得异常用力，一下子砸中了郭朝聪的眼睛。他本能地捂住了眼睛。

"你就是这样温柔，就是这样包容，就是这样努力，就是这样体贴，好几次我想抱怨，可是对着这样的你我根本就抱怨不出来啊！"她哭着不断地用力继续砸过来。

"你是没有错的，是我一直任性地坚持自己的理想，难道想当作家错了吗？为啥明明都出了八本书了，却还是落到这个地步？"

"你并没有错，那么错的是我吗？从一开始我就做错了吗？你越是关爱我，我就越是觉得自己实在是个讨厌的女人。啊，如果索性就这样结婚又会咋样呢，有时候不是没有考虑过结婚的。"

郭朝聪本能地护住另一只眼睛，却并没有后退，而是伫立在原地。在路人好奇的目光中，他悲哀地看着她，任她宣泄地拿挎包砸在自己身上。她的每一句话都刺痛着他的心。

如果能够为她做些什么就好了，可是最后却还是什么也没能为她去做……

如果景唯没错，自己也没有错的话，那么，到底是哪里出了差错呢？

"可是如果真的和你结婚，那么以后的生活……只要一想到我会把气出在你和孩子身上，憎恨你们夺去了我选择的机会；只要想到还要继续目前的这种生活，我就觉得害怕！"

"我才不要结这种婚，可是朝聪你还是没有放弃，每次都努力地对着我表白心意。看着你认真又慎重的样子，看着你讨好我的表情，看着你忍耐并掩饰着失落与悲伤的样子，我每次都觉得自己实在是一个讨厌的女人！"

童景唯第一次把这些不满全部喊了出来："为啥这么好的一个男人、这么受女孩子欢迎的一个男人，却非得要陪我一起受这种罪呢？还有，我快要奔三了，这种生活我受够了，实在不想过下去了！"

"景唯……"郭朝聪看着她心好痛啊！眼前的恋人、发小、死党、大亲友，眼前这个浓缩了他无数记忆的女人，她血淋淋的每一句话，都像刀一样割裂着他的心。心这里痛得都快受不了了！

不要说下去了，他的内心这样祈求着。可是他的理智和思维又说，让她说下去。她一直勉强着自己，一直忍耐并压抑着，一定更加痛苦与无奈。对于有才华的她来说，才华一直得不到世人的认可，那种痛苦应该是更加强烈的吧？

所以景唯，如果痛苦的话就全部表现出来。郭朝聪在内心说。全部是他的不好，全部是他的不对，是他自己没能保护好她。虽然这样，可是，可是男人真的好累，在这个世界上男人真是他妈的太累了！

"我不要再继续过这种生活了。我已经到达极限了，再这样过下去，我会垮掉的，不光自己垮掉，甚至会拖着朝聪你一并倒下去的。我绝对不要变得像老爷爷一样！"童景唯的这句话，重重地撞击并压垮了郭朝聪控制自己的最后一丝理性。

"我绝对不要变得像老爷爷一样！"听到这句话，郭朝聪就知道童景唯下定了决心。事实上，在这个世界上，还有谁比他更懂得她呢？在她由小女孩儿到少女再到女人的岁月里，他一直陪在她的身边，经历并且见证着她的每一步成长。

他了解她，她也懂得他。因此，童景唯一旦说出了这句话，郭朝聪就明白他们之间会怎么样了。是的，因为再也没有比他更深爱着她的人了，同样地，再也没有比她更珍惜他的人了，所以……

所以，景唯的心，景唯的想法，景唯的痛苦，景唯的为难，景唯的不甘心，景唯的恨，景唯的爱，景唯的理想，景唯的绝望……这些他全部是知道的。

但就算知道，眼泪却快要流出来了。郭朝聪用手按了按眼睛，即使这个时候他还是看着她。他必须看下去，看着她悲痛绝望的表情，他知道现在的自己一定就像她一样。

"我爱你，朝聪。"童景唯哭着说，"因为在这个世界上我比起任何人都更加爱你，所以咱们分手吧！为了你，也为了我，咱们分手吧！我不要变得像老爷爷一样，我更加不要让我和你的孩子恨我。"

眼泪，终于流了出来。太搞笑了吧？男人是不可以随便流泪的，可是，好烦人，眼泪它却不听使唤地流了出来。这他妈是个什么样的生活啊！

居然在路人面前分手和流泪，恐怕连景唯自己的小说里面也不会出现这样的情节吧？郭朝聪怔怔地看着她。他的眼泪不断地流了出来，每一滴都让童景唯的世界慢慢地坍塌掉。

"我要和你分手！"童景唯又强调了一句。然后，她转过身体，慢慢地朝前方走了过去。郭朝聪没有追上去，只是伫立着，痴痴地看着她的背影。

"留下来"、"我绝对不要和你分手"！这是他真正想喊出来的话，可是，无论如何却咋样也喊不出来。真是太讽刺了，明明是这样深爱着对方，却为啥到最后落了这个下场？

两个彼此相爱的人却无法在一起，谁能告诉自己到底是谁错了？郭朝聪怔怔地伫立在原地，内心中已经寻找不到答案了，因为刚刚还在鲜活地跳动着的这颗心，现在它已经全都碎了。

　　同一时间，陈宇龙的手机响起，上面显示出童景唯的号码。他立刻按下接听键，一阵哭泣声响起。他整个人顿时从椅子上弹了起来："景唯，咋了？甭只懂得哭啊，你快告诉我到底咋了？"

　　手机另一端的她哭了很久，在陈宇龙快要急到不行时，他听见童景唯软弱迫切地说："救救我，真的，宇龙，请你一定要救救我！"

2

　　小叶终于答应和普通男见面了。之前我做了很多前期准备工作，向他说了很多普通男的事情，不过在向他提出这个建议时，还是非常担心他会拒绝。

　　因此听到小叶回答"这样啊，我明白了，如果是玉洁非常重要的朋友，那么我也想和他处好关系，三人一起见面吧，安排好就通知"这句话时，我的心一下舒坦下来。

　　然而真正的安排却是好麻烦，一会儿要打电话给普通男询问三个人最好安排啥节目，一会儿又要打电话给小叶询问他喜欢去哪里，一会儿又要询问普通男啥时有空，一会儿又要向小叶敲定时间。

　　这是个辛苦差事，要安排恋人和好朋友见面，见面后得有不错的相处环境。于是每天下班后我还顺带到各家休闲店考察，还有上网查询最近有啥电影上映。我费力考查了很久，最后找了银龙电影院和安美乐休闲店，接着又分别联络了普通男和小叶。一个说"小叶觉得好我没问题"，一个说"以你们为主，我没意见"，所以我就自个儿做主了，就决定这两家了！

　　约会那天，我穿了一件紫色连衣裙配一双蓝色高跟鞋，出门时觉得有些紧张。

　　虽然普通男和小叶都是我已经非常熟悉的人，但和他们两人正式约见还是第一次，所以紧张也是在所难免。终于到了约定的地点，北京路的新华书店前，我到达的时候，小叶已经等候在那里了，而普通男则还没到。我笑着朝小叶摆了摆手，然后向他快步走了过去。

　　有人等候自己的感觉真好。小叶看见了我，打起精神，一直看着逐渐向他走近的我。在他的目光凝视下，我觉得愉快、惬意但又有些小不自在。我还是不太习惯被人好好地重视与疼爱（天生贱命啊天生贱命，不对，是我被冷落忽略的时间太长了，所以还一时无法完全适应下来）。

"等很久了吗?"我在小叶的面前停下脚步。

"没有,才刚来没一会儿。"小叶回答。

然后我们两个人相视而笑,真有些傻傻的。还处在蜜月期的男女,只要见到对方就会觉得开心。对方的动作和表情,即使再普通看在自己眼里也觉得有趣。有些白痴的搞怪玩笑,自己看来也觉得是可爱的。

呵呵,这就是恋爱。站在小叶身边,和他一起等着普通男时我这样想。因为身边有了小叶,不是自己一个人,所以等待时也不觉得无聊与不耐烦。不久,普通男到了。

这家伙仿佛也意识到自己迟到了,是一路小跑过来的。看着普通男离我们越来越近,小叶轻声说了句"来了"。我察觉到他也有些小紧张,于是出言抚慰道:"阿培很好相处的,不用担心。"

"啊,抱歉,我迟到了,因为要处理些事。"普通男在我们面前站定,微喘着气说,"车一到站我就小跑过来了。"

"不用那样急的。"我回答,"是工作上的事?"

"你还真了解啊!"他嘀咕了一声,然后我和普通男会意地笑起来。

"你好,我是阿培。"普通男将视线转向小叶,很友好地说。

"小叶。很高兴见到你。"两个男人都比较客套,看来男人并不熟络时的气氛就是这样奇怪,感觉两个男人彼此都有些拘谨。

在我观察着他们时,眼光不自觉往下一扫,我忽然发觉普通男右脚安踏运动鞋的鞋带并没有系好,心里面不由得笑了起来。真是,又不是小孩子了,鞋带没系好自己都浑然不觉吗?

"真是,又不是小孩子了,出门风风火火的,鞋带拖在地上很没形象啊。"心里面这样想着,我的嘴里就说出来,很自然地蹲了下来,然后在不断过往的路人中,拿起了普通男的鞋带。

真的没有多想啥。自己要好朋友的鞋带松了,看见后蹲下来帮他系好鞋带,这些事情身为朋友不是很自然的吗?我真的是这样认为的。我抓起鞋带,重新系好了它,之后又拉了几下,以确定它系牢了。

"大姐,在干啥呢?我自己来就好!"这样简单的一件事,我却听到普通男手忙脚乱的话语,也感受到他那样的反应。

"已经系好啦!你个马大哈!"我一点儿也不介意地说,然后重新站了起来。站起来后我才发觉气氛变得很不一样,普通男束手无策地看着我,而小叶看着我们的眼神好像有些奇怪……

嗯,咋了?虽然一根筋却还是察觉到不对劲儿的我,同时来回观察着两个男人的反应。普通男虽然很不自在，但眼神却似乎格外惊喜的样子，相反小叶的表情却怪怪的。

那是我第一次在小叶的脸上看见这种怪怪的表情。嗯，怪怪的，这种表情算是咋回事呢？我拼命地在脑海中思索并且搜寻着答案，蓦地，答案浮现时连我自己都吓了一跳。

是了。这种表情叫"吃味"，更直接来说叫"吃醋"。一想到这里，我惊讶地睁圆了眼睛。不会吧？小叶在吃醋？我这种女人也会有人为我吃醋？

我端详着小叶，就在半信半疑时，普通男忽然以明快的声音说："你还真是少根筋，有在男朋友面前帮朋友系鞋带的吗？大姐！再怎样你现在是有男朋友的人了，再怎么也得顾及到对方的感受不是！"

"不，没有，我不介意，真的，我不介意。"随着普通男这句话，小叶立刻作出了回应。他笑着摆手，一副宽大包容的模样，可是，那笑容却有些勉强，动作也有些僵硬。

"就算在意我也不会生气的。"我伸出手指扣了扣小叶的前额。当我做出这个举动时，普通男露出复杂的神色。我是克隆他的动作没错，但当我发现普通男的这个变化时，心里面迷惑地想"难道这个动作也要讲究原创的版权"？

不过，我真的是没有为小叶的反应生气，相反，我还觉得很高兴。像我这样的人，有小叶这样的男朋友会为我吃醋，老实说，这是只有 YY 和梦里才会出现的事！

所以，男朋友为我吃醋，这些可能在别人看来都稀松平常的事情，对我来说却很珍贵。

我进步了，普通男，我有进步了。我在心里默默地说，感觉欣慰，表情上马上就反映了出来。我果然是那种藏不了东西的人，于是我伸出手，一把拉起了小叶的手。

"我不会为这些事情生气。"我摇着他的手说，"我就是这样的人，因为觉得朋友是很重要的，所以觉得别人对我好，我也要好好回应和珍惜才行，可是却没能考虑到你的心情。"

"没事，没事。"小叶扫了普通男一眼。有普通男在场，他好像有些放不开（现在的男人都比较……被动……），可是脸上却同时出现不好意思和放心的表情。

然后他看着我，声音低低地说："那个，至少不要这样……我会……"他的声音越来越小，然后一副很难为情的样子，接着可能觉得自己这样实在太搞了（毕竟不是二十出头嘛），小叶呵呵地笑出声来替自己解围。

好可爱啊！真想好好把他抱在怀里欺负和疼爱一番。我觉得脚都有些酥软了。就在我们两个人重新达到妥协时，普通男叫了起来："啊，看不下去了，看不下去了！"

"大姐，你们要秀恩爱等我走了再秀可以不？这样我简直变成两千瓦的大灯泡了，好耀眼呀！我都快耀眼到爆了。"普通男一番玩笑，让我连忙松开小叶的手。

那个……是我会错意了吗？普通男的表情也好像怪怪的。也是，你不可能在一个还单身的朋友面前大秀恩爱的嘛，我这人就是头脑简单！我再咋想也只能得出这个结论。

于是我拍拍他的后背："好啦，我们一起先去看电影好了，看完电影后，咱们再一起好好地喝个茶，我们不会再刺激你了。"

我们接下来去看的是国产功夫电影，坦率地说看国产电影还真没劲，而且基本上都一个套路，看得我直想睡觉，都快打瞌睡了。如果普通男在身边我一定早就睡了，可是还有小叶在，所以我不得不强行打起来精神，可是眼皮好困，在这时候打呵欠一定是非常煞风景的事。

电影结束时，我在心里面雀跃地跳了起来。小叶问我观后感，我假惺惺地说了句"武打设计得还不错，有进步"之类的话，可是普通男却嘿嘿笑着打趣："听她瞎吹，我感觉她看着都快睡着了。"

"喂，阿培，你可不能这样冤枉我。"我笑骂了起来，作势要打他。普通男敏捷地闪开，我差点儿要追上去，可是突然一想，汗，小叶就在身边呢。我把男朋友丢一边儿算啥事啊？

于是我很自责地回到小叶身边，温和地微笑着（这样一直笑我脸都快僵硬了），然后又温和地说："去吧，咱一起去好好地喝个茶。"

接下来我们去了安美乐休闲店，点的是玫瑰花茶。虽然功效很多，可是尝起来味道怪怪的，接着每个人又点了份儿冰淇淋。普通男首先向小叶询问了工作情况，聊着聊着也谈到了他的工作。以工作为起点，两个男人的话逐渐多了起来。

我在旁边看着，不时插句话，心里面却甜滋滋的。我喜欢这样，喜欢普通男和小叶能够好好相处，因为他们两个对我都是极其重要的。

"哎呀，小叶！"发现小叶嘴边沾了一点儿冰淇淋，我吃惊地笑着轻声嚷了起来，很自然地掏出纸巾，就细心地替他擦拭过去，"真是，好像小孩子一样。"

我想我那种责备与会心的声音，一定也感染到小叶了。他停下谈话，以一种带着小男孩儿般放任的表情看我，一任我替他擦去那些冰淇淋痕迹。就在我擦好准备收手时，一个不留神却发现坐在一旁的普通男的眼神很不对劲。

又出现了，这种怪怪的眼神。

虽然他表情上控制得很好，但一个人的眼神是很难说谎的，或者至少很难做到每次掩饰都坦然自如的。不晓得为啥，我觉得那眼神好像有点儿哀怨……

等等，哀怨，我也太天才了吧！哀怨的眼神，这种待遇是我这种人能够享受到的？李玉洁吹吧你就！还 YY 普通男，你真不要脸，而且还是在自个儿男朋友面前！我心里面狠狠责备了自己一番。

可是那怪怪的眼神，那无法解释却又无法忽略的眼神，却仿佛投进我心扉里的一块石头，在我的内心深处激起阵阵涟漪。普通男这一天所连续出现的这种眼神，不晓得为啥就是让我非常在意。

3

"我发现一件事。"我用一脸严肃的表情对普通男说，"小叶虽然很喜欢我，可是从来没有主动握过我的手。走在街上时，我心里常想如果能牵手多好啊，恋人之间牵手才有格调嘛！"

"当然，我也不是说非要牵手不可。"觉得这样描述会不会太直接了，我又摆了摆手，"可是我都二十九岁了，小叶也是三十多岁的人了，我们又不是小孩子。"

"现在高中生恋人都在街上牵手了，为啥我有了男朋友却无法牵手呢？不觉得不甘心吗？"我又是埋怨又是憧憬地说，"牵着手，然后再摇荡着对方的手，这种事情我想了好多年了。"

"真的是好多年了，可是小叶却不懂得我的心意。我一个姑娘家，总不能径自就说'为啥你都不牵我的手呢'？我觉得我们的亲密举动还是太少了。"我不满地表示，又觉得有些难为情，然后扫了普通男一眼。

他今天的反应实在奇怪。几乎都是我一个人在说话，而普通男却甚少回应。现在他的表情也很冷淡，我弄不清楚这家伙是不是吃错药了。这样不吭不响的，我不就变成一个人唱独角戏了吗？

"喂，阿培，今天咋不说话啊？"我有些不悦地扯了扯他的衣袖，"这样和我一个人在房间里面自言自语有啥区别？你今天到底是咋了？一副被谁欠了五百万的表情？"

对我来说普通男确实是生活中的一个重要的存在，我的发小死党们各自有了自己的恋情，我咋好意思为了这些事情成天打扰别人？可是单身的普通男就不一样了，因为还是一个人，因为我们的关系，也因为我们相识以来的特别过程，所以在他面前我总是非常放松，觉得能够说出自己想说的任何话。

　　普通男对我来说仿佛是心理咨询师一样的存在，我就是喜欢找他聊天。不晓得究竟从何时开始，我已经变得对他非常依赖了，不光是情感上，心理上同样如此。

　　所以，他摆着一副臭脸闷声不吭的模样怎么会叫我不生气嘛！

　　"阿培，你今天到底咋了？"普通男还是没有反应，我也察觉不对劲了，伸手在他眼前摇晃，"还看得见？还听得到不？你还认得出我是谁不？"

　　"少幼稚了，弄得好像小女孩儿一样。"普通男把脸转了过去。怎么了？这家伙！好像心情真的很不好的样子啊，看着他这样让我担心起来。这家伙是我的好朋友，怎么可能不为他担心呢？

　　"到底咋了嘛？"我一把扳过他的脸，强迫他迎上我的视线，"你今天真的一副黑脸包公的样子，有啥烦恼的事说来听听，虽然可能帮不上忙，但说出来心里多少会好受一点儿。"

　　"你实在不适合装出这种善解人意的样子。"普通男像吃错药了一样，语气冲得很。他越是这样，叫我怎么能不担心？接着他又想转过头去，可是我捧着他的脸，就是不肯放手。

　　"我把自己的事全部告诉你了，可是你却一点儿不相信我，有啥烦心事说出来，你不说我咋知道？"我固定住他的视线，逼视他说。普通男的脸离我很近，他开始不自然地加快呼吸频率。

　　我可以感受到他急促的呼吸。在我的视线凝视下，他非常自然地想转移目光。这家伙到底咋了？我们的关系，这种程度的距离应该很正常啊，何况他从来没把我当女人看待的。

　　"吵死了，丑女！"在普通男脸色开始红起来时，我眨着眼睛怀疑自己是否看错了。而我眨眼睛的样子似乎让普通男更加不自在了，于是他一把弹开我的手叫了起来。

　　"啥？丑女？"虽然知道他心情不好，可是普通男爆发得实在太突然了，这个严厉的措辞让我一时半会儿反应不过来。丑女，这可是任何女人内心的禁忌啊！

　　"为啥我非得听你这个丑女无休止地倾诉自己的私人感情问题不可？唠唠叨叨的，又要顾生意又要听你念经，你唐僧啊？唠唠叨叨的烦死了！"普通男恼火的样子让我一下子呆住了。

　　"喂，我说就算你心情不好，这种反应会不会太过分了？啥叫丑女？"我顿时也来气了，"看看！我就算不漂亮不起眼，但咋样也算不上是丑女，你眼睛长哪儿呢？"

"我是没长眼睛，那是谁自个儿跑到我店里大谈感情烦恼的？就怕别人不知道她泡上个帅哥似的，我都够义气了，现在你已经泡上小叶了，还成天开口闭口将他挂在嘴边不停，到底烦不烦啊！"

看着我发火，普通男也没有丝毫退让的意思，看来这次他是准备与我对着干了。可是我实在没有吵架的意愿，然而不管怎样这家伙也太过分了，开口闭口丑女丑女的，因此我不回击不行："如果不当你是好朋友，我会特地跑来这里和你说这些吗？还有你甭光说我只会跑来这里唠叨啊。"

"生意好时我当帮手卖衣服，这些你咋不拿出来说？你请一个小工帮忙都多少钱了？我可是免费帮手的，这些你有记在心里吗？"我也有些上火，心情不好发泄可以理解，但也不能太伤人了不是？

"那你去找一个恋爱军师要花多少钱？还得义务地给你加油打气，你失意伤心时是谁安抚你的？你个没良心的丑女！"普通男这句话气得我差点儿没吐血。

"真是太过分了，丑女，丑女的！"我瞪着普通男，感觉自己受到了伤害，愤然抬腿朝他大腿踹去，高跟鞋重重地踢在他的大腿肌肉上。他喊了一声"好痛"，立即捂着腿蹲了下来。

"我讨厌你！"我冲着他大嚷，然后头也不回地大步朝当下服装店外走去。我只想离开这里，只想离开这个讨厌鬼，不管有咋样的理由，这样冲我没来由地发火肯定都是不对的！

可是我这一脚，好像把他给踢醒了一般，他捂着大腿喊痛，但看着我义无反顾地要走出去，也顾不得痛就直起身体追了上来："喂，大姐，我今天心情不好，刚才的话你甭介意。"

"我知道你心情不好！刚才不是想方设法要安慰你吗？可是你呢？把我说成一个唠叨的老太婆，还叫我丑女！"我越说越来气，坚持往外走，普通男不放弃地追了上来。

"你说过咱们是好朋友吧？好朋友就别在意这个，我今儿个心情真的好差。"普通男在我快走出店里时，伸手抓住了我的手腕。他的力气当然比我大，这一抓我就很难走得出去。

"心情不好也甭拿我当出气筒啊！不是只有你一个人辛苦，大家活在这世界上都不容易，我就好受吗？"我拼命挣扎，却依旧无法挣脱，最后明白逃不掉了，只好强硬地瞪着他。

"没错，我是无长相无身材无好工作的三无女人，还快奔三了，然而这又咋样呢？我很努力运动，就是想让身材更好起来。我也很认真保养护理，希望皮肤更好一些。"

"上天没有给我好看的外表和修长的身材，也没有给我一帆风顺的道路，然而就算这样我也还是不想认输，我是一路咬紧牙关坚持拼到了现在。没错我是很不起眼，但倘若说我是丑女，我无论如何也不会承认！"

我朝他大声地吼着，把先前的委屈和伤心全部倾泻出来："如果你喜欢的是胸部丰满双腿修长的美丽女人，那么很可惜我不是，但我到底是咋对你的，你真的不知道吗？"

"我把你当好朋友看待，结果你说我只会跑来烦你，只会唠叨，又丑。如果你这样看我，那么我到底算什么呢？那么我们的友情到底算什么呢？"被自己这么一说，我还真就觉得委屈得不行，又开始想打人了。

我还真想把这家伙狠狠地打个够本。

"好了，不是向你道歉了吗？我认错还不行吗？"普通男好像一个做了错事的小孩子轻声说，那种语气和神态让我心头一软，"大姐，我是真的心情不好，看啥都不顺眼。这种情况下你再跑来在我耳边念个不停，你说我能不发火吗？"

"发火也甭说这样伤人的话啊！"我作势硬要向外走，其实心里已经原谅他了。我李玉洁活了二十九年，要珍惜真正的友情这种事情我心里还是清楚的，这种道理我还是知道的。

"我错了，大姐，我都说我错了还不行吗？"普通男紧紧地抓着我，讨好地看着我小心翼翼地说。我这人就这副德性，吃软不吃硬。一旦稍微对我好点儿，我就没辙了。

看我不怎么生气了，普通男得寸进尺了："不管啥事进来再说，堵在店门口叫客人瞧见影响不好。"

"我就不！"天啊，我是没想到自己也能说出这句带着明显撒娇意味的话来。这话本来是公主系的女人说的，可是，面对着普通男这句话却自然而然地脱口而出，我汗！

"好了，进来再说。"这家伙就会抓我软肋，居然加大力气把我重新拖回店里面。这家伙真的是拖着我的。他劲儿可真大，因此当他松开我时，我立刻抗议他的粗鲁行为。

"我哪里会这么粗鲁。"他笑了起来，"刚那样制止你是怕你跑掉，而且我的确没把大姐你当外人，咱关系都谁跟谁啊，还用得着装模作样吗？"

"少在这给我卖嘴甜！"我警告，可是警告归警告，内心还是甜滋滋的。不管男人女人，爱听好话是人的本性。不过我也觉得自己挺没出息的，刚刚受了这么一顿好气，还没一会儿就原谅这家伙了。

"以后甭再给我人来疯啊！"我甩开普通男的手，强硬地声明。

"保证!"他很伏贴地点头。

于是我们貌似和好了，重新呆在当下服装店里面好一会儿，东聊聊西扯扯了一阵，接待了几个客人，卖了几件衣服。普通男忽然提议要关店，和我一起去公园走走，我吃惊地不敢相信自己的耳朵："你这种把工作摆在第一位的人，居然想要关店去溜达，真的是太难以想象了，到底发生啥大事了?"

"真的不是啥大事，就是心里烦想不开。"普通男笑笑，又伸手来拉我，"好了，大姐，陪我去公园散散心，我难得在工作上偷懒一次，你可不能这样丢下我不管。"

看着那张比我年轻的脸，听着那种撒娇的语气，我发现自己实在招架不了有男人味的男人撒娇，这种男人一旦撒娇我立刻开始没辙。于是，好吧，他说咋办就咋办吧。

"到底咋了?"漫步在公园里，我担心地观察着普通男，"居然把店关了出来溜达，很不是你的作风啊，有些事情虽然不是大事，可是有时候的确也怪叫人看不开的。"

"真的没事儿，没关系的，大姐。"唉，这家伙就是嘴硬兼嘴巴紧，任凭我咋样都掏不出话来。他看着前方，轻轻吸了口气："空气挺新鲜的，像这样和大姐一道在公园走走，心情舒畅多了。"

"所以以后心情不好时多叫我出来一块走走。"我是真心诚意地说出了这些话，"虽然有了男朋友，但是我们的关系是不会变的，我也不是那种有了男朋友就关在狭窄世界里面的人。"

我伸出手，轻轻拍打着普通男的后背："心情不好的时候给我电话，便宜的餐厅或者喝茶，这些我还是请得起的。只要有空我都可以出来，所以有时候不要怕麻烦我，我不也是一直在麻烦你吗?"

"我不知道你啥时变得这么会说话。"我是好好地向他说出这番心意，普通男却幽了我一默。我瞪了他一眼，两个人会心地笑起来。这一下，气氛明快多了。

来到秋千架前时，他问我要不要荡秋千，我爽快地答应下来，于是两个人登上秋千荡了起来。秋千上上落落，让人有种仿佛时光逆转、重新回到孩童时光的感觉。

"大姐，刚刚不是在埋怨小叶不主动牵你的手吗?"

"嗯? 咋又突然提起这个话题，刚刚不是不想说的吗?"

"不是的，你真爱记恨，刚刚我那不是心情不好吗?"普通男嘟了嘟嘴巴说（我晕，现在的年轻男人咋都这么可爱啊?），"其实呢，要传递信息有很多方

式的。"

"男人这种动物，虽然都爱幻想被女性主动追求或侵犯，可是要真放在现实中，十个男人有九个在正经的恋爱中不会太喜欢过于主动的女性，所以暗示法非常重要。"

"暗示法？"我思忖着回应。

"嗯。例如，你可以经常不经意地在他的耳边吹风，以灌输这种观点。在外面看见牵手的情侣时，你可以表示出欣赏和羡慕，说恋人之间那样是很浪漫的事。"

"有时候在肯定和称赞你们所看见的这种情侣之间的小亲密时，你也可以表现出一些小埋怨和小失落，当然要掌握好分寸，以让男人觉得可爱又挂心为主，因为对男人来强硬的肯定不行，他会反感和抗拒的。"

"要掌控男人，就要从抓住他的心下手。把他的心都握在手心里面了，他的意识和思想也会顺着你的思路走。"普通男说道。他的秋千激荡的幅度很大，这次玩得真是非常尽兴的样子，也许他是存心借着秋千来放松情绪吧。

"嗯。"我点点头。

这种情况下，不管理解了多少，我也必须点头，不能让普通男失望。我表现出一副投入玩乐的样子，在秋千的阵阵来回荡漾中，我和普通男不时发出笑声或者提高声音闲聊几句。我忽然想起 Zard 的名曲《摇荡回忆》。

摇荡回忆。此刻，我和普通男，所处的时光和地点，好似在我们彼此人生的摇荡回忆中吧？

然而这个时候，我还并未太真切地察觉并意识到这一点。

第 *15* 话 　所谓的爱情

　　在接连失眠了好几天后，我意识到再这样下去不行了，男人没选成，自己先残了。

"知道吗？其实我很早就想向你表白了，只是害怕被拒绝，害怕太主动的话会被你轻视，所以一直难以表达出自己的心情。"有一次和小叶聊起以前的事，我禁不住感慨那时的痛苦与矛盾。

"我并不会太意外的。"小叶回应。

"怎么会？"我瞪大眼睛，我还自以为伪装得很好呢。

"因为你的手……"小叶看向我的手，"你的手流露出了感情，你的手指不断地张开。有几次，我注意到它想要伸过来，然后又缩回去，那是很清晰的'我喜欢你'的信息吧？"

"你怎么会察觉到？"我很吃惊。

"因为我也喜欢你啊！"呈现在我眼瞳中的，是小叶灿烂的笑容。

1

童景唯在卧室中收拾着个人衣物，除了衣服、留着两人记忆的相簿，她任何东西都不想带走。不，她还是要了一些东西的。她要了几件郭朝聪的衣服，还有他使用过的牙刷和毛巾。这些留着郭朝聪印记的物品，她要一直保存起来。

郭朝聪答应了她。他答应她时那种痛楚的表情——明明非常痛楚却竭力克制的表情，不时地从她脑海中掠过。

终于就要离开这个陈旧狭窄的鸽子笼了，可是在即将离开之际，她心里却完全没有高兴的感觉。对于这个自以为快让自己窒息的地方，景唯忽然发现这里其实留下了自己的许多记忆。

朝聪……在她到目前为止的人生过程中，他几乎一直都在啊。童景唯边整理衣物，边思绪浮荡地回忆起了很多事情。在那些刺痛心扉的回忆下，童景唯强迫自己下了床，拉着行李箱的拉手，拖着它向小客厅走去。郭朝聪就坐在小客厅里面，她在他的面前停下，在那张小圆桌前坐了下来。

"东西全部都收拾好了？"郭朝聪问她。他在这短短的时间里面瘦了三公斤，觉也睡不好，眼眶下一片铁青，可是从她提出分手的那一天直到现在，他却没有暴躁过。

"嗯。"童景唯点头，内心一片酸涩。她当然知道，不管有多难过，他还是拼命忍受下来的原因。他从来就没让她受过太多委屈，他一向以她的保护神自居，直到最后来守护她，他大概也想以这样的姿态和心情，好好地守护她，直到她离开吧。

"他已经为你找好新的公寓了？"郭朝聪又问。即使明知答复一定会刺伤他的心扉，直到内心深处鲜血淋漓，他也必须要问出来，必须要确定她离开这里一切安好。

"是。"童景唯还是只回答了一个字。不是不想多说些什么，而是她实在说不出来。这个为自己付出了他所能给予的一切的男人，她从今天就正式地走出他的世界了。面对这样的现实，她纵然有再多的话，临到嘴边也还是一句也难以表露。

"他一定会好好地照顾你。你和他在一起，生活一定会轻松很多，一定会比现在更幸福的。"郭朝聪低头痛苦地笑着说。然后他忽然径自抬头，手从小圆桌上伸了过来，紧紧抓住了她的手腕。

"虽然想要祝福你，可是，要让我真诚地说出这些话，我根本就做不到啊，景唯。"他抓得她的手腕很痛，"我根本就没办法这样好好地看着你离开啊！"

"我还是不想要这样放你走。景唯，留下来，求你了。我会拼命赚钱，我爸妈会付房贷首期，我们不是有存款吗？努力的话日子总能过下去的，不然我就找另外更赚钱的工作，所以留下来，景唯，求你了，不要就这样丢下我一个人。"

郭朝聪死命地抓着她的手腕苦苦恳求。这个英俊男人的眼神，一度曾令许多女孩儿情迷倾心，此刻那双过往明亮有神的眼睛却布满血丝，整个人的脸色也黯淡下去。她一度不忍心迎向他的目光，可是最后她强迫自己一定要这样做。

这是自己的罪，必须由自己来承担。童景唯迎着郭朝聪的目光，被他如此恳求，看着他紧紧地想要抓住最后一丝机会的绝望与渴求，她的心也碎了。

自己真是一个差劲到极点的恋人。她这样想。不对，应该说是前恋人。因为现在两个人已经不是恋人了，不是吗？已经分手了，现在的她，只能算是他的好友了，难道不是这样吗？

"事到如今，已经没有办法再回头了。"可是，纵然她的心已经成了碎片，散布在不同的角落，她却还是狠下心，用尽全力地推开了他的手。就在她把郭朝聪的手推开的一刹那，他的脸上也浮现出一种表情。

那像是攀上悬崖高端，不慎跌倒即将掉入谷底的时候，信手抓住一根树枝的那种"我不想死"的表情。随着她推开他的手，他脸上的神色，那一刻就如同树枝断裂，他终于抱着对生的强烈渴望跌入谷底似的。没错，就是那样的表情。

"我爱你，朝聪，对你的这份爱直到今天也没有改变，可是人生仅凭爱是无法好好地走下去的。"童景唯正视着他说，"上天给了我们先天的礼物，也许你为了爱可以舍弃，但我却做不到。"

"我想要一直美丽下去，我想要继续从事这个职业，为了理想我努力了这么多年，我绝对不可以就此放弃。"

郭朝聪聆听着，急急地喘着气，直直地看着她的瞳孔："我说过你可以永远这样，我来支持你。我不是一直也在支持你的吗？今后也可以，不，是一定会……"

"也要继续过这种生活吗？我不要！"童景唯叫了起来，拼命地摇头，郭朝聪从她眼里看出了发自内心的恐惧，"明年我就三十了，如果我不保养，那么即使收到上天的礼物，也会……我不要就这样变老，我不要就这样未老先衰，我绝对不要这样！"

"我不要再受失眠的痛苦。我不要再为明天要咋样过，今天不得不克制自己，哪怕十块钱也不可以浪费。我不要挂着作家的头衔却过着民工还不如的生活，即使民工赚的钱也比我多。我绝对不要在这种环境下生下我的孩子！"

她拼命地摇着头："我完全没有遗传爸爸那样的对于孩子深切的爱，不，我一定是更像妈妈的。妈妈当初就这样抛下我们离开，再也没有回来，可是从那样环境下长大的我，却越来越能够理解和体谅她的心情。"

"朝聪，现在我终于觉得可以原谅妈妈了，因为人生只有一次，而光有爱是不够的！人仅凭爱是不能更好地活下去的，所以原谅我，朝聪，这样的生活我不想再过下去了！"

她拼命地摇头，整个身体都颤抖起来，看得郭朝聪的心阵阵刺痛。不假思索地，他就这样张开双臂紧紧地抱住了她，而童景唯的身体更加激烈地抖动。他就是这样，宁愿自己难过，也看不得她受苦。

他就是这样的人。

"你想要赌这一次，是吗？"他看穿了她的心思，温柔地说。他的手也颤动着，即使如此也还是一如既往地抚着她的黑直长发，"这是你人生最后的赌注，即使可能会输，但也总比就这样认命好，是吗？"

"果然是景唯你一贯的作风。"他笑了起来，笑着笑着，眼泪却流了出来，"从小到大，只要景唯你真正想要的，只要你真正努力去做的，就一定可以得到和实现。"

"那么就去吧，如果是我不能给你幸福，而那个人能够给你的话，我……你想好好赌一次的心情和愿望，我不会妨碍你的，就和以前一样，我一定不会当绊脚石的。"

郭朝聪的这些话几乎快让童景唯窒息了。如果他大吼大叫地把她拎起来，重重地摔在墙壁上，哭着痛骂她，责备她的负心，把她打得站不起来，如果这样还好，如果这样还无所谓。

可是这个笨蛋……难道不知道男儿有泪不轻弹的吗？这个向来不轻易流泪的笨蛋，却已经为她在这期间流了很多次眼泪了。这个就算被她抛弃，却还在祝福和鼓励她的笨蛋！

这个笨蛋，在过去的这些年来，真的是一点儿也没有变啊！即使他变得更强壮了，长得更高了，开始挣钱了，脸部轮廓更加男性化了，身体更成熟了，嘿咻时的喘息更加迷人了，可是……

可是在两人的羁绊这里，这个笨蛋却是一直没有改变啊！在这个世界，在这个时代，为什么居然还会有这种笨蛋呢？明明只要随便往那里一站，就有女人想过来搭讪的，为啥？

笨蛋，真的是个大笨蛋！

如果自己是有钱人家的女儿就好了，童景唯真的是这样想的。如果那样的话，即使他很穷很不得志，她也一定会把他好好地呵护着。因为这种笨蛋，人的一生中可能只会遇到一次，一个女人的一生中遇见这种笨蛋的机会是屈指可数的啊！可惜自己不是有钱人家的女儿……

童景唯紧紧咬住嘴唇，直到把它都给咬出血来。她吃力地从郭朝聪的怀抱中挣脱出来，毅然站了起来。郭朝聪痴痴坐在地上，看着她迅速转过的背影。她拖着那行李箱，朝门口走去时，留下了这样的一句话。

"再见了，朝聪。"

再见了，朝聪。再见一定不是永别。两个人还能以发小和死党的身份相处和见面，一定的……所以说再见，一定要说再见，说再见是为了还能够再相见。

当关上大门，阻隔了与门内郭朝聪的世界时，童景唯的眼泪流了下来。朝聪，过去的日子谢谢他了，真的非常感谢他。如果恨她能够让他更好过一点儿的话，毫不留情地恨她吧。

朝聪……

童景唯恋恋不舍地回过头再看了大门一眼。这是她自己选择的人生，在二十九岁的十字路口，无论怎样也必须要赌一次。对于自己的决定，她并不后悔。

童景唯转过头，吃力地拿起那行李箱，然后逐步朝楼梯走了下去。

2

又到了帮助普通男的网店更新模特宣传照的时候，这一次依旧是许仁杰负责我的造型工作。许仁杰的手法娴熟，拿着吹风机配合着梳子，将我的头发上下翻滚。经过先前几次的磨合，我们也越来越有默契。

许仁杰的指尖轻轻地从我的发丝划过，看着镜中的我好久，然后他说："大姐，感觉你的皮肤变好了，人似乎看起来也有一点点漂亮了。"

他的话让我开始端详镜中的自己，"真的有变化吗？"

"自己没察觉到吗？"许仁杰的手按住我的肩膀，将头伸了过来，"可能当事人真的不太敏感的缘故，阿培告诉我们你恋爱了，所以我想是恋爱的缘故吧？"

"恋爱的缘故？"顺着他的话我思索着。

"嗯，皮肤变好了，眼神变明亮了，人看起来也自信和精神多了，所以我想那个男人一定是大姐非常喜欢的男人。"许仁杰说，"人啊，只要是在自己喜欢的人身边，只要付出的感情得到相应的回报，心情就会舒畅起来。"

"皮肤问题其实和心情息息相关，心情舒畅睡眠香甜了，或者皮肤分泌的油脂少了，人看起来就会好看，大姐是卖护肤品的，这些基本常识应该是知道的吧？"许仁杰直起身体，重新打理着我的头发。

"这个……"我不晓得该如何回应，嘴角却泛起一丝笑意。也许真是这样也不一定，恋爱也许真是人生最好的营养品也不一定。就在心情愉悦起来的时候，却无意间看到镜中呈现的普通男的表情，原本轻松闲逸的表情，似乎一下子黯淡了下来，是我的错觉吗？我又眨了眨眼睛。

真的不是错觉，与之前的感觉很类似。联系之前普通男的表现，让我不由得怀疑一件事，那就是他似乎不是很喜欢听我和小叶之间的话题。这家伙到底是咋了？小叶有得罪他吗？之前担任我恋爱军师时，不是一直好好的吗？

吹好了头发，许仁杰拿出吸油纸替我吸油。我无法控制地从镜中去偷偷留意站在身后的普通男。在我们谈论其他话题时，他的表情又开始明朗了些，奇怪，果然是好奇怪！

为啥他这么不待见我和小叶的话题呢？这个判断我还不是很确定，是不是看着自己身边的人都恋爱了，所以觉得寂寞呢？许仁杰有女朋友，然后我也恋爱了，看着我们谈论恋人时彼此会意的反应，他觉得寂寞了吧？

嗯，一定是这样的，我这种脑袋能够想得出的，也就只有目前的这种答案了。得到答案后我松了口气，看着镜中的普通男，悄悄笑了一下。这样啊，这家伙寂寞了啊，那就赶紧也找个女孩儿恋爱呗！

完成了造型工作后，我在普通男的房间，动作利索地换上当下品牌的衣服。我已经适应并熟悉了拍摄流程中的这些工作。我的第一套衣服，豹纹铅笔裙搭配夹克上装，脖颈上的蓝色丝巾是点睛之笔，再配上一双豹纹高跟鞋，走出来时我自己都觉得有气势。

普通男怔怔地看着我，嘴唇微启着仿佛想说啥。我被他看得浑身不自在，因为他真的很少这样看我。直到我询问他到底咋了，他才醒悟过来，即刻移开视线。

"不，只是觉得这个造型很适合你。"他看向别处，稍微定了定神又说，"或者，你真的变得比以前好看了，那样也不一定。"

再次站在布景板前，在打光灯的光线下，我已经能够娴熟地进入到拍摄工作中去了。以前，一旦开始拍照我的表情和动作就会变得僵硬，但是在拍照前自己是意识不到的。

第一次拍照的时候，我还啥都不会，也没有男朋友，还担心被普通男侵犯，脑子里面装的全部是有的没的事情。不知不觉中，这个陌生的公寓套间，渐渐地对我来说变得熟悉起来。

来的次数多了，我知道了普通男的房间布置是啥样子，赵霆勇的房间又是啥样子；知道了普通男一天要喝很多水；知道了普通男有时睡不着时喜欢抱着枕头；知道了普通男最喜欢吃牛肉。

真的是知道了很多普通男的事情，和他的两个好朋友关系也亲近了起来。从一开始抗拒"大姐"这个称谓，到最后反而觉得被这样叫着也没啥大不了的。我本来年纪就比他们大，被叫大姐也是应该的（虽然姐姐更好听些）。

在这个过程中，我有了男朋友，在镜头前的表现也放开了，懂得怎样去表现出他追求的状态了。这个家伙在工作上如此用心，我应该尽自己的力量去帮他一把，哪怕这力量是微小的。

"对你来说，今年有哪些事情是值得好好纪念的呢？"普通男的拍摄，仍旧以问话作为开始。无论是他还是我，都习惯了这种在轻松谈话的过程中去捕捉最自然的状态的工作模式。

"嗯？"我一时弄不清楚他的话。

"今年发生了哪些你认为重要的事情？"他换了另一种询问的方式。我流露出"啊，原来问的是这些"的表情，害得这家伙嘟哝了一句，"麻烦脑子转快点儿好不好？"

"说啥呢！"我瞪了他一眼，这家伙就是嘴坏，"要说今年我觉得重要的事情啊，仔细回想起来，我觉得绿坝和谷歌对上网的人都是大事。"

"还有呢？"普通男似乎很不满足于这样的回答和状态，于是再追问了下去。

"还有就是和阿培的相遇，还有和小叶的相遇。"我想了一下，忽然笑了起来。在我笑容呈现的那一刻，他迅速按下快门。我知道自己那一瞬间的表情就此定格。

"也许阿培你不知道，但是和你认识以后，我觉得自己变得更精神、更有干劲了。虽然我们经常是吵架多过温柔，不过……我有种找到同伴的感觉，咋说呢，就是和你在一起时，我觉得这个人就是我的伙伴。"

又是这种嘴唇微启欲言又止的表情，普通男好像真的很想对着我说些啥，可是最终又难以表露。不对劲！普通男果然很不对劲儿啊！一定是发生了什么，但是，到底发生了什么呢？

"那么小叶呢？"他半天挤出了这句话。

"小叶？"我想了一下，思考的样子也被他拍了下来，"我非常地喜欢小叶。"

"虽然一开始，的确是受到外表的吸引，可是渐渐地，就变得不是这样了。"我看着普通男说，"小叶人很好，没有架子，很体贴，懂得维护别人的想法和感受，并不是那种长得帅就自以为了不起的人。"

"和小叶在一起，被温柔地对待的同时，也不自觉地想要对他同样地温柔，于是慢慢地，我这种个性居然也开始温柔和撒娇起来。我觉得'人在恋爱中是会改变的'这句话，说得是一点儿也没错。"

我对着普通男娓娓道出自己的想法，那种安心的表情仿佛触动了普通男的灵感，他变换各种角度接连拍下我的样子。然后，他沉思了很久，又问："他对你真的是这么重要吗？"

"重要啊。"我不假思索地回答。

"到底有多重要？"普通男表情复杂地追问。

"就和阿培你一样重要。"我同样不假思索地回应。

"和我一样……重要？！"这回轮到普通男吃惊并怔住了。

"是喔。"我点点头，"阿培你教会了我希望，教会我不管处在怎样的逆境，都不可以放弃。人只要努力向前走，人生一定会有不同的，即使是我这样的女人……即使是我这样的女人，只要努力也可以变得幸福，这些都是你教给我的！"

普通男怔住，他直直地看着我。不晓得为什么，我觉得那样的目光快要看到我心里去似的。看着他伫立原地不动，也停止了拍摄，我有些担心地观察着他。到底，还是有些不对劲啊！

"而小叶，则让我认识到，如果我不更努力作出改变，只晓得掩饰和扮演的话，那么这种幸福是不可能长久的，小叶让我……想要变成更好的、更讨人喜欢的女人。我的人生，遇见你们两个之后，真的发生了很多转变啊！"

或许是意识到自己的失衡，普通男隐隐震了一下，掩饰似的连忙继续按下快门。我看着他，顿了一下说："那么，接下来到我询问你了。"

"啥？"思绪缥缈的他一时反应不过来。

"一直也是阿培你提问我吧？所以现在轮到我提问你了，至少换我提问一次。"对于我的提议，他没有反对，也没有说些啥。看着他那种"想问啥问吧"的表情，于是我真的问了出来。

"说我是丑女的事，是出自真心话吗？"

"你果然还很在意啊！"普通男受不了地笑起来。

"当然了，你还没回答我呢。"

"当然不是。"普通男收起笑容，很认真地说（等等，一下子这么认真我有些适应不过来），"虽然你很普通，长得不怎么样，身材也很一般，但如果说是丑女，那一定是不负责任的说法。"

"你反应还真快啊，完全和上次的说法不一样。"我略微嘲讽地说。

"心情不好时说的话，和正常状态下的话能一样吗？"他扫了我一眼，"大姐你啊，咋说呢，虽然少根筋，反应迟钝，心思不够细腻，有时跟个男人婆似的……"

"喂……"这家伙，老实也没必要把话全部说出来啊！

"可是大姐让人觉得很舒畅。不管咋样也打不倒似的，就算做了丢脸的事，没几天就跟个没事人一样的，风风火火地出现，开心地活着，不好的事情绝不多留在身边。和这样的你相处，我觉得很舒服。"

啊，这家伙就是嘴甜！这家伙就是一旦要讨人欢心起来，叫人没有办法抵挡。他的话真的都说到点上了，我想这个时候的我，眼神一定是温柔的。

"我喜欢和乐观开朗的人相处，和这样的人相处，觉得心情也变得明亮起来，和坚强的人在一起，自己也会变得坚强。可能平时不说，但是大姐，我觉得你在这方面真的做得很棒。"

"其实也没那么棒了。"普通男第一次这样夸我，让我怪不好意思的，"因为悲惨也是过、开心也是过，在事情没办法改变的情况下，看开点儿自己过得也舒服，只能这样罢了。"

"我觉得这样就已经很了不起了，因为不是每个人都可以做得到的。"普通男说。他一下加重了语气，让我和许仁杰都有些愕然，这家伙今天到底咋了？

"甭太夸我了，捧得高掉下来会很痛的。"我觉得这样有些危险，试图调节气氛，"说是这样说，又有多少人在找女朋友时会选我这种类型呢？换作是你也不要吧？"

"你咋知道我不要呢？"普通男这句话让我完全愣住了。原本只是想要转移话题，可是他却似乎存心在这个话题上僵持不下一样。我看着他，这家伙，完全不知道他脑子里面在想些什么！

"你咋知道我不要呢？"普通男加重语气再追问了一句。

"嗨，那不是明显的吗？"我全身都僵硬起来，意识到气氛实在不对劲儿。许仁杰也吃惊地盯着普通男看。嗯，就算是迟钝如我，也明白局势和场面的走向有些失控了。

"明显个头，大姐，我告诉你甭太看轻自己了，也甭装出一副自以为很了解我的样子。"这一句话却没把我顶生气。太好了，就在我以为他恢复正常时，这家伙突然又紧接着说："你一点儿不了解我，大姐，因为我喜欢你。"

啥？我屏住了呼吸，不敢相信自己的耳朵。

"我说我喜欢你！不知不觉中，当自己意识到时，已经完全没办法了！"普通男捧着相机，忽然吼了出来，"我喜欢你，大姐！为什么你却一点儿也没意识到呢？"

啥？我瞪大眼睛杵在当场，许仁杰也张大了嘴巴。我完全不晓得要咋样回应，我想自己的表情一定非常可笑。可是我就是这样地，以如此可笑的表情和反应，来回应普通男对我的第一次告白。

上帝啊！

3

在普通男对着我说出他喜欢我的时候，我惊讶得说不出话来。不光如此，我的心更是前所未有地跳了起来，心跳得好快，简直要从胸腔里面蹦出来。

这样的反应让我非常困惑，同时也觉得不安。听到普通男表白的那一刻，我的心跳频率超出了人生过往的任何时期，甚至超出了与小叶在一起的任何片段，而原本不应该是这样的。

普通男有时候嘴巴很坏，脾气一上来能把人气死，又粗鲁，光抓着我拖来拖去就好多次了；而小叶的个性却很温和、沉稳、阳光，但是，为啥听到普通男告白的那一刻，我的心却……

心跳的频率是不会骗人的吧？可是正因为如此我才觉得不安。什么嘛，这种情况！明明和小叶进展得很顺利，这家伙却跑来搅局！我应该更加喜欢小叶的！小叶非常有上进心，温和体贴又没架子。我从看见他的第一眼开始，就喜欢上他了，所以比较起来结果不是显而易见的吗？

我的年纪比普通男大，而且他皮肤那么好，也就是说过了三十五岁之后，我可能比他显老多了，而且实际岁数上也是如此。果然还是和比我年纪大一点点的小叶更加合适。这些根本都不用想的，对吧？

喂，李玉洁，一定是这样的，对吧？我无数遍地询问自己，然后再向自己强调，可是，可是为啥我还心烦，简直是烦乱不已？为啥我的脑海里面会不停地充斥着这些念头？

为啥？我不明白。事情都这样明显了的！我明明一向把普通男看成好朋友而已的！这家伙到底哪里好了？但那天以后我不断地想到这些事情，不断地拿小叶和普通男对比，不断地烦躁，我开始失眠了。他妈的，失眠这种事情对我来说可是人生的第一遭，而这一切全部都是普通男害的！

这家伙，根本就是有意要整我的！失眠时在床上翻来覆去无法入睡的时候，我在心里恶狠狠地咒骂普通男。可是，我一边痛骂他，一边又觉得……他的告白碰触到了我内心柔软的角落。

可是现实必须要好好衡量面对。

三无女人到了二十九岁，恋爱就不光是"丰富身为女人而活在这世界上的滋润品与营养剂"而已。任何恋爱都要以结婚为前提进行交往，我和小叶之间的交往也是。我之所以下了这么多心思和苦功，就是为了让他娶我。

为了把小叶弄到手，我下了很多苦功。可是，在普通男告白之后，我却又有些犹豫，同时也觉得非常害怕。选择小叶吧，那么普通男告白时我那超乎寻常的心跳是咋回事？选择普通男吧，可是我明明喜欢的应该是小叶啊！

在接连失眠了好几天后，我意识到再这样下去不行了，男人没选成，自己先残了。不行，我得自救。为了确认自己的心意，我想要给这两个男人的其中一个打电话。而在通讯簿里，我调出的首先是小叶的号码，是下意识的。当然，我喜欢的当然是小叶，这样还用说吗？

当小叶知道我失眠时流露的担心和关切，让我非常感动，而且不用我询问，他就立刻要求和我见面。感受着这种体贴的我，告诉自己小叶才是我的天命，普通男这个家伙只要当好朋友就好。本来就是这样的嘛，这样一想，我的心里又稍微安定了一点儿。

和小叶约会见面的那一天，当在约定地点看着小叶一路小跑过来时，我不禁笑了出来。喜欢！小叶跑动时，风徐徐吹起他的发丝，在阳光下他整个人都闪耀着明亮的光彩。那光彩是这样令人目眩，小叶总是这样的耀眼啊！

"今天休假吧？这么努力工作，是该好好休息一下。"小叶在我面前停下脚步，看着我微笑着说，然后仿佛想到什么，从包包里面取出一些东西，然后朝我递了过来，"诺，给你，知道你睡眠不好后特地给你买的。"

"这是？"我接过那些东西。

"是褪黑素、薰衣草和维生素 B 族，全部是帮助睡眠的。"还没等我去逐一细看这些物品，小叶就径自介绍说，"褪黑素在睡前吃一粒，维生素 B 族每天吃两次，薰衣草睡前煮来喝，这些没有依药性，对身体是无害的。"

"你了解得还真清楚。"我由衷地感慨。是的，了解得还真清楚，小叶为我一定下了不少工夫吧？工作很忙碌，却特地抽空去查资料和买这些东西，我看着手里的物品，被我捧在手里面的，应该是小叶的真心吧？

"当然，所以要想让我轻松一点儿，你的睡眠就要好起来，不然我工作时也会想着你的事，多分心呀！"小叶温和地用假假的嗔怪语气说，然后他轻轻拍了拍我的肩膀，"走吧。"

"嗯。"我将这些收进挎包，然后看向小叶，"你想要逛哪里？"

"逛街嘛，今天是陪你出来，你想去哪里就去哪里，然后我们在外面吃饭喝茶，今天好好逛个够。"小叶声音明快地回答，"你想去哪里，都跟你去。"

"你想去哪里，都跟你去。"听到这句话我怔了一下，小叶已经迈开了脚步，我急忙跟了上去，可是心却瞬间变得凌乱。

为什么？"你想去哪里，都跟你去。"明明是这样情真意切的一句话……为什么却偏偏想到普通男？是否是因为，我人生中遇见普通男以后，几乎所有的失意、丢脸、不安、动摇、害怕、无助、欣喜、希望、野心、欣慰、快乐，这些情感大部分都是在他的陪伴下度过的。

我是因为普通男的鼓励与激将法，才决定通过"战略"来与小叶打这场争夺对方心扉的恋爱战的。在寂寞的时候，在充实的时候，都是这个家伙陪伴并且见证着我的成长。

之前我并没有意识到这一切，可是不管是去哪里，都陪在身边的；在游乐场时我勉强自己玩刺激项目，痛骂我以后担心得跑过来的；在小叶说出这句话之前，已经在默默这样做的，是这家伙，不是吗？

从遇见他以后，真的是一直也在我的身边。可能太温暖了，可能太舒适了，可能太安心了，就仿佛一直穿在脚上却被忽略了的鞋子，我反而因此没能察觉到这一点。

我的脸色逐渐难看了起来，小叶细心地察觉到这一点："玉洁，咋了？"

"啊，不，没啥。"我顿时惊醒，极力抑制住汹涌的思绪。

即使是在不安和激荡的时刻，咋可能对男朋友说，自己的好朋友正在追求自己？只要是人都不可能这样做吧？于是我只能装出一副轻松的样子，努力笑了起来，随便寻找了一个担心由于失眠而引发皱纹的借口。

"我的前额都出现三道皱纹了。"我假装埋怨说。小叶却因此停下了脚步，于是我也停下来，困惑地转过身体看着他："小叶，咋了？"

"嗯。"小叶笑着摇摇头，随后走了过来，停在我的面前。他忽然俯身朝前看向我。他离我很近，在过往的人群中，小叶聚精会神地看着我的前额。他的鼻梁都快碰到我的鼻子了。我的呼吸急促起来，心也扑通扑通地跳了起来。

"看到了。"小叶说。

"啊？"我摸不着头绪地应了一声。

"那三道细纹，看到了。"小叶恢复了原先的站姿，看着我的眼睛说，"不是很明显，应该会消掉的，即便没有消掉也没有关系。"

"不是你当然可以这样说。"我嘀咕着，内心有些小不满，"你虽然比我大，可是却没有细纹，为啥我却偏偏得要接受不可？"

"因为那是玉洁你自身的一部分啊，那是代表了你过去的经历的总和的一部分啊！"小叶用很认真的语气说，"那三道细纹，代表了因为过去的积累，因此才会站在这里的你啊，不是吗？"

"话是这样没错……"我嘟着嘴，一副"就算你说得对，可是我还是不想要细纹"的神情。

"没关系的，我喜欢你，就连带你的细纹，我也喜欢。"小叶说，说完之后可能他自己也觉得不好意思，摸着脑袋嘿嘿地笑起来，然后率先径自迈开了步伐。

"小叶。"我心态复杂地再转过身，朝着他追了上去。然后，我们两人并肩齐行。在满街过往的人群中，能有人相伴，能有人对自己说这样的话，我的情感忽地又倾向起小叶来。

并不是每个男人都擅长花言巧语的。小叶刚刚说出那样的话，心里一定也觉得有些害羞吧？然而即便如此，他还是诚实地表达了出来，努力地将这份心情传递给我。

这就是爱了，不是吗？如果有人愿意接受这样的我，连同我的细纹一起，那么这就是爱了。是的，没有错了。我告诉自己，果然小叶才是……我的天命呀！

"刚刚，你害羞了。"追上小叶后我故意逗他。

"害羞？才不会。这种事情只有中学生才会做吧。"男人果然就是嘴硬和好面子，小叶不出预料地矢口否认。

"骗人，明明就有！"因为急于平复内心的波涛，我有意紧追不舍。

"真的没有！"小叶转头看着我，"我这样的人还需要害羞吗？"

"臭美！"我抡起挎包砸在他身上。

挎包砸在小叶身上时，我也怔了一下。这是我第一次如此认真地对待他，用本性流露的真我来向他表示亲昵，而不是一直模仿着"理想女性"的样子。而在被砸时，小叶也愣了一下，随后，他却是更会心地笑出声来。

他的笑容真是甜美。阳光般，能够抚慰人心的笑容。我看着那笑容呆呆地想，如果我和他在一起，从今以后就能一直笼罩在这样明媚甜美的笑容之下吧？

在之后的逛街中，我好几次伸手想牵小叶的手，然后又顾虑地缩回去，指尖蠢蠢欲动，想与小叶的手指相连，却又苦于面子无法自然地传递出这份心情。

牵手。想要牵手。我这样地想着。

就在觉得没指望了，准备放弃时，突然，小叶的手伸了过来，蓦地握住了我的手。我全身一震，有些轻微地抖动起来，而小叶微笑着看过来，对我温柔地点了点头。

原来他都知道啊！

我牵着小叶的手，被他温暖的手心覆盖着，不安定的心渐渐地平息下来，可是我还是觉得不安与为难，普通男……不晓得为啥，即使在这个时刻，我的脑海里面，也还是闪现着他的存在。

第 16 话　大亲友们

　　普通男总算让我停下了脚步，但我的心靠已经完全乱了。突然，我抓起挎包，非常凶狠地砸在他的身上。

　　我和普通男的相识，从开始的冤家，到接下来的朋友，再到最后复杂的三角关系，我曾经问过他，为什么会喜欢上那样的我。

　　"是啊，为什么呢？"普通男笑着，然后看向窗外，外面的阳光明媚而灿烂。

　　"可能是舒服吧……"他看着窗外说，"人当然总难免有喜欢好看鞋子的时候。"

　　"鞋子？"对我来说这个比喻真是……

　　"走过橱窗时，看见有型的鞋子当然会想要穿，对于男人来说，有时候特别喜欢的鞋子，就算不合脚也想要穿穿看，会忍耐着，会适应着，最后还是会放弃。"

　　"可是，有些鞋子虽然不起眼，穿着却很舒服，温暖，舒适，一旦穿上去，那种合脚的感觉，就让人想要好好地珍惜。"

　　"你是说我就是那双不起眼但穿起来舒服的鞋子？"我弄不清楚这是赞美还是小亏的话语。

　　"你说呢？"迎接我的，仍然是普通男的那副坏笑的表情。

1

"啥?"我与何纪书同时脱口而出,我的眼睛瞪得老大,嘴巴张成 O 字形。我猜想自己的嘴巴里面都可以投进好几颗花生了。何纪书则青筋暴起,还不待郭朝聪回应,他抓起啤酒罐就重重地往桌子上拍去。

何纪书立刻责备童景唯,可是郭朝聪立即反驳了何纪书。我担心地看着他。朝聪,直到这时候仍旧在替童景唯说话吗?直到这个时候,仍旧要维护童景唯的立场吗?从少年时代起酝酿的爱恋,直到现在也依旧没有任何改变吗?

即使是被抛弃了,也依旧没有任何改变吗?

"你还在替她说话,我说朝聪我真替你心急!"何纪书气不过,又一拳重重地击向桌面,"景唯的脑袋都用在哪方面去了?你辛苦赚钱养家,供她追求理想,结果她将聪明用在富翁身上去了!"

"我想……"我想要替童景唯说话,可是最后一句开解的话也说不出来,我仍旧沉浸在极度的震惊中。咋会呢?这样珠联璧合的一对恋人,不管是外形还是内里,咋会就这样突然分了手呢?

"她不是你们所认为的那种女人!"郭朝聪忽然吼了起来,"纪书你可甭把自己当成法官了,我和景唯是我们之间的事,我们的私事用不着外人插手和品头论足!"

知道童景唯和郭朝聪分手的事情后,我确实在情感上受到重重的震荡——我们这些发小死党居然没有察觉任何征兆。我们曾是这样地以这对恋人为豪,我曾经是如此地羡慕着他们,可如今……

可如今一切都已经不同了,从郭朝聪的嘴里面,我们知道童景唯选择了一个叫陈宇龙的富翁,大略知道那人是由黑帮家族向商业门第成功转型的典范。孙纤纤的担心,居然成为现实了。

随后何纪书准备给童景唯打电话,要她好好地对着我们这些大亲友交代清楚。就在这个时候,已经有些醉意的郭朝聪,反应却格外灵敏,一把夺过手机。

"朝聪,你干啥?"何纪书一副恨铁不成钢的样子看着他。

"纪书我告诉你,如果你打电话骚扰景唯,我首先就地跟你打一场!"郭朝聪睁着布满红血丝的眼睛,相当不容置疑地瞪着他说,"我不允许任何人伤害景唯,就算是你也不例外!"

"朝聪你咋就这么笨啊!"何纪书看着他。郭朝聪的气势实在太强,以至于何纪书根本就无法再和他碰硬的。我也察觉到,此刻的郭朝聪,可能随时都可能和别人干起架来。

一定是忍耐得太久了,一定是压抑得太久了,现在的郭朝聪仿佛一个随时可

能引爆的炸弹。何纪书是聪明人，自然领略到这一点，重情义的他再咋样也不可能在自己兄弟伤痕累累时再捅上一刀。

"没错，我就是这么笨，可我就偏认准这个理了。"郭朝聪牢牢地抓着何纪书的手机说，"景唯并没有辜负我，她从来就不欠我的，一个女人最年轻美丽的年华，她都留给了我。"

"朝聪……"我想说些安慰的话，可是啥也说不出来。郭朝聪心中的痛，我再了解不过。我们四人是从小一路相伴着走过来的，郭朝聪的心目中给童景唯留下多大的位置，这些我是最清楚的。

童景唯的离去给他内心造成的创伤，不是三言两语的安慰就能够抚平的，我接过手机将它放到何纪书手里。何纪书放好手机，只是一个劲儿地叹气，然后他伸出手，牢牢地盖在郭朝聪的手背上。

我了解郭朝聪的痛苦，可是也明白童景唯的无奈。只有我知道她读到报纸上公交车费可能涨到两块钱一次时，那种绝望不安的神情是怎样地让人揪心。

两块钱一次的出行，累积下来对童景唯却是一笔沉重的负担。如果人活到这个份儿上，幸福就成为真正的奢侈品了。清贫的生活下，理想也逐渐变得苍白。

我们都不是有钱人家的小孩，也都不是那些赚大钱的人，所以我多少能体会童景唯的心情。可是纵然如此，看着郭朝聪即使这样痛苦也想要维护她的决心，我就……

我就无法原谅！

在这个彼此各怀心事的晚上，两个男人不停地喝着酒。我坐在旁边，也不断地往嘴里面灌啤酒。我们都不晓得该说些啥，只要是对童景唯不好的话，郭朝聪统统要我们禁言。

看他现在这个样子，何纪书还真怕他硬起来拼命。我们三人不断地喝着闷酒。那一个夜晚，郭朝聪喝醉了，趴在桌子上睡眼惺忪，嘴里面却还在不停地喊"景唯，景唯……"

我们呆到很晚才散场。何纪书买完单后扶起郭朝聪，将他的手搁在自己脖子后面，然后扶着他走出了来福小酒吧。我先走在前面，替他们拦了辆出租车，说好价钱后，帮何纪书将郭朝聪扶进车内。

我站在原地目送着出租车渐行渐远，直到完全消失在我的视线中，才开始向前迈开步伐。我一边走一边拿出手机，调出童景唯的号码后立刻按了下去。我才不管现在已经是晚上十二点了，我才不管她现在正在做些啥，总之我就是要给她拨过去。

"玉洁？"当童景唯的声音从手机另一端传来时，我的理智瞬时失序了。

"童景唯你个混账！"我冲着手机大吼大叫起来，"要我说你什么好？你就是一彻头彻尾的混账！"

"玉洁……"童景唯明显顿了一下，然后她很快恢复了冷静，"你都知道了？朝聪都告诉你们了？"

"你个混账，居然绝情到这个地步，抛弃朝聪还不够，他明明这样伤心，还得出面替你做收尾的工作，童景唯你还是人嘛!?"因为彼此的交情，我毫无掩饰地表达出内心的看法。

"是朝聪自己要这么做的。"手机另一端的声音冷静地说，"我知道你和纪书一定会非常恨我，玉洁，我知道自己这么做可能会众叛亲离，可是我却还是决定这样做。"

"你不打算替自己解释吗？"我停下脚步问。

"有用吗？"童景唯反问，然后她笑了起来，那真的是凄凉而无奈的笑声，"玉洁，你是我最重要的朋友，如果连你也觉得我是混账，那么别人会咋样看我，可想而知了。"

"所以纵使与你身边最亲近的人决裂，你也依然要这样做？"听着她的语气，我知道她是下了多大的决心来作出的选择。

"如果不这样做，我一定会垮掉的，你们也许只能在心理治疗机构看到我了。"童景唯说，那是极度故作坚强的声音。听着她的声音，我又气愤又有种无法抑制的怜爱。

"你个混账还真有理了。"我虎着脸又重新迈开了脚步，"你现在在哪里？"

"你要过来找我吗？这么晚了。"童景唯有些吃惊地说。

"你个混账快告诉我你现在到底他妈的住在那个男人为你准备的哪套房子里？老娘没工夫跟你瞎扯淡！"我火冒三丈地对着手机吼了起来。我的声音很大，我甚至可以想象童景唯在手机另一端耳膜震得发响的情景。

"玉洁……"她只是叫着我的名字，然后，童景唯说出了她现在的地址。

2

出租车载着我在夜色中穿行。我一路按捺着焦急的内心，直到终于在德苑公寓前停下。我走了进去。童景唯所居住的楼层前面有设备精良的通话系统，我按下她所说的房号，里面她的声音立刻传来："玉洁？"

"快点儿给我开门！"我难以控制火气地说。

当我来到她居住的八〇二室时，明明有门铃我却不想按，而是径自用脚踹起门来。

我也没叫她的名字，因为喝多了些酒，意识失序下我也逐渐有些暴躁，踹门声惊动了里面的童景唯，她很快地前来应门。那扇门才刚打开，她甚至来不及叫我的名字，我就一把揪住她的衣领，将她朝里面重重地推了过去。

"分手的事居然还让朝聪帮忙收尾！你把我们的友情放在哪里了？这种大事为啥不亲自告诉我！"我的确是气到极点，而童景唯接连步履蹒跚地向后退。就在她一个重心不稳即将跌倒时，我又于心不忍地伸手拉住了她，将她重新扯了回来。

童景唯步伐不稳地摇晃着，我连忙双手扶牢她的双臂。她好不容易才站稳脚步，但却只是看着我，一句话也不说，是难以表述吗？或者，因为想表述的太多，反而说不出来？

"说啊，难道不想向我解释啥吗？我是你最要好的朋友，难道你打算一个解释也不给我吗？"我拼命摇晃着童景唯，她的身体上下震荡，却紧抿着嘴唇，脸色苍白地看着我。

"你是打算进行无言的抗议吗？抗议我不知好歹不分时间地跑来这里打搅了你的清梦？"我冷笑着，随后环顾四周，"真是漂亮的公寓，是啊，这优雅的居住环境和朝聪那里是天壤之别啊！"

童景唯看着我，她的眼睛闪动着，好几次差点儿要说些啥了，最后却仍然咽了下去。被酒意驱动着的我，实在受不了她这种沉默的模样，愤然抓着她重重往墙上撞去。

"是不是连我也配不上你了？是不是人只要一朝发达，朋友都不要了？是啊，以后你会和贵妇或者有钱人家的女儿交往吧，穿着美丽的套装出席各种高消费场合吧。"

童景唯重重地撞在墙上，痛楚使她咬紧了嘴唇。我失望又愤怒地摁着她，将她牢牢抵在墙上。一六二公分的我抬头紧盯着一六八公分的她的眼睛："你打算永远这样不说话吗？"

"我能说啥？"童景唯终于开了口，"现在我说啥都是错的，是的，我把一个一直在背后支持我的理想、为我付出了无数心血的男友给踹了，选择了一个富翁，一个家族企业继承人，现在我所拥有的这些全部是他给的。"

"大家一定会这样看我吧？"她的脸色越发惨白，"比起爱情，我选择了人生，所以我是女陈世美，纪书一定不会原谅我，现在就连玉洁你也这样看我，那么我还能说啥？"

"我是很想说，可是不管我说啥，一切都不会变化。"她的每句话语层层撞击着我的心，"玉洁，你是我最亲近的人，可是现在你不也像其他人一样看我吗？那么我还能说啥？"

"你……"我瞪着她，想表现出谴责的样子，可是童景唯只是静静地看着我，她似乎已经全然放弃为自己辩驳了，那种打心眼里面准备承受的自我孤立，却反倒让我无法再追究下去。

是的，童景唯她在作出选择时，一定也做好了被原有世界抛弃和否定的准备，她是带着这样的自觉下定决心的。看着打算默默承受一切的童景唯，我忽然领悟到，这也是一种背负。

她并不是纯粹将一切压在郭朝聪身上，而是已经作好独自承担骂名的准备。让郭朝聪进行收尾工作，也只是准备让死党们更加痛恨她，她准备就此来进行赎罪。

这个笨蛋！这个和郭朝聪一样彻头彻尾的大笨蛋！在她那样的表情和目光下，我的恨意与埋怨逐渐减弱，但我仍旧牢牢地摁住她。我们两个人对视了好久，我忍不住地将内心的话倒泻出来。

"你这个大笨蛋！为啥这样笨啊，笨到放弃这个世界上最爱你的男人，却选择一个给你安稳生活的男人，知不知道男人的心都会变的！"我抓起她的胳膊拼命摇晃。

"在这个世界上可能有人喜欢你的美丽，可能有人喜欢你的才华，可能有人喜欢你的气质，但并不是任何人都会只单纯喜欢最原始内里的你，你这样聪明，难道连这些都不懂吗？"

我怒其不争地摇晃着她，好几次童景唯的身体都撞在墙壁上，然而她却没有任何埋怨，只是看着我而已。那个时候，我就知道自己没有办法恨她或者排斥她了。

我没有办法就这样抛下她不管。她已经是我生活中的一部分。即使她抛弃了郭朝聪，但她和这个圈子的羁绊却不会因此断绝，毕竟她是我们整个青春的重要组成部分啊！

"那个男人以后花心咋办？那个男人往后喜新厌旧咋办？那个男人是黑道世家吧，他欺负你咋办？"我将担忧全部说了出来，想要帮她看清楚可能会面临的残酷现实。

"景唯，你好笨，钱可以赚，可是自己最爱也最爱自己的人，这样的人一生中能够遇到的机会屈指可数，你错过一次可能就会悔恨终生！"我拼命地将自己的心声给传递出去。

而童景唯只是看着我，从静静地看着我，变成深深地看着我。她的目光是如此深邃。忽然，她流出了眼泪。一直拼命维持冷静外壳的她，忽地突破心防流出了眼泪。

然后她笑了起来，边流眼泪边笑："你刚才是在担心我吗？是由于担心我才说这些话的吧？太好了，玉洁，真的是太好了，我好高兴，可能这样说我会显得自私，可我就是好高兴！"

"我以为连你也不要我了，听你气冲冲地说要来这里，我就想就算被打被骂我也甘心。如果是由你来惩罚我的话，那么我被打被骂都没关系。"在泪光盈盈中，她微笑着说。

看着那泪水不断滑落，我不自觉地松开了手。童景唯的泪水软化了我的心，让我那一度由于她的背叛而僵硬的心，逐渐柔软下来。最后我松开了手，不知所措地看着她。

"玉洁，我很害怕，我真的很害怕会失去大家。如果留下我一个人，就算过得再富裕，我也觉得寂寞，所以你是在担心我吗？告诉我，你是在担心我的，对吧？"

童景唯死死地抓住我，犹如溺水的人拼命地抓住一根浮木一般，那样迫切的眼神看得我一阵心痛。我都差点儿要原谅她了，可是内心另一个声音又提醒我这样不行。

她辜负了朝聪。如果我就此原谅她的话，朝聪未免太可怜了，可是再继续看着这样的她，我的内心一定会动摇的。我实在不想就此原谅童景唯，于是我粗暴地推开她，然后打开大门走了出去。

"玉洁，你要去哪里？"童景唯悲切地叫着我的名字，从身后追了上来。我加快脚步向电梯间走去。她简直是奔丧似的冲过来，从身后一把扯住我的手臂，"求求你，不要走！"

"正如你所说的，我已经失去了这个世界上最爱我并且我也最爱的男人，不要让我连最好的朋友也失去，求求你，玉洁！"她死命地扯住我的手臂，怎样也甩不开。

"放手，别拉拉扯扯的。"我尽量硬着心说。可是不管我怎样去推搡她，她似乎都铁着心不放手。最后童景唯从身后一把抱住了我，拼命地想把我留在原地。

"我本来都准备要放弃一切的。我伤害了朝聪，大家恨我甚至抵制我，我也没有话说，可是在见到你之后我才明白不是这样的。我已经失去了最爱，不要让我连好朋友也失去。"

"求求你，不要让我变成一个人，不要让我一个人去面对陈宇龙，不要让陈宇龙成为这个世界上我唯一能倾诉的人。玉洁，你是在担心我的，你真的是在担心我的，不是吗？"

那种悲痛的声音，一下又一下撞击着我心扉四周筑起的高墙。蓦地，那些高墙破裂倒塌了。我愤而转身。她的身体猛地震了一下，有些不敢看我，最后还是勇敢地迎向我的视线。

"我害怕。玉洁，其实我没有表面看起来那样坚强。玉洁，对于未知的明天，我也很害怕。"她颤抖着，紧紧抓住我的双手，"不要抛弃我，不要在这时候留下我一个人独自面对。"

"我们是最好的朋友，是姐妹，不是吗？"她焦急地看着我，焦急地乞求我的答复，"玉洁，你还会在我身边，直到我们有了孩子，变成妈妈，变成老奶奶，也还会一直在一起的，对吗？"

"你个笨蛋!"我大吼起来,之后声音变得颤颤悠悠的,"你真是个笨蛋啊!要做恶女就做得干脆一点儿,荣华富贵之后把旧友一脚踢开,你这种不上不下的样子,离恶女差得远呢!"

"你真是个笨蛋啊!"我瞪着她,泪水也涌了出来,"你这么笨,叫我怎么放心离开你呢?就算要抵制,叫我怎么放心抵制你呢?看看你,本来和有钱人交往是开心的事,你却……"

"你明明应该给我看很可恨的嘴脸,一副幸福得不得了、甜美优雅的姿态,可是你却哭成这个德性,可是你看起来还是这样的脆弱,什么嘛,一点儿也没有恶女应有的架势。"

"嗯,是啊,我也想表现出让大家更加痛恨的样子来。"童景唯边哭边笑着说,"可是我害怕啊,我害怕在这个世界上,最要好的朋友也不在了,玉洁,我……"

"不要说了,笨蛋。"我伸手掩住她的嘴,"不要说了,笨蛋。我不会离开你的,不管别人怎么看你,你永远是我最要好的朋友,就算这个世界与你为敌,我也不会离开你的。"

"玉洁……"童景唯哽咽着说。我们两个人就这样又笑又哭,直到最后我醒悟到这种行为实在可能吵到邻居了。于是我抬起手,缓缓地抚摸着童景唯的长发说:"我们不要让邻居看笑话,或者物业上来干涉,我也有许多话要说,现在,带我再去好好看看你的新家吧。"

"玉洁……"她整个人都愣住了,我一下又一下地轻抚着她。她抖动着,然后转过来,微笑着迎上我的视线:"谢谢你,玉洁。"

"谢谢你!"她说。虽然只说了这么简短的话,但是我明白她的意思。谢谢我留在她的身边,谢谢我让她在这时候不至于孤单一人,这些话语不用全部都说出来,因为我懂。

对于女人来说,爱情和婚姻当然很重要,但是这些并不是人生的全部,因为友情也是不能忽视的。将人生重心全部压在丈夫和孩子身上,这样的女人也会逐渐失去自我的价值。

我无法放开她的手,在这个时候,我明白了一件事,那就是我和童景唯之间的羁绊,是无法切断的。

因为她是我的发小,我的死党,我的大亲友,所以……

所以我是绝对不会松开她的手的,不管啥事。

3

此后的几天里我都很担心。担心郭朝聪,担心童景唯,我就是那种天生容易

担心别人的命。朋友对我来说是极其重要的存在，从毕业到现在的这些时光里，是朋友陪伴我一路走来，所以当他们遇到逆境时，要说不担心那是绝对不可能的事。

在忧心忡忡中，我在屈臣氏迎来了普通男。

那是某个阳光明媚的下午，普通男仿佛早就算准我下班的时间，就这样走了进来。当我看见他走进来时，不晓得为啥，我好像有些不大自在。

不是讨厌，而是……真的有点儿不大自在。自从那次告白事件以后，我们还是第一次见面。随着他向"屋诺"专柜的临近，我的心跳也不断地加剧着。我觉得自己真没出息，到底咋了，不就是一个普通男嘛，至于反应成这样不？

纵然心跳得如此之快，我脑海中还是浮过一些场面。在我的 YY 和玫瑰色幻想下，事情应该是这样发展的：普通男走近我的"屋诺"专柜，痴痴地看着我，我被他看得心慌意乱，怯怯地扭过头去。

"玉洁，看着我，看着我的眼睛。"普通男急切地压低声音说。

"我不要，我不要。"我拼命摇头，然后力图躲避他的视线，"不要这样逼我，求你，不要在我工作的地方找我，我……"

我们沉默下来。普通男并没有因此而离开，他就那样地站着等着我。然后下班了，我急急地走出屈臣氏。普通男立刻追了上来，一把抓住我的胳膊："玉洁，听我说……"

"不！我已经有小叶了，不可以再为此而分心。"我拼命挣扎，泪光在眼中泛起，"不要这样逼我，我们还可以做朋友，阿培。不要再这样逼我，我真的受不了。"

然后风吹起我的长卷发，普通男看着我，我的眼泪流了下来。啊哈！好浪漫的画面！通常影视剧里面不都是这种情景吗？我也好想那样体验一把！

"大姐，想啥呢？大白天在工作场合就当众 YY，我可真服了你！"然而现实是无情的，普通男走到我的专柜，拿起一瓶黑炭强力清洁洗面液，压低声音假装顾客地说。

我顿时从玫瑰色的幻想直坠无情的现实。这个家伙那天的告白将情感流露得这样真切，现在又恢复了平常的样子。唉，看来他是不会鸟那种模式的男主角的了。真是的，让我多幻想一下、多沉浸在那种情节中一下又能咋样嘛！

"你咋突然来我这里，不声不响地专程来吓人啊！"我唬着一张脸说。唉，现实中我也不是那种有着小鹿般容易惊慌眼神的女主角，相反此刻的我凶得一定很像虎姑婆。

"不就是突然想起大姐，觉得有些想你了，反正下午到晚上是霆勇当班，所以就从家里跑到这里来看你呗。"普通男极其自然地说，完全没有电视剧里的男主角那种惯有的羞涩！

他说话的表情和语气，仿佛是在谈论着工作话题，自然而诚恳。虽然这种不做作的风格也挺清新的，可是……唉，好不容易咱也混了个三角关系，咋这其中之一的男人就不会表现个脸红、目光浮荡或者为伊人憔悴的模样呢？

"你这人咋脸皮就这样厚呢？"我瞪着他。我也丝毫没有那种脸红痛苦模式的女主角的范儿，真是的，"才刚说我没女人味，长得不咋样，突然又说喜欢我，然后又说想念我，又跑到我工作的地方来看我，你都快把我绕晕了，阿培。"

"可是我也没法子啊，想念这种事情是没办法控制的。我也不愿意总是想着你，谁叫你这阵子都不来找我。"哎哟喂呀，这家伙还要赖了，听听这语气，难不成我还得对他负责了？

说啥因为我不去找他，所以不能怪他来店里面来看我，而且专挑快要下班的时间来，也就是说待会儿下班还要被这家伙缠上了。啊，我头大头大，看来这三角关系也不是随便哪个人都可以玩的。

"这阵子朋友出了点儿事，担心着呢，谁有空去找你啊！"我压低声音说，装出一副两人在谈论产品的表情。

"你还真是容易操心的命啊！"他笑了起来。晕，这么看去这小子笑容还蛮甜的，虽然不美。一普通男笑容能美得到哪里去？这样一比较，还是小叶的笑容英俊甜美。啊，小叶……

"我就是容易操心的命。"我瞪了他一眼，流露出"你这家伙就是不知好歹"的表情，"林某培回济南时我不也经常发短信、打电话去关心，每天也在惦记着林某培心情咋样了，我这人就是这样够意思！"

"我说你夸起自个儿来还真不懂得客气。"普通男亏我，随后朝我眨了眨眼睛，"好啦，林铭培知道的，所以林铭培才会喜欢你，大姐虽然长得一般，心眼还是不错的。"

"喂，不要挤眉弄眼！"我警告说。不行了，我最受不了有男人味的男人卖可爱或者撒娇，尤其是比我小的男人。这是我在和男人打交道时的致命弱点，这家伙可不可以不要这样卖可爱啊！

"大姐果然对我还是有点儿意思的是吧？"普通男忽地眼睛一亮，然后专注地看着我（手里还拿着洗面奶的场面好奇怪），"如果对我一点儿感觉也没有，就不会要求我不要这样做不要那样做的，不是吗？"

"晕！你脸皮真厚，有这么说话的吗？"我伸手按按额头。我不行了，他完全没有那种模式男主角的风范。我遇到了一个脸皮超厚，乐观自信又主动的家伙。我是该称赞他向阳呢，还是该为他的神经大条而恼怒呢？

"我那天不是告诉你'不行'了吗？多少也得拿出点儿憔悴痛苦的表情来吧，你不是说喜欢我吗？都被我拒绝了还活得挺滋润的，让我相当怀疑你的诚意啊！"当不了那种模式的女主角，我多少还是有点儿介意和失望。

"我靠，演雷剧呢？被拒绝一次就吃不下饭睡不着觉？我可不是那种人。"普通男吐了吐舌头。这家伙今天是准备拿可爱来攻陷我吗？"被拒绝了也不要放弃，大不了继续追呗！"

"妈啊，你咋这样厚脸皮啊！"我叹了口气。

"咱们彼此彼此。大姐脸皮不也一样厚吗？我跟你比还差得远呢，还要向你好好学习学习。"普通男一副谦虚的口吻，这家伙是打算气死我啊！

"谁脸皮厚了？"我瞪了他一眼，想起现在是工作时间，连忙换上职业笑容。在贺店长的眼皮底下，我要淡定，要表现出是在接待客户的样子，话说咋还不下班啊？

"我呢，被拒绝一次三次五次都无所谓的。如果是自己特别喜欢的事物，我会就努力去追求，直到得到为止。这才是男人，懂不？"哟，普通男居然还给我上起课来了。

"事物？"我真是不晓得咋评价这家伙了，"你没头没脑跑来，好歹要说些浪漫的话，姑娘家都喜欢这个的，虽然说我们只是朋友，不过我也不排斥你拿我练习一下。"

"大姐，我想你，真的不能控制啊！只要一闭眼，脑海里面全部是你的模样……"普通男接过我的话立即就煽情起来，眼神倒还是挺深情的，可是我咋就觉得不符合他的范儿呢？

"够了，打住。"我赶紧喊停。怪雷人的，老实说我就不是那种模式女主角的命，乍一听普通男的那些语调我都觉得不适应。唉，咱果然是粗线条啊！

"是吧？"普通男得意地说，一副"我就料到你会受不了"的样子。我又不行了，实在受不了他这种比我还了解我的表情，而且还卖弄。谁，谁来帮忙把他从屈臣氏拖出去，扔江里。

"我说你下次甭这样来找我，如果不是真的买东西的话。"我已经开始败退了，"这样真的很打扰我的工作，你站在这里我真的没心卖商品，接下来要喝西北风了。"

"果然还是喜欢我的对不对？"普通男步步紧逼，"如果不喜欢我，我站在这里你只会不把我当回事，事实证明那天之后你对我的看法和态度还是有变化的，对吧，大姐？"

"你能不这样乐观就好了。"我认输地说，"啊，如果我那朋友有你一半的乐观就好了。"想到郭朝聪我的心情又有些黯然。在担忧的情绪中，普通男就仿佛阳光一样，照射到心底黯然的角落。

虽然这家伙不打招呼就擅自跑来的行为叫人很恼火，不过有他站在这里，两个人装模作样地聊天，这样的场面又叫人舒心。我有一种矛盾的体会，在心情动荡不安的时候，只要在他面前，只要在这个家伙面前……

只要和他说话我就多少有点儿安心了，只要看到他的笑容，我就告诉自己没啥大不了的，没有迈不过去的坎。我已经习惯在这家伙面前的自己，毫无掩饰大大咧咧的自己，那是原本的我啊！

我就是这样子，没有女人味，很多时候像个男人婆似的。我一直都是这样活过来的，不用故意装出男人喜欢的模样，不用刻意娇柔地说话，走路更不想屁股扭来扭去的。

普通男从一开始就把这样的我接纳下来，所以我对他的感情很微妙，介于一种友情以上恋情未满的状态，而我对小叶则是爱恋满载，但是……女人就是这样，嘴上说着不要，可是心里却又是另一回事。

普通男仿佛也看穿了这一点："虽然我不知道你那朋友是咋回事，不过大姐，人和人都是不一样的，因此处理事情的方法和心态也不会相同。你那朋友有他自己的想法吧？"

"认真起来倒挺人模人样的。"我斜了他一眼，"你啊，在女孩子面前就是会做样子，为啥就不在我面前做做样子呢？至少满足一下我的公主梦，要知道我可从来没享受过公主梦呢！"

"刚刚要满足一下你，你就立刻喊停了。"普通男将我问得没话可说，"大姐，有时候我想，我们这样能在对方面前诚实坦率，不隐瞒不掩饰，不就是一种幸福吗？"

"很多人在别人面前都会戴上面具，可是我们在对方面前呈现的却是真正的自己，说话做事都不设防，大姐不觉得这种缘分更加珍贵吗？"普通男一旦认真起来，所表露的话语逐字逐句都缠绕住我的心。

我心虚地看着他，不知为啥心跳得更快了。奇怪，我明明是喜欢小叶的啊！可是他的这些话，这些一点儿也不优美的大实话，却是这样地扰乱了我的心。

这种事情不是很奇怪吗？我明明喜欢的是小叶，却又对普通男有些心动，难道我是那种命中注定会同时喜欢上两个男人的人？我啥时变得这么复杂了？

普通男看着我。我觉得这家伙的目光好敏锐，敏锐得好像我内心的浮动迹象全部被他的眼睛捕捉住了似的。我被他看得浑身不自在，好不容易总算快下班了。

下班后，我抓着挎包急匆匆就向店外走，等在外面的普通男立刻追了上来："大姐，你走得咋这样快？莫非被我扰乱心思了？走慢点儿，没人跟你抢道儿呢！"

"贫嘴！"我瞪了他一眼，继续维持着脚上的速度，"甭跟上来，都在店里面

烦我好一会儿了，像跟屁虫似的成何体统！找那些喜欢你的小女生玩儿去，甭烦我们大人！"

"成何体统?"普通男模仿着我的语气，然后口气一下子变了，变得认真起来，"大姐知道啥叫体统？真正的体统是遇见喜欢的人就该去勇敢追求，不可以光躲在角落里面哭泣或者哀怨，就算是抢也要把对方抢过来，我认为这才是中国爷们儿的体统！"

"好烦啊！"我拼命摇头，更加大步地向前走去。普通男，麻烦你可不可以甭再往下说了。我的心已经很乱了，麻烦你这时候就甭再给我添乱了，这些你知不知道？

"大姐内心也清楚的，我比小叶更加适合你对吧?"普通男就像我的影子一样，甩也甩不掉，"所以我不会放弃的，就算是抢，也要把你给抢过来！"

"烦死了！"我加重语气重复。

"我从济南回来以后，大姐有发觉我不对劲儿吧？想说啥却又欲言又止，很容易发脾气。那是因为我本身也很为难、也很犹豫啊，明明是我鼓励你去追小叶的，结果成功了又杀出来说喜欢你。"

我们两个飞快地一走一赶，普通男的声音持续在我耳边响起："可是没有办法，感情这种事情……接到奶奶过世的电话时，我真的很难过，然而就在我最难过的时候……"

"大姐你那样坚定地守护着我，大姐你那样不假思索地拥抱了我，大姐你用那样柔和的语气对我说话。那个时候的大姐，是我从未看见过的大姐，可是我却觉得那个时候的大姐非常温柔。"

"真的好温柔，被那样温柔的大姐拥抱并抚慰着，我……从那时起，回到济南以后我脑海里面全部想着的也是大姐的事。听到大姐谈起小叶我就不开心，当我意识到自己是忌妒之后，就想着'完了'。"

"真是完了，我爱上大姐了！"普通男的这句话，让我全身都震了一下，"我要告诉你，可是又无法说出口，不晓得咋办，脾气变得很恶劣，想着再这样下去不行，拍照时终于说了出来。"

"大姐，我喜欢你，想要和你一起，真的！"普通男总算让我停下了脚步，但我的心扉已经完全乱了。突然，我抓起挎包，非常凶狠地砸在他的身上。

"吵死了，真的吵死了！"我很凶地对着他大叫。请不要说下去了，真的请不要再说下去了，否则我这颗凌乱的心，真的会寻找不到自己前行的方向的……

我这颗凌乱不堪的心，已经不晓得自己到底更喜欢谁了，所以请你不要再添乱了，否则我一定会动摇的。普通男，你很吵，知道吗？你这家伙真的吵死了！

第 *17* 话 悲伤的眼睛

　　对面一辆开得很急的车来不及刹车，然后，郭朝聪就在童景唯眼前，整个人被撞得飞了起来。

猎爱技巧

　　对于女人来说，难免会有弄不清楚心绪的时刻。

　　虽说女人是敏感的动物，但也存在着像我这种粗线条的例外。

　　"在无法弄明白自己的心意时，静下心来好好去体会一下。"普通男在要求我做出选择时这样说，"你在谁的身边最自然放松？你最想和谁一起入睡？早上起床时，即使蓬头垢面，你也不需要担心，更不需要立刻躲进浴室梳洗。能给你这种感觉的，到底是谁？"

　　"你一直都在勉强自己对吧？"之后我也接到了小叶的电话，"但是，在我面前你不用那样辛苦的，因为我喜欢的是真正的你。我想要继续看下去，继续关注我已经越来越了解的你。"

　　两个男人，普通男让我看到希望，而小叶则唤醒我想要幸福的愿望。

　　我的人生因为他们而改变。

1

郭朝聪将手伸进口袋，昨天刚买的白金戒指还在里面。他站在德苑小区的门口已经一个多小时了。他向玉洁问过景唯的公寓牌号，明明只要打个电话或者直接进去就能解决的事情，但就算这样简单的事情做起来却显得格外地困难。郭朝聪站在这里，手再度伸入口袋，心情因为指尖触及白金戒指而变得复杂。

景唯她，现在一定很幸福吧？如果这样的话，那就好了。如果这样的话，那么自己也就放心了。郭朝聪这样对自己说。可是这个白金戒指无论如何也想要送给她，不是为了挽回，实际上是为了童景唯的幸福。郭朝聪就算强迫自己放手也没关系，但这只戒指，无论如何也想要亲手送给她。

在两人以前的闲谈中，童景唯曾经说过："我想过了，我不一定非得要到照相馆去拍婚纱照，也不一定非得要摆多么盛大的喜宴，或者新房一定要怎样地装修、买怎样的家电，这些都不是最重要的。"

"我想要一只白金戒指。"她笑着看向他，"作为结婚的信物，作为我和你两个人之间的羁绊，我只想要一只白金戒指，上面也不一定非得是钻石，随便啥都好。"

"一定要白金戒指吗？"郭朝聪不解地说，"黄金才保值，大家都买黄金当戒指，这样有一天钱贬值了，但黄金还在那里，买黄金戒指不是更划算也更保险吗？"

"我知道，这些事情我是知道的，可是……"童景唯坚持说，"可是不知道为啥我就是想戴白金戒指，觉得黄金有些俗气，但是白金却好像很清新脱俗，显得耀眼。如果是作为我和你之间的羁绊的话，非得白金戒指不可。"

那时候她眼里的憧憬和向往，现在仍旧烙印在郭朝聪的心里。昨天他终于买下了这只白金戒指，作为分手后两人曾经在一起的见证和纪念。郭朝聪只是想将这份心意好好地送给她，这样往后的人生就无憾了。

一直这样痛苦和憔悴是不行的，如果把自己折磨得不成人形，不但对不起父母，死党们也会担心，景唯一定更加不好过吧。即使是为了这些自己生命中最重要的人，也一定要坚强振作起来！倘若能将这只白金戒指送出去的话，那就是彼此关系的一个了结，自己也能好好地生活下去了，郭朝聪的心里就是这样想的。

好歹也是一个男人，再如此悲悲凄凄下去，自己也会更加讨厌自己吧？郭朝聪在心底里面笑了笑自己。今天出门之前，他好好地洗了澡，好好地刮了胡子，从镜中看见的自己，真是一脸残相。

男人在这个年纪如果不好好爱惜自己的话，那么也不可能指望别人来爱惜自己了。如果一个连自己也不爱的人，又如何能奢望别人认可自己的存在呢？郭朝聪总算慢慢地领悟到了这一点。

为了振作起来，朝聪想先和童景唯见上一面。这一面并不是结束，而是彼此人生的重新开始。离开那个充满彼此记忆的"鸽子笼"时，她曾经说："再见了，朝聪。"

她说的"再见"，郭朝聪明白并不是"就此不再相见"的意思，而是"以后仍然会再相见的"。是的，即使无法再拥有她，即使无法再聆听她入睡时的话语，即使无法再坦然轻抚她的黑直长发，但两人之间的过往，是不会由于分手而抹除的。

已经没有恨了，已经不再那么伤痛了，也已经学着怎样去接受和冲淡这个事实了，这样下来对景唯和自己都是好事。他已经二十九岁了，男人的责任总该背负起来才行。

可是口袋里面的这个白金戒指实在很棘手啊！他站在德苑小区门口带着礼物进退两难。这只景唯喜欢的白金戒指，绝对是要送出去的。今后，他们可能只能以好友的身份见面了吧。如果只是因为分手就断绝来往，那样的事情郭朝聪怎样也做不到。

所以他想送给她这枚戒指，想在两人独处时对她说："景唯，谢谢你，我最年轻的时候是和你一起度过的。和你一起的日子里，我很幸福，所以我是不会离开你的，即使作为好友，也要一起努力下去。"

兜兜转转间，一辆保时捷从德苑小区中开出。无意间的一瞥，郭朝聪蓦然发现里面坐着的是童景唯。她正坐在另一个高大强壮、看上去非常强势的男人的副驾驶座上，两人交谈着些什么，童景唯看起来一副安然的表情。

这种安然的表情，就证明她一定是幸福的。他已经好久没在景唯脸上看见这种安然的表情了。真是太好了，景唯。如果那个男人能够给她幸福的话，那么他也会由衷地替她感到高兴的。

童景唯正和那个男人交谈着，并没留意到他的存在。那个男人就是陈宇龙了吧，果然很有气势，郭朝聪思忖着。他忽然想起了此行的目的，是的，想要交给她这份礼物。

"景唯！"于是郭朝聪拔腿追了上去。在陈宇龙面前交给她没有关系的，以后他们也要相处。他不会和他打架的，因为是景唯选择的人，所以一定要处好关系。

"景唯，等一等！"郭朝聪喊出声来，拼尽全力朝保时捷追了过去。几乎就在同一时间，车内的童景唯仿佛心电感应一般，停止了交谈，就是觉得有些不对劲儿，身后仿佛有股力量在催促着自己回头。

她终于回过了头，立刻睁大了眼睛，"朝聪？"

那是她所未曾预料的事情，郭朝聪追着保时捷，看见她回头时，他非常欣慰地笑起来，甚至还向着她挥手。对面一辆开得很急的车来不及刹车，然后，郭朝聪就在童景唯眼前，整个人被撞得飞了起来。

看见郭朝聪被撞飞的那一刻，童景唯的大脑一片空白，这时……她仍未能反应过来。郭朝聪在追着自己的车，他明明对着自己挥手笑了，然后……他咋就飞起来了呢？

在看见童景唯回头的一刹那，郭朝聪加快了步伐更加不管不顾地向前冲。就在快要接近保时捷，突然被对面来不及刹车的车撞上时，郭朝聪心里面的第一个念头是：活该，如果遵守交通规则就好了。然后他整个人都被撞飞了起来，血花就在半空中喷射了出来。

景唯……在落下的时候，郭朝聪的手往上伸了上去。明明还没有将礼物亲自交到你手上啊。景唯……然后他重重地摔了下去，当身体着地的那个片刻，他什么也不知道了。

"啊！"童景唯凄厉地叫了起来，双手掩面声嘶力竭地叫了起来。回过神来后意识到眼前发生了什么的她，心在瞬间裂成了碎片。她凄厉的叫声震惊了陈宇龙。

"景唯？"陈宇龙紧急刹车。

"朝聪！不！不要！不可以！"童景唯疯狂地用手捶打着坐垫，然后打开车门冲了出去，来往的车辆她全然不顾了。陈宇龙不知所措地追了出去，然后看到了倒在血泊中的郭朝聪。

"不要！不要这样！"童景唯整个人在那一刻全部被抽空了。她的情感，她的意识，她的自控力，她只是拼命跑了过去，然后在郭朝聪面前跪了下来。她瞪大着眼睛，完全不能接受眼前发生的情景！

"景唯……"陈宇龙赶到她身边，首先一把揪住呆若木鸡的肇事司机，重重给了对方一拳。他下手的力度很重，肇事司机嘴角立刻淌出血来，怔怔地解释："不关我的事，这个人莫名其妙地冲出来，根本不关我的事啊！"

"朝聪？"童景唯喃喃地呼唤着这个名字，可是地上的郭朝聪却根本无法回应。看着不断淌出的血，她的泪水不断地涌了出来，她然后回头冲着陈宇龙大吼："打急救电话！快打急救电话！"

心好痛，眼睛好痛，头脑好痛，身体每个地方都痛得厉害，疼痛欲裂，他怎么会突然来到这里，怎么会突然要追她的车，为啥不打个电话呢？明明只要一个

电话，她就会立刻赶到他身边的。

即使分手，即使无法成为夫妻，即使不再是恋人，但他对于她来说仍然是最重要的存在，只要一个电话，她明明会立刻赶到他身边的。这个人，这个人的脑袋里面到底在装着什么东西啊！

"不要，我不要这样！"童景唯不断地重复着，然后她颤悠悠地伸出手，轻轻轻地碰了碰郭朝聪的手臂，"喂，朝聪，甭吓我，甭吓我啊！我并没有大家想象的那样坚强。"

"所以不可以吓我啊，喂。"可是倒在血泊中的郭朝聪毫无反应，童景唯看着自己的手掌，全部沾满了血液。她全身都颤抖起来。陈宇龙抓起肇事司机重重撞在对方的车上，然后用手机记下了对方的车牌。此前他分别拨打了急救电话和报警电话，他的确是可靠的一个人。

即使是这个时候陈宇龙仍旧未乱了分寸，当处理好一切后，他来到童景唯的身边，蹲下来，从身后抱住了她。

"已经打急救电话了，也已经报警了，现在不可以动他，我们在这里等救护车来。"他在她耳边和声说道。然后，陈宇龙看向倒在血泊中的郭朝聪，这是他第一次看到郭朝聪。

这就是景唯毕生深爱的男人吗？陈宇龙看着倒在血泊中的郭朝聪想，同时紧紧地抱住了颤抖不已的童景唯。

这个男人一直守在德苑小区前吗？看着郭朝聪，陈宇龙在心里面默默地说。拜托你不可以有事，就算为了景唯，也要拜托你不可以出事。喂，你不是很爱景唯吗？那么就撑下去，就在她眼前好好地活过来给她看看。

你这家伙，莫名其妙地跑到她居住的小区门前，莫名其妙地追着保时捷，又莫名其妙地出了车祸。如果你不负责任地这样死掉，那么景唯以后要咋办？你不是最爱她吗，所以一定要活过来啊！

陈宇龙紧紧地抱住童景唯，非常用力地抱住她。她全身更加剧烈地抖动着，大声问着身后的他："救护车呢？救护车还没来吗？真的不可以先送他去医院吗？明明流了那么多的血！"

"我们不是专业人员，为了他好还是等待，快了，就快来了。"陈宇龙安抚着她，心里面也同样焦急。如果这个男人死了，景唯会……站在陈宇龙的角度，他也同样迫切地期待这个男人可以撑过来，好好地活下去。

"我不要，不可以，绝对不可以，我绝对不要这样。"类似的话童景唯不断重复着，她的脸完全没有血色。这个时候的她，仿佛完全成为一个空壳。看着倒在地上的郭朝聪，童景唯感觉自己似乎从内里开始碎裂了。

如果没有了他，那么纵使变得更加幸福又有何意义？然而即使时光重返，自己就一定会在他身边吗？在这个当下，童景唯比以往任何时候都要更加仇恨自己。

活过来，求你了，无论如何也得要活过来。童景唯发自内心地祈求着。在救护车来到的那一刻，童景唯被陈宇龙搀扶着站起来。看着急救人员将郭朝聪抬上担架，她也要求坐上急救车。在上车的那一刻，她转身对肇事司机说："我绝对不会原谅你的！"

但其实，她所绝对不会原谅的人，是她自己。坐上急救车的一刹那，童景唯知道倘若郭朝聪出现闪失，那么此后她将永远生活在对自己的仇恨中。带着对自己的仇恨活下去，那样的感觉，一定宛若地狱吧。

2

"啥？景唯，你再说一遍？"我的脑子轰地一下，呆滞地当场傻掉。我感觉抓着手机的手在不停地抖，不光是手，就连整个身体都不住地颤抖起来，然后我从牙缝中挤出声音，"好，我明白了，现在就去。"

我向贺店长请了假，拦了辆出租车，朝着人民医院驶了过去。一路上我心急如焚。把童景唯的新住址告诉郭朝聪的是我，如果他因此有任何闪失，那么我也应该承担连带责任。到底因为啥原因导致他出了车祸？咋会发生这样的事？

出租车在人民医院前停下，我匆匆付了车费，打开车门就朝着医院跑去。来不及等电梯，我索性直接跑向童景唯手机中告诉我的手术室所在的楼层。

一到那里，发现何纪书与孙纤纤已经率先抵达了。童景唯说过顾虑到大家的心情会让陈宇龙先走，现在果然只剩下她一个人。我赶到的时候，何纪书正冲着童景唯大声嚷嚷什么。

"混账！"他越说越激动，居然扬手掴了童景唯重重一个耳光。脸色苍白的童景唯被他打得脸上都留下了五个手指的印记，然而她却不发一言地拼命稳住步伐，完全没有要替自己解释的意思。

我焦急地向他们跑了过去，一来到他们身边，就马上跳起来给何纪书响亮的一记耳光："混账的是你！还不快给我住手！"我的耳光下手同样很重，何纪书的嘴角都被打得流出血来，我的手也一阵酸痛。

"玉洁你打我？"何纪书一副难以置信地看着我，"你是不是打错对象了？"他指着童景唯，"全部是因为她才会变成这样，如果你要打的话也应该打的是她！"

"我就打你这个混账！"我上前一把揪住何纪书的衣领说，"发生这样的事谁也不想的，景唯的新地址是我告诉朝聪的，所以车祸的事我也有连带责任，那么你是不是连我也要一起打？"

"可是你不觉得她太过分了吗？玉洁，朝聪爱了她多久，守护了她多久，一下子她就把他踹开。如果不是因为她，朝聪就不会有今天这个样子。"何纪书虽然是在和我说话，却凌厉地瞪着童景唯。

"那要整死她吗？"我伸手把他的视线转移了过来，"看着我，纪书！朝聪不知是阴是阳，现在还非得要把景唯也往死里整吗？你明明知道现在最痛苦的就是她，你还非得把她往绝路上推吗？"

"我不是这个意思，我……"何纪书想要辩驳，情急之下却又不知道说些啥。我继续逼视着他："那是啥意思？纪书，朝聪的事我也非常难过，很震惊，担心得不得了！"

"不是只有爷们儿之间才有这种情谊，我们也是你的死党。景唯她不也是我们中的一员吗？对于你来说只有爷们儿才是真朋友，姑娘家就不是吗？"我一连串的质疑问得何纪书无法招架。他瞪着我摇着头说："你明知道我不是那个意思的。"

"那就甭再逼景唯了，真的，她现在这个情况你再逼她只能把她往死里整。纪书，景唯她也是咱们的死党啊！"我松开了他的衣襟。何纪书一脸颓然地看着我，然后长长叹了口气。

"玉洁，甭替我说好话，都是我不好，全部是我的错。"童景唯喃喃地说，"纪书打我是对的，我现在就需要一个人打我，好告诉我错得有多么厉害，你不需要阻拦他的。"

我向景唯走过去，在她面前停下脚步，然后握住她的双手抬起。童景唯呆呆地看着我。半晌，她用力地摇晃着脑袋，像是极力想要否定眼前发生的这一切一般。

"想通过自虐来减轻内疚，可不是景唯的作风。"我尽可能和声说，"被纪书打心里多少也会好受一些吗？可是这样的话，又和那些电视剧里面的女人有啥区别呢？"

"景唯，你只是做出选择而已。虽然我也不知道这个选择是对是错，但你只是做出选择而已，没有人可以因此打你，绝对没有任何人能够因此打你。"我用非常肯定的语气说。

我说的是实话。当然我内心是希望童景唯和郭朝聪一起白头偕老，可是倘若在结婚前一方的心意有变，那始终是两人之间的问题，感情这种事很难非得说是谁负了谁。

我当然不赞同童景唯的做法，可是每个人都有自己的生存方式，也有自己的选择机会，不可以拿自己的道德观去强行要求别人，不可以逼迫别人照着自己认为对的方向去走。

看着童景唯脸上的手掌印，我更加确定了这一点。我要守护她，以死党兼闺蜜的身份，我要陪她一起挺过来。

"是我的错，你没必要替我开脱，是我的错！"童景唯拼命摇头。她的身体抖得更厉害了，似乎一个劲儿要把责任往自个儿身上揽似的。我不由得将她拉到坐椅处坐了下来。

"景唯，这个时候我们必须坚强起来，尤其是你。"我不断地抚摩着她冰凉的双手，"在接到电话时，我全身都在颤抖，在出租车里面我差点儿就要哭出来，可是最后我告诉自己不可以哭。"

我温和地看着她："如果我们不坚强起来，那么就啥也不能为朝聪做了。朝聪一定会度过危险期的，我们一定要相信这一点，到时候大家轮流来守病房。"

接着我抬起头看向何纪书："纪书，对吧？朝聪一定会好起来，他一定能够挺过来的，朝聪一定会在里面努力地和命运抗争，他一定不会抛下我们的，对吧？"

"说啥呢？"何纪书凶了我一句，"那是一定的，朝聪是这样体贴的一个人，这家伙绝对不会舍得就这样丢下我们的！他当然会好起来，他一定会好起来的！"

"是吧？"我竭力挤出一个笑容，再看向童景唯，"咱女人在这种时候，所能做的真的不是只有哭泣和自虐。虽然自虐可能会让你的良心很舒服，可是景唯，如果你自虐的话，那么朝聪到底应该怎么办呢？"

"朝聪……"我最后这句话似乎对童景唯产生了很大的效果，她的抖动幅度忽然小了下来。她圆睁着眼睛，仿佛在等待着我之后的话，于是我继续说了下去。

"朝聪是怀着怎样的心情放开你的手的，朝聪是带着怎样的感受让你离开的，这些你不会不知道吧？朝聪比起我们任何人，都更加希望你能幸福。他就是这样才舍得让你离开的，不是吗？"

我将她的手捧起，往那冰凉的手轻轻吹着气："所以在这个时候，你要比我们任何人都更加相信朝聪，相信他能够挺过来，不可以先自乱阵脚。如果连你都动摇，那么朝聪就太可怜了。"

"玉洁，朝聪他会挺过来的，对吧？"童景唯可怜兮兮地看着我，泪水在她的眼睛里面打转，但她很努力地不让它们掉下来，"说得对，我不可以哭，我绝对不可以哭的。"

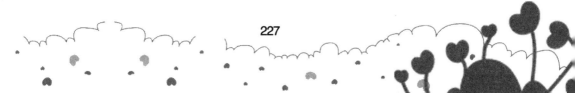

"我们都不可以在这个时候哭，一定要勇敢，一定要坚强。如果在朝聪努力与命运搏斗时，我们在外面就先哭了起来，那么朝聪就太可怜了。我们要相信他啊！"我加强了语气强调。

我特别希望大家在这件事情上坚强起来，因为纵使我们流了再多的泪，再怎样互相埋怨，对于事情也没有一点儿帮助，相信郭朝聪也不希望我们这样做。

"我们都这样喜欢朝聪，所以大家要相信他。"我拼命地给大伙儿打气。童景唯怔怔地看着我。好一会儿，孙纤纤硬扯着何纪书走过来。我看着他们来到我们面前。

"景唯，原谅我！"何纪书犹豫着，最后将手放在童景唯的肩膀上，"因为我真的喜欢你们，我一直都觉得你们是最合适的一对了，所以在你离开朝聪时，我觉得自己被背叛了。"

"或许玉洁说的对，我们其实是没权利去干涉一个人的选择，更不可以自以为正确地对别人的事情加以干涉，我想……"何纪书在这个时候停了下来。

"我想你永远都是我们的死党。"何纪书似乎很不好意思地吐出了这句话，他随即缩回了手。童景唯表情浮动地看向他，接着她从我的掌心中抽回了自己的手。

"谢谢你。"童景唯只说出了这一句话。何纪书点头，表示他懂，然后两个人就这样对视着。随后，郭叔叔郭阿姨来了。

两个长辈到达以后，大家立刻站起来向他们围了过去。"阿姨。"童景唯怯怯地叫道。我能察觉到她的不安，即便如此她还是站了出来，"叔叔阿姨，对不起……"

"你……"郭阿姨瞪着她，"这是一句'对不起'就能交待过去的吗？"她扬起了手掌，似乎想要朝童景唯扇过去。童景唯没有躲避，甚至没有眨眼，而是直视着她，似乎期望着她能打过去。

郭阿姨明显感受到了这份心情，她的手原本就要扇过去了，可是最后却硬生生地停在了半空中。然后，她缩回了手，看着童景唯："如果我打你的话，那么朝聪一定会埋怨我吧。"

"我的儿子，他是如此地喜欢你，一直等待着你和他结婚的那一天。他回到家里说的也几乎都是你的事情。"郭阿姨带着哭腔说。郭叔叔抓着她的手臂，用力地扯了扯，借此来安慰她。她继续看着童景唯："我不会做任何伤害你的事情，因为我的儿子是如此地珍惜你。我原本可以把你赶走的，但是那样做，我的儿子一定非常难过吧？我不会原谅你的，但是就算是为了我的儿子，我们也不会伤害你的。"

童景唯看着郭阿姨和郭叔叔，拼命地忍耐着，眼泪却还是不争气地流了出来。那个人是如此地爱着她，可是她却如此绝情地松开了他的手。

我觉得自己的心疼痛难忍，为啥非得让我们承受这些事情不可呢？我们每个人明明是这样努力地活着，可是为啥承受这种悲痛的却偏偏是我们？

"阿姨，对不起，我真的很抱歉！叔叔，对不起！我知道即使说再多句对不起也无济于事，可是我还是想说对不起。"童景唯哭着，不断地向两位长辈道歉。

她凄楚的表情，让即使最恨她的两位长辈看了也觉得心酸。这一天，我们一直守在手术室门口，一起等待，一起承受，一起祈祷，一并祝福。然后，手术室的门开了，医生走了出来。

郭朝聪是否能度过危险期，尚在观望中，但医生表示会尽力。听完这个结果，郭阿姨紧绷的神经稍一松弛，整个人就瘫在地上。我急忙上前扶住她。她喃喃地说："太好了，朝聪还活着，这真的是太好了！"

<h1 style="text-align:center">3</h1>

第二天我还是去了店里，第一件事就是找贺店长请了十天假。然后我又找厂家经理批准，奔波了好一会儿，总算办妥。走在路上我就开始打普通男的手机，他很快接了电话："大姐？"

"还好吗？"听着他的声音，一直强行抑制的情绪一下子就流泻出来，失落与郁闷一下子紧紧攥住了我，"今天反正也没啥事，就想过去看一下，你现在在哪里？"

幸好他在家里，于是我立刻坐上公交车。在这个时候，我就是想要见他。来到普通男的门前，没敲几下，他很快就开了门："咋了，想我了？"

我却没有精力和心思像往常一样陪他开玩笑："如果我能够因为这个就跑来这里，人生中只为恋爱烦恼就好了。"

不晓得为啥看见普通男我就觉得安心。我在沙发上坐下，把挎包往旁边一扔，跟在自个儿家里一样自在："有没有饮料？"

"好好好，真会指使人。"普通男嘴里埋怨着，却似乎很高兴地往厨房转过身。在里面待上不久，他捧着一壶柠檬水和两个杯子回到大厅，在二手台几上将它们放了下来，"新鲜出炉的柠檬水来了。"

"对了，还有饼干，在超市买的，我现在就拿给你。"普通男像想起啥似的连忙转身。就在他转过身体的一刹那，我一把扯住他的衣服，不自觉地，额头就抵上了他的腰部。普通男的身体一震。

"不要走，求求你，让我这样小小地靠一下，哪怕只一会儿也可以。"在普

驯汉记

通男的面前，我所有的外壳都被卸下了：坚强、乐观、不服输，在他面前我所呈现出的是未经保护的脆弱。

"大姐？"看不到普通男的表情，只是听到他吃惊而担心地问。

"我不要吃啥饼干，我只是想这样地靠一下。阿培，我真的已经很累了。我拼命表现出坚强的样子，拼命地为大家加油打气，可是我并没有表面上那样坚强啊！"

"大姐，说啥呢？发生什么了吗？"

听到普通男的关切询问，我觉得心里面的防线破裂了个缺口，所有的真实感受，顺着那个缺口逐一流泻出来。

"虽然经常对自己说只要努力就可以变得幸福，虽然经常告诉自己只要努力人生就一定会有不同，然而真的是这样子吗？"

我抵着普通男的腰，那一刻，感觉眼前这个男人真的是可以依靠的。"我已经很努力了。身材不好每天不管再累也要运动，气质不行就经常看书，我不停地检视自己，有缺点就拼命改正。然而真的只要努力，人生就会因此而变得有所不同吗？"

我紧紧地抵着普通男的腰，用力地抓着他的衣服。"如果只有我这样也就算了，做啥也不好，但是为何那些温柔体贴、诚挚善良的人也要经受这样的遭遇呢？"

"大姐，你把我弄糊涂了，"普通男转过身体，扶住我的肩膀，慢慢地在我面前蹲下身体，然后直视着我的眼睛，"到底发生啥事了，和我说个明白啊！"

"不是说好人一定会有好报吗？为啥伤害别人的人反而活得比谁都要幸福，明明那样善良的一个人，却非得到这样的事不可？这种现实让我没办法再相信这些话了。"

我想我的表情一定很难过，一定很不服气，因为看着这样的我，普通男也露出了担心的表情。他把手从我的肩膀上挪开，平放在自己的膝盖上。

他清澈的目光一直看着我的眼睛："确实有些事情明明非常努力去做了，却还是不能得到相应的回报，而有些根本就不使劲去做的人，却过得比我们还要滋润得多。然而我们努力了，就会与他们的距离缩短那么一点儿。即使只是那么一点点，也比啥都不做要强。"

"话虽这样说，可是我已经不知道该相信什么了。"我摇着头说，"如果好人该有好报的话，为啥那样善良体贴的人却偏偏会遇到车祸呢？"

"大姐！"普通男的表情一下子变得严肃起来，他的手抬了起来，紧紧握住了我的手，"车祸？告诉我，到底发生了啥事？你这样信口乱说，没个逻辑，实在让人很着急呀！"

普通男的温暖由他的手传了过来，他相当用力地握着我的手。他的力度充分表达了他对我的关心……在这个家伙面前，我觉得自己能够说出内心的任何话语。

"我最要好的朋友出了车祸，怎么会？明明是那样善良温和的一个人，明明是比任何一个人都更加热爱生命的一个人，明明是那样温柔地对待着朋友的一个人。"我看着普通男，咬紧了嘴唇，然后愤恨地说："坏人有恶报，好人有好报，这些事情是真的吗？为啥连朋友都出车祸了，我还要低声下气地请求批假，我……"

"这就是人生，不是吗？"普通男斩钉截铁地说，"大姐，你希望我陪你一起感叹，说人生真是不公平，你希望我陪你一起控诉吗？"

我看着普通男，一时之间无法回应。

"努力总比啥都不做要强，这是一定的。大姐，朋友出了车祸你一定很难过，觉得不甘心也是理所当然的事，真的不要再去责怪自己了。"他逐渐加强了语气，"大姐现在相当地不甘心吧？"

"是的，我无论如何也不甘心！"我叫了起来，"如果努力的好人都要出车祸，如果努力的好人只要作个选择都要受折磨，那么叫我如何去相信人生呢？"

"不甘心也没有关系！愤恨也没有关系！"接下来普通男的这些话，却让我始料未及地怔住了，"不甘心的话就在我面前，充分地表现出来，让我看看你到底有多么地不甘心！觉得愤恨就喊出来，就算被邻居讨厌我也不在乎的！痛苦的话就哭出来，在我面前不用装得那么坚强！"

我吃惊地看着普通男。我完全不能理解，这家伙咋能对我说出这些话呢？可恶啊！这些明明听起来就很让人火大的话，可是，为啥我却觉得非常感动呢？

"我不会哭的。"我嘴硬地强调，"哭的话就是弱者了，弱者只会被人欺负而已。我不要被人欺负，也讨厌被人同情，因此我是绝对不会就这样哭出来的。"

"即使在我的面前也？"普通男问道。他缓缓地直起身体，轻轻地将了将我的发丝，接着温和地微笑了起来，"大姐，逞强的那些事情对着别人做就行了，没必要在我面前也来这一套吧？"

"想哭的话就哭出来吧，不会因此就变软弱的。如果是自己非常重要的朋友出了车祸，却还表现得啥事也没有那才叫另类呢！大姐，面对诚实的自己，绝对不算是示弱。"

"你这家伙……"我瞪着普通男想要凶他，想要嘴硬地反驳，可是泪水却不听使唤地涌了出来。一直以来被世人认为是母老虎的我，在普通男面前放声哭了出来。

"已经没办法再相信只要努力就会变幸福这种鬼话了，已经没有办法再硬撑着眼泪了。阿培，我也想像这个样子对着某个人放声哭泣，我也想偶尔奢侈地脆弱一下啊！"

对着普通男，我的眼泪源源不绝地流了出来。我抽泣着，被他抱在怀里。普通男却只是说："我知道的，大姐的感受我都知道的！"

第18话 暴风雨的前夕

男人生气的时候，眼神会很凶，两眼直直地盯着你看，表情会绷紧，让人觉得他的情绪也绷得紧紧的，总之是一副惹不得的样子。

猎爱技巧

　　郭朝聪发生意外的时候，是我和童景唯最煎熬的时刻。那个时候，小叶对我表达了他内心的感受。我听见他说："没办法啊，你靠这种手腕已经让我喜欢上你了！"

　　那一刻，我真的很感动，不光因为他接纳了真实的我，更因为在这个过程中苦心规划的普通男。

　　"在恋爱攻略里，为了能与对方更接近，手段是必须的。"普通男在说服我时这样说。

　　"恋爱不光是美好的过程，同时也是极其残忍的竞争，第一次接触的印象如何，根本就决定了生死！如果不从一开始就投其所好，至少让对方觉得下次可以再约出来见面，那么不要说逐渐取得对方的认同，根本连继续见面的机会也不会有。"

　　为了说服我，他真的举了很多例子，最后他说："一旦对方已经掉进了你的爱情陷阱里，直到真正交往后对方才发现你完全不是他想象的那么一回事，这时候想分也分不开了，因为他已经被你的爱套牢啦！"

　　那个时候我真的非常痛苦，两个男人，两双温暖的手，任何一方我都不想失去。

1

郭朝聪醒了。

在他醒来时，和他共同迎接这一时刻的人不是父母或者其他的亲友，而是童景唯。在童景唯的苦苦哀求下，郭家父母总算勉强接受了她看护郭朝聪的请求。

从郭爸爸和郭妈妈的考虑来说，倘若是儿子最在乎的人守护在身边，那么感觉到对方的期待，也许因此而苏醒过来也不一定。

于是童景唯尽可能地承担起守护的责任，即使被别人认为是在赎罪也没关系，她就是想尽可能多地陪在郭朝聪身边。对此陈宇龙并没有干涉，相反，他说："如果这是你想要做的事，那么就好好地去做吧。"

"你不会因此而不开心吗？"童景唯真的很想知道，"自己的女友全身心放在前男友身上，一心一意地照顾和期待着对方康复，你不会因此而有丝毫的不快吗？"

"难道我想要一个冷血的，除了美丽外壳就没有真实感情的女人？"陈宇龙笑着反问，"男人大多都会吃醋，可是，对于曾经为你付出了那么多的前男友，倘若你只是考虑到我就抛下不管不问，那么我真会觉得你很可怕。"

陈宇龙的话语，非常出乎童景唯的预料。这是她第一次如此用心地端详着眼前的这个男人。"谢谢你！"最后她说。

陈宇龙的表态，让童景唯更加义无反顾地全身心投入到对郭朝聪的照料中。好几次她独自坐在病床前，静静地看着沉睡中的郭朝聪，就会想起两个人所共同走过的时光。

因为发生了车祸这件事，令童景唯更加明白，这个男人纵使无法与她相伴一生，也是她此生最为珍贵的一部分。童景唯每天都在病床前，在心里悄悄地对着郭朝聪说话。她把书带来病房，有时看着看着，半天时间就过去了。

然后，在第五天，郭朝聪就这样没有预期地醒了过来。他醒来的时候，童景唯正一如往常地凝视着他的睡相，那犹如孩子般纯净的睡相。或许，人在沉睡中是最不设防的。

就在她凝视着昏睡中的郭朝聪时，童景唯忽然发现他的眼角似乎动了一下。她揉了揉眼睛，是自己太累了吗？

然后，他的眼角又动了几下。童景唯的心脏兴奋又紧张地加速跳动了起来。就当她准备起身去按床头的按铃时，郭朝聪睁开了眼睛。朝聪！这意外的巨大惊喜，促使她完全取消了原本的打算。

"朝聪？"她还是不太敢确定地尝试着轻声唤了一句。

"在这里。"郭朝聪有些虚弱地回应，童景唯喜极而泣。

真的是喜极而泣。泪水夺眶而出时，心情也变得舒坦，那是发自内心的开心的泪水，然后她笑了起来："醒了，醒了。真是太好了，真的是太好了，真的是太好了！"

"你说了好多句这样的话啊！"郭朝聪感慨，感慨中又带着专门挖苦的语气。于是童景唯停了下来，坦率承认："很呆吧，像个笨蛋一样对不对？可是，我现在就是这么高兴！"

"真的，像个笨蛋一样。"郭朝聪不客气地说，两个人会心地相视而笑。

没想到再次见面是在病房中，郭朝聪先前在德苑小区徘徊的拘谨、不安、犹豫、为难全都烟消云散了。他还记得身体被撞飞起来那一刻的痛楚，是的，经历了那样的痛楚，人生中就再没有啥是迈不过的坎儿了。

"景唯，对了，戒指……"郭朝聪逐渐理顺思绪后的第一个反应就是为童景唯买下的礼物，那徘徊着却渴望能亲手送到对方手里的礼物。

"在这里。"童景唯抬起了右手，戒指正戴在纤长灵秀的食指上，"很漂亮，我很喜欢，看见这个戒指……车祸当天我立刻就戴上它了。"

"很漂亮，你果然很适合白金戒指。"郭朝聪认真地看着她戴上戒指的手欣慰地评论着。

"你追着保时捷就是为了把这个亲手交到我手上吗？"童景唯哭笑着看着他，"到底谁才是笨蛋啊？听着，如果以后再做这种只有笨蛋才做的事，我绝对不会原谅。"

"真的，绝对不会原谅你的。"她瞪着他，用非常严厉的口吻说，"你知道大家有多担心吗？你知道我有多害怕吗？我害怕如果你醒不过来该咋办，那么我要如何面对……"

"没有我的世界？"郭朝聪巧妙地接过她的话，轻轻地叹了口气，"放心，绝对不会再有下一次了。我还想好好地活下去，还有好多事情没有做，还有好多时光等着我。"

"知道就好。"童景唯的声音一下软了下来，"朝聪，我是狠下心来抛弃你的，对吧？对于这样一个负心的女人，你更应该好好地活下来，不是吗？"

"那样的话不用你说我也是知道的。"郭朝聪稍微嘟了嘟嘴巴，"我怎么可能会因为这样一个负心人就自寻死路呢？还不是因为想将这个戒指给你，这可是你一直想要的戒指啊。"

"一直以来，啥好礼物也没有给你，我想在我下决心和你说'再见'之前，至少给你送一个你一直想要的礼物，所以那天才会不顾一切地追上来。"

"笨……"童景唯不禁想要埋怨。

"笨蛋是吧?"郭朝聪早就知道她要说啥了,"还真的是个笨蛋,不遵守交通规则横冲直撞的,还真是活该。不过话说回来,我也因此更加明白,我可是远远还没有活够啊!"

"为了一个女人消沉了这么久,再不振作的话就不是爷们儿了,那天我本来是带着向过去说再见的决心才去找你的。"

童景唯静静地聆听着,能够听到他再次说出这些话,心底的喜悦难以形容。她贪心地聆听着。她从未发现原来聆听郭朝聪说话也是如此美妙的一件事。

"你说得对,面对负心人最好的办法,就是更好地活下去,活出个人样来给对方看看。"郭朝聪似乎想要开她玩笑,但语气却又很认真地说。

"景唯,我不想就这样认输。我绝对要好好地活下去,活得比你还好,然后找个更好的女朋友,让你后悔当初放弃我是多么愚蠢。可能她没你美丽,没你有才华,但绝对比你可爱和踏实。"

童景唯笑了起来:"成啊,那你要更快地康复过来,然后才能够对我好好地报复一番。你一定要让我看到你过得更好的一天,一定要带着女朋友在我面前好好地耀武扬威一番。"

"耀武扬威?好差劲儿的形容词。"郭朝聪皱了皱眉头,"你是在吃醋吗?对于我即将要找新女朋友的事,居然用这种词来形容一贯被认为是好人的我,这不是太不恰当了吗?"

"就是这样才恰当。"童景唯的语气不容置疑,于是两人再度相视而笑。

能够再见到郭朝聪的笑容,童景唯觉得即使自己折寿十年也心甘情愿。她还是那样喜欢他的笑容,纵使虚弱,却依然灿烂。就在这时,郭朝聪忽然提出了一个令她意外的请求:"景唯,可以摸摸我吗?"

"嗯?"童景唯一愣,笑着确认。

"可能这样有些任性,可是现在,可以请你再摸摸我吗?"郭朝聪看着她,用充满希望的眼神说。

"说啥呢?当然可以。"童景唯不假思索地说,然后她毫不犹豫地伸出手,轻轻地温柔地向着郭朝聪的脸抚摸了过去。

光滑且充满弹性的脸,这张自己毕生最为眷恋的脸,童景唯微笑着一下又一下地抚摸着,每个地方自己都那样地熟悉。郭朝聪惬意地闭上眼睛,看起来似乎很愉快的样子。

"景唯,要幸福!"经历了一阵子的安静时光,他忽然开口说。

"啊?"童景唯询问。

"抛弃了最爱你的我，选择了陈宇龙，我又因为你出了车祸，差点儿连命也丢掉，如果这样你还是不幸福的话，我可是绝对饶不了你！"郭朝聪闭着眼睛狠狠地说。

"嗯，一定幸福！"童景唯用力点头，泪水又流了出来，"一定要幸福得让你不服气，让你更加倍地想要超越我，有你、有陈宇龙，现在我很幸福啊。"

"我不是在开玩笑，是说真的。"郭朝聪蓦地睁开眼睛，"你一定要幸福，可以和我约定吗？"

童景唯看着他，目光不停地闪烁。然后，她又带着泪水笑了起来。"如果这是你希望的，那么我答应你。我发誓，一定会过得幸福的，一定会过得比以往任何时候都更加幸福的。"

"一定！"郭朝聪强调，又放心地舒了口气，"好累，我要再睡一会儿，然后……妈妈一定也很担心，她一定哭了，还有爸爸，还有大家，我还真是个不让人省心的主啊！"

"睡吧，尽快恢复。"童景唯柔声说，纵使不舍，她还是悠悠地抽回了自己的手，"你睡着之后，我就给大家打电话，所以好好休息，大家一定会非常高兴的。"

"好。"郭朝聪答应着，然后重新闭上眼睛。这是这些时日以来，他第一次如此安心放松地睡眠。童景唯坐在病床边看着他，仔仔细细地，一点一点地，犹如在对待一件价值连城的珍宝一般。

我接到电话赶过去时，童景唯已经率先离开了那里。她似乎有心给我们营造一个自己不在时的相处氛围。我在搭乘电梯时，脸上都是在笑着的。进入病房后，何纪书、孙纤纤和郭叔叔、郭阿姨都在里面。

"好家伙！"何纪书看上去真的是非常高兴的样子，走来走去，不时对着郭朝聪扮鬼脸和装发怒，"你以后甭再做这种让大家担心的事儿，不然我要狠狠揍你一顿，直到打得你鼻青脸肿为止。"

"知道。我下次不敢了。"郭朝聪一副讨饶的表情。孙纤纤笑了，接着她的笑声我也笑了。郭朝聪随即说："玉洁也来了。"

这一刻，我们大家看着死里逃生的郭朝聪，内心的喜悦实在难以形容。

我开心得流出了眼泪。嗯，能够活着确实真是太好了。好死不如赖活着，这句话真是一点儿也没有错。只要活着，就还能够看到明天的风景，体验这个世界的变化，死了，就啥也没有了。

这个时候的我们，沉浸在朝聪苏醒过来的喜悦和安心中。谁也没有预料到，在道路的前方，还有更大的悲痛在等着我们。是的，在这个时候，我们确实谁也没有预料到。

2

"这个，那个，这个，还有那个。"普通男推着购物车，陪着我在家乐福里面到处闲逛。我不停地看着食品专柜上的东西，向他发出购买的询问意见，但根本不等他回答我就径自作了决定。

"喂，我说你这人咋这么恶劣啊？"普通男哭笑不得地抗议，"话说你刚才就一直不断地在询问我的意见吧。每次根本都没等我回答，你就自顾自地说了下去，你根本就是在把我耍着玩的对吧？"

"不行吗？我是有主见的女人，没必要啥都得征求男人的意见。"我想我此刻的表情一定是非常欠扁。本来嘛，女人大都喜欢小小地捉弄一下要好的异性，然后看对方生气或者烦恼的样子。我觉得这是大多数的女人的共有心态，这点儿他一定也能够察觉的。

毕竟是普通男嘛！

"真是恶劣的个性，居然以捉弄男人为乐，这种女人到底是咋样一直披着羊皮来迷惑小叶的啊！"普通男鼓起双颊。

在融洽的气氛中，话题里面突然出现小叶，我的心还是不禁"咯噔"了一下。似乎在自己的潜意识里面，虽然过去经常向普通男提起小叶甚至就如何与小叶相处好的话题向他请教，现在居然有些抗拒提到小叶了。

为啥如此，我也不知道，但提到小叶就是有心虚的感觉。自从普通男告白之后，我们依然保持着先前的来往和自然的相处模式，可是有一点我变得不一样了，那就是我很在意和他谈小叶的话题。

我尽管表现出不在意的样子，而心里还是不安。渐渐地，我觉得比起和小叶在一起时精心控制和修饰的自己，还是和普通男在一起没遮没掩的相处更轻松。

可是，小叶代表的是我所有对男人的理想和渴望。我只是一个世俗的女人，好不容易才抓到了桃花，应该珍惜才是，根本就不用动摇的对吧？

对比不是显而易见的吗？普通男那张在北方随处可见的大众脸，一点儿也不帅（虽然皮肤确实很好），而且他嘴巴那么贱，还喜欢拖着我，甚至曾经把我从店里面扔出去，根本就不尊重女性！

不过回想起来，虽然普通男喜欢把我到处拖来拖去，叫过我"丑女"等一大堆难听的名词，可是，好歹我也对着他拳打脚踢，并委托给他一大堆棘手的事情。这样你来我往之间，我们也算扯平了。

我迷茫地看了身边的普通男一眼，这家伙立刻察觉到我的失态。"喂，我说有事没事你不要这样色迷迷地盯着男人看行不？让我很没有安全感！"

"靠，光天化日之下还怕我 XX 你？"我鄙视地说，在心里同时大呼自己就此打住。停！我这脑袋瓜子到底都在想着些啥东西啊！我的天命是小叶是毋庸置疑的事情，难道还嫌现在的局面不够乱吗？

"麻烦你积点儿口德吧，感觉你已经伪男了。"普通男轻蔑地扫了我一眼，把我气个半死。这家伙就是这样，能够随时把人逗笑，也能轻易地将人激得跳起来。靠，居然还在这时候装纯。

"伪男咋了？我就伪男你又能把我咋样？难不成你还要伪娘一下来反击我？"我集中火力反击。

然而普通男一句话就将我击溃："我要伪娘估计难度大呀，而你剪短头发再穿上男装，都不用化妆，光言谈举止就一活脱脱伪男。这么光荣的任务还是由你来担任吧，反正咱们国家生男生女都一样嘛！"

#4%￥#！我在心里面把他毒骂了一通，外表却拼命表现出不在意的样子。这家伙如果看把我气个半死，一定会觉得他赢了。我才不要让他品尝胜利的感觉，我偏偏要表现出无视的样子。

无视，无视普通男！

我们买好了我选择的商品，然后排队付账。当普通男帮我装好商品，拎着它们往电梯处走时，他问我："你朋友出了车祸，现在根本就不能吃这么多东西吧？"

"当然吃不了这么多。"我回答。

"那你还买？"

"就是因为他吃不了才买。"我扫了普通男一眼，"这些都是好东西，他也喜欢吃，所以必须尽快康复起来才能品尝到这些东西。"

普通男沉默。我们接连搭了两层手扶电梯，然后他才开口："这是你的心愿吗？与其说是礼物，不如说是你的心愿，你希望他健康安好的心愿？"

我看着前方回答："为他买再多的东西也是值得的，不管咋样，看到他活生生的样子……"

"就不禁从心底里面庆幸。"我的脚踏上地板时，禁不住转头看了普通男一眼，不晓得为啥，却不由自主地说出了这样的话："喂，阿培，你可要活得好好的。"

"啊？突然在说啥啊你，最近经常说些没头没脑的话，上次因为朋友车祸跑来找我的时候也是。"他虽然这么说，脸上却是一副包容的表情。看着那样的表情，我的心突然摇晃了起来。

"我之前说过吧，现在已经不知道到底该去相信些什么东西了，好人只要努力真的就可以变幸福吗，还是幸福永远只属于那些践踏别人感受的人？"我头也不回地加快脚步向前走去。

"喂，大姐慢一点儿，我可拎着不少东西呢！"普通男叫苦地说，同时快步追了上来。

"所以很害怕啊，如果阿培遇到不好的事情咋办？"我双手指尖交织，就是平复不下情绪，"所以你要活得好好的。至少阿培你应该幸福的，因为我身边的好人全部都过得不咋幸福啊！"

"笨蛋，那种事情不是你该操心的事。"普通男说，"因为我命很硬的，所以我一定会活得好好的，比起为别人担心，你还是先操心自个儿吧。你也是个好人，所以首先要活得幸福来给别人瞧瞧。"

"我吗？"听到这话我不禁觉得茫然。现在的我似乎正处于二十九年来难有的幸福时刻，有了理想恋人，我的收入勉强也还够用，可是……

可是明明应该觉得幸福的我却变得不安，我真的觉得幸福吗？二十九年来第一次交到这样的男朋友，小叶的条件对我来说真的是非常地优秀，所以我很害怕会失去他。相反，和普通男在一起却能够做回真正的自我。

我觉得困惑。所以我不由得逞强地说："我很幸福啊，你看，我的男朋友比你帅多了，你们根本就不是一个级别的。"

"喂，就算证明自己幸福也用不着把我贬低到这个程度吧？你这样真的是让我很不舒服啊。"普通男索性把袋子都集中到一只手上，另一只手霍然上前，一把从肩膀前环住我，将吃惊的我猛地拉到自己胸前。

"你真的幸福的话，是不会流露出那种迷茫的表情的。"普通男像是完全看穿我在逞强一般，"大姐虽然我不知道你到底是咋样想的，但如果真正幸福的话，是不会这样卖弄般地强调的。"

"你的朋友一定不会有事的，我也是打心底里这样祈祷着。大姐，在这种时候你更应该拿出你虎姑婆的强悍气势来才行，如果连你也动摇了，那么其他的朋友到底该咋办呢？"

"阿培……"我呆呆地伫立在原地，背后就是普通男宽阔强壮的胸膛。被他单手环绕着，聆听他的话语，忽然间，我明白了这双穿惯了的鞋子的重要性。

这双已经穿了很长时间的鞋子，虽然款式简单，却合脚舒服，也正因为它的平凡和舒适，反而因此忽略了它的存在。人，总是容易被好看有型的款式所吸引。

为啥这么简单的道理，却非得在这个时候才懂得呢？心底的感触让目光和语气都变得温柔了，我居然和声回应："是啊，毕竟我是远近闻名的母老虎嘛。"

"那种伤春悲秋的事，还是留给电视剧里的女人去做好了，我这种虎姑婆不坚强乐观起来咋行？"我微笑着对背后的普通男说，"对吧？"

"真他妈的太对了！"感觉他也笑了起来。就在我们俩的会心时刻还没延长到一分钟时，我看见一大群的乌鸦从眼前飞了过来，然后大道大道的黑线停留在我的脸上。我的笑容霎时凝结。

哎呀，妈呀！我居然忘记这里是家乐福门口，也就是小叶业务上经常需要造访的地方。在这里和小叶相遇的几率还是挺大的，这种粗线条导致的结果就是：从小叶的角度看过来，我被普通男环绕着微笑，两人一副甜美的场景！

真是好大的一群乌鸦啊！我怔怔地看着愣在原地的小叶，半晌才反应过来，一把推开身后的普通男。

小叶铁青着脸走了过来，我第一次看到他这种沉郁的表情，好可怕！话说任何男人看到自己女朋友的这种情景都不会开心吧？捉奸在床？呸，我咋会想到这种不和谐的词语，这都哪跟哪啊！

"误会啊，误会！"这是我对小叶说的第一句话，话刚出口就觉得自己庸俗得要死。

"我知道你和阿培很要好，可是要好的朋友都经常这样的吗？我也希望自己看到的是误会。"小叶仍旧铁着脸说。男人生气的样子好可怕，即使是向来阳光随和的小叶也不例外。

男人生气的时候，眼神会很凶，两眼直直地盯着你看，表情会绷紧，让人觉得他的情绪也绷得紧紧的，总之是一副惹不得的样子。这还是我第一次看到小叶的这种表情。

"小叶，真的是误会。"普通男站出来解释，"大姐的朋友之前不是出了车祸吗？她这阵子真的很烦心，刚刚说了些丧气话，本来想要安慰她的，结果不自觉地就……甭误会，我没把她当女人看的，当一哥们儿对待的。"

啊！我在心里面懊丧地大叫着，普通男看着我的反应一副摸不着头脑的表情。而小叶却表现出一副被人抽了两记大耳光的样子："玉洁的朋友出了车祸？"

看着小叶一副吃惊的"我咋都不知道"的模样，普通男流露出一副捅了马蜂窝的表情。两个男人一并望向我，小叶是"这种事情为啥我是最后一个才知道"？而普通男是"这种事情为啥不事先告诉我"？啊，我变成一个受到双方谴责的女人了。

"是朝聪，朝聪出了车祸。"我手忙脚乱地解释着，"小叶工作很忙，下班后很累了，我觉得女人首先应该要处理好自己的事情，不想让你担心就忍着没告诉你。"

"不告诉我的事情却告诉他?"看到小叶接下来的反应,我就明白这回没那么好应付了,"他并不是你死党中的一员吧,可是在你最需要安慰和找人商量时,却不是我而选择了他?"

"我……"我还想解释,可是小叶却一下打断了我。

"我是你的男朋友啊,玉洁。"他目光晃荡地看着我,"我的工作是很辛苦没错,我是觉得累没错,可是就算这样,我也希望在你脆弱或者无助时,我会是第一个赶到你身边的人。"

"可能不能马上丢下工作,但结束后我会立刻赶到你身边,这种事情一点儿也不会觉得辛苦。因为这些都是男朋友应做的事儿,这样才算是在恋爱不是吗?"小叶盯着我,脸上浮现出受伤的表情,"工作是很重要没错,可是那不代表你不重要!比起他,我才是你的男朋友不是吗?"

啊,不妙了,给我看这种受伤的表情。我最看不得自己喜欢的男人受伤了。啊,看着小叶这种悲伤的表情,我心里也随之难过起来。这下可是大大地不妙了!

3

"喂,我说你是不是会错意了? 甭啥也搞不懂就在这里乱说一些有的没的,大姐她有多在意你知道吗?"在我完全不晓得如何应对时,普通男却霍然走上来,面对着小叶说。

"她总是在猜你的心思,总喜欢谈论你的事情,一说起你眼睛就会发光。大姐为了你做了多少改变和努力? 如果连这些事情都搞不清楚就随便发脾气,那么真正该觉得羞愧的人是你!"

我吃惊地看着普通男,这家伙到底在搞什么! 当着别人的面用那么暧昧的姿势环住别人的女朋友,他居然义正词严地去教训别人,小叶也是一副惊讶的表情。

"大姐?"小叶瞪着普通男。我第一次从他脸上看到愤怒的表情。小叶看起来非常生气。两个男人有明显在对峙的架势。啊啊啊,我紧张起来了。我对处理这种场面一点儿经验也没有(不过 YY 倒是相当丰富)!

"甭开玩笑了! 你只小她几岁,还'大姐'、'大姐'地叫个不停。"小叶声音一下子提高起来,我从来没想过小叶发怒是这样有气势。

"那个,小叶,阿培他叫我大姐没啥别的意思,反正他年纪也比我们小嘛!"我试图当和事佬。三角关系这种事情真的特让人头大,我不行了,无论是偏袒哪

一个都不行，这这这这这……

等等，我忽然想到一点，到底是啥时形成三角关系的？我可是一点儿也没预料过啊！两个男人为我对峙，让我觉得真的非常地棘手。

"我讨厌这种亲密的叫法！'大姐'、'大姐'的听了就叫人讨厌！"小叶铁青着一张脸说。他的话让我听了瞠目结舌，小叶不是这样不讲道理的人啊，难道……

"你该不会在吃醋吧？"没大脑的我居然问出这句很没营养的话来。话出口后我立刻后悔，真是的，李玉洁，你心里面想想就好了，居然还问出来。我在心里面立刻对自己进行严厉谴责。

"没错，我是在吃醋。"小叶坦率承认，让我一下子瞠大了眼睛，"我忌妒了，这有啥不对吗？自己的女朋友被他这样揽在怀里面，我没冲动到动手就很不错了！"

吃醋？忌妒？我觉得自己一下晕头转向起来。"小叶？吃醋？咋可能？为我这样平凡得不起眼的女友吃醋？就算是忌妒那也应该是我来做的事情啊。我和阿培真的没啥，真的！"

"动手？听起来你对自个儿的身手挺自信啊！"普通男哼了一声，"我来更正一点，我是用手绕住她，可没揽住她，要吃醋啊之类的，首先也得看清楚情况再说。"

"那你要不要试试？"普通男的语气让小叶更加恼火，因此他立刻作出回应，吓得我连忙将普通男往一边推。普通男原先还不愿意让开，我抬腿一脚朝他踢了过去。为了避免两个男人的冲突，这时候我也顾不上啥形象了，当着小叶的面对着普通男拳打脚踢。

"麻烦你老人家在这时候就甭杵在这里给我添乱了，快回家去！"我边踢他边压低声音说，"这些东西先拿回你那里，待会儿我再过去拿，快走快走，你还嫌我不够麻烦啊！"

"你还要去他家吗？明明连我家也没有来过的。"明明是这样压低了声音，却还是让小叶听见了。天啊！男人吃起醋来丝毫不比女人逊色。我好头痛，早知道往挎包里面扔瓶祛风油就好了。

"喂，我说吃醋也要讲些道理。"我转过身，右腿往后又是一个后空踢，提示普通男快些给我走人。不用看我也能想象普通男此刻一副不甘愿的神情，可是他还是听话地拎着我买的那一大堆东西走了，感谢上天！

"阿培真的只是我的朋友，难道有了男朋友就不可以继续和朋友来往了吗？"我一副理直气壮的口吻，其实心虚得要死，可是要扮柔弱我又做不到，因此我只好恶人先下手了（反正我是虎姑婆嘛）。

"如果只是纯粹的朋友，你和每个朋友都是这样亲密的吗？如果是我和其他女人这样，你看到会有啥感想呢？"和小叶这样吵架也是第一次，吵起来从道理上我完全不是他的对手，惨！

"玉洁，今天我真的很伤心。"哎呀，现在的男人咋都这么会说话呢？还"伤心"呢，我不行了，有这么个男人说他为我伤心。小叶触碰到了我内心最柔软的地方，已经八百年没有男人为我伤心过了。

"为啥这么重大的事情却偏偏只不告诉我？朝聪是你非常重要的朋友吧？为啥在最需要我陪伴的时候，我却不能在你身边？为啥偏偏得是那个家伙？"小叶一连串质问打得我溃不成军。

"我是你的男朋友吧？可是为啥男朋友应该最先知道的事情，我却变成最后一个才知道？"听着小叶的话，我感觉自己变成恶女了。看着小叶难过的表情，那个时候我就知道，这个男人是发自内心在爱着我的。

二十九年以来，我第一次被帅哥真挚地爱着。感受到这份爱意的我，在这一刻下定决心，不可以再敷衍下去。对一个这样重视我的男人，如果再继续伪装下去，那么就未免太虚伪了。

这是我认识小叶以来，第一次想要在他面前展现真正的自己，也是第一次涌现出了这样强烈的愿望和勇气。

"因为我觉得害怕。"我说出这句话后，小叶露出吃惊的样子，一副搞不清楚我到底在说啥的表情，于是我继续说了下去，"因为我觉得很害怕，一直以来都在害怕你会抛弃我。"

"甭看我这样，一副乐观爽朗的样子，其实和你交往以来我一直没有自信，因为我太平凡了，个性又不好。为了让你喜欢我，我一直拼命地隐藏自己的缺点。"

小叶顿感意外地聆听着。我在心里对自己说要加油，继续说了下去："我一直都在担心着，如果小叶看见真正的我该咋办，因为目前为止你所接触的我或者喜欢的这个我，全部都不是真正的我啊！"

我决定说出来。倘若一个男人爱我到会为我吃醋，那么再继续隐瞒欺骗这个男人，对方就太可怜了。

"我从小学开始就不受欢迎，甚至把男同学打哭的时候也是有的。"我看着小叶，没有避开他复杂的视线，"上了初一，感觉大家全部都在谈恋爱，那种情况下却没有男生愿意多看我一眼。"

"虽然我的死党有帅哥和型男，但他们对我完全没有兴趣，这种感觉真是太烂了。看着别人恋爱，我发誓自己一定也要恋爱，所以后来交的两个男朋友，完全不是出自真实意愿，而是'别人都恋爱了，我不恋爱怎么行'。"

"这种情况下交往的男朋友，当然也不可能持久，年纪渐渐大了，寂寞了，于是就参加各种联谊，可是最后男人们却还是没有多看我一眼。"

"太差劲了，这种感觉。无论是素雅的打扮，还是花枝招展的形象，这些全部都尝试过，看到中意的男人喜欢到不行，鼓起所有勇气去搭话，结果对方却反应冷淡地说'干吗'。"

"你不觉得我很丢脸吗？"我苦笑着看了小叶一眼，"明明是这样地努力了，可是对方却露出一副'甭靠近我'的样子。"

"和小叶你的交往，让我的压力一直很大。所以那时候委托了阿培指导我，因为我真的特别喜欢你，只要能够和你在一起的话，让我变成另一个人也没有关系。"

"在他的指导下，我非常拼命地去模仿和表现出男人所喜欢的女人的样子来。只有我才最清楚，真正的我完全不是这块料，可以模仿，可以表演，最终却仍旧无法变成那种女人。"

"玉洁。"小叶的表情随着我的话语而不断在变化着，慢慢地，他好像不咋生气了。他只是在看着我，意味深长地、深邃地看着我，好像一直要看到我的心里面去似的。

"我一直很害怕啊，不敢随便在你面前任性，不敢随便麻烦你。有时候即使不满意我也不敢吭声，因为我想如果小叶生气了咋办，如果小叶不理睬我了咋办，这样的交往……"

"很累啊，不是吗？"小叶忽然接过了我的话，"实在是太累人了不是吗？我听着都觉得累，更何况你？玉洁，其实你真的没有必要非得要这样做，因为我……"

"如果是这样的女人你也要吗？"我打断了他的话，为了表现出平时大大咧咧的样子，我甚至猛地抬起一条腿，穿着裙装的我粗鲁地踩在家乐福门前的游客休息椅座上，"虽然夸张了点儿，但我的个性其实是这样的没错。"

"因为和你交往，在和死党聚会时我拼命模仿景唯的举止，都不敢自称老娘了。但实际上我就是这样的一个人啊，我可是有名的虎姑婆啊！"说着说着，我的脸上露出悲伤的表情。

终于说出来了，这样小叶一定会讨厌我的。我这种靠欺骗和手腕把帅哥弄到手的差劲女人，终于受到天谴了。打我耳光吧，或者对我鄙视地说一声"差劲"，然后把我丢下就走吧。

"谢谢你，小叶！"我已经在说分手前的感言了，觉得心好痛，然而必须由自己独自承担，"你给了我一个非常幸福的美梦，即使……"

"那样的事情不要随便自己决定啊！"小叶猛地打断了我。就在我难堪地不晓得要继续说些啥时，他突然一把抓住我的右手，然后就这样一脸严肃地向我靠过来。

不会吧？我惊慌地想。他真要？在这种大庭广众之下打我？我这回可真是出大丑了，都快奔三了，因为欺骗才把男友弄到手，结果谎言拆穿后被男友当众暴打，我咋这么不幸啊！

就在他站得离我近得不能再近时，我决然地闭上了眼睛。动手吧，反正是我对不起他，打就打吧！就在我决定牺牲时，预料中的手掌或者拳头却没有落下来，相反，感觉自己的嘴唇好像碰到了啥柔软的东西。

好柔软，好微妙的触感，就好像棉花糖一样……真舒服啊，等等！我吃惊地睁开眼睛，这种美妙的感觉，莫非是小叶的嘴唇？一旦睁开眼睛，心跳得差点儿蹦出胸腔，小叶居然在吻我！

what？什么？啥？小叶居然在吻我！我紧张地连连眨动着眼睛，可是，小叶的吻是这样地温柔舒服。他的嘴唇好柔软，我此刻的心情居然是：那个，能不能麻烦你吻久一点儿？好舒服，真的好舒服啊！

"那样的事情不要擅自决定啊！"当这个吻结束之后，小叶温柔地再重复了那句话。我完全不敢相信自己的眼睛和耳朵，这到底算是咋回事啊！

"抱歉，一直都没能够察觉到，因此也一直没有顾虑到你的心情。"小叶看着我说，现在的他完全恢复了平常的样子，温和、阳光、体贴，"可是，到底要不要分手，这种事情不可以一个人来做决定。"

嗯，居然不是我预料中的被打然后分手，小叶的意思是不要分手？我完全搞不清楚状况了，看来我智商和情商都一样的……可是，淡定，越是这种时候我越要淡定。

"谢谢你告诉我这样的事，为了惩罚你，我是不会随便和你分手的。"小叶说，"我会好好看看真正的你，然后学着接纳下来，因为没办法啊，你靠这种手腕已经让我喜欢上你了。"

"实在太差劲了，居然不知不觉中让我这样喜欢上你了，所以如果不负责任地提出分手，实在不可以原谅。"小叶加重语气强调，"今后可以一直给我看真正的你吗？真正的你到底有多可怕，这些我还真是期待着想看看啊！"

泪水就这样从眼眶滑落，我怔怔地看着他，完全不知道要回应什么。这个不会是梦吧？

可是嘴唇的余温，又证明这不只是梦或者我平常的 YY。我就这样笨蛋似的看着小叶，然后他笑了起来，那阳光般温暖明媚的笑容着实令我心动。突然，这一刻我惶恐地意识到，普通男和小叶间，我真的已经弄不清楚我到底更爱谁多一点儿了。

不自觉与不留神间，我似乎同时爱上了两个男人。

去普通男那儿拿我买的东西时，我也顺带交代了经过。在我走时这家伙说："大姐，不觉得很有趣吗？"

"啊？"他突然提起这个话题，我完全搞不懂他在说啥。

"不管是怎样的人，只要努力了一定会比之前变得幸福，哪怕只有一点点。大姐的亲身经历，已经给了你答案吧？"他表情浮动地看着我。

"啊……"我若有所思地点点头，然后轻轻踢了他一脚。坐出租车前往医院的路上，我不断在想着这些话。或许努力之后的人生，真的或多或少会变得有些不同。

重新出现在病房里，接下孙纤纤的班，我愉快的心情甚至引起郭朝聪的注意。"发生啥事了，你看起来心情很好的样子。"

"看得出来？"我笑着反问。

"嗯，你高兴我还会看不出来吗？多少年的朋友了。"郭朝聪和声说，"喂，告诉我吧，一直这么躺着也怪无聊的，医生说没有过危险期，大家都很担心的样子，快烦死了。"

"一定可以度过危险期的。"因为心情很好，我用笃定的语气回答，然后我在病床的椅子前坐了下来，"朝聪，我告诉你啊……"然后，在这个下午，我原原本本地将自己的恋爱"阴谋"与"战争"，全部告诉了郭朝聪。

第 **19** 话　无法抑制的心痛

　　离开医院时已经很晚了，身心俱疲的我想到的并不是回家，而是拦了辆出租车直奔普通男的租房。在这个时候，我真的好想见到他啊！

猎爱技巧

我从未想过会失去郭朝聪，童景唯也没有想过。

我们才二十九岁，虽然已经不算太年轻，可是站在青春的华丽尾褶，死亡对我们来说依然是遥远的事情。

英俊温柔的笑容，宽厚包容的个性，还有……忌是让人觉得温暖的存在。

失去了郭朝聪，我才真正明白现时拥有的事物的重要。

所以我绝对不可以再让自己失去这些重要的事物，却也无法允许自己再去伤害普通男或小叶中的任何一个人。

1

"咦，这样说现在是三角关系？嗬，没想到你个大大咧咧的姑娘也有这种境遇。"郭朝聪开着我的玩笑，看着他心情很好的样子，我也觉得开心，于是我笑了起来。

"以前，总是喜欢 YY 自己和各种不同类型的男人交往，YY 自己同时被几个男人追求、周旋在几个男人之间，这大概是很多女人的梦想吧。"我坦率地和他分享着自己的私密。

"可是一旦真的发生了这种事，才明白三角关系到底是多么不好应付的事。"我显得棘手地吐了吐舌头，"倘若同时喜欢上两个人，会为到底谁更适合自己而伤神。"

"那样的事情我多少能够体会。"郭朝聪眨了眨眼睛，"玉洁，我想自己或多或少能够体会那样的心情。"

"是啊，一旦选错了咋办？"我沿着他的话说，"我真的觉得非常为难。女人对待感情上总是看得比男人重。"

"看来三角关系也不是一件容易处理的事。"郭朝聪感慨，忽然伸手盖住我的手背，"玉洁的话一定没问题的，一定可以处理好的。"他用非常笃定的语气说："你的话绝对可以幸福的。"

"啥叫'你的话绝对可以幸福的'啊？"我抬起头惯性地想要打人，后来意识到"啊，朝聪是个病人啊"，连忙把手缩了回来。唉，这种个性真是，我这个无可救药的暴力女。

"我们这伙人，一直生活在不稳定的状态里面。"郭朝聪说，稍微用力地摩挲着我的手背，"可是，玉洁你和我们不一样的一点是你的向阳性。"

"我的向阳性？"我怔怔地质询。

"你这一点让我羡慕。"郭朝聪说，"玉洁你总是只去看好的事物，只去想乐观的事，这种能力和个性是上天赋予的礼物，不是每个人都能够具备的。"

在说这些话时，他脸上掠过了淡淡忧伤的表情："我和景唯，却没有这样的能力，所以我们才会走到今天。有时候想想，我们的交往或许早就注定是这样的结果，因为我们都太容易操心和烦恼其他的事情了。"

"说啥呢！"我嗔怪地瞪了他一眼，"尽说些丧气话。"

我温柔地看向郭朝聪，沉默片刻，犹豫着要不要告诉他这些话，最后却还是说了出来："其实我少女时期，曾经暗恋过你的。"

"啊？"郭朝聪意外地睁大双眼，一副不可思议的表情。

"甭那么吃惊嘛!"回想起青葱往事,那些微妙的心理如今已经变得泰然自若,我爽朗地看着他,"因为朝聪你真的很符合我的审美标准啊,而且又是离我如此接近的男孩,可惜你从来没用那种专注深情的目光看过我一眼。其实我是怨景唯的,这么好的一个男人,是她不懂得珍惜。"

郭朝聪听着冒出一副觉得不可思议的样子。

我将手抽回,起身去拿自己带来的礼物。"这一次我买了好多东西过来。"我逐一拿了出来,放在病人专用柜上,"有苹果、火龙果、石榴汁,还有好多你喜欢的东西……"

郭朝聪看着那些我挑选的礼物,过了好半晌说:"真好,真想吃,可是现在还是吃不了。"

"那么你就要快点儿好起来,康复到能够把这些吃个精光的程度。"我重新将它们收好,"这些礼物我就留在这里,以后还会不断买新的过来,直到你健康以后,直到你出院以后。"

"玉洁,能不能帮我到外面买瓶矿泉水?"郭朝聪忽然问,仿佛认为自己挺任性的,他又不好意思地解释,"如果啥都不能吃,至少想尝尝矿泉水,哪怕只喝一口也成。"

"哪里的话,买十瓶也没问题,咱都谁和谁啊,再这样生分我就生气了。"我爽快地站起来,"我很快回来,朝聪,你要是有啥不舒服就按铃,护士很快就会过来的。"

"知道了。"听着郭朝聪少有的孩子气的回答,我抓着拎包就出了病房。矿泉水啊,不要说一瓶,就算你想喝五十箱我都会给你买。我走出大楼时,还感慨着今天的天气真是不错。

我买好矿泉水,回到病房时郭朝聪居然睡着了。真是的,不过这样也好,多休息有利于康复。"睡着了啊。"我轻声自语,然后在病床前坐了下来。

他的睡相真是安详,睡得似乎非常安稳,看起来简直像个婴儿一样。我静静地看着他,此刻的郭朝聪真是可爱,我简直想要伸手往他脸上轻轻一掐。呵呵,我这个恶趣味之女。

可是看着看着,我突然觉得有些不对劲儿。到底有啥不对劲儿,我也说不上来,就是心里面觉得怪怪的,挺不安的。这种感觉让我有些莫名的恐慌。

我力图安抚自己的不安与惶恐,可是在心底它们却更大面积地汹涌起来,终于,我尝试着轻轻推了推他的手腕。

"朝聪?"我叫着他的名字。可是,没有反应。于是,我又加重语气叫了声:"朝聪!"依旧没有反应。越加不知所措的我,加重力气推了推他,完全没有反应。那个时候，我知道不好了。

我本能地站了起来，然后双手颤抖地按下呼叫铃。当护士的询问响起时，我听见自己带着浓重的哭腔说："不好了，他不动了。"接着我歇斯底里地叫了起来："快来人啊，他不动了！"

当医生和护士进来时，我说不清自己是咋样站在一边看着他们抢救的。那些过往电视中接触过的场面逐一在眼前浮现，我只是呆呆地看着。这是在和我开国际玩笑吗？

刚刚还活生生在和我交谈的死党，只不过外出买了瓶矿泉水就……我可他妈的不是欧洲艺术电影或美国独立制片的女主角，这么黑色幽默的事情他妈的不可以发生在我身上！

没有一点儿真实的感觉，我都说不清楚自己到底咋样拿出手机，然后逐一拨打电话通知大家的。在说话时我觉得脸颊湿湿的，手都在抖个不停。"病危了"，我不断对每个人重复着，最后一次通话结束，手机因为无法停息颤抖的手都掉在了地上。

我俯身重新捡起手机，全身依旧无法遏制地颤抖。我看着整个抢救过程，不知道过了多久（到底有多久呢？我完全没有确切的感受），直到听到医生带着遗憾的职业口吻说："对不起，我们尽力了……"

"啊……"我仿若从梦中苏醒过来似的，才掩面尖叫起来。不可能啊，实在太讽刺了这事。我尖叫着，泪水源源不断涌了出来。这是我第一次亲身经历最重要的人的死亡。

没有任何预兆，没有任何迹象，明明是如此地温馨，明明还充满着希望，明明还在交换着彼此的梦想，可是……可是那个一直陪伴着我一路走过来的死党，却这样轻易地离开了我。

人生实在是未知数的中国盒子，永远不知道下一层是什么。死亡实在是很轻易的一件事，轻易得甚至在到来之前，让人没有任何准备，我开始大口大口地喘气。

咋会？明明这么安详的表情，一点儿也没有痛苦地和死神搏斗的迹象！他看起来明明只是睡着了而已！我哭了起来，泪水和鼻涕都掺在一起，然后我俯身抱住了他。

"不可以这样哟！"我说，"如果就这样任性的话，绝对不原谅你。喂，你明明还没参加我的婚礼，你明明还没有见证我变得幸福，就这样任性地离开，我绝对无法原谅！"

可是那个以往一定会作出回应并安慰我的死党，此刻却依然静静地躺在床上，一点儿反应也没有，在我拼命地摇晃之下也是如此。他甚至连一个字也没有留下。

不，或许他临走之前又说了啥，可是没有一个人听到。这么好的一个男人，在他临死前居然没有任何一个人守护在他的身边！

"全部都是我的错。"我不停地重复着这句话。如果那时不去买矿泉水就好了，如果那时候没有离开病房就好了，那么可能他还活着，那么可能他还会留下些话。

我抱着郭朝聪，明明还是这样温暖的啊，明明体温还在啊！为啥这样好的一个人会寂寞孤独地死去？我不要，我绝对不要这样！泪水的溢出无法停止，无法停止！

何纪书最先赶了过来。他跑进病房，看见这副情景也惊呆了。他怔了半晌，走到病床前时，我听到他虚弱地说："不是说病危么？"然后，他忽然一把将我拎起来大叫："你在手机里面不是他妈的还说是病危么？"

"是我的错。"我无力地说。

"混账！"何纪书猛地推开了我。就在我跟跄着往后退时，他又上前一把抓住我，将我扯到面前。然后这个一直酷酷的型男，就这样抱住我放声大哭起来。

"不是你的错。"这个悲痛得大哭的男人说，"不是你的错。可是玉洁，为啥会发生这样的事？明明是这么好的一个人，明明那些伤害别人的人还活得好好的，为啥我们却要面对这些事？"

是啊！谁可以来告诉我为啥？纪书，其实我比你更想知道啊！我用力地抱住了何纪书。

何纪书的失控使我意识到自己必须变得更加坚强。虽然我只是个女人，但这时候如果死党中仅剩的男人被丧友之痛击垮了，身为女人的我不坚强起来不行。

假如连我也跟着崩溃，就没有人来处理事情了。倘若我坚强起来的话，那么大家就有悲痛的空间和机会了，所以我……我更加用力地抱紧了何纪书，抚摸着他的后背。

童景唯是第二个赶到病房的人，她面无血色地冲进来。当看到眼前的情景时，她已清楚发生什么事了。我们的目光一并向她看了过去，令人惊诧的是她并没有哭，甚至没有任何失态。

她只是静静地站在病床前，看起来非常冷静。可是我们知道，她整个人仿佛完全被抽空了。她就是这样，越是悲痛和不安越是不容易展现出来。她静静地站立着，静静地看着郭朝聪。

童景唯看了好久，然后她微启着嘴唇，好半天才挤出了这样的话："我生命中最重要的影子，失去了。"

"我生命中最重要的阳光，失去了。"她就这样地说出了这两句话，然后就僵硬地站立着。

"景唯？"何纪书担心地碰了碰她。她没有任何反应，就是这样僵硬地伫立在原地，呆呆地看着郭朝聪。何纪书急了，伸手去扯她的胳膊："甭吓我们啊，景唯？"

"我想哭，可是，哭不出来啊！"童景唯居然笑了起来，"我……我觉得自己的影子和阳光都失去了。"

那是我所见过的最凄惨的笑容。童景唯虽然是在笑着，可是那笑容却比任何痛楚的表情都更加刺痛我们的心。她没有哭，也没有失态，她只是俯下了身体。

"我说过的吧？不可以认输，绝对要比我过得更好、绝对要活得比我幸福，然后找个比我更好的女朋友，活出更好的人生来让我忌妒，我这样地说过的，是吧？"

"喂，你明明答应过我的。"她毫无表情，真的是毫无一丝表情地看着郭朝聪。忽然间，她整个情绪顿时爆发出来。我听见她非常凄厉地叫了起来："你现在这样不负责任地毁约到底算是什么啊！"

2

我看着眼前的这一切，童景唯的声音刺痛着我的泪腺。那一刻，我想起我们一起共度的时光，想起这些死党是怎样在我最失意最落寞的时候陪着我一路走来。

郭朝聪就是我们这个团体的一部分。上一刻他还在和我谈笑风生，上一刻他还在安慰我，现在却如此安静地躺在那里，永远地睡着了。任凭童景唯怎样责备，他也不会再温和地解释了。童景唯俯身抓住他的胳膊用力摇晃着："喂，胆小鬼，明明说好的约定，还没履行就打算这样逃掉吗？"

"你不是一直也很努力，想让自己过得幸福一点儿吗？如果自己幸福的话，那么才有能力给他人幸福，你曾经向我说过这一点的对吧？"郭朝聪随着她的摇晃，身体不断起伏。

"可是你却没有验证这一点，就这样抛下我的话，我会恨你一辈子的！"童景唯歇斯底里地大叫着，"喂，醒过来啊！就这样死掉，那么约定该咋办啊！"

"景唯她……看上去也撑不下去了吧？"在我疼痛难忍地看着眼前这残忍的一幕时，何纪书突然这样说。我蓦地看向他，何纪书的眼睛里，流露出悲切又掺着怜惜的神色。

　　"景唯……"就在我们准备走上前去安慰最痛苦的童景唯时，郭叔叔和阿姨到了，同时抵达的还有孙纤纤。三个人走进病房时，刚好看见童景唯失控的一幕，郭叔叔和郭阿姨一下子愣住了。

　　"朝聪走了。"何纪书用带着哭腔的声音说。

　　两位长辈呈现出脑袋轰地一下爆炸掉的表情，然后最先作出回应的是郭阿姨。她突然冲向病床，然后一把扯住童景唯的黑直长发。她扯得非常用力，童景唯顿时往后昂起脖子。

　　"你这个害人精！"郭阿姨咬牙切齿地骂着，然后一个母亲在失去最为挚爱的孩子时的所有痛苦和最激烈的情绪反应，全部在她身上表现了出来。

　　"你一直在折磨着他，明知道他是这样爱你，却一直在折磨着他。"郭阿姨一边扯童景唯的头发，一边狠狠地连续给她耳光。童景唯的脸都被打得淤紫一片，同时她的两只脚还不住往童景唯身上踹去。

　　"我的儿子……我辛辛苦苦生下并抚养大的儿子，就是被你这个害人精害死的！"郭阿姨积压多时怨恨，在这一刻全部爆发，而童景唯却只是木然地被她厮打着，甚至连最基本的防卫动作也没有做。

　　我与何纪书愣了好一会儿才回过神来。"阿姨！"我们都忙不迭地想去阻止，然而郭叔叔却比我们更早作出反应。"玉琴！"他追到郭阿姨身边，两手同时抓住她的手腕。

　　"别拦我，让我打死这个害人精！"郭阿姨愤然挣扎着，试图极力挣脱郭叔叔的阻拦，"这可是我用一生时光教养长大的孩子！"

　　她冲着童景唯大喊："你没有妈妈，但至少有爸爸吧？你爸爸是怎样把你养到今天的，你不会不了解吧？那么我呢？儿子对我来说有多重要你不会不知道吧？但明明是这样重要的儿子，你居然……"

　　"你居然一而再、再而三地让他伤心难过，你居然把他整到这个地步，你这个害人精！"郭阿姨不断地用脚朝童景唯踹去，"我生他时有多痛你知道吗？即使再痛我也觉得值得，因为这个男孩儿是我这一生的最爱。这样好的一个孩子，你这个害人精到底把他当成啥啊！"

　　"阿姨不要这样……"我、何纪书与孙纤纤纷纷涌了上去，力图阻止任何可能导致更不幸的事情发生，然而郭阿姨单手仍旧死死扯住童景唯的长发不肯放手，就在这个时候郭叔叔厉声叫了出来。

　　"你还想让朝聪更加难过吗？"郭叔叔厉声说，郭阿姨身体剧烈抖动了一下，"朝聪是个体贴努力的孩子，这孩子一直是这样地努力着，对于他来说到底啥才是最重要的，你不会不知道吧？"

"景唯是他拼了命也想守护的女人，朝聪明明已经这样累了，是支撑不了了才睡着了的，你在他面前做出这种事……"

"你在朝聪面前这样羞辱景唯，他就算睡着也无法安心，这是做父母该有的作为吗？他已经很累了，这时候还要让他担心吗？"郭叔叔严厉的训斥，仿佛阵阵雷声撞击着郭阿姨的心。她不住地喘着气，看向郭朝聪。最后，她颓然地松开了手。

"景唯，没事儿吧？"我关心地上前一把抱住童景唯，用身体将她和郭阿姨彼此之间隔开。童景唯只是木然地摇着头，她整个人像是完全垮掉一般，这种反应让我格外揪心。

"守正，我不甘心，怎样也不甘心。"郭阿姨看着郭叔叔，"朝聪是从没有让父母伤过心的孩子啊，是一直以来也在照顾别人感受的孩子啊，这孩子真的没有伤害过任何人。"

"这样的一个孩子，咋就这样死了呢？"郭阿姨急切地问，"连一个孙子也没有留下，哪怕给我留一个孙子也好，今后我要咋样活下去呢？守正，这么好的一个孩子……"

"是啊，这么好的一个孩子，实在是达到了极限，撑不住才睡着了。"郭叔叔的眼眶中有泪水滑落，"我也不甘心，可是事到如今，不要再让孩子操心了。"

"朝聪最爱的，就是景唯，不管我们多不甘心，多么恨她，这是无法改变的事实。"郭叔叔哽咽着，"你当着他的面暴打景唯，朝聪走了也无法安心啊！"

郭阿姨无法言语。

"朝聪很不容易，至少让他安心地走吧，不可以再让他继续牵挂这世上的事了。"郭叔叔说，"这是我们现在唯一能为他做的事了，玉琴，不可以再让他伤心了！"

除了童景唯和郭阿姨！我们每个人都哭了出来。我从未想过自己如此年轻的时候，会亲历这种生离死别的场面，会眼睁睁地看着死党从面前离开，却根本无法为此做些什么。

"对不起，阿姨！"童景唯在这个时候突然开了口，"恨我吧！如果无法释怀，狠狠地打我吧！如果不这样的话，我就无法面对自己，所以不要客气，狠狠地打我吧！"

"景唯，说啥呢？"我急着去拉她。不，我不允许任何人再当着我的面这样对待童景唯。

"不知咋地，阿姨打我的时候，我反而觉得踏实。"童景唯用很低的声音说，"我心明明痛得都要裂开了，可是却哭不出来，不管咋样，泪水就是流不出来。"

童景唯的话似乎让郭阿姨十分震动，她睁大双眼望着童景唯，脸上的表情不断变换着。而童景唯直视着她，脸上完全没有一丝血色，整个人犹如木偶一般。

"根本就哭不出来，或许我真的是个害人精也不一定。"童景唯喃喃地说，"就算心都成了碎片，可还是一滴眼泪也流不出来，难道害人精都是这样残忍的吗？"

"你……"郭阿姨的眼泪终于涌了出来。她就这样定定地看着童景唯，然后挣脱郭叔叔的手走了上去。我试图拦住她，然而何纪书却拉开了我。我不放心地看向何纪书，他对着我点了点头。

"作为朝聪毕生的挚爱，你会陪同参与整个他下葬之前的事儿吧？"郭阿姨说出了我们所有人未曾预料的话，童景唯更是惊讶地愣住了。同样的话，郭阿姨又重复了一遍。

童景唯拼命点头，拼命点头。她嘴唇微启，好半天才挤出一句："谢谢您！"然后她一句话也说不出来了，只是呆呆地站立着。我怜惜地从后拉住了她的手。

不管别人怎样看待，她仍旧是我最要好的朋友。无论身处何境，我都会站在她的身边。郭朝聪不在了，所以我要代替他。在童景唯最脆弱的时候守护好她，这是我最后能为郭朝聪所做的事。

诚如郭叔叔所说，如果童景唯再出现个闪失，那么郭朝聪肯定无法安心地走。因此，郭阿姨做出了让步。我知道郭阿姨在做这个决定时，内心有多挣扎。

我接下来要做的事，就是怎样陪童景唯一起渡过这个难关。这时候我内心突然有一种渴望，那就是我想在普通男的身边——在我最脆弱和疲惫的时刻。

离开医院时已经很晚了，身心俱疲的我想到的并不是回家，而是拦了辆出租车直奔普通男的租房。在这个时候，我真的好想见到他啊！

我敲门后来应门的正好是普通男。他见到我时非常惊讶地问："咋了？"不待我回应，他瞅着我红肿的双眼和疲惫而悲伤的神情，忽然紧张地问："大姐你的朋友……"

"死了。"我从嘴里吐出这两个字，一下子就被自己说出的这两个字给击垮了。在普通男面前，所有堆积的坚强与忍耐在刹那间全部卸下，我无助地凝视着眼前的这个男人。

"进来再说。"普通男一把将我拉进客厅，然后关上门。这时候赵霆勇已经从房间里面走了出来，不知情的他看着我的样子，很关心地问："出啥事了大姐？你一副……"

"大姐的死党死了，霆勇。"普通男沉声说，"去冲壶茶来。"

"好。"赵霆勇吃惊地看着我，半晌反应不过来，然后慌忙点头。在他跑进霹雳走进厨房后，我伸手一把扣住普通男的手腕。

"阿培……"悲痛在我的脸上汹涌，我无力地看着他，"咋会？明明看着还挺好的，虽然没有度过危险期，可是明明看着还是这样好好地，还对着我说要喝矿泉水来着。"

我比划着："可是我去买矿泉水时……如果那时候没去买什么该死的矿泉水就好了。"

普通男啥也没说，只是安静地看着我，然后我的泪水就开始在眼睛中打起转来。"咋会？我只是去买了矿泉水而已……这么好的一个人，在他去的时候却没有任何人在他的身边。"

"他走得如此孤独，就算说了什么，也没有一个人听见。"我哭了，"都是我的错，如果那个时候我还在他身边的话，那么……"

普通男一下上前抱住了我。他仿佛是在用他所有的力量抱住了我，然后不断地抚摩着我的长卷发。他啥也没有说，只是更加用力地抱住了我，然后腾出单手来抚摩我的头发。

赵霆勇在台几上放下茶壶和茶杯，看着眼前的情景，他很识趣地退回了自己的房间并关上门，于是客厅中就只剩下我和普通男。靠在普通男宽阔结实的胸膛上，我紧紧抓住他的衣襟，然后放声大哭。

我一直哭，像是要把自己的委屈、愧疚、痛苦、不安、无助、害怕给全部哭出来一样。普通男只是紧紧地抱着我。在那样的情况下，他一句话也没有说，却让我觉得如此地安心。

这一晚回到家后，我直挺挺地往床上坠，眼睛直直地瞪着天花板。过了好一会儿我拿出手机，按下小叶的号码。他接起手机："玉洁？"

因为从来没在这个时间给他打过电话，所以手机中传来的是小叶担心的口吻。对着手机另一端的他，我深吸了口气，然后告诉他："朝聪死了，很突然，我刚从医院回来。"

手机另一端的小叶沉默了好久，忽然一下子就静了下去，可以想见他极度震惊的表情。我躺在床上，和他一起承担着这份沉默，也没有任何言语。

过了好久小叶才开了口："玉洁，还好吧？"

"嗯，很难过，但不管怎样痛苦，这个时候也必须坚强起来。"我对着手机真心地说，"还有很多事情必须去处理，死党们内心的创伤也还得去抚慰。"

"这个时候已经没有时间去任性地悲痛和放任了，朝聪的后事、景唯的创伤，还有好多事情等着我去帮忙，所以不更加坚强起来不行。"我在告诉他的时候，同时也给自己下定了决心。

"玉洁……"小叶再度沉默，"我决定休几天假，这几天就由我来陪着你……"

"不可以！工作的事情咋办？"没等他说完我就打断了他，"你是这样地喜欢自己的工作。"

"是啊，喜欢到不行。"小叶回应，然后他在手机那端吼了起来。他的声音震得我的耳膜有点儿疼，"工作虽然重要，可是在这个时候远远没有你重要！如果可以的话我现在就想赶到你的身边。"

"还不明白吗？我是你的男朋友，这种时候我应该在你身边的，甭再担心啥工作的事情。"小叶情绪激动地说，然后声音又柔和了下来，"玉洁，甭硬撑着，有我呢！你不是一个人的。"

这句话在我内心掀起波澜，再没有能比它更加打动我心扉的话语了。小叶是在说，不要一个劲儿地硬撑着，因为还有他呢！

在手机的另一端，还有一个能够和我共同承担的男人。他的关切，顺着电波从手机的另一端传了过来。我抓着手机，明明说好要坚强，却忍不住流下了泪水。

我不知道自己到底更爱谁多一点儿。有时候感情都向普通男倾斜了，与小叶联系或见面后，似乎又向他那边回潮。置身于两个男人的夹缝间，我真的搞不清楚自己的心意了。

3

这一个晚上，我是流着眼泪入睡的。我并不是爱哭的女人，相反，我很讨厌动不动就哭鼻子，因为流泪这种事情会成为惯性。一旦哭泣的次数多了，人就会变得脆弱。

尽管如此眼泪还是涌了出来，心像被撕扯般地疼痛，那种疼痛无法平息。我不由得想到童景唯，我尚且如此痛苦，那么她呢？郭朝聪的离去，对她而言又是怎样的一种折磨？

这一晚我想了很多以前的事情，第二天醒来后，我告诉自己绝对不要再轻易掉泪了。我凝视着镜中的自己，然后告诉自己，即使身为女人，我也要承担起应尽的责任来。

小叶在这一天也停下了手头的工作，何纪书和孙纤纤也向各自的公司请了假。大家聚在一起各自明确了分工，然后童景唯也来了。看着她明显一夜没睡好的样子，孙纤纤忍不住说："景唯，这些事情交给我们就好，你还是好好休息吧。"

"不，有派给她负责的事情。"我抢在童景唯之前回答。她感激地看着我，想说什么却一句也说不出来。

"可是景唯的状态……"孙纤纤很是心疼地说，"还是让她回去休息的好。"

"纤纤，假如让景唯啥也不做，她会垮下去的。这个时候最好的方法就是让她忙碌起来，让她忙得喘不上一口气，这样才是最适合她的方法。"我用不容置疑的口气说。

没有人再表示质疑。这里与童景唯关系最铁的人就是我与何纪书，我是女人，因此最了解她的人自然是我。看着童景唯拼命点头的样子，没有人再忍心说让她好好休息之类的话。

是的，一个人呆着反而容易胡思乱想，就这么忙碌也好。于是我们各自做好分工，小叶就像是对待自己的事情那样操持起来。由于郭朝聪走得实在太突然，我们还要帮郭叔叔和阿姨咨询墓地的事情，然后守夜、火葬，很多事情等着大家一起去做。

在这种情况下我们反而没有时间悲伤了。再次体验到心痛的感觉，是在守夜这一晚。郭叔叔和阿姨将郭朝聪的遗体接回老家，然后亲友们都来默哀送行。我们依本地的习俗坐在地上，地上铺着席子，郭朝聪就那样静静地睡在棺材里面。

真是不可思议。从我的角度看他，他的面容是如此安详，就好像是才睡着了一般。这是我第一次看见死人，可是我一点儿也不害怕，也不觉得突兀。在那棺木里面睡着的，是我此生最要好的朋友。

小叶就坐在我的身边，我们这群死党被安排坐在右面，而郭朝聪的至亲则坐在左面。童景唯在守夜前就先回去了，说是待会儿再赶过来。没有人明白她的用意，但我们知道，她应该有自己的理由。

本地的习俗是每个人都去灵位前上一炷香，如果有对死者想说的话，就在这个时候好好地表述出来。友人团中最先上香的是何纪书，他将香插进香炉中，然后在郭朝聪的棺木前蹲了下来。

"我很寂寞。"何纪书看着郭朝聪说，"你太不够朋友了，以后要让我去找谁呢？能够和你一样了解我的人，快奔三了再重新交会不会太迟了呢？"

"你这个不负责任的家伙。"何纪书看着郭朝聪亲昵地责备着。孙纤纤一下哭出声来，第二个是她。"很高兴认识你，朝聪，你不光是纪书最要好的朋友，也是我最喜欢的朋友，纪书的事情不要担心，我会好好照顾他的。"

"你是笨蛋啊，居然对我的朋友说这种话？"当孙纤纤回到位置上时，何纪书很难堪地责骂她。

轮到我时，我在香炉里插好香，蹲在棺木前，低头看着熟睡般的郭朝聪，一时竟然不晓得要说啥好："真是太突然了，朝聪，我从未想过有朝一日你会这样突然地离开我。"

"我一直都很喜欢你，从小学时候就是这样。"我看着他说，"你和纪书是很称职的朋友，也因为有你们，我的青春不至于是一片空白的。我们去烧烤、跳舞、火锅、逛街、打电动、买漫画，一大堆一起做的事情，所以我最喜欢你们了。"

"朝聪，我一定要好好地活下去……"我努力地挤出笑容，"我很坚强的，是母老虎一样的女人，所以请放心吧。朝聪在乎的事物，我会努力帮你一起来守护的！"

到小叶敬香时，从我的位置看过去，小叶一脸的慎重。"朝聪，虽然我们认识的时间不长，可是相处中能感觉到你独有的亲和力。我想要说声谢谢，你从一开始就毫不犹豫地接纳了第一次和大家见面的我。"

童景唯迟迟未到。就在我也觉得她的动作未免太慢时，她在这个时候抵达了灵堂现场。当童景唯迈入灵堂时，整个现场一片哗然。大家全部选择了黑色系的衣服出席，而童景唯却以美丽优雅的形象出现。

她穿着一条紫色的修身百褶裙，在门口脱下了金黄色蓓蕾高跟鞋，令人吃惊的是她甚至还化了精致的妆容。看着以这种形象出现的她，灵堂中不少人开始窃窃私语起来。

"你是刚刚勾引男人回来吗？"郭家至亲中的一个阿姨愤然质问，"就算我哥我嫂原谅了你，但这种没心没肺的样子实在欠抽，你是故意来凌辱我们的吗？"

童景唯没有解释，没有回答，她径直向棺材走去，然后自己拿了香点燃插进香炉里。亲戚们正要发作，郭叔叔却阻止了他们："让她做自己想做的事情！"

"朝聪，我来了。"童景唯跪在棺材前，低头凝视着郭朝聪，然后她将手伸了进去，轻抚郭朝聪的脸颊，"我想要这样地来见你，我想要以你最喜欢的形象来见你最后一面。"

"不要原谅我，朝聪，真的不要原谅我，因为我不值得你原谅。"她喃喃地说，"我是真的不知道会发生这样的事，如果知道的话……不过已经没关系了，因为我已经看不到阳光了。"

她凄惨地微笑起来。"我现在看啥都觉得是灰白的，颜色鲜艳的东西已经没有啥意义了。昨晚，我在想如果一个人的影子也失去了，阳光也失去了，如果就这样一直在黑暗中生活，是不是最好的惩罚呢？"

"但是，我真的很喜欢你啊！对你的这份心意，就算变成老太婆也不会改变。"童景唯目光闪烁，"所以你这次实在是太任性了，不要原谅我，因为我也同样不会原谅这样轻易就离开的你的!"

郭阿姨哭出声来。她和郭叔叔对视了一眼,突然双双离开位置,朝童景唯走了过去。两人在她身后坐下,童景唯没有回头。她似乎已经将全部的注意力集中到郭朝聪身上,她的背影看上去是如此地单薄、如此地落寞。

"可能时代已经不同,年轻人的爱情已经不是婚姻最重要的因素。"郭阿姨看着童景唯的背影说,"其实我也知道,爱情不是现在年轻人衡量婚姻的必要条件,这些我全部都知道的。"

"我也提醒过朝聪,景唯迟迟没和你结婚,恐怕以后也不会有变化,最好是找个本分点儿的女人结婚算了,反正人这一生也不可能事事称心。和最喜欢的人结婚固然好,但这种事情并不是一定能如愿的。"

童景唯似乎屏住了呼吸。她表面上看好像没有反应,实际却在聆听着郭阿姨的每一句话语。"可是这孩子却说,即使这样也想要和你一起。'妈,甭说了,我想要陪在她身边。在她离开我之前,哪怕还有一天,也想这样地陪在她的身边',这孩子这样说。"

"我很忌妒,所谓儿子大了就忘了娘,大概说的就是这么回事儿吧。"郭阿姨忽然摇了摇头,"我真的很爱他啊!朝聪这样地懂事,又这样地努力。有时候我都责备自己,如果我有本事能够帮他一把的话,也许他就会有不同的人生了。"

"我们是没本事的父母。"郭阿姨自嘲地说,郭叔叔伸手按了按她的肩膀以示安慰,"他可能赚的钱不多,在社会上混得也不算太好,但他将他所能给予的全部付出在你身上。"

"即使很吃力,但他还是将所有的光芒给了你,即使这样也无法让你回心转意么?他真的很想和你结婚啊,他明明是这样地喜欢你,从小到大……"

童景唯突然转身,直直地看着郭阿姨,看着眼前悲伤的这两个长辈。她怔怔地,全身都剧烈地颤抖了起来。然后,这些天来一直无法流泪的她,终于在这个时候哭了出来。

眼泪似乎是自然而然地来临,一旦来临就无法停止。童景唯哭了出来,泪水将精致的妆容全部打乱。她痛苦地开了口:"对不起,阿姨,虽然说'对不起'一点儿用也没有,可是真的很对不起,阿姨!"

"不用说对不起,因为那孩子一定不希望听见这种话。"郭阿姨说,"可以的话我也很想打你,想天天堵在你住的地方骂你,毕竟你把我这辈子最珍视的宝贝夺走了。"

"可是,守正说的对,假如我真这样做了,朝聪一定会伤心的,一定无法就这样坦然离开的,毕竟他在这个世界上最爱的人就是你啊!"郭阿姨擦拭着眼角

的泪。

"所以你在这里让他好好地、放心地走吧。这么懂事的一个孩子，一直在替别人操心的孩子，这一次就让他毫无顾忌地离开，这是你唯一能替他做的事情了。"

"对不起，对不起，对不起……"童景唯不住地说，也不晓得她反复说了多少遍。最后她重新向棺木转过身体，扶着棺木，流着眼泪却微笑着说："再见了，朝聪。不用担心，因为我一定会幸福的。"

"你曾经和我约定过，一定要幸福的对吧？既然你任性地没有做到这一点，那么由我来为你做，所以不用担心。"童景唯温柔地说，"在那边幸福地过下去，一定要幸福。"

我的眼泪涌了出来。小叶适时地伸过手，温暖地握住了我的手心。在这样一个悲恸的时刻，小叶陪伴着我。他的力量随着体温不断传递了过来，我的痛苦被他纤长的指尖紧紧地封锁着。那一刻，我体验到了"男朋友"这个名词的实感。

并不是"人恋爱所以我也要恋爱"，也不是"和帅哥一起真好，嘿咻起来也爽极了"，而是"身边这个男人是爱我的人，并且也为我所爱，身边的这个男人是可以将人生交付出去的人"。

郭叔叔向童景唯身边移去，伴着她一并看向郭朝聪。他温和地说："朝聪，不要担心，我不是弱者，我会和你妈妈一起努力活下去的，所以真的不要为我们担心，你自己在那边快乐就好。"

"你一定很累了吧？那么趁现在好好休息吧！"郭叔叔的语气越来越浮荡，最后他也哭了起来。

灵堂是生者与死者诀别的场所，是我们送走心爱的人的场所。那些充满了彼此存在的共同记忆，在这个场所就要全部移交生者背负下去，可是，那些美好或者难忘的往事是不会因此而磨灭的。

最终话 这是我的生存之道

　　他终于留意到一直跑向他的我。 当我们的视线相对的那一刻, 纵然气喘吁吁, 可是我却开心地笑了起来。

猎爱技巧

"你会后悔自己的选择吗？"有一次一起喝酒时，景唯这样问我。

"如果想要幸福的话，就要好好珍惜和守护现在拥有的东西，而不再去想一些没用的事情。"我这样回答她。

"也是。"景唯笑了笑，"要从那两个人中作出选择，实在是……"

"艰难无比的事。"我承认，"小叶唤起我对世界的爱，普通男则让我相信我是有能力去得到这个世界的。"

举起高脚杯，我看着里面摇晃的红色酒液："景唯，就算得到再强大的恋爱宝典，但倘若没有用心、没有敞开心扉去珍惜和维护的话，那么也是统统没用的。"

我已经失去了挚友，对于现有的恋人，我只想将他好好地珍惜和把握。

那个人，是我选择的最后的一双鞋子。

1

守灵之后就是葬礼，而葬礼意味着我们和郭朝聪彻底永别了。这天葬礼之后，大家坐着包车回到市区，然后一起吃了顿饭。在彼此分开时，我对小叶说："不介意的话，送我回家好吗？"

"好啊！"小叶颇为意外地看着我，然后拼命点头。他拦了辆出租车，我们一起坐上后座。看着车窗外不断抛下的景色，我觉得自己生命中一份珍贵的记忆，似乎也在此时成为过去时了。

"从来没有想过死亡会出现在我生命的频率中。"我看着车窗外说，"我才二十九岁，虽然已经慢慢和青春拉开界线，但咋样也还不至于到担心死亡的队列吧。"

"是啊，死亡这种事情真的挺让人摸不透的，但正因为无法预见，所以才更加可怕。"小叶感慨，"第一次接触死亡，大概是在高中或者刚上大学时，具体时间已经不大记得，二表哥就在那个时候死了。"

小叶轻轻叹了口气："和优秀的大表哥不同，二表哥从小就是个问题少年，总是和小流氓混在一块儿。他去世时，我大概二十出头，不，应该还不到二十岁吧。"

我吃惊地回过头看着小叶，然而他只是直视着前方。现在谈到这件往事，小叶已经不再痛苦，只是表现出淡淡的忧伤。

"在外婆家里面，二表哥一直是作为负面的例子而存在着，长辈们都教导孩子不要去学他。因此，二表哥逝世的具体的时间我也遗忘了。但是那样的二表哥却在我初一陷入校园暴力时帮助了我，我却连他的具体逝世时间都不大记得了。"

"就是想不起来了，人有时候真的是很善忘的动物。"小叶思考着，"所以玉洁，一定要好好地珍惜活着的每一秒，因为谁也说不准下一刻会发生些啥事。"小叶非常认真地看着我，用严肃的口吻说，"好好地把握每一个当下，就是我们目前所能为自己做的唯一有效的事。"

"我觉得再也没有比活着更美好的事情了。"小叶的瞳孔中映现出我的轮廓。我回视着他，看着在他瞳孔中所呈现的我自己。

"虽然我现在工作上还需要努力，在这个小城市我一个亲人也没有，不知道要存多少钱才买得起房，随便一个感冒都能花个上百块钱。"

"可是，我的父母还都健康，我又遇见了自己心爱的女人，而这个女人现在就在我的身边。你说还会有啥比这更美好的事情呢？"小叶说道。

我内心中最柔软的角落被轻轻地触摸了，我不禁伸出手，温柔地握住了小叶的手。我们将手放在出租车后座的坐垫上。我为这个男人能和我分享这份记忆而感动。

"谢谢你告诉我这样的事，也谢谢你和我分享这样的心情。"我温柔地告诉小叶，"是啊，只要还活着人生就一定会有转机的，没有啥会是一成不变的。"

"那样的道理以前我不明白，但在朝聪离开之后，我渐渐懂得了这一点：没有啥是理所当然该拥有的，我有房子住多亏了爸妈的努力，我能坐在这里和你说话是因为我还很健康。"

就像小叶的瞳孔中呈现出我的身影，我知道在我的瞳孔里面他也一定能够从中看到他自己。我们彼此对视。经历了这一系列的事情，我认为我们真的明白了对方的存在是多么地重要。所以我才想要小叶送我回家，才想将小叶介绍给家人。

我一定是前世修来的福气，这么一个不起眼的母老虎，桃花一来居然能同时泡上两个不错的好男人。郭朝聪的逝世促使我更加慎重地对待自己的感情，三角关系这种事儿，绝对不能够再拖下去。

我必须作出选择——在两个男人之间。在出租车上，我与小叶彼此的指尖紧密缠绕着；而在这个城市的另一端的某个角落，有另一个我同样牵挂和眷恋的男人存在。

出租车在我家的小巷口停下，小叶付了车费。我在打开车门时忽然说："小叶，一起进去吧。"

"啊？"由于事先没有透露任何迹象，小叶为此也大为愕然。看着他一时愣住的反应，我觉得颇为有趣。

"来我家坐坐，我也想让家人看看你。"我用鼓励的口吻邀请着。小叶愣了一会儿，为难的表情只是一闪即逝，随后他点了点头。我听见他坚定地回答："我去！"

这种没有经过任何正式准备的造访，也真是为难小叶了。在这种情况下，小叶还是欣然接受，这个举动让我知道，这个男人他有多么爱我。

走在回家的小路上，小叶显得颇为紧张。我一边细心地打量着他，一边安慰："没事儿的，我的家人都挺随和的，不要紧张，反正我们不会在客厅逗留很久的。"

我用钥匙打开铁门后，就带着小叶走了进去。客厅里正好一家四口在看电视，当我带着小叶突然走进去时，感觉全家人一齐呆住了。

"姐，这是？"弟弟李晓轩最先作出反应，昂头看着眼前这个不期而至的陌生男人。爸爸和妈妈几乎是同时站了起来，弟媳黄婉冰怔怔地却不太敢多问。家里人这些反应真是让我很头大啊！

"我的男朋友小叶，叶冬菁。"我极力表现出一副不经意的架势来。然而，家人们几乎同时惊叫起来："啥？男朋友？"

"咋从来没听你提起过，真是大大的惊喜啊，一下子就领了个男朋友回来！"妈妈狠狠地瞪了我一眼，立刻打量起小叶来。当她的目光落在小叶身上时，我听见她呆呆地念了一句："好帅！"

妈妈的反应让我特丢脸，不过想想本来也会是这样。如果家里有林志玲这样的女儿，领回家的是帅哥或者富豪，爸妈都不会特别惊讶，毕竟天生丽质就摆在那里，什么人配什么人这些都好像是上天安排好了的。

一直滞销、屡被退货的女儿，突然带了个帅哥回来，还说是自己的男朋友。爸妈那种既惊讶又仿佛是"捡到宝"的反应，让我充分领略到无长相、无身材女子的悲哀。

唉，真是丢脸，一点儿形象也没有了。可是，小叶立刻调整出好的状态，开始和爸妈寒暄。他还笑着问李晓轩："你一定就是玉洁的弟弟吧，她很喜欢谈起你的。"

真是了不得的男人啊！我呆呆地看着眼前这和谐的一幕，感觉无论是普通男还是小叶，都拥有迅速和陌生人处好关系的秘诀，而我这方面的本领就只限于顾客。如果换作我这样到了男朋友的父母家里，打死我也表现不出小叶这样的风范来。

感觉家人好像很兴奋，有许多话要问小叶似的，意识到这一点的我立刻先下手为强："好了，好了，我还有话要和小叶说，今天带他回来不是见家人的，你们甭误会啊！"

"好不容易见到面了，聊聊有啥关系嘛！"李晓轩反驳，我一把上前推开他，抓住小叶的胳膊就往我卧室方向拉，"我真的有事要和小叶说，你们的好奇心先压一压，不要来打扰我！"

从家人的包围中抢出小叶，我听见妈妈赌气地说："还打扰呢。有了男朋友就把爸妈丢一边了。"

我装作听不到，继续拉着小叶往卧室走。等进了卧室，关上门，小叶才笑起来："你爸妈很有意思啊！"

"倘若家里有个滞销的女儿，奔三了还嫁不出去，再高傲沉着的父母也会变得有趣起来。"我回应，"房间里没啥地方坐，不介意的话就坐我床上吧，那儿比较好落脚。"

通常情况下让男人进自己的卧室，尤其直接让男人往床上坐，很容易给予对方错误的印象。可是我们刚从郭朝聪的葬礼上回来，用脚指头去想也清楚彼此不会存在任何这方面的情愫，因此小叶也很大方地在我的床沿儿坐了下来。

"我非常地感谢你，能陪着我一同出席这样的场合。如果小叶在的话，那么朝聪多少对我也比较放心。"我放好挎包（小叶在，总不能像以前一样随手乱扔吧？），在他的身边坐了下来。

"说啥感谢呢？这根本就是男朋友分内的事情。"小叶摆了摆手，仿佛想到什么似的，接口说，"如果是他，你也会这样客气地表示感谢吗？"

"他……"我愣了一下才意识到小叶说的是普通男。

自从上几次三人微妙的会面后，小叶在我面前就不再提普通男的名字，而统统以"他"来指称。我明白他真的非常介意普通男的存在，这也正是我现在想要向他坦白的。

"啊，瞧我，到底在说啥啊？"似乎认为自己说了非常失礼或者不干脆的话，小叶不好意思地再度连连摆手，"不要回答我，我可能是太累了，一时之间居然说出了这么无聊的话。"

"不，一点儿也不无聊。"我摇了摇头，温和地看着他，"小叶，我已经是个二十九岁的女人了，不是啥二十出头的女孩儿，对于感情的事情多少也还懂得一点儿。"

"你也说过的，如果真正爱上一个人时，吃醋或者忌妒，都是恋人范围内的事情，我也是这样觉得的。"我把耳边的长卷发挽到耳后，"我今天带你回来，就是想好好和你谈谈这些事情。"

小叶脸上的神情一下子严肃起来。他挺直了腰，很认真地坐着回应着我的视线。我看着他在我面前的这一系列反应，让我觉得应该认真对待他。因为除了他和普通男之外，从来没有任何男人这样对待过我。

"我很喜欢你，从第一眼看见你的时候就开始喜欢。当时的我相当没有自信，是阿培鼓励我，并用激将法促使我决定去尝试。我也告诉过你，在我们的整个相处过程中，其实是阿培一直在指导着我怎样去做。"

"一开始我觉得我和阿培只是单纯的互相利用，他利用我帮网店宣传，我利用他来接近你。可是渐渐地，感情却在交往的过程中发生了变化。"我咽下一口口水，在男朋友面前坦承这些事情，实在是有些叫人难堪。

然而我还是要继续说下去："我觉得……我发现了阿培身上闪光的地方，不管是努力工作的样子，还是不记仇、吵过就算的个性，还有一旦答应下来就会拼尽全力去帮忙的重承诺。"

"真是奇怪，以前咋看都不顺眼的个性，一旦成为好友以后，居然变成了难得的个人特质。我也说不清楚究竟是自己的心理问题，还是单纯的情感因素。"

我的双手不知所措地在膝盖上来回摩挲："一看见阿培我就觉得安心，见不到面便感到寂寞。我在他面前能够毫无负担地卸下全部的伪装，只呈现出最真实的自己。"

"那真的很难得啊！"小叶禁不住开口说。他稍微停了一下，很难过地看着我："是吗？你真的这么喜欢他吗？"小叶说话时那种竭力控制和掩饰的脆弱，顿时一下子就打动了我。

"可是那并不代表我不喜欢你。"我急急地说，"我自己也弄不清楚是咋回事儿了。我自己到底更喜欢谁多一点儿，我自己也不清楚了。曾经有一度我以为自己更喜欢阿培多一点儿，可是……"

"可是，当小叶你在得知我的真相后，毫不犹豫地接纳下那样的我；你在我最无助的时候，放下所有的工作陪在我身边，我又觉得自己好像更喜欢你一点儿……"我困扰地搔了搔头发，"啊，我真是一个可恶的女人。"

"那么就算作更喜欢我多一点儿好了！"小叶声音低低地说，忽然一把把我搂进怀里。在我惊讶之际，他继续低声说："因为如果你喜欢他更多一点儿，那么我会非常地伤心的，那么……就算更喜欢我多一点儿好了！"

孩子气的话语，听在我的耳朵里却觉得难过。靠着小叶宽厚的胸膛，聆听着他的心跳，我觉得自己有负于他对我的信任。倘若不更早地作出决断，或许我将会不断地伤害这两个男人，伤害我生命中最重要的两个人。

2

化妆水，OK。DHC免费试用装橄榄油，OK。长卷发发型，OK。今天的服装，修身白衬衣搭配浅灰铅笔裤，OK。我看着镜中的自己，然后用手拂了拂头发。好，我要去上班了。这是请假后的第一天上班，也是我人生重新开始的第一天。

我来到屈臣氏，首先就是打扫自己的专柜，然后好好地向贺店长道谢，接着以平和的心情等待进店的顾客。我留意着每一位男性顾客的需求，不放过任何一个推销商品的机会。午休时间我罕有地没有回去，而是留在店里自觉加班。

我可不是电视剧里面的女主角，也没有丝毫脆弱的时间可供浪费，更不会因为死党的离去就能够撒手啥也不干。更不可能会有男人专程跑来安慰我，将我捧在手心里面疼爱着说："玉洁，不工作也没关系，只要你走出来就好。"然后，我灰心地哭着说："我已经无法相信这个世界了。"我可不是那个命。我的命格就是必须要坚强，脚踏实地地工作赚钱。

这一天过得很快，就在下午快要下班的时间，普通男又不期而至了。这家伙就是这样，总喜欢搞突然袭击。普通男到来的时候，我正在接待一位顾客。普通男就站在不远的货架前假装选择商品，实际上我知道他在观察我。我一点儿也不介意，只专注在面前的顾客身上。

终于拿下那个顾客后，普通男走了过来。我们还来不及说话，贺店长就在这

个时候走了过来。普通男反应灵敏地抓起化妆棉试用品端详。我还没来得及准备好台词，贺店长却笑着打了招呼："你又来了。"

"啊，因为我喜欢到这里买东西嘛！"普通男的反应真是敏捷，一副亲切卖乖的架势，"店长你好！"他的嘴甜在某种程度上还挺招人疼爱的。贺店长点了点头，并没有太反感的样子。

"得了吧，少继续在我面前演戏了，你们。"贺店长随后的话，却隐隐让我们一惊。惨了，我的工作。"如果只是喜欢我们店，就不会每次来的时间都这么凑巧，偏偏只在她当班期间来吧？"

"不，店长……"我刚想解释，然而贺店长单手做了个让我闭嘴的手势。于是，我只好马上闭上嘴巴。在社会上混了这些些年，学会看领导脸色做反应我多少还是懂得一些的。

"虽然我快变大妈了，但也不是没有年轻过。你看她的眼神，还有在专柜前的那份耐心，这些都在告诉我们这些过来人，你喜欢她。"贺店长看着普通男说。

"……是的，我喜欢她。"普通男沉吟片刻，居然率直地回应了贺店长的话。我惊得完全说不出话来，店里面的直销员或营业员几乎全体朝我的专柜看了过来。天啊，我成了当众表演的免费演员了，并且没有任何演出费。

"我是因为喜欢她才更加喜欢这家店的，虽然店里面的商品本来就合我胃口。"普通男看着贺店长，用非常讨好的口气说。年轻男人在讨好别人时所用的技巧真的非常奇怪。有时候他们一笑起来，眼睛适当地弯起来，然后声音再温和一点儿，通常就很难再叫人对他们生气。

"店长，我不会耽误她工作的，并且每次来我真的都有买了东西再走，再咋说我也为店里的销售额作贡献了。店是要营利的，不可以把私人的东西扯进工作里面来，这些我还是知道的。"普通男真挚地解释着。

"你还真清楚啊！"贺店长看起来并没有生气，"不要误会，我可没有责怪你们的意思。李玉洁在销售上还是挺有一套的，我只是过来提醒一下。既然你都清楚，那么我就不再废话了。小伙子看起来还挺机灵的。"

"谢谢店长，我买完东西就走。"普通男恭敬地说。

"行了，今天就破例了，反正她也快下班了，你等她一块儿走吧。记着，这种事情今后最好不要再经常发生了，这里可不是爱情戏的免费场景供应地啊！"贺店长的话让我的脸颊一阵发烫。

姜果然还是老的辣，挖苦人都不带任何明显贬低的词语，真不愧是快大妈的年纪。我怔怔地看着贺店长转身离开，离开前她淡淡地说了句："小伙子挺精神的。"

我瞪着普通男，他一脸无奈地摊开双手。唉，这下惨了，全店的同事都误会他是我的男朋友了。明明我的男朋友另有其人，可是我总不能不识趣地喊冤："贺店长，误会啊，他不是我男朋友……"

那就等于当众说上司没眼力，这种蠢事我是不会做的。我只好狠狠地瞪着普通男，而他嘿嘿笑着又买了一些知生堂的化妆棉。在我下班之前，普通男走出店外等我。

我走出屈臣氏，普通男站在不远处向我挥着单手，很爽朗地叫着："唷。"

"唷。"我也学着他的方式简短地回应，然后朝他走了过去，两个人并肩向前没有目的地乱走。

"你看起来很有精神，我就放心了。"他边走边看着我，然后轻轻吁了口气，"今天是你重新开始工作的第一天，我心里面总是在惦记着'大姐在干啥呢'、'不知道有没有劲儿工作'。我总想跑来看看，不过看到你这样我就放心了。"

"有心了你。"我看了他一眼，又很快将头转回前方，然后继续朝前迈步，"我是不会就这样被击垮的，该干啥还是要干啥，生活总得继续下去。我啊，是没有脆弱下去的本钱的。"

"你还真想得开，不愧是大姐。"普通男笑了起来。

"想不开就完了，中国十三亿人，缺啥唯独不缺人。如果我关在房间里再伤春悲秋个几天，很快就有漂亮可爱的年轻女孩儿来顶上我的工作。如果这把年纪了还向爸妈伸手要钱，那就未免太凄凉了。"

"而且……"我理了理头发，"而且朝聪也不希望看见我们过于悲伤的样子，我所能为他做的，不是哭泣也不是无休止的哀悼，而是好好地活下去。这才是对死者最好的怀念方式，不是吗?"

"这些道理你全部都懂得啊，看来我精心准备的一大堆开导的话完全没有用武之地了。"普通男气馁地叹了口气。

"喂，我说你啊。"我抓起挎包狠狠地朝他打了过去，"为啥这么爱秀啊？在我上司和同事面前说那些话，你知道他们会误会的。我可不是你什么女朋友，你快说准备怎样向我道歉吧。"

"我也没有办法，因为我是真的很喜欢你……"普通男一副无赖模样地耸了耸肩膀，"而且贺店长那老狐狸，如果骗她估计你的后果会很严重。"

"这么说你还是为我好了?"这家伙咋就这样厚脸皮啊！不像小叶一样懂得害羞，总是咄咄逼人的，每一步都踩中我的软肋。看着这么厚脸皮的家伙，明明生气恼火，我却不舍得发泄出来。

"当然是为你好，我又不是罗玉凤，不然谁会无聊到当众示爱啊！估计以后我要去店里，你同事会指指点点、窃窃私语。'看，李玉洁，那男的来了'……"普通男直爽地回应。啊，这家伙完全不懂得羞涩为何物。

"罗玉凤咋了？少觉得自己高人一等似的，你不就是一裁缝兼卖衣服的吗？"我毫不留情地打击他，不自觉地想维护那个最近在网络非常有名的女子，"像我们这样没有相貌又没有背景的小市民，想出名也就只能靠这种方式了。"

"大姐，我可没说她有啥不好。"普通男用身体轻轻地撞向我，摆明一副撒娇的架势。啊，我不行了，对于这种擅长攻占人心的家伙，我根本就不可能是他的对手啊。

"甭提罗玉凤了。"他继续轻撞向我，害得我都想提醒"敢情你是我以前养过的小猫啊"。"大姐，刚在店里面我向贺店长说喜欢你的话，是真的，全部是出自真心的。"

"我知道了。"我的心随着这句话猛烈地晃荡了一下，表面上却装作毫不在意地向前走去，"你喜欢我的这件事情我不早就知道了吗？"

"那么大姐你也喜欢我吗？"普通男忽然一把扯住我的胳膊，"大姐你也喜欢我的对吧？"

我想甩开他的手，可是那只手牢牢地、硬硬地嵌制着我的胳膊，宛若与我相连的羁绊，任凭怎样用力也无法甩开。我只好凶狠地瞪着他，可是这家伙却一点儿也不在乎，只是固执地看着我。

"我脾气很坏的。"我不得不这样告诫他，"不管再怎样努力运动，腰这里还是有赘肉，腿也不紧致结实，有些松松垮垮的，脱掉衣服也许让人提不起兴致的。"

"那有啥关系。"普通男说，"我的右大腿小时候跌进水沟时，留下的伤痕还在，一个大疤。你甭看我这样，有时候我很容易放屁的。因此，我们是半斤对八两，谁也不嫌谁。"

晕，这家伙连放屁的事情都扯出来了，实在让我难以招架。"我很凶的，大龄剩女住在家里，完全没觉得对不住弟弟，还对弟媳一副没放在眼里的样子。和我在一起，男朋友一定会被我吃得死死的。"

"呵呵，正好，我老妈和老妹也不是个善主，恶女对上我家的太后和坏公主，正好旗鼓相当，太善良的女人娶回家我还担心她吃亏呢！"普通男一副乐天派地拆招。

"滚，一提起和爸妈住我就晕，我可不想每天和婆婆还有小姑对决，更不想丈夫当夹心饼，我又不是韩国女人。"一提到这种事情我就头痛，坏婆婆和恶小姑快点儿退散吧。

"婚后不一定要住在一起，周末可以回去探望嘛！"他立即转了口风，"而且他们在山东呢，我结婚后还会继续在这里，就算想住一起恐怕也不太那么容易。"

"没受够我的脾气吗？是不是真是个 M 啊？太怀念被我叫啊呸了？"我摆出一副惹不起的样子说，"如果真是个 M，我很乐意现在免费赠送个连环踢来满足一下你。"

"甭这样说嘛，敢情你还是个 S 女王了？"他笑了起来，"要说脾气，我不也把你拖来拖去的？叫你丑女、说你一点儿魅力也没有、还把你丢出店外，能被这样对待还和我这样铁的女人，恐怕也只有你了。"

"你……"我暗叫不好，已经没有攻击的筹码了，"我都奔三了，耗不起了，如果不快点儿结婚然后生孩子，大龄产妇很危险的，并且孩子质量不高，如果只想恋爱的快滚蛋吧。"

"嘻嘻，我都二十六了，不然明年结婚如何？"这家伙居然在车水马龙的街头，以这种轻快的口气说出类似求婚的话，"最好还是先好好地享受一下恋爱，不然从好友一下进入夫妻，结婚后你可会不断埋怨我的。"

受不了了呀！虽然我非常厚脸皮，可是这家伙的厚脸皮也不是吹的，完全和我有得一拼。我更加拼命地挣扎，可是普通男却紧紧地抓着我的胳膊，坚决不打算放手的样子。

"不要脸，你咋知道一定可以和我结婚？我还有小叶呢，甭忘了他才是我的正牌男友！"心慌意乱之际，我凶他。除了凶他，我也没有别的防备武器了，在普通男的进攻下我真的节节败退。

完了。既爱小叶也爱普通男，这下真成劈腿女了。

"因为……"

普通男忽然停下脚步，这下我也走不了。我顿时非常火大地冲他吼："干啥？难不成要当街求爱啊？"

普通男没有回应，因为接下来他突然做了一件我完全预料不到的事。他一把将我硬拉到面前，就在我还要骂他的时候，他就如此率直地吻了上来。虾米？我一下子眼睛睁得老大，嘴巴张得大大的，这家伙正好趁机把舌头伸了进来。

当街湿吻这种事情完全超出我的心理预料，这种场面简直滑稽极了。我一副呆瓜的样子，而普通男的吻却是……却是这样地意外而叫人无法抗拒。不同于小叶的浪漫与阳光，普通男的吻绵密而悠长。这种接吻技巧是从哪里学来的？

他的舌头挑动着我的舌头，在我的口腔游移。我完全动弹不得。惨了！这下在和两个男人纠缠不清的同时，也一并与他们接过吻了。完全不同技巧和感觉的吻，只有一点是相同的：那就是并不令人讨厌。

路人纷纷行注目礼，我一边祈祷甭被人用手机拍下传到网上，否则我非被骂

死不可。

我的手软软地推了上去，想把他推开可是却使不上力气。当这个吻结束之后，我看着近在眼前的普通男的脸，听见他说："你喜欢我的，是吗？比起小叶，你在我面前更放松更自在，不是吗？大姐，你去哪里再找一个能给你这种感觉并且还不错的人呢？"

并且还不错的人？这家伙真不要脸。我白了他一眼，可是心里面乱得厉害。在心里我已经承认普通男说的没有错，既然他说的都没有错，那么我究竟更爱谁多一点儿？在内心深处，我真的已经完全找不到答案了。

小叶。普通男。两个男人我都不想放手，可是，我也非常清楚地意识到，这种混乱的关系绝对不可以再放任下去。我必须尽早作出选择，可是到底该选择哪一个？在我心里面已经找不出答案了。

3

"少开这种差劲儿的国际玩笑了！凭什么我非得去见陈宇龙不可！"何纪书在手机另一端大吼大叫起来，震得我的耳膜轰轰作响，可以想见他咬牙切齿的愤怒表情。

"我没和你开啥国际玩笑，你是小孩子吗？有些事情非得我说出来你才会明白吗？"我同样大声地吼了回去，"纪书，咋爷们儿心思就这么粗线条呢？你知不知道对我们来说现在最担心的就是景唯？"

"所以你明天下午必须和我一起去见陈宇龙，不管你高不高兴、愿不愿意都必须去！"我没有任何回旋余地地吼着，"除非你想整垮景唯，想把她往死处推，但凡你对景唯还有一点儿疼爱怜惜，你明儿都必须和我一起去！"

"你个事儿妈！"何纪书在手机的另一端恨恨地大叫。然而，在第二天约定的时间，他始终还是来了，带着孙纤纤。我们一行三人在德苑小区会合，然后在童景唯的公寓大楼门前按下她的房号通话键。她开启了大门后，我们走了进去。

在电梯里面何纪书紧绷着一张脸。我看着他，伸手抚慰地去晃着他的胳膊。然而何纪书故意不去看我，闷声闷气地说："倘若不是为了景唯，我这辈子都不想和那个家伙见面。"

在童景唯的公寓套间前按下门铃，她很快出来应门，带着些不安与紧张。相反身后的男人却一副从容自如的模样，这是我们第一次与陈宇龙见面。这个男人很高大威武，仅只是第一眼的对视，那种强大的气场便横贯而来。

"欢迎。"陈宇龙温和地说。然而他的话音未落，何纪书便径自冲上前去，揪住他的衣领一拳打了过去。"纪书！"孙纤纤惊叫，脸色完全变了。对黑道世家的少爷动手，这种后果可不是闹着玩的。她力图阻止这一切，然而我拉住

276

了她。

"不要插手。"我冷静地对她说，"这是男人之间的事，我们女人不要插手。"一边的童景唯不知所措地看着这个突发的场面，尽管吃惊，但她只是站在一旁，并没有劝阻的意思。

何纪书是很强壮的型男，也时常健身。他的出拳很重，然而就是这样蕴含了愤怒与仇恨的一拳，却只是令陈宇龙往后退了个趔趄。然后何纪书又再度一拳挥去，这一拳打破了陈宇龙的嘴角，让他淌出血来。

陈宇龙没有反抗，没有防护，没有还手，只是竭力确保自己不倒，任凭何纪书不断抢拳进攻。虽然何纪书很强大，但我知道陈宇龙是更可怕的对手。如果他反击的话，何纪书铁定会很快倒下。

他并没有这样做，这个光从气场就很慑人的男人，只是任凭何纪书不断地重拳相击。他这样做的唯一理由自然是为了童景唯。童景唯看着这一切，只是紧紧咬住嘴唇，我自然地牵住了她的手。

何纪书不住地挥拳，他的拳雨点般落在陈宇龙身上。终于，陈宇龙右腿膝盖一软。就在他即将倒地的一刻，他的双手同时撑在了地面上，立刻又顽强地直起身体。

"这一顿是替朝聪打的。"何纪书揪着他的衣领，两个男人彼此之间相互对视着。陈宇龙没有丝毫的畏惧，他只是安静地看着何纪书。光从这个反应和气魄，我就知道这是个了不得的男人。

"听着，我可不管你是啥黑帮少爷，或者啥有钱有势的大人物，或许弄我跟整只蚂蚁那么容易，这些我都他妈的不在乎！"何纪书死死地瞪着陈宇龙说，"你把我最铁的哥们儿最珍贵的宝物给抢走了！"

"所以如果你不能给景唯幸福，或者不懂得好好珍惜景唯的话，拼上这条命我也会见你一次打一次！"何纪书将陈宇龙揪到跟前，逐字逐句地说，"你给我听清楚了，如果不给景唯幸福的话，绝不饶你！"

陈宇龙深深地凝视着何纪书，被对方打得鼻青脸肿却还是顽强地不愿轻易倒地的这个男人，却在这个时候开口作出了回应。

"我答应你！"陈宇龙用很有力的声音说，"这是我向你们作出的承诺，我答应你！"他并没有再多说些啥，然而童景唯怔怔地说了句"纪书……"，然后她便哭了起来。

"不要哭！"何纪书松开陈宇龙，转身对着她嚷，"倘若不是为了你，我才不要跑来这里和这个家伙见面，所以不要哭。听着，景唯，如果你以后不幸福的话，我可不会饶你！"

"这是朝聪用生命来守护的幸福，如果你不幸福的话，我们绝对不原谅你！"何纪书瞪着童景唯，眼神逐渐温柔下来，"要幸福，这一点能做到的，对不对？"

童景唯啜泣着摇头，不确定地说："我想答应你，可是，像我这样的人还可以幸福吗？如果我幸福的话，那么朝聪就未免太可怜了，我……像我这样的人应该终身悲凉才对。"

"不，你更应该幸福。"我捧起她的脸和声说，"景唯，我们能为朝聪做的，既不是悲惨终日也不是自暴自弃，而是开心充实地活下去，因为那正是朝聪所期望的。"

"你要更好地活下去，并且要活出个人样来。人只有自身强大了，才有力量去关爱和帮助其他人。对于郭叔叔和阿姨，只有你变得更强大了，才有余力代替朝聪去守护他们。"

我温柔地看着她："所以你不幸福不行，朝聪用生命来守护的你的幸福，你更应该好好珍惜。景唯，即使是为了朝聪，你也得更好地活下去，直到夺取幸福为止。"

"我……"童景唯唲嚅着，眼泪不住地从眼眶滑落。陈宇龙怜惜地看着她，而何纪书、孙纤纤和我则站在她的四周。这是我们的心意。这是在往昔的四人团体中一个成员缺席的现实中，我们所给予她的祝福和支持。这是我们表达友情的方式。

就在这个公寓套间，在我们化解着彼此的心结时，在某个我不知道的咖啡厅，普通男与小叶迎来了两人间第一次的私下会面。

当叶冬菁来到这间名叫"时光"的咖啡厅时，林铭培已经早早地坐在安静的墙角位置。在英文歌曲的流淌中，叶冬菁朝着那个位置走了过去。林铭培朝他招了招手，叶冬菁以点头示意作出回应。

"等很久了吗？"叶冬菁拉开椅子坐下时说。

"不，只是来了一会儿，因为是我约你的，所以迟到的话就太过意不去了。"林铭培笑起来，"要点些啥？"

"石榴汁好了。"叶冬菁简略翻了一下饮品单后作出决断。

"石榴汁好，对于男人的那方面很有功效。"林铭培打趣。叶冬菁有些惊讶地看着他，两个男人会意地轻笑起来。原先略显严肃的气氛一下松弛下来，原本是竞争关系的两个情敌，此刻却逐渐卸下了敌意。

"接到你的电话，我很吃惊。"叶冬菁浅尝了一口石榴汁，"不过说实话，我也很想见你一面。对于如此让玉洁无法割舍的你，我虽然努力让自己不要介意，但始终还是难以释怀。"

"彼此彼此。"林铭培笑了起来，"我也一直很在意你的存在，有时候想着如果能够用橡皮擦把你擦掉就好了。这样的话就能够顺理成章地和大姐在一起，大姐也不至于如此地痛苦。"

"你也察觉到了？"叶冬菁意味深长地看着对方，"玉洁虽然表面上显得很坚强，一副不轻易被击垮的模样，但内心应该很害怕吧，只是拼命地忍耐和掩饰着。"

"所以才想与你见面，大姐遇到了那样的事，失去了最要好的朋友，所以一定不想伤害我们中的任何一个人。"林铭培收起笑容，专注地看着叶冬菁，"但是，大姐不是那种能够圆滑地周旋在两个男人中的女人。相反，这种情况越拖下去，大姐就会越加痛苦不安。她就是那样的女人，明明非常痛苦，却还总是没心没肺地笑着。"

"虽然觉得不中听，可是你说的并没有错。"叶冬菁尽管不甚情愿，却还是不得不承认这一点，"你真是很了解玉洁，所以我大概也明白你今天约我出来的目的了。"

"那样就好办多了。"林铭培直接地切入主题，"如果大姐由于顾虑到我们的感受，而难以作出决定，那么就由身为男人的我们来承担。反正肯定有一个人会伤心，那么我们率先爷们儿一点儿，自行来承担起原本就该让爷们儿来承担的责任，而不要只让大姐一个人来扛起这一切，小叶。"

叶冬菁注视着林铭培的眸子，看着对面男人坚定的表情，感受到了对方的心意。

"是的，这些事情由我们来承担，我也是这样想的。"他看着林铭培，发自内心地认同。

我在两天后接到了普通男的电话。他在手机中告诉我说，他和小叶见面了。我一听差点儿没跳起来。见面了？啥时？我咋一点儿也不知道？就我一个人被蒙在鼓里？

"不要这么大反应啊，大姐。"这家伙在手机另一端爽朗地笑起来，"我们只是谈了彼此的事，然后，我们决定了一件事。"他顿了一下，忽然换上很认真的口吻。

"大姐，下个周五的晚上八点，我和小叶会分别在解放路和北京路等你。我在解放路的安汇商场门口，小叶在北京路的生保百货门口，我们会在不同的场合等你。"

"大姐如果决定和谁在一起，就去我们等待你的地方见面。至于那个空等的人，就由被选中的男人短信给他落选的通知。这些事情就交给男人来做，大姐你

只需要作出选择就好。"普通男这样说。

"等等，这么重大的事情不要擅自决定啊！"我叫了起来。男人这种动物到底咋回事儿啊？明明是三个人之间最为重要的事，紧要关头却把女人抛在一边，所以一提起男人，女人才会这样火大！

"因为大姐会很为难，不想伤害任何一个人，所以大姐越思索就越痛苦。"普通男说，"迟早也是会痛苦的，所以想早些承受。大姐，这是我和小叶彼此之间的决定。"

结束通话之后，我的心一片凌乱，完全不晓得该咋办才好。虽然知道这些事情是迟早都要面对的，可是一旦它真正到来，我还是觉得未免来得过早。我还没有理清头绪啊。

女人和男人的不同之处正在于此。男人在陷于进退两难的抉择时，表现的是渴望尽快解决，尽快得到结论。女人却想拖得更久一点儿，思索更周全一点儿。女人较之男人，更怯于迎接抉择的结果。

这天晚上，我给小叶打了电话，埋怨他咋就这样和普通男同流合污。明明是我人生中最关键的大事，居然是由男人来决定的，这种被抛在一边的局面实在让我无法甘心。

"是啊，我也这样觉得。"小叶说，"可是，他是爱你才会这样做，看着他的眼睛，我意识到这一点。玉洁，那一刻我知道，这样做对你来说是最好的。我告诉自己，我对你的爱绝对不会输给他，所以我答应了这个安排。"

两个男人的深情和决断，透过电波就这样从手机另一端满溢出来，让我无法说"不"。我明白他们在作出决定之前的挣扎与恐惧。我知道，身为女人的我，也必须要承载起自己的责任来。

我决定接受这个安排。

这天以后，我一直在思索着这件事。对于女人来说，最后和怎样的男人交往，是关乎后半辈子幸福与否的大事。不管再咋样粗线条与一根筋的女人，都不会为此坦然自若。

于是，我失眠了。工作的时候，休息的时候，我脑海里面装着的全部是关于选择的事。我害怕自己作出错误的选择，害怕自己日后后悔。可是就像深爱着我的两个男人一般，我也必须要承担起女人的责任才行。

妈妈似乎留意到了这一情况。有一天我们两人在客厅独处时，她特别叫住我："玉洁，最近咋了？"

"没啥啊，好得很。"我力图掩饰，尽量云淡风轻地说。

"扯淡吧你，我养了你二十九年，你好不好我还看不出来？"妈妈伸手按了一下我的头，"有啥事儿不可以和我说？虽然我们经常吵架，但好歹我也活了几十年，有啥需要商量的还是信得过的。"

我看着妈妈，犹豫着，最后还是把所有的事情原原本本地和盘托出。那个一直喜欢干涉我的生活并且酷爱指指点点的妈妈，这次罕有地安静地聆听着我的话，表情不断随着我的讲述而变化着。

"我是个恶女吧？居然同时爱上两个男人，这种事情是不是太恶劣了？"我难过地问，并没指望从她嘴里面听到啥好话来。

"恶劣？我觉得这是幸福的事啊！"没想到妈妈居然这样说，我吃惊地看着她，"女人一生中遇到这样的机会，实在屈指可数，我觉得身为女人，这实在是幸福的事。"

"玉洁，我年轻的时候，男女之间的交往是遮遮掩掩的，恋爱了也不可以走得太近。比起我那时候，我真的觉得这是一件幸福的事。"妈妈说，"衡量一件事情好不好，得由自己来决定的。"

"即使一百个人有九十九个人认为不好，但经过自己的独立思考之后，认为这件事情是好的，那么即使与九十九个人意见不同，这件事情也就是好的。"

"衡量事情的好坏，不应该听从绝大多数人的意见，而应该自己来思考和判断。同样地，一双鞋子到底适不适合你，不要一味地寄望于他人的建议，而应该由自己来做决定。"

我愕然地看着她。这个经常和我对着干的妈妈，有时让我实在气得不行的妈妈，对于此刻她所说的话，我居然无法进行任何质疑与反驳。或许，知女莫如母，妈妈的话直接有效地切中了我心中的症结。

女子之路，一旦迈开脚步，就必须一直走下去，这是身为女人在这个社会上能够活下去的最好的办法。同样地，决定女人幸福与否的，不在于男人，而完全取决于女人自身。

我明白了。如果这份选择是我人生二十九年来最为重大的行为之一，那么我不会躲也不会逃。假如这是我的命运的话，我会好好地去迎接并且负起责任来。

时光，就这样一点一滴宛若细沙般从指缝中流逝。到了约定的周五晚上，我穿上了自己最喜欢的红色连身裙，搭配上金黄色花瓣高跟鞋，又去发型店吹了头发。我决定以最好的一面去迎接人生中最重大时刻的到来。

在我钻进出租车车厢的那一刻，清新的风拂了过来。在发丝随风飘扬的一瞬，我嗅到了夹杂着落叶清香的味道。还记得吗？小时候随着伙伴一起奔跑追逐时，所闻嗅到的那种掺杂着泥土芬芳的味道。

现在这种味道在城市中已经少有了。但孩童时期对于未来既期待又害怕，同

时又觉得非常遥远的心情，坐上出租车的这一刻，我仿佛又奇妙地重温起来。

我看着不断从车窗外抛下的景色，告诉自己不要慌也不要怕。就算两个男人中只能选择其中的一个，我也还是想要和他在一起。

在快要到达目的地时，居然遇到了塞车，我耐着性子在车里面等了十五分钟。出租车缓慢地移动着，眼看着已经到了约定的时间。一想着两个男人是那样不安又期待地等待着，我就无法再心安理得地呆在出租车里，只有我一个人舒服地坐在里面可不行。

"司机，找钱，我在这里下车。"我推开车门，穿过堵塞的车流，朝着人行道跑了过去。然后，我朝着此行的目的地跑了过去。我跑得很快，因为在那道路的前方，有个也许会和我相伴一生的男人等在那里。

我穿着高跟鞋，抓着挎包奔跑着。我并不确定选择了这个男人，自己以后就一定会幸福，房子、儿女生养、婆媳问题……人生中还有很多棘手的事情等在前方。

但是那样的事情以后再说，此刻我只是想尽可能快地来到他的身边，然后看一看当我出现在他面前时，他是怎样的一副表情。我更加卖力地朝前方奔跑着，整头长卷发在风中都飞舞了起来。

我绝对要每个月都交纳五项保险，我绝对要努力地工作赚钱，我绝对要好好地护理并做运动，我绝对要在这条道路上好好地走下去。以前我只是一个人，但此后有了他，一切应该也不一样了。是啊，从今天起，我的身边就有了一起扶持前行的人了。

只有我们两个人。

我向前奔跑着，高跟鞋在地上发出清脆的声响。以前，我才二十出头时就嚷嚷着自己老了，然而明年我就要三十岁了。在这个时候，我反而告诉自己，我还年轻得很。这只是人生又一个新的开始，即使三十岁，我也还是青年。

是的，三十岁，只是现代人生的另一个开始，何况我现在才只有二十九岁。我想要牢牢地把握当下，我想尽快地赶到那个人身边。这是我人生中最重大的选择之一，而我希望尽快与那个人共同迎接这个时刻。

跑得太快了，脸上流下了汗滴，然而我喘着气继续奔跑了下去。是的，我看见那个等在约定地点的人了，他笔挺地站在那里。我还看不太清楚他的表情，于是我又加快脚步，朝着那个人继续跑了过去。

他一直等在那里，我看着那个人的表情逐渐清晰。他终于留意到一直跑向他的我。当我们的视线相对的那一刻，纵然气喘吁吁，可是我却开心地笑了起来。

是的，我要去见……

附 录 猎爱笔记

　　我是玉洁，一个在爱情方面完全小白的双鱼座女生。我有幸在超级毒舌普通男阿培的指导下研习恋爱完胜秘诀，由一个无人问津的三无女成功转型为二男追逐的魅力女主角，并最终轻松捕获帅气型男。我觉得自己收获的不单单是爱情，而是蝉蜕的新生。因此，我要将这些猎爱技巧记录下来和大家一起分享。

猎爱技巧

年度大盘点：对于女人来说，难免会有弄不清楚心绪的时刻。在无法弄明白自己的心意时，静下心来好好体会一下，你在谁的身边最自然放松？你最想要和谁一起入睡？早上起床时，即使蓬头垢面，你也不需要担心，更不需要立刻躲进浴室梳洗。能给你这种感觉的，到底是谁？有时选择爱人，就好比是选鞋子。走过橱窗时，看见有型的鞋子一般人都会想要试穿一下。对于男人来说，有时候特别喜欢的鞋子，就算不合脚他也想要穿穿看。他先是忍耐，然后学着适应，但最终恐怕还是会放弃。可是，有些鞋子虽然不起眼，穿着却很舒服。一旦穿上去，那种合脚的感觉，就让人想要好好地珍惜。如果想要幸福的话，就要好好珍惜和守护现在拥有的东西，而不再去想一些没用的事情。尽管我才二十九岁，虽然已经不算太年轻，可是站在华丽青春的尾端，死亡对我们来说仿佛依然是很遥远的事情。只有失去了好友郭朝聪以后，我才真正明白现时拥有的事物的重要。就算得到再强大的恋爱技巧，但倘若没有用心……没有敞开心扉去珍惜和维护的话，那么拥有那些恋爱宝典也是统统没有用的。女子的道路，一旦迈开脚步，就必须一直走下去，这是身为女人在这个社会上生存下去的最好办法。同样地，决定女人幸福与否的，不在于男人，而完全取决于女人自身。

冬季恋歌：最初的我就像冰湖里的丑小鸭一样无人问津

**十二月（星运：当土星进入第八宫，双鱼座的人对于自己的欲望，
会变得不敢有任何奢望）**

第一周：女人一旦过了二十五岁，人生就犹如一场计时赛了。每过一天，也就等于青春又倒回去了一下，可选择的类型也越来越狭窄，何况我还是个二十九岁、无长相、无身材、无好工作的三无产品。

第二周：宁可错杀一百，也不放过一个。都二十九了，是猫是狗先出来遛遛再说。当然，经历了五次失败的联谊，勇气和自信磨灭大半的我，首先想到的是再去选购些战衣，最起码出现时也要像个人样不是。

第三周：男人是很复杂的动物，有时候像单细胞一样看着明白简单，有时候又像海洋似的，叫人摸不着底。

第四周：对于女人而言，最佳的心态就是将男人当成宠物看待。外表英俊的男人就像只迷人骄傲的猫，而务实努力的男人则像头强悍的狗。猫和狗对待陌生人都心怀戒备，甚至可能伤害尝试亲近他们的人，然而一旦成功驾驭，他们往往就是最忠实的宠物，会为主人做自己力所能及的一切事情。

月末笔记：一旦让男人来决定你的回答，或者一旦从一开始就迎合男人，这样你就输了。虽然表面上男人喜欢听话顺从的女人，但这样的女人最后都得不到尊重和重视。你得学习怎样向男人展现你的个性，或者展示你个性中不同于别人而闪闪发光的地方。

读者笔记

一月（星运：木星将从本月中进入双鱼座的命宫，
你将摆脱身不由己的感觉）

第一周：对于男人来说，漂亮和美丽是两种完全不同的含义和概念。漂亮会让男人联想到占有，而美丽却更全面地激发了男人的怜惜与征服欲望。

第二周：舍不得钱就猎不到大鱼，如果不投资好好打造自己，就冲现在这个样儿，甭说是型男，稍微次一点儿的男人你都甭指望能泡得上！

第三周：如果因为心急发了一连串短信，只会加深男人你很在乎他的印象，追得太紧就会变得廉价且惹人厌，结果你只可能被列入黑名单，接下来就啥都甭指望了。

第四周：帅哥通常都备受女性青睐，与他们交往，在最初的接触中，只要有一处把握不好就会径直出局，或许没有过程，就已经直接出现结果。

月末笔记：人每一天的心情是由服装和发型来决定的，不要忽略衣服、发型和鞋子，这些都是你对付男人的武器。当不安或紧张时，发型和服装能够分散这些情绪，而男人在接触一个女人的起初，都是从表面印象开始的。绝对不要忽略服装和发型在约会中发挥的作用，不然只会输得很惨。

读者笔记
_____
_____
_____

二月（星运：终于开始有苦尽甘来的感觉了，仿佛生命都是全新的）

第一周：出众的男人，很容易察觉用心不良的女人，知道你是觊觎他的美色或者成功，因此要接近这些男人，就必须好好地将想要征服他的欲望给隐藏起来，而率先寻找彼此连接的共同点。这是赢得他好感的第一准则。

第二周：所谓感情，其实就是一场谁夺取谁的心的战争，记住，夺取并占领对方的心很重要，这也是胜负的关键。

第三周：能占领对方的心，就代表了你是情感中强势的一方，能操纵对方跟着你走，你的意愿在双方的关系中占据了主导的作用。而一旦被对方占领了你的心，情况就完全倒过来了。

第四周：感情中的双方互动，其实就代表着谁夺取谁的心的战争。你虽然是要去猎男，可是得懂得，高明的猎男之道是：在占领对方的心的同时，还要牵引着对方朝你布下的局去走。

月末笔记：如果自己没有资源的话，就要想着法子去让男人认识到你不同于其他人的地方。有哪些东西是你拥有而其他人并不具备的，或者你擅长而其他人却没天分的，就要在和男人的相处中放大、传递并且强化。让他逐渐感觉到你的独特，因为先天资源不如别人，想猎男就得在其他方面下手才行。

季度总结：男人是自我感觉良好并且容易膨胀的动物，尤其是对于条件不错的男人来说。要接近他们最基本的一点，就是要消除他们的戒心，以身为一个人而不仅仅是一个女人的优点，去引起他们的注意。在一开始就让男人察觉到你的意图，除了自降身价，还可能被拒绝，所以要得到一个男人，首先是要考虑怎样去接近他。事前的情报准备工作要进行得充分，喜欢一个男人之后，搜集对方的情报是非常重要的。听着，恋爱之初，是根植在情报搜集战的基础之上的，很多事情，得在了解对方的喜好和习惯之后才能进行下去。

读者笔记
_____
_____
_____

春之萌动：随着对恋爱技巧的掌握，我的心就像春天一样回暖了

三月（星运：本月双鱼座将桃花盛开，还有金星加持）

第一周：通常男人都是贱骨头，对于容易上手的女人，往往都不懂得如何珍惜。但是对于一个坚强独立、能够掌握自己人生的女人，男人会觉得很了不起。

第二周：女人在和男人交往时，其实和与宠物在一起时很像。记住，没有宠物是刚开始就会听话的，宠物都有一个被驯化的过程。因此，在选择宠物之前，给宠物一个好的第一印象非常重要。

第三周：你要想清楚当一个在男人心中占据怎样位置的女人？是一个只会按照男人要求来塑造自己的玩偶，还是一个能够和他平等交流甚至相互分享心情的伙伴。所有的计划都要从一些小细节开始。一个温柔的微笑，轻轻的一句话，就是这样简单，但对男人来说却是很深刻的刹那。

第四周：男人不喜欢说太过直白的话，也不怎么欣赏太直接的称赞。但事实上，男人是比女人更需要肯定、更需要认同的动物。有时候在细微的相处时刻，适当地说一两句温馨的话，或者做一些贴心的小事情，往往会带来意想不到的效果。

月末笔记：和一个人交往，不是去寻找和对方的差异在哪里，也不是去关注和对方存在哪些不同，这样是无法更好地相处下去的。要得到一个人，就要努力去挖掘和对方存在的共同点，去发现和奠定和对方一致的地方，因为人与人之间的互动，往往都是从共同的兴趣点开始的。就算没有，也要撒谎编一个出来。

读者笔记
_____
_____
_____

四月（星运：如果情绪上太过悲观的话，反而会让很多好机会溜走）

第一周：约会中同样重要的一招，除了微笑就是视线攻略，学会怎样用眼神去凝视对方，哪怕只是一个小小的交集，那样也会有助于加深对方对你的印象。

第二周：和女人不同，男人喜欢上一个人是没有理由的，可能是因为对方的外表，可能是因为对方的气质，也可能是因为对方和自己相处时给自己的感觉。男人是相当感性的动物，往往会由于某种念头或者心情，而喜欢上一个人。

第三周：在男女关系方面，有些时候女人要主动，有些时候则必须要克制自己的欲望。无论多想接触目标也不行，一旦你主动联系了对方，就会彻底暴露出你对对方的渴慕。那么从一开始，这种关系的平衡就被打破了。

第四周：是人都会有犯错或者失误的时候，如果这时候你就在他身边，表现出淡定和包容的态度，对于那个时刻的男人来说，印象会特别深刻。而这一瞬间的体会，将伴随你们交往的进程而延续下去。

月末笔记：对付男人如果不靠演技根本是行不通的。人在相处之初都会收敛自己的缺点，而拼命在对方面前表现好的一面，难道这样不算演技？恋爱，其实就是一场谁夺取谁的心的"战争"。成功夺下对方的心，你在爱情中就是胜者，否则永远只能被对方牵着走，永远在情绪上只能受对方牵制。

读者笔记
_____
_____

五月（星运：土星会逆行至处女座，是让双鱼决定一段感情的关键期）

第一周：甭将男人当冤大头来宰，那样只会让男人觉得你很势利和拜金，这是我学到的最基本的一点。

第二周：和男人在一起时，一定要看着对方的眼睛说话。如果你温和认真地看着对方，会让男人有种得到充分尊重的感觉。这种不被忽略的感受，会让男人从一开始就对你有好感。可以看男人的鼻梁或者鼻梁上方的位置，那样的眼神看起来也很像是在直视他的眼睛，而且能够巧妙地达到同样的效果。

第三周：第一次约会的坐姿是相当关键的，因为男人就是从坐姿来判断一个女人的。在男人面前大大咧咧张开腿坐，或者坐得太过随意，只会给人以不好的印象。男人喜欢的女人坐姿只有两种：一种是正坐并且双腿并拢，男人认为这样的女人端庄而且稳重；另一种坐姿是呈 M 字形线条，双腿并拢倾斜，小腿划成一条漂亮的斜线。

第四周：恋情这东西和友情有些类似，只要你还对某类人群有吸引力，始终会有人愿意接近你。

月末笔记：如果与心爱的人见面时的紧张感不能消除的话，就借助些小细节来掩饰吧。比如，戴上可爱的小耳环，紧张时轻轻地拨动它们。男人会觉得这种动作很可爱、很有女人味，丝毫不会察觉你是在掩饰紧张。

季度总结：外表或职业没有优势可言的女人，如果不从个性或者处世上找方法，滞销也不出奇了。因为才华这些都是虚的，男人是不可能在交往之初就留意到这些，你也没有可能在短时间内表露出来。很多事情是需要在交往后才慢慢显现的，所以，在一开始相处时就用个性或处世之道来加强男人对你的印象，是你必须做好的事。

读者笔记

甜蜜夏季：只要保持良好的接触，成功的几率就会大一些

六月（星运：到了下半年，一切都会变得稳定与明朗了）

第一周：男人都是贱骨头，认识到这一点非常关键，因为只有掌握了男人的心理，在对付和控制他们的行为上，才会更有效果。

第二周：男人的心理是复杂而矛盾的，最能撩动他们心扉并令他们牵挂的，不是一昧付出、嘘寒问暖的身边人，而是那些令他们感到无法确切掌握的女人。轻易得到的东西，再美好也不觉得宝贵。相反，若即若离才是对付男人的高招。

第三周：男人的天性就是这样，对于越温存越贴心的关爱，就越是不懂得珍惜，反而会觉得乏味与无趣。女人为对方做得越多，结果反而成了对方心中的绊脚石。现代社会竞争如此激烈，有哪个男人愿意在工作之外，还要花费心思去面对一个整天只会观察自己脸色、围着自己不停转的女人。

第四周：熟悉贱骨头心理，就能清楚地判别自己和别的女人有啥不同，男人是属于你越重视他，他就越以为自己了不起的动物。

月末笔记：夺命连环 call 是最蠢的做法，如果想得到一个男人，前提就是不能太黏，因为男人都是贱骨头。你越在乎、越主动、越关注，在男人的心目中就越不值钱。既要让他知道你的关心，让他明白你的好感，同时又要保有自己的空间。尤其要让男人认为你的空间是精彩的，即使不依附他也能过得很好，但就算这样，你还是关心和在乎他。

读者笔记

七月（星运：如果有喜欢的对象，双鱼座的人要大方一些，不要搞暧昧）

第一周：有不懂的信息就查，发短信前要想好话题，而且不能一次聊太多，要吊起对方的好奇心，让他主动想要来了解你。

第二周：一个女人要想取得男人的心，最好的方法就是学会让他牵挂。一旦男人开始牵挂另一个人，不管他对这个人的认知和固有感觉如何，他都会陷进去，并且是不知不觉、无法自拔地陷进去。

第三周：恰如普通男所说，要想把男人弄到手，困难的不是与男人对决，而是与自己的对决。我必须克制和改变自己。比如打电话，我会注意放缓语调，先聊一些最近热门的话题，如果对方不感兴趣再换，不要光顾自己说，对方想回应时就要闭嘴。

第四周：学会倾听很重要，事实上，懂得倾听，比和男人在一起时说个不停更有效果。甭看男人雄赳赳的，其实很脆弱，倾听男人的感受，会让他有种安心的感觉。在安心的同时，他就会依恋你。

月末笔记：恋爱的结果其实只有两个：非赢即输。恋爱的两个人之间，也只存在两种区别：追求与被追求。在恋爱中要有蟑螂精神，无论被拒绝得多狠、多不堪，都要勇往直前。除非是美女或者富二代，否则怎么可能得到喜欢的人。

读者笔记

_____

_____

_____

八月（星运：这个月双鱼座爱情运势不错，能够轻松享受爱情）

第一周：在刚开始交往时，有一个关键点一定要掌握，那就是虽然做自己很重要，但千万不要给男人以难堪。男人坚强的外表下，内心其实很脆弱，懂得维护并鼓励男人的女人，能够很轻易进入他的内心。

第二周：是人都会有犯错或者失误的时候，如果这时候你就在他身边，表现出淡定而包容的态度，对于那个时刻的男人来说，印象会特别深刻。这一瞬间的体会，将伴随你们交往的进程而延续下去。

第三周：男人难过时所表现的神情，和女人是不一样的。他们不会表现得那样明显，不会哭哭啼啼，情绪上也不会一下倾泻得太彻底。男人即使悲伤难过，体内似乎也存在一根弦，提醒着他们要记得绷紧自己。

第四周：男人悲伤痛苦的时候，其实另有一番魅力，因为他们平时是如此强大，或者倔强地要摆出一副强大的样子来。男人哭泣时很隐忍，不像女人那样哇哇大哭，只是抽搐着，哭的声音很小，表情或动作幅度也不大，但是男人的泪水

291

之所以珍贵，就在于它的罕有与稀少。

月末笔记：男人生来就被教导为不可以随便哭泣。在成长过程中受社会价值观的影响，男人会觉得随便流泪或者流露出脆弱的表情是很羞耻的事。他们不管多想这样做，还是会紧张地阻止自己表现出来。聪明的女人并不是陪着男人一起悲伤痛苦，而是在他身边，让他感觉到即使经历这样的事，也并不是一个人。

季度总结：带着恋人去见朋友，如果没有事先的安排，会发生很微妙的糗事，而那些是我们事先难以预料的。比如，当恋人和朋友见面时，最好避免与双方有过于亲昵的动作，尤其是对异性朋友而言。

读者笔记

_____

_____

_____

收获之秋：经过持续不懈的努力，终于到了收获爱情的季节

九月（星运：单身的双鱼能感受到身边朋友的关心，有种恋爱的感觉，这种感觉很美好）

第一周：在这个世界上，帅哥如果和不起眼的女人在一起，大多是受够了美女的脾气和优越感，但话说回来，帅哥也一样有优越感。

第二周：幸福是靠自己争取的，不是从天上掉下来的。如果我只懂得静静等待，那么幸福永远也不会来到我身边。我这样的人，幸福必须得靠自己去争取，哪怕就是竞争，也要把幸福给抢过来，不管在哪方面都是。

第三周：这个世界上，有人啥也不需要做，幸福就会自动来到他们身边。但是，我所得到的一切、所迈进的每一步，都必须付出比别人更大的努力与心血，就连爱情也不例外。

第四周：我没有抢着付账，女人有时候需要给予男人他能担当责任的机会。这是普通男教过我的，我记得还很清楚。

月末总结：其实恋爱最大的难关之一，莫过于去见对方的父母和朋友了。是啊，男人对我们的印象，还有心理上的认定，难免会受亲友影响。就算在男人心中你的形象再好，可能挡得住多少父母和朋友在他耳边的负面评价？听着听着，多少也会产生动摇。所以，要套牢男人，首先就要打通他的父母关和朋友关。

十月（星运：将会遇到你生命中非常重要的那个人，千万不要错过了）

第一周：对于男人而言，收到女孩儿的告白是一件开心的事情。不管告白的女孩儿是美女还是丑女，男人都会觉得自己的魅力被验证了，但之后会如何对待，那当然又是另外一回事了。

第二周：虽然说女追男隔层纱，不过男人的心理非常奇怪。有时候他们会埋怨女人约不出来难搞，但是女人如果太主动，男人又会觉得她不值钱。

第三周：衡量与男人关系的深浅程度，其中一个因素在于男人是否愿意和你分享梦想，男人只在自己喜欢的朋友面前敞开心扉。

第四周：男人也是会忌妒的。在一个喜欢自己的男人面前，流露出对另一个男人的爱意与深情，绝对是不明智的。男人一旦忌妒，虽然比女人更能隐忍，可是内心的翻涌却比女人更甚。

月末笔记：男人这种动物确实是非常奇怪的。就算他喜欢你，可是由他向你表白，和你向他表白，在之后的关系绝对不同。就男人的心理而言，由自己主动争取得来的东西，因为是努力传递过心意的，就会显得珍惜。倘若是由对方主动的，男人就很容易膨胀。说到底，关键在于双方的自制力吧。感情这种东西，谁先抛出绣球，谁的地位就会弱下来。

十一月（星运：幸福决定在自己手中，必须要弄清楚自己到底想要什么）

第一周：恋爱的感觉真好，能够思念一个人，同时也被这个人思念；能够打电话给一个人，同时期待这个人的电话。为了拥有这种相互羁绊的感觉，我认为牺牲单身的自由是非常值得的。

第二周：恋爱到底是啥感觉，这种事情必须要亲身经历才能体验得到。恋爱所带来的不光是思念与喜欢，两个人所存在的羁绊一旦确定，由此带来的还有约束。能够控制的就不叫爱了，可以理性对待的，一定不是真感情。

第三周：要吸引男人，如果不首先表现出男人所欣赏的风范来，那么可能在第一步就被淘汰出局了。这个社会总在埋怨女人现实，男人其实一样现实。男人在选择交往对象时，不也是现实得不行吗？

第四周：我想要伸手去牵小叶的手，但一个姑娘家这样做就太主动了，最后我还是无法坦然地伸出手去。普通男指导我，你可以经常不经意地在他的耳边吹风，以灌输这种观点。在外面看见牵手的情侣时，你也可以表示出欣赏和羡慕，说恋人之间那样是很浪漫的事。

月末笔记：其实我很早就想向你表白了，只是很害怕。我害怕被拒绝，害怕太主动会被你轻视，所以一直难以表达出自己的心情。我自以为伪装得很好，但是不断张开的手指早已透露了我的秘密，那是我喜欢你的信息。

季度总结：在恋爱技巧里，为了能与对方更接近，手段是必须的。恋爱不光是美好的过程，同时也是极其残忍的竞争。第一次接触的印象，根本就决定了生死！如果不从一开始就投其所好，至少让对方觉得下次可以再约出来见面，那么不要说逐渐取得对方的认同，根本连继续见面的机会也不会有。一旦对方已经掉进了你的爱情陷阱里，即使真正交往后才发现你完全不是他想象中的那样，这时想分也分不开了，因为他已经被你的爱套牢啦！

读者笔记